COMPLOT EN ESTAMBUL

CHARLES CUMMING

COMPLOT EN ESTAMBUL

Traducción del inglés de
Javier Guerrero

black
salamandra

Título original: *A Colder War*

Ilustración de la cubierta: iStock / Compañía

Copyright © *Charles Cumming, 2014*
Copyright de la edición en castellano © *Ediciones Salamandra, 2019*

Publicaciones y Ediciones Salamandra, S.A.
Almogàvers, 56, 7º 2ª - 08018 Barcelona - Tel. 93 215 11 99
www.salamandra.info

ISBN: 978-84-16237-30-2
Depósito legal: B-87-2019

1ª edición, enero de 2019
Printed in Spain

Impresión: Romanyà-Valls, Pl. Verdaguer, 1
Capellades, Barcelona

A Christian Spurrier

Algunas personas [...] sienten una inclinación natural por vivir en ese peculiar mundo del espionaje y el engaño, y se adscriben con la misma facilidad a uno u otro bando, siempre que se satisfaga su anhelo de aventuras del tipo más escabroso.

JOHN MASTERMAN,
THE DOUBLE-CROSS SYSTEM

[...] No estás aquí ni allá,
una urgencia por la que fluyen cosas extrañas y
    sabidas,
mientras grandes y suaves zarandeos alcanzan el
    lateral del coche
y toman por sorpresa el corazón y lo abren de
    un soplo.

SEAMUS HEANEY, *POSDATA*

—

TURQUÍA

1

El estadounidense se apartó de la ventana abierta y le pasó los prismáticos a Wallinger.

—Voy a por cigarrillos —dijo.

—No hay prisa —repuso Wallinger.

Eran casi las seis de una tarde de marzo gris y apacible, faltaba menos de una hora para que anocheciera. Wallinger dirigió los prismáticos hacia las montañas y enfocó el palacio abandonado de Ishak Pasha. Tras ajustar las dos lentes con un movimiento suave de ambas manos, localizó la carretera de montaña y siguió su trazado hacia el oeste, hasta las afueras de Dogubayazit. La carretera estaba desierta. El último taxi de turistas había regresado a la ciudad. No se veían tanques patrullando la llanura ni *dolmus* cargados de pasajeros volviendo de las montañas.

Tras oír el ruido sordo de la puerta al cerrarse a su espalda, Wallinger se dio la vuelta y echó un vistazo a la habitación. Landau se había dejado las gafas de sol en la cama más alejada de las tres que había. Se acercó a la cómoda y miró la pantalla de su BlackBerry. Ni una palabra de Estambul todavía; ni una palabra de Londres todavía. ¿Dónde demonios estaba HITCHCOCK? Se suponía que el Mercedes había entrado en Turquía antes de las dos, así que en ese momento los tres debían de estar en Van. Wallinger regresó a la ventana y, entornando los ojos, observó los postes de telégrafo, las torres de alta tensión y los bloques de pisos, de aspecto ruinoso, de Dogubayazit. Muy por encima de las montañas, un avión cruzaba el cielo despejado de oeste a este; una estrella blanca y silenciosa que pasaba hacia Irán.

Wallinger miró su reloj. Las seis y cinco. Landau había empujado la mesa de madera y la silla frente a la ventana, y aplastado su último cigarrillo en un cenicero de Efes Pilsen lleno de marcas y rebosante de filtros amarillentos. Wallinger lo vació por la ventana. Ojalá Landau volviera con algo de comida. Estaba hambriento y cansado de esperar.

La BlackBerry de Wallinger, su único medio de contacto con el mundo exterior, sonó en lo alto de la cómoda. Leyó el mensaje.

Pasan Vértigo a las 17.50 h. Compra tres entradas.

Era la noticia que estaba esperando. HITCHCOCK y el correo habían cruzado la frontera en Gürbulak, en el lado turco, a las seis menos diez. Si todo iba según lo planeado, al cabo de media hora Wallinger avistaría el vehículo por la carretera de montaña. Sacó de la cómoda el pasaporte británico que había recibido por valija diplomática en Ankara una semana antes. Con ese documento, HITCHCOCK podría franquear los controles apostados en la carretera a Van y embarcar en un avión con destino Ankara.

Wallinger se sentó en la cama de en medio. El colchón era tan blando que el somier cedió bruscamente bajo el peso de su cuerpo. Para no perder el equilibrio, se sentó más atrás en la cama, y al hacerlo lo asaltó el recuerdo de Cecilia, y su mente se relajó unos instantes ante la maravillosa perspectiva de pasar unos días con ella. El miércoles tenía previsto volar a Grecia en una avioneta Cessna para asistir a la reunión de la Dirección en Atenas, y el jueves por la noche llegaría a Quíos, a tiempo para cenar con ella.

Se oyó la fricción una llave en la puerta. Landau entró en la habitación con dos paquetes de Prestige con filtro y un plato de *pide*.

—He traído algo de comer —dijo—. ¿Alguna novedad?

El *pide* despedía el olor agrio del queso cuajado caliente. Wallinger cogió el plato blanco desconchado y lo dejó en la cama.

—Han entrado por Gürbulak justo antes de las seis.

—¿Sin problemas?

Tuvo la impresión de que a Landau no le preocupaba mucho la respuesta. Wallinger dio un mordisco a la masa blanda, todavía caliente.

—Me encantan —dijo el estadounidense, haciendo lo mismo—. Se parecen a esas pizzas con forma de barquito, ¿sabes las que te digo?

—Sí —dijo Wallinger.

No le caía bien Landau. No confiaba en la operación. Ya no confiaba en los Primos. Se preguntaba si realmente, al otro lado de ese mensaje, estaba Amelia preocupándose por Shakhouri. En fin, los riesgos de una operación conjunta. Wallinger era un purista, y siempre le pasaba lo mismo cuando se trataba de cooperar entre agencias, prefería no tener que compartir nada con nadie.

—¿Cuánto tiempo crees que tendremos que esperar? —preguntó Landau, masticando ruidosamente.

—Lo que haga falta.

El estadounidense resopló y rompió el precinto de celofán de uno de los paquetes de cigarrillos. Se hizo un breve silencio entre los dos hombres.

—¿Crees que se ceñirán al plan, o vendrán por la D100?

—Quién sabe.

Wallinger se acercó de nuevo a la ventana y enfocó la montaña con los prismáticos. Nada. Sólo un tanque se arrastraba por la llanura: toda una declaración de intenciones contra el Partido de los Trabajadores del Kurdistán y contra Irán. Wallinger había memorizado el número de matrícula del Mercedes. Shakhouri tenía una mujer, una hija y una madre alojadas en Cricklewood, en un piso franco del SSI, el Servicio Secreto de Inteligencia. Llevaban esperando allí varios días. Querrían saber si el hombre de la casa estaba a salvo. En cuanto viera el vehículo, Wallinger enviaría un mensaje a Londres con la noticia.

—Es como darle a «Actualizar» una y otra vez.

Wallinger se volvió con el ceño fruncido. No había entendido qué quería decir Landau. Al ver su cara de desconcierto, el estadounidense esbozó una sonrisa bajo la espesa barba castaña y añadió:

—Bueno, me refiero a toda esta espera. Es como estar esperando delante del ordenador una noticia, una actualización. Cuando clicas «Actualizar» sin parar en el navegador, ¿sabes?

—Ah, vale. —En ese momento lo primero que le vino a la cabeza fue una frase mítica de Tom Kell: «Espiar es esperar.»

Se volvió hacia la ventana.

Tal vez HITCHCOCK ya estaba en Dogubayazit. La D100 iba cargada de coches y camiones a todas horas del día y la noche. Tal vez habían preferido no seguir el plan de usar la carretera de montaña. Todavía quedaban restos de nieve en las cumbres, y se había producido un desprendimiento sólo dos semanas antes. Los satélites habían mostrado que el paso a través de Besler estaba despejado, pero Wallinger había empezado a dudar de todo lo que le contaban los estadounidenses. Incluso empezaba a dudar de los mensajes de Londres. ¿Cómo podía saber Amelia con certeza quién iba en el coche? ¿Cómo podía estar segura de que HITCHCOCK había salido de Teherán? Los Primos dirigían la exfiltración.

—¿Fumas? —preguntó Landau.

—No, gracias.

—¿Tu gente ha dicho algo más?

—Nada.

El estadounidense rebuscó en el bolsillo y sacó un teléfono móvil. Pareció leer un mensaje, pero se lo guardó para él. Un agravio entre espías. HITCHCOCK era un hombre del SSI, pero el mensajero, la exfiltración, el plan para recoger a Shakhouri en Dogubayazit y sacarlo en avión desde Van era todo responsabilidad de Langley. Wallinger habría preferido correr el riesgo de meterlo en un avión con destino a París desde el aeropuerto Imán Jomeini y afrontar las consecuencias. Oyó el chasquido del encendedor de Landau y en el acto le llegó una nube de humo de tabaco. Se volvió para mirar de nuevo hacia las montañas.

El tanque se había detenido en el arcén de la carretera, pero aún se arrastraba un poco de lado a lado, bailando el twist de Tiananmén. La torreta de la ametralladora rotó hacia el noreste y el cañón quedó apuntando justo al monte Ararat. Landau dijo:

—A ver si encuentran el Arca de Noé allí arriba.

Pero Wallinger no estaba para bromas.

Clicar «Actualizar» en un navegador.

Entonces lo vio, por fin. Un punto verde botella, minúsculo, apenas visible en medio del paisaje marrón y cuarteado, avanzaba hacia el tanque. El vehículo era tan pequeño que era difícil seguirlo incluso con la lente de los prismáticos. Wallinger pestañeó, se desempañó la visión, miró otra vez.

—Ahí están.

Landau se acercó a la ventana.

—¿Dónde?

Wallinger le pasó los prismáticos.

—¿Ves el tanque?

—Sí.

—Sigue carretera arriba...

—Vale. Sí. Los veo.

Landau dejó los prismáticos y cogió la cámara de vídeo. Quitó la tapa del objetivo y se puso a grabar el Mercedes desde la ventana. Al cabo de un minuto el vehículo estaba lo bastante cerca para distinguirlo a simple vista. Wallinger podía ver el coche acelerando por la llanura, dirigiéndose hacia el tanque. Había medio kilómetro entre ellos. Trescientos metros. Doscientos.

Wallinger vio que el cañón del tanque continuaba apuntando lejos de la carretera, hacia el Ararat. Lo que ocurrió a continuación fue inexplicable. Cuando el Mercedes pasó junto al tanque, se produjo lo que de lejos pareció una explosión en la parte de atrás del vehículo, que se levantó por el eje trasero y salió propulsado hacia delante, deslizándose de forma silenciosa. Acto seguido, una humareda negra envolvió el Mercedes, que rodó violentamente fuera de la carretera cuando se incendió el motor. Hubo una segunda explosión, luego una bola de llamas inmensa. Landau soltó una maldición en voz muy baja. Wallinger observaba con incredulidad.

—¿Qué coño ha pasado? —dijo el estadounidense, bajando la cámara.

Wallinger se volvió desde la ventana.

—Dímelo tú.

2

Ebru Eldem no era capaz de recordar la última vez que se había tomado el día libre. «Un periodista siempre está trabajando», le había dicho su padre en cierta ocasión. Y el hombre tenía razón. La vida era una noticia permanente. Ebru buscaba sin cesar un nuevo enfoque, con la sensación continua de estar a punto de dejar escapar un artículo importante. Mientras hablaba con el zapatero de Arnavutköy que le reparaba los tacones, veía en él un artículo sobre la agonía del pequeño comercio en Estambul. Mientras charlaba con el atractivo dueño del puesto de fruta, un hombre de Konya que vendía en el mercado de su barrio, pensaba en un artículo sobre agricultura y migración económica dentro de la Gran Anatolia. Detrás de cada número de su agenda telefónica —y Ebru estaba segura de que, a pesar de su corta experiencia, tenía mejores contactos que ningún otro periodista con su edad y experiencia en Estambul— había una historia por descubrir. Lo único que necesitaba era coraje y tenacidad para desenterrarla.

Por una vez, no obstante, Ebru había dejado de lado sus inquietudes y su ambición, y haciendo un esfuerzo tremendo por relajarse, aunque sólo fuera por un día, había apagado el teléfono móvil y desconectado del trabajo. ¡Era un sacrificio enorme para ella! Desde las ocho de la mañana —remolonear en la cama también era un lujo— hasta las nueve en punto de la noche, Ebru no había prestado atención a ningún mensaje de correo electrónico ni Facebook, y se había dedicado a vivir la vida de una mujer soltera de veintinueve años, sin el lastre del trabajo, sin otras responsabilidades aparte de relajarse y disfrutar. Es cierto que al final se había pasado casi toda la mañana haciendo la colada y ordenando el caos de su apartamento, pero había disfrutado de una comida deliciosa con su amiga Banu en un restaurante de Besiktas, y también se había comprado un vestido en Istiklal y la nueva novela de Elif Shafak, de la que había leído noventa páginas sentada en su cafetería favorita de Cihangir. Luego había quedado con Ryan para tomar unos martinis en el Bar Bleu.

En los cinco meses que habían transcurrido desde su primera cita, su relación había pasado de ser una aventura informal y sin ataduras a convertirse en algo más serio. Al principio sus encuentros se habían limitado casi exclusivamente al dormitorio del apartamento de Ryan en Tarabya. Ebru sabía que él llevaba allí a otras chicas, pero estaba convencida de que con ninguna tenía tanta conexión ni era tan abierto y franco como con ella. Ebru lo notaba no sólo por las palabras que Ryan le susurraba al oído cuando hacían el amor, sino sobre todo por la forma en que la acariciaba y la miraba a los ojos. Más adelante, cuando empezaron a conocerse mejor, conversaban a menudo sobre sus familias respectivas, y también sobre política turca, la guerra en Siria o el bloqueo en el Congreso; sobre toda clase de temas, en realidad. A Ebru la había sorprendido la sensibilidad de Ryan respecto a temas políticos y su conocimiento de la situación actual. Él le había presentado a sus amigos. Los dos habían hablado de viajar juntos, e incluso de conocer a los padres del otro.

Ebru sabía que no era guapa —bueno, al menos no tan guapa como algunas de las chicas que buscaban marido o un viejo adinerado en el Bar Bleu—, pero tenía cerebro y era apasionada, y los hombres siempre habían apreciado esas cualidades en ella. Sin embargo, cuando pensaba en Ryan, siempre sentía que era muy diferente a los demás. Ebru estaba encantada con el hecho de que tuvieran una conexión física tan fuerte, por supuesto —era un hombre que sabía estar con una mujer, que sabía cómo satisfacerla—, pero también le gustaban su inteligencia y su vigor, su forma de tratarla, con ternura y respeto. Esa noche había sido una de tantas en su relación. Habían tomado demasiados cócteles en el Bar Bleu, cenado en el Meyra, hablado de libros, de la imprudencia de Hamás y Netanyahu, y a medianoche habían vuelto al apartamento de Ryan donde se habían abalanzado el uno sobre el otro en cuanto se había cerrado la puerta. El primer polvo había sido en la sala, el segundo en el dormitorio, con los *kilims* apilados en el suelo y la pantalla de la lámpara de pie que había junto al sillón todavía sin colocar. Luego Ebru se había quedado tumbada entre sus brazos pensando que nunca podría querer así a otro hombre. Por fin había encontrado a alguien que la comprendía y con quien podía ser ella misma.

Todavía impregnada del sudor de su cuerpo y el aroma de su aliento, Ebru había salido del edificio justo después de las dos mientras Ryan seguía roncando ajeno a todo. Había tomado un taxi a Arnavutköy, y al llegar a casa se había duchado y metido en la cama con la intención de levantarse en menos de cuatro horas para ir a trabajar.

Burak Turan, de la Policía Nacional Turca, creía que había dos tipos de personas en el mundo: las que no sufren por levantarse temprano y las que sí. Como norma que seguir en la vida, le había resultado útil. La gente con la que valía la pena estar no se iba a dormir después de *Muhtesem Yüzyil* y no saltaba de la cama a la seis y media de la mañana con una sonrisa pintada en la cara. De hecho, había que andarse con ojo con esa gente. Eran unos enfermos del control, obsesos del trabajo, fanáticos de la religión. Turan se consideraba miembro de la categoría opuesta: la que está formada por los que exprimen al máximo la vida; personas creativas, generosas, que disfrutan de la compañía de los demás. Por ejemplo, cuando terminaba su jornada de tra-

21

bajo, le gustaba ir a un club de Mantiklal, cerca de la comisaría, donde se tomaba un té y charlaba relajadamente con los parroquianos. Al volver a casa, su madre ya tenía la cena preparada, como siempre, y luego él salía un rato a tomar una copa a algún bar de la zona. Se acostaba a medianoche, o a la una, o a veces más tarde. ¿De dónde si no sacaba uno el tiempo para divertirse? ¿Acaso había otro modo de conocer chicas? Si uno siempre estaba concentrado en el trabajo, obsesionado con dormir lo suficiente, ¿qué le quedaba? Burak sabía que no era el policía más trabajador de la comisaría, pero se contentaba con ir tirando mientras otros, tipos mejor conectados, conseguían ascensos antes que él. ¿Y eso le importaba? Mientras tuviera un sueldo, no le faltara el trabajo, pudiera visitar a Cansu los fines de semana y le dejaran ver los partidos del Galatasaray en el Turk Telecom un sábado de cada dos, Burak consideraba que la vida se portaba bastante bien con él.

Pero había desventajas. Por supuesto que las había. A medida que se hacía mayor cada vez llevaba peor lo de recibir órdenes, y menos si se las daban tipos más jóvenes que él. Algo que ocurría cada vez más a menudo. Las nuevas generaciones subían empujando fuerte, ansiosas por sacarlo de la circulación. Y además había demasiada gente en Estambul; joder, la ciudad estaba superpoblada. Y qué decir de las redadas de madrugada: se habían hecho decenas en los últimos dos años. Solían estar relacionadas con los kurdos, pero no siempre era así. Como la de esa mañana. Una periodista había escrito sobre la red Ergenekon, o el Partido de Trabajadores del Kurdistán —Burak no lo tenía claro—, y les habían dado la orden de detenerla. En la furgoneta, mientras esperaban delante de su bloque de pisos, los hombres habían hablado del tema. La mujer escribía para el *Cumhuriyet*. Eldem. El teniente Metin, con aspecto de no haberse acostado en tres días, había murmurado algo sobre «vínculos con el terrorismo» mientras se ponía el chaleco. Burak no podía creer lo que algunas personas estaban dispuestas a tragarse. ¿Acaso el teniente no sabía cómo funcionaba el sistema? Diez contra uno a que Eldem había cabreado a alguien del Partido de la Justicia y el Desarrollo, y un esbirro de Erdogan había visto una oportunidad para lanzar un mensaje de advertencia. Así funcionaba la gente del gobierno. Siempre tenías que estar alerta con ellos. Eran todos madrugadores.

Burak y Metin formaban parte del equipo de tres hombres a los que se les ordenó detener a Eldem a las cinco en punto de la madrugada. Sabían lo que se esperaba de ellos: que montaran un escándalo, despertaran a los vecinos, aterrorizaran a la periodista y la arrastraran detenida a la furgoneta. Unas semanas antes, en la última incursión que habían hecho, Metin había cogido una fotografía enmarcada del salón de un pobre desgraciado y la había tirado al suelo, probablemente porque quería emular a los polis que salían por la televisión en Estados Unidos. Pero ¿por qué tenían que hacerlo en plena noche? Burak nunca podría entenderlo. ¿Por qué no detenerla de camino al trabajo, o hacerle una visita al *Cumhuriyet*? Pues no, había tenido que ponerse la puta alarma a las tres y media de la madrugada, presentarse en comisaría a las cuatro, y luego sentarse en la furgoneta durante una hora con ese peso en la cabeza, cansado y aturdido por la falta de sueño, sintiendo los músculos blandos, el cerebro lento. Cuando se encontraba así, Burak se volvía irascible. Si alguien hacía algo para irritarlo, o decía algo que no le gustaba, si se producía un retraso en la operación, o cualquier contratiempo de la clase que fuera, le entraban ganas de dispararle en las rodillas. La comida no lo ayudaba y el té tampoco. No era una cuestión de azúcar en la sangre, simplemente le cabreaba tener que levantarse de la cama cuando los demás habitantes de Estambul seguían durmiendo como troncos.

—¿Hora? —preguntó Adnan desde el asiento del conductor, perezoso incluso para mirar el reloj.

—Las cinco —respondió Burak, ansioso por ponerse en marcha.

—Menos diez —lo corrigió Metin.

Burak lo fulminó con la mirada.

—A la mierda —dijo Adnan—. Vamos.

23

· · ·

Lo primero que oyó Ebru fue un ruido muy cerca de la cara. Luego comprendió que había sido el estruendo de la puerta del dormitorio cuando la habían derribado de una patada. Se incorporó en la cama —estaba desnuda— y gritó, convencida de que una banda de hombres iba a violarla. Estaba soñando con su padre, con sus dos sobrinos pequeños, y ahora había tres hombres dentro de su habitación diminuta, lanzándole ropa, gritándole que se vistiera, llamándola «puta terrorista».

Ella ya sabía qué pasaba. Siempre había temido que llegara ese momento. Todos lo temían. Todos se censuraban las palabras, todos elegían con cautela los reportajes. Una frase fuera de lugar, una conclusión aquí o una sugerencia allá bastaban para dar con los huesos en la cárcel. La Turquía moderna. La Turquía democrática. Turquía todavía era un Estado policial. Siempre lo había sido. Siempre lo sería.

Uno de los hombres la estaba arrastrando; le decía que iba demasiado lenta. Para su vergüenza, Ebru rompió a llorar. ¿Qué había hecho mal? ¿Qué había escrito? Mientras se vestía, se ponía unas bragas y se abotonaba los vaqueros, pensó que Ryan la ayudaría. Él tenía dinero e influencia y haría lo posible por salvarla.

—¡Déjalo! —le rugió uno de ellos.

Ebru había intentado coger su teléfono. Vio el apellido del policía en la placa de la solapa: TURAN.

—¡Quiero un abogado! —gritó.

Burak negó con la cabeza.

—Ningún abogado va a ayudarte —dijo—. Y ahora ponte una jodida blusa.

LONDRES
TRES SEMANAS MÁS TARDE

3

Thomas Kell sólo llevaba unos segundos en la barra cuando la dueña se volvió hacia él y le guiñó un ojo.

—¿Lo de siempre, Tom?

Lo de siempre. Era una mala señal. Pasaba cuatro noches de siete en el Ladbroke Arms, cuatro noches de siete bebiendo pintas de Adnams Ghost Ship con la única compañía del crucigrama del *Times* y un paquete de Winston Lights. Tal vez no había otra alternativa para los espías caídos en desgracia. Hacía dieciocho meses que el Servicio Secreto de Inteligencia le daba la espalda, y Kell vivía en un estado de animación suspendida desde entonces. No estaba fuera, pero tampoco estaba dentro. En Vauxhall Cross sólo un grupo selecto de sumos sacerdotes sabía cuál había sido su papel en la operación para salvar la vida de François Malot, el hijo de Amelia Levene. Para el resto de personal del MI6, Thomas Kell seguía siendo el «Testigo X», el agente que había presenciado un interrogatorio demasiado agresivo de la CIA a un ciudadano británico en Kabul y que no había logrado impedir la entrega del sospechoso a una prisión secreta de El Cairo y posteriormente al gulag de Guantánamo.

—Gracias, Kathy —dijo, y dejó un billete de cinco libras en la barra.

Un alemán adinerado estaba de pie a su lado hojeando la edición de fin de semana del *Financial Times* mientras picaba guisantes con *wasabi* de un bol. Kell recogió el cambio, salió fuera y se sentó a una mesa de pícnic bajo el calor abrasador de una estufa de pie. Era el atardecer de un Domingo de Pascua lluvioso, el pub —como el resto de Notting Hill— estaba casi vacío. Kell tenía la terraza para él solo. La mayoría de los residentes del barrio se encontraban fuera de la ciudad, probablemente en sus casas de Gloucestershire, o esquiando en los Alpes suizos. Incluso la reluciente comisaría de policía del otro lado de la calle parecía medio dormida. Kell sacó el paquete de Winston y hurgó en busca de su mechero, un Dunhill de oro grabado con las iniciales P. M. Era un recuerdo privado de Levene, que había ascendido a jefa del MI6 en septiembre.

«Cada vez que enciendas un cigarrillo, puedes pensar en mí», le había dicho ella riendo entre dientes mientras apretaba el encendedor en la palma de su mano.

Típico de Amelia: un gesto en apariencia íntimo y sincero, pero que en última instancia podía negarse y quedar reducido a un regalo desinteresado entre amigos.

En realidad, Kell nunca había sido un gran fumador, pero últimamente los cigarrillos se habían convertido en lo único que marcaba el ritmo de sus jornadas rutinarias e invariables. Durante veinte años, como espía, a menudo había llevado encima un paquete como accesorio: pedir fuego era una manera de iniciar una conversación; ofrecer un cigarrillo podía hacer que un agente bajara la guardia. Sin embargo, en ese momento, el tabaco era parte del mobiliario de una vida solitaria. Y sufría las consecuencias: se sentía menos en forma y gastaba mucho más dinero. A pesar de que todas las mañanas se despertaba tosiendo como un moribundo, no tardaba en buscar un chute de nicotina para empezar el día. Había descubierto que no podía funcionar sin cigarrillos.

Kell estaba atravesando lo que un antiguo colega había descrito como la «tierra de nadie» de la mediana edad. Su trabajo había implosionado, su matrimonio había fracasado. En Navidad, su mujer, Claire, le había pedido finalmente el divorcio para empezar una relación con su amante, Richard Quinn, un Peter Pan con un fondo de inversiones, dos matrimonios a sus espaldas, una casa adosada de catorce millones de libras en Primrose Hill y tres hijos adolescentes en St. Paul's. Pero Kell no lamentaba la separación, ni le molestaba que Claire hubiera mejorado su estatus; en general se sentía aliviado por haberse liberado de una relación que al fin y al cabo no les hacía felices a ninguno de los dos. Esperaba que con Dick *Siffredi* —así llamaban de forma cariñosa a Quinn— Claire disfrutara de la plenitud que tanto ansiaba. Estar casada con un espía, le había dicho ella en una ocasión, era como estar casada con media persona. En su opinión, Kell llevaba años física y emocionalmente separado de ella.

Dio un trago a la Ghost. Era la segunda pinta de la noche y tenía un sabor más empalagoso que la primera. Tiró al suelo el cigarrillo a medio fumar y sacó su iPhone. El icono verde de «Mensajes» estaba vacío; el sobre de «Correo», lo mismo. Había terminado el crucigrama del *Times* hacía media hora, pero se había olvidado la novela que estaba leyendo —*El sentido de un final*, de Julian Barnes— en la mesa de la cocina de su piso. No tenía mucho que hacer salvo tomarse la cerveza y observar esa calle anodina. De vez en cuando pasaba un coche, o un vecino con su perro, pero, aparte de eso, Londres permanecía inusualmente silenciosa. Era como escuchar la ciudad amortiguada a través de unos auriculares. Ese silencio siniestro no hacía más que aumentar la sensación de inquietud de Kell. No era un hombre proclive a la autocompasión, pero tampoco quería pasarse muchas más noches bebiendo solo en la terraza de un elegante pub gastronómico del oeste de Londres esperando a que Amelia Levene se dignara a devolverle el trabajo. La investigación oficial del Testigo X se estaba demorando; Kell llevaba casi dos años esperando para saber si sería absuelto de todos los cargos, o si lo presentarían como un chivo expiatorio. Con la excepción de la operación de tres semanas organizada para rescatar al hijo de Amelia, François, el verano anterior, y un contrato de un mes asesorando a una firma de espionaje industrial en Mayfair, llevaba fuera de juego demasiado tiempo. Quería volver al trabajo. Quería ser un espía otra vez.

Y entonces ocurrió un milagro. El iPhone se iluminó. En la pantalla apareció «Amelia L3», como una señal del Dios en el que Kell todavía creía de vez en cuando. Contestó antes de que terminara el primer tono.

—Hablando del rey de Roma.

—¿Tom?

Se dio cuenta de inmediato de que algo iba mal. La voz por lo general autoritaria de Amelia sonó temblorosa e insegura. Había llamado desde su número privado y no desde un fijo o un servicio telefónico cifrado. Tenía que ser personal. Al principio, Kell pensó que debía de haberle ocurrido algo a François, o que el marido de Amelia, Giles, había muerto en un accidente.

—Es Paul.

Eso lo dejó sin aliento. Kell sabía que sólo podía estar hablando de Paul Wallinger.

—¿Qué ha pasado? ¿Está bien?

—Está muerto.

4

Kell paró un taxi en Holland Park Avenue y en apenas veinte minutos se encontraba frente a la casa de Amelia en Chelsea. A punto de llamar al timbre, sintió una punzada de dolor desgarradora por la pérdida de Wallinger, y tuvo que esperar un momento fuera para recomponerse. Los dos habían ingresado en el SSI en la misma promoción. Habían ascendido juntos, como hermanos, ganándose por la vía rápida puestos en destinaciones extranjeras de la constelación post-Guerra Fría. Wallinger, arabista, nueve años mayor, había servido en El Cairo, Riad, Teherán y Damasco, antes de que Amelia le diera el puesto más alto en Turquía. Kell, el hermano pequeño, en lo que a menudo él mismo consideraba una carrera paralela en la sombra, había trabajado en Nairobi, Bagdad, Jerusalén y Kabul, siguiendo el ascenso de Wallinger a lo largo de los años. Con la mirada perdida en algún punto del final de Markham Street, Kell recordó a esa promesa de treinta y cuatro años que había conocido en el curso de formación del Servicio Secreto el otoño de 1990; las notas, el intelecto y la ambición de Wallinger, sin duda más fuerte.

Sin embargo, Kell no estaba allí por trabajo. No había corrido al lado de Amelia para aconsejarla ante los efectos colaterales, tanto políticos como estratégicos, de la inoportuna muerte de Wallinger. Había acudido como amigo. Thomas Kell era una de las pocas personas dentro del SSI que conocía la verdad sobre la relación entre Amelia Levene

31

y Paul Wallinger. Los dos habían sido amantes muchos años, una aventura intermitente que había comenzado en Londres a finales de la década de los noventa y había continuado, una vez que ambos estuvieron casados, hasta el nombramiento de Amelia como jefa del SSI.

Kell tocó el timbre, saludó a la cámara de seguridad y oyó que la cerradura se desbloqueaba. No se veía a ningún guardia en el patio, a ningún vigilante de seguridad de servicio. Amelia probablemente lo había convencido para que se tomara la noche libre. Como C —así se acostumbraba a llamar al máximo responsable del Servicio— tenía derecho a una vivienda oficial del MI6, pero esa casa pertenecía a su marido. Kell no esperaba encontrar a Giles Levene en su hogar. Hacía tiempo que la pareja se había distanciado y Giles pasaba la mayor parte del año en la finca que Amelia había comprado en el valle del Chalke, o de viaje, rastreando las ramas interminables de su árbol genealógico, que se extendían hasta Ciudad del Cabo, Nueva Inglaterra o Ucrania.

—Apestas a tabaco —dijo Amelia al abrir la puerta que daba al salón.

Le ofreció la mejilla, tensa y pálida, para que Kell la besara. Llevaba vaqueros y un jersey holgado de cachemir, calcetines, pero no zapatos. Tenía los ojos claros y brillantes; Kell imaginó que había estado llorando y, de hecho, en su piel todavía se veía el brillo de las lágrimas recientes.

—¿Giles está en casa?

Amelia lo miró a los ojos, sopesando la pregunta, como si valorara si debía responder con sinceridad.

—Hemos decidido probar la separación.

—Oh, vaya, lo siento mucho.

La noticia le provocó sensaciones contradictorias. Lamentaba que Amelia estuviera a punto de pasar por la agonía propia de un divorcio, pero se alegraba de que se liberara por fin de Giles, un hombre tan aburrido que en los pasillos de Vauxhall Cross lo apodaban «el Coma». Se habían casado en gran medida por conveniencia: Amelia necesitaba un hombre estable, reservado y con dinero que no obstaculizara su camino a la cima. Giles la veía como un trofeo que le abriría las puertas de la flor y nata de la alta sociedad londinense. Como Claire y Kell, ellos tampoco habían conseguido tener hijos.

Kell sospechaba que la aparición repentina del hijo de Amelia, François, hacía dieciocho meses, había sido la gota que había colmado el vaso de la relación.

—Es una lástima, sí —dijo ella—. Pero es lo mejor para los dos. ¿Quieres tomar algo?

Era su forma de ir al grano: «No vamos a entretenernos con esto, Tom. Mi matrimonio es un asunto privado.» Kell miró de soslayo la mano izquierda de Amelia mientras ella lo conducía al salón. La alianza seguía en su lugar, sin duda para silenciar la fábrica de rumores de Whitehall.

—Whisky, por favor —dijo Kell.

Amelia, que ya se había plantado frente al mueble bar, se dio la vuelta con un vaso vacío en la mano. Asintió con la cabeza y esbozó una media sonrisa, como cuando uno reconoce la melodía de su canción favorita. Kell oyó el golpe y el tintineo de un solo cubito de hielo girando en el vaso, luego el borboteo del whisky de malta. Amelia conocía los gustos de Kell: tres dedos y sólo una gota de agua para hacer explotar el sabor.

—¿Y tú cómo estás? —preguntó ella tendiéndole el whisky.

Amelia se refería a Claire, a su divorcio. Ahora los dos estaban en el mismo club.

—Oh, como siempre, como siempre —dijo.

Se sintió como un hombre que ha sido invitado a tomar un café y se esfuerza por mantener la conversación.

—Claire con Dick *Siffredi*. Yo estoy cuidando una casa en Holland Park.

—¿Holland Park? —dijo ella, con un retintín ascendente de sorpresa.

Lo dijo como si Kell hubiera subido de golpe un par de peldaños en la escala social. Le entristeció un poco comprobar que Amelia ya no sabía siquiera dónde vivía.

—Y crees...

Él la interrumpió. La noticia sobre Wallinger flotaba en el aire. No quería evitarla mucho rato más.

—Mira, siento lo de Paul.

—Has sido muy amable por venir tan deprisa.

Kell sabía que Amelia debía de haber pasado las horas previas a su llegada tratando de rescatar todos los momentos que había compartido con Wallinger. ¿Qué recuerdan al final los amantes el uno del otro? ¿Los ojos? ¿La piel? ¿Un poema, su canción preferida? Amelia era capaz de evocar las conversaciones casi palabra por palabra, tenía memoria fotográfica para las caras, las anécdotas, los lugares. Su historia se convertiría en un palacio de recuerdos por el que ella podría deambular. La relación había ido mucho más allá de la emoción del adulterio; Kell lo sabía. En cierta ocasión, en un arranque de franqueza, algo muy raro en ella, Amelia le había contado que estaba enamorada de Paul y se planteaba dejar a Giles. Él le había aconsejado que no lo hiciera, no por celos sino porque conocía la reputación de mujeriego de Wallinger y temía que la relación, si salía a la luz pública, destrozara la carrera de Amelia y también su felicidad. Ahora se preguntaba si Amelia lamentaba haber seguido su consejo.

—Estaba en Grecia —empezó ella—. En Quíos, una isla. La verdad es que no sé por qué. Josephine no se encontraba con él.

Josephine era la esposa de Wallinger. Cuando no estaba visitando a su marido en Ankara, o instalada en la granja de la familia en Cumbria, Josephine vivía a poco más de un kilómetro de distancia de Amelia, en un piso pequeño al lado de Gloucester Road.

—¿Vacaciones? —preguntó Kell.

—Supongo. —Amelia dio un trago a su vaso de whisky—. Había alquilado una avioneta. Ya sabes que le encantaba volar. Asistió a la reunión de la Dirección en la Estación de Atenas y luego paró en Quíos de camino a casa. Iba a volver a Ankara en la Cessna. Debe de haber sido algún problema con la avioneta. Un fallo mecánico. Se han encontrado restos a unos ciento cincuenta kilómetros al norte de Esmirna.

—¿Y el cuerpo?

Kell vio que Amelia se estremecía y se avergonzó por su falta de sensibilidad. Ese cadáver era el cadáver de Amelia. No era sólo el cuerpo de un colega; era el cuerpo de un amante.

—Se encontró algo —respondió, y se mareó al imaginarlo.

—Lo siento mucho.

Amelia se acercó a él y se abrazaron, sosteniendo los vasos de whisky a un lado, con torpeza, como si fueran a empezar a bailar una melodía sin música. Kell pensó que ella se pondría a llorar, pero al apartarse vio que estaba completamente serena.

—El funeral es el miércoles —dijo Amelia—. En Cumbria. ¿Me acompañarás?

5

El agente que Alexander Minasian, espía del SVR, el Servicio de Inteligencia Exterior ruso, conocía con el nombre en clave de KODAK recordaba conversaciones casi a la perfección y tenía memoria fotográfica. Un colega, en un arranque de admiración, había llegado a decir que su memoria tenía «resolución píxel». Cuando el invierno dio paso a la primavera en Estambul, sus señales a Minasian se volvieron más frecuentes. KODAK recordó su conversación en el Grosvenor House Hotel de Londres de hacía casi tres años:

«Cada día, entre las nueve y las nueve y media de la mañana, y entre las siete y las siete y media de la tarde, tendremos una persona en el salón de té. Alguien que conoce tu cara, alguien que conoce la señal. Organizarlo es fácil para nosotros. Yo me encargaré de ello. Cuando estés trabajando en Ankara, la rutina será la misma.»

KODAK en principio saldría de su apartamento entre las siete y las ocho de la mañana, sin ninguna medida visible de contravigilancia, conduciría su coche o, algo más habitual, iría en taxi hasta Istiklal Caddesi, luego caminaría por el callejón estrecho que hay frente al consulado ruso, entraría en el salón de té y se sentaría a una mesa. O bien, saldría del trabajo a la hora de siempre, tomaría un tren a la ciudad, echaría un vistazo en algunas de las librerías y tiendas de ropa de Istiklal y luego pararía a tomarse un té en el momento acordado.

«Cuando tengas documentos para mí, sólo has de ir al salón de té a la hora señalada y presentarte a nosotros. No necesitarás saber quién te está vigilando. No necesitarás buscar caras a tu alrededor. Sólo lleva la señal que hemos acordado, toma una taza de té o un café, y te veremos. Puedes sentarte dentro o fuera. No importa. Siempre habrá alguien allí.»

Por supuesto, KODAK no deseaba establecer un patrón. Cada vez que estaba en los alrededores de Taksim, de día o de noche, intentaba pasarse por el salón de té, aparentemente para practicar su turco con la joven y guapa camarera, para jugar al *backgammon* o simplemente para leer un libro. Frecuentaba otros salones de té de la zona, otros restaurantes y bares, a menudo vistiendo de forma intencionada ropa casi idéntica.

«Si te apetece, lleva a una amiga. ¡Ve con alguien que no conozca el significado de la ocasión! Si ves que alguien se va mientras tú estás ahí, no lo sigas. De ninguna manera. Sería peligroso. No sabrás a quién he enviado a buscarte. No sabrás quién podría estar vigilándolos a ellos, igual que no sabrás quién podría estar vigilándote a ti. Por eso no dejamos rastro. Basta de marcas de tiza en las paredes. Basta de pegatinas. Siempre he preferido el sistema estático, un elemento imperceptible, salvo para el ojo entrenado para verlo. El movimiento de un jarrón de flores en una habitación. La aparición de una bicicleta en un balcón. ¡Incluso el color de un par de calcetines! Todas estas cosas pueden utilizarse para hacer una señal.»

A KODAK le gustaba Minasian. Admiraba su valor, su instinto, su profesionalidad. Juntos habían realizado un trabajo importante; juntos podrían provocar un cambio extraordinario. Pero le parecía que el ruso, de vez en cuando, se ponía un tanto melodramático.

«Si sientes que tu posición ha quedado comprometida, no te presentes en el salón de té ni en la ubicación de Ankara. Consigue o pide prestado un teléfono móvil y envía la palabra BESIKTAS a mi número. Si esto no es posible, por la razón que sea (no tienes señal, no tienes teléfono), ve a una cabina o a otra línea fija y di esta palabra cuando respondan. Si contactamos contigo usando esta palabra, significa que creemos que el trabajo que realizas para nosotros se ha descubierto y debes abandonar Turquía.»

A KODAK le parecía altamente improbable que alguien pudiera llegar a considerarlo nunca sospechoso de traición, y mucho menos que lo pillaran en el acto de entregar secretos al SVR. Era demasiado listo, demasiado cauto, cubría sus huellas demasiado bien. No obstante, recordaba perfectamente los puntos de reunión y las instrucciones de emergencia, y había memorizado los números correspondientes.

«Hay tres puntos de reunión posibles en caso de ser descubierto. Recuérdalos. Si dices BESIKTAS UNO, un contacto se reunirá contigo en el patio de la Mezquita Azul a la hora acordada. Él se dará a conocer y tú lo seguirás. Si consideras que Turquía no es seguro, cruza la frontera a Bulgaria con el mensaje BESIKTAS DOS. Bajo ninguna circunstancia intentes subir a un avión. Un contacto se dará a conocer a la hora acordada en el bar del Grand Hotel de Sofía. En situaciones excepcionales, si sientes que es necesario cruzar al antiguo territorio soviético, donde estarás más seguro y serás escoltado con más facilidad a Moscú, hay barcos desde Estambul. Siempre serás bien recibido en Odesa. El código para esta reunión de emergencia es BESIKTAS TRES.»

6

Thomas Kell había caído en la cuenta de que el número de funerales a los que asistía en un año había empezado a superar al número de bodas. Durante el viaje al norte desde Euston, en compañía de Amelia en un vagón de primera clase repleto, Kell sintió que el cambio había ocurrido casi de la noche a la mañana: sólo un momento antes era un joven con chaqué que en verano, cada tercer fin de semana de mes, lanzaba confeti a parejas eufóricas, y ahora, un segundo después, no sabía cómo, se había metamorfoseado en un espía veterano de cuarenta y tantos que viajaba desde Kabul para enterrar a un amigo o pariente muerto por culpa del alcohol o el cáncer. Al mirar a su alrededor en el tren, Kell tuvo la misma sensación: la mayoría de los que iban en el vagón eran más jóvenes que él. ¿Qué había ocurrido en todos esos años? Incluso el revisor parecía haber nacido después de la caída del Muro de Berlín.

—Te veo cansado —dijo Amelia, levantando la mirada desde un editorial del *Independent*. Había empezado a llevar gafas de lectura y casi aparentaba su edad.

—Eh, gracias —repuso Kell.

Amelia estaba sentada frente a él, al otro lado de una mesa pegajosa con cruasanes a medio comer y tazas de café vacías. Junto a ella y ajeno al rango y distinción de su compañera de viaje, un estudiante de piel luminosa al que le habían cambiado la clase de su billete a Lancaster estaba jugando al solitario en una tableta Samsung. Los dos iban de espaldas a la marcha, mientras junto al tren desfilaban los campos y ríos de Inglaterra. Kell estaba apretujado contra la ventanilla, tratando de evitar que sus muslos rozaran los de una ejecutiva con sobrepeso que no paraba de dar cabezadas con una novela de Trollope en las manos. Había preparado una maleta porque pensaba quedarse varios días en el norte. ¿Por qué volver a Londres cuando podía salir a caminar por Cumbria y comer en un dos estrellas Michelin como L'Enclume? Nada ni nadie lo esperaba en casa, en Holland Park. Sólo el Ladbroke Arms y otra pinta de Ghost Ship.

Kell llevaba un traje gris marengo, camisa blanca y corbata negra; Amelia iba vestida con un traje chaqueta azul marino y un abrigo negro. Su atuendo fúnebre atrajo varias miradas cargadas de compasión mientras cruzaban la estación de Preston. Amelia había reservado un taxi a cargo del SSI, y a las doce y media estaban paseando por Cartmel como un matrimonio. Kell se registró en su hotel y Amelia llamó varias veces a la sede central para asegurarse de que todo iba bien en Londres.

Estaban comiendo pastel de pollo en un pub del centro del pueblo cuando Kell vio a George Truscott en la barra pidiendo media pinta de cerveza. En tanto que subdirector, Truscott había sido candidato a suceder a Simon Haynes como C, antes de que Amelia le robara su premio. Había sido Truscott, un chupatintas corporativista de ambición asfixiante, quien había autorizado la presencia de Kell en el interrogatorio de Yassin Gharani; y había sido Truscott, más que ningún otro colega, el que se había alegrado de arrojar a Kell a las hienas cuando el Servicio necesitó un chivo expiatorio por el pecado de «rendición extraordinaria». Más o menos tres minutos después de asumir el cargo de jefa, Amelia había enviado a Truscott a Bonn, ofreciéndole como zanahoria ocupar el máximo puesto en Alemania. Ninguno de ellos lo había vuelto a ver desde entonces.

—¡Amelia!

Truscott había dejado la barra y estaba cruzando el pub con su media pinta, parecía un estudiante aprendiendo a beber durante la Semana del Novato. Kell no sabía si debía molestarse en disimular el desprecio que sentía por el hombre que había echado a perder su carrera, pero logró esbozar una sonrisa, sobre todo por respeto en un momento tan triste. Amelia, a quien las falsas expresiones de lealtad y afecto le salían sin pestañear, se levantó y estrechó la mano de Truscott con afabilidad. Un desconocido que mirara su mesa habría concluido que ambos se alegraban de verlo.

—No sabía que venías, George. ¿Has tomado un avión desde Bonn?

—Desde Berlín —repuso Truscott, insinuando con picardía un trabajo de importancia vital para el espionaje—. ¿Y tú cómo estás, Tom?

Kell podía ver los engranajes de la mente despiadada y precavida de Truscott girando después de la pregunta; esa personalidad ladina, competitiva e infatigable con la que se había peleado tanto en los últimos meses de su carrera. Era como si los pensamientos de Truscott aparecieran como globos de cómic por encima de su cabeza calva y estrecha. «¿Qué hace Kell con Levene? ¿Lo ha sacado de la nevera? ¿Han perdonado al Testigo X?» Kell atisbó el temblor del pánico en el alma atormentada y vacía de Truscott, su miedo profundo a que Amelia estuviera a punto de nombrar «Ankara-1» a Kell y lo dejara a él en el remanso de Bonn. Los problemas de la Guerra Fría y la Unión Europea tenían muy poca relevancia en el Siglo de Asia y la Primavera Árabe.

—Oh, mira, ahí está Simon.

Amelia había distinguido a Haynes saliendo del aseo. En la cara de su predecesor se dibujó una sonrisa deslumbrante que se evaporó al instante cuando vio a Kell y Truscott tan cerca. Amelia se dejó besar en las dos mejillas, luego observó los saludos tensos entre los espías varones. Kell a duras penas respondió a la sarta de tópicos y clichés con los que lo saludó Haynes. Sí, era una gran tragedia lo de Paul. No, él todavía no había encontrado un trabajo fijo en el sector privado. Claro, era frustrante que la investigación oficial se hubiera encallado otra vez. Poco después,

Haynes se había alejado arrastrando los pies en dirección a la abadía de Cartmel, con Truscott trotando a su lado como si todavía creyera que el antiguo director podía influir en su carrera.

—Simon quería encargarse del panegírico de Paul —comentó Amelia, observando su reflejo en un espejo cercano al ponerse el abrigo. Habían dado buena cuenta de las empanadas de pollo y pagado a medias—. No le parecía que pudiera ser un problema. He tenido que frenarlo.

Después de que el príncipe Carlos lo nombrara caballero el otoño anterior, Haynes había aparecido en el festival literario del *Sunday Times*, participado en un debate sobre los servicios de inteligencia en la Royal Geographical Society y hablado con entusiasmo de sus músicos favoritos en el mítico programa de radio de la BBC, «Desert Island Discs». Por todo ello, Haynes era el primer director saliente del Servicio al que se veía de manera activa beneficiarse de su carrera anterior, tanto comercialmente como con relación a su perfil público. Que se encargara del panegírico en el funeral habría supuesto revelar que el fallecido era un espía a los muchos amigos y vecinos que se habían reunido en Cartmel convencidos de que Wallinger había sido simplemente un diplomático de carrera, o incluso un granjero caballeroso.

—Hemos adquirido una mala costumbre del Servicio de Seguridad —continuó Amelia. Llevaba un collar de oro y tocó brevemente la cadena—. Lo siguiente será escribir libros de memorias. ¿Qué le ha pasado a la discreción? ¿Por qué Simon no se va a BP como todo el mundo?

Kell sonrió, pero se preguntaba si Amelia no le había hecho una advertencia tácita: «No hagas público el caso del Testigo X.» ¿Acaso Amelia no lo conocía lo bastante bien para saber que él nunca traicionaría al Servicio y mucho menos su confianza?

—¿Estás lista para esto? —preguntó él mientras se volvían hacia la puerta.

Kell se acabó el resto de su copa de rioja y dejó varias monedas en la mesa como propina. Amelia le sostenía la mirada; por un instante, Kell la vio vulnerable, temerosa de lo que tenía por delante. Al salir y adentrarse en la tarde clara y soleada, ella le apretó un instante la mano.

—Deséame suerte —dijo.

—Te irá bien. Lo último que has necesitado nunca es suerte.

Kell tenía razón, por supuesto. Poco después de las tres, cuando todos los congregados se levantaron al unísono con la llegada de Josephine Wallinger, Amelia adoptó el porte digno de una líder, de la jefa, sin que su lenguaje corporal delatara o insinuara en ningún momento que el hombre al que trescientas personas habían ido a llorar hubiera sido para ella más que un colega al que tenía en gran consideración. Kell, por su parte, se sintió extrañamente desconectado de la ceremonia. Entonó los himnos, escuchó las lecturas y asintió durante el panegírico del vicario, que rindió un tributo apropiadamente genérico a un «hombre discreto» que había sido «un servidor leal de su país». Sin embargo, Kell estaba distraído. Luego, de camino al cementerio, oyó pronunciar a uno de los asistentes, al que no llegó a verle la cara, la palabra «Hammarskjöld», y se dio cuenta de que las teorías de la conspiración empezaban a cobrar fuerza. Dag Hammarskjöld era el secretario sueco de Naciones Unidas que había muerto en un accidente aéreo en 1961 cuando iba a sellar un acuerdo de paz que podría haber evitado la guerra civil en el Congo. El DC6 de Hammarskjöld se había estrellado en un bosque de la antigua Rodesia. Algunos aseguraron que el avión había sido abatido por disparos de mercenarios; otros, que el propio SSI, en connivencia con la CIA y el servicio de inteligencia sudafricano, había saboteado el vuelo. Kell estaba inquieto desde que había recibido la noticia el domingo, tenía la sensación de que había algo turbio en la muerte de Wallinger. No podía decir con exactitud por qué se sentía así —salvo que conocía a Paul de siempre y sabía que era un piloto muy meticuloso,

43

rozando la paranoia, con las comprobaciones previas al vuelo—; sin embargo, ese susurro sobre Hammarskjöld parecía cimentar la sospecha que le rondaba la cabeza. Al mirar a su alrededor, a esos espías sin rostro, fantasmas de operaciones pasadas llevadas a cabo por una docena de Servicios diferentes, Kell sintió que alguien, en alguna parte del camposanto abarrotado, sabía por qué el avión de Paul Wallinger había caído del cielo.

Los asistentes al sepelio, tal vez dos centenares de hombres y mujeres, avanzaron despacio y formaron un rectángulo imperfecto, de diez de profundidad, por los cuatro costados de la tumba. Kell vio agentes de la CIA, representantes del servicio de inteligencia canadiense, tres miembros del Mosad, así como colegas de Egipto, Jordania y Turquía. Mientras el vicario procedía con la consagración, Kell se preguntó si entre las capas de secretismo que rodeaban a Wallinger —capas que se solapaban como una costra sobre el cuerpo de un espía— se escondía su pecado, la traición que había descubierto para provocar su propia muerte. ¿Había presionado demasiado a Siria o Irán? ¿Había hecho saltar por los aires una operación del SVR en Estambul? ¿Y por qué Grecia, por qué Quíos? Tal vez la hipótesis oficial era correcta: un fallo mecánico. Sin embargo, Kell no pudo sacarse de la cabeza la idea de que su amigo había sido asesinado; no era descabellado pensar que el avión había sido derribado. Cuando el ataúd de Wallinger empezó a bajar a la fosa, Kell miró a la derecha y vio a Amelia secándose las lágrimas. Incluso Simon Haynes parecía purificado por el dolor.

Kell cerró los ojos. Se descubrió a sí mismo, por primera vez en meses, murmurando una oración silenciosa. Luego dio la espalda a la tumba y se encaminó a la iglesia, preguntándose si en el futuro los asistentes a un funeral del SSI en algún camposanto del país susurrarían el nombre de Wallinger como palabra en clave para referirse a «asesinato» y «cortina de humo».

• • •

Al cabo de menos de una hora, la multitud de asistentes se había congregado en la casa de campo de Wallinger, donde se había habilitado un granero cercano a la construcción principal para la comida posterior al funeral. En varias mesas de caballete se habían dispuesto pasteles y sándwiches triangulares de pan blanco sin corteza. Había vino y whisky, y dos señoras del pueblo servían té y Nescafé a la flor y nata de la comunidad de los servicios de inteligencia de ambos lados del Atlántico. A Kell sus antiguos colegas lo saludaron con una mezcla de alegría y compasión, pues la mayoría eran demasiado astutos y egoístas para ofrecerle su apoyo sincero por el fiasco del Testigo X. Los que se habían enterado de su divorcio en la radio macuto del Servicio le ponían la mano en el hombro, como para consolarlo, como si se le hubiera muerto alguien o le hubieran diagnosticado una enfermedad incurable. Kell no los culpaba. ¿Qué se suponía que debía decir la gente en tales circunstancias?

Al fondo del granero habían colocado las flores que habían cubierto el ataúd de Wallinger. Kell estaba fuera, fumando un cigarrillo, cuando vio a los hijos de Wallinger —Andrew y Rachel— inclinados sobre los tributos florales y leyendo las tarjetas. De vez en cuando comentaban entre ellos alguno de los mensajes que había escritos. Andrew, de veintiocho años, era el menor de los dos, y supuestamente se ganaba la vida como banquero en Moscú. Kell no había visto a Rachel en más de quince años; le habían impactado la dignidad y elegancia con que sostenía a su madre al pie de la sepultura. Durante el sepelio, Andrew había llorado desconsoladamente al padre perdido, mientras que Josephine no había apartado los ojos de la tumba negra, como aletargada quizá a causa de la medicación que había tomado para sobrellevar el dolor, suponía Kell. Sin embargo, Rachel había mantenido una serenidad inquietante, como si supiera un secreto que le proporcionara paz mental.

Kell estaba apagando el cigarrillo, escuchando distraídamente a un granjero de la zona que contaba una anécdota interminable sobre parques eólicos, cuando vio en el fondo del granero que Rachel se agachaba para recoger una tarjeta unida a un pequeño ramo de flores. Estaba sola, a varios metros de Andrew. Kell tenía una perspectiva clara de su rostro. Mientras Rachel leía la tarjeta, Kell vio cómo se le endurecían los ojos oscuros y un rubor de rabia le encendía las mejillas.

Lo que la joven hizo a continuación lo dejó sin palabras. Se agachó y, con un giro brusco de muñeca, lanzó el ramo con fuerza. Las flores volaron hasta el fondo del granero y golpearon el muro blanqueado provocando un ruido sordo. Rachel se guardó entonces la tarjeta en el bolsillo del abrigo y regresó al lado de Andrew. Ninguno de los dos dijo nada. Kell tuvo la impresión de que Rachel quería mantener a su hermano al margen de lo ocurrido. Al cabo de unos segundos, Rachel se volvió y se acercó a las mesas de caballete, donde fue interceptada por una mujer de mediana edad con un sombrero negro. Que Kell supiera, nadie más había sido testigo de lo ocurrido.

En el granero había empezado a hacer calor y, al cabo de unos minutos, Rachel se quitó el abrigo y lo dobló sobre el respaldo de la silla. Estuvo todo el rato conversando con invitados que deseaban expresarle sus condolencias. En un momento dado ella se echó a reír y Kell tuvo la impresión de que todos los hombres de la sala se volvían para mirarla a la vez. Dentro del Servicio, Rachel tenía fama de guapa e inteligente. Kell recordó a un par de colegas que habían hecho insinuaciones sobre ella en la fiesta de Navidad. Sin embargo, no era como la había imaginado. Había algo en la dignidad de su conducta, en la determinación con que había lanzado las flores, en el hecho de que fuera capaz de controlar sus emociones y la situación en la que se encontraba que intrigaba a Kell.

Al cabo de un rato, Rachel había llegado al otro extremo del granero, al menos a quince metros de su abrigo. Kell llevó una bandeja de sándwiches y pasteles hacia la silla, se quitó el abrigo y lo dejó doblado al lado del de Rachel mientras metía la mano en el bolsillo exterior del de ella y sacaba la tarjeta.

Kell miró al otro lado del granero. Rachel no lo había visto. Todavía estaba inmersa en una conversación, de espaldas a la silla. Kell salió rápidamente, cruzó el sendero y entró en la casa de Wallinger. Varias personas estaban en el salón; invitados que buscaban los cuartos de baño, camareros que llevaban comida y bebida de la cocina al granero. Kell los evitó y subió.

La puerta del cuarto de baño estaba cerrada. Necesitaba encontrar un sitio donde no lo molestaran. Vio carteles de Pearl Jam y Kevin Pietersen en una habitación al fondo del pasillo y entró. Era el dormitorio de Andrew. Había fotografías enmarcadas de su paso por Eton encima de un escritorio de madera, así como varias gorras y recuerdos deportivos. Kell cerró la puerta. Sacó la tarjeta del bolsillo de su chaqueta y la abrió.

El texto estaba escrito en un idioma de Europa oriental, que Kell supuso que era húngaro. Era una nota manuscrita en una tarjeta pequeña, de color blanco y con una flor azul impresa en la esquina superior derecha.

Szerelmem. Szívem darabokban, mert nem tudok Veled lenni soha már. Olyan fájó a csend, amióta elmentél, hogy még hallom a lélegzeted, amikor álmodban néztelek.

¿Rachel lo había entendido? Kell puso la tarjeta encima de la cama y sacó su iPhone. Fotografió el mensaje, salió del dormitorio y regresó al granero.

Sin Rachel a la vista, Kell cogió su propio abrigo de la silla y, con un ágil juego de manos, volvió a guardar la tarjeta en el bolsillo del abrigo de ella. La nota no había estado en su poder más de cinco minutos.

Al darse la vuelta, vio que Rachel entraba en el granero y caminaba hacia su madre. Kell salió a fumarse un cigarrillo.

• • •

Amelia estaba sola delante de la casa, como alguien que espera un taxi al final de la fiesta.

—¿Qué has estado haciendo? —le preguntó ella.

Lo primero que pensó Kell fue que lo había visto llevándose la tarjeta. Después se dio cuenta, por la expresión de Amelia, de que la pregunta sólo se refería a su vida en general.

—¿Quieres decir últimamente? ¿En Londres?

—Sí, últimamente.

—¿Quieres una respuesta sincera?

—Por supuesto.

—A la mierda.

Amelia no reaccionó a la brusquedad de la respuesta. Normalmente, habría sonreído o hecho una mueca de desaprobación burlona. Pero su expresión era seria, como si por fin hubiera dado con la solución a un problema que la había preocupado durante mucho tiempo.

—Entonces ¿no estarás ocupado en las próximas semanas?

Kell sintió una inyección de optimismo; su suerte estaba a punto de cambiar. «Haz la pregunta y punto —pensó—. Ponme otra vez en juego.» Miró a lo lejos, por encima del valle salpicado de muros de piedra seca y ovejas en la distancia, y pensó en las tardes interminables estudiando árabe en la Escuela de Estudios Orientales y Africanos; en sus solitarias vacaciones en Lisboa y Beirut; en el curso de poesía irlandesa del siglo XX al que se había apuntado en el City Lit. En fin, en todo lo que había hecho para llenar el tiempo.

—Tengo un trabajo para ti —dijo Amelia—. Debería haberlo mencionado antes, pero no me parecía correcto antes del funeral.

Kell oyó el crujido de la gravilla del sendero producido por alguien que se acercaba a ellos. Esperaba que la oferta llegara antes de que los cortaran a media conversación. No quería que Amelia cambiara de opinión.

—¿Qué clase de trabajo?

—¿Irías a Quíos por mí? ¿A Turquía? ¿A descubrir qué estaba haciendo Paul antes de morir?

—¿No lo sabes?

Amelia se encogió de hombros.

—No todo. En su vida privada... Uno nunca sabe.

Kell bajó la mirada al suelo húmedo y asintió encogiendo los hombros. Había dedicado la mayor parte de su carrera a penetrar en la intimidad de las personas; sin embargo, en última instancia, ¿qué sabía uno de los pensamientos y motivos de la gente más cercana?

—Paul no tenía una razón operativa para estar en Quíos —continuó Amelia—. Josephine cree que estaba allí por trabajo, pero la Estación no sabía que se encontraba en la isla.

Kell suponía que Amelia sospechaba lo que parecía obvio, dada la reputación y el historial de Wallinger: que había estado en la isla con una mujer y se había esmerado en no dejar rastro.

—Avisaré a Ankara de que vas. Alfombra roja, acceso a todas las zonas. En Estambul, lo mismo. Te abrirán todos los archivos relevantes.

Fue como recibir un diagnóstico favorable después de haberse llevado un susto con la salud. Kell llevaba esperando ese momento desde hacía muchos meses.

—Perfecto —dijo él.

—Cobras el salario completo, ¿verdad? ¿Te lo restituimos después de Francia? —Era una pregunta puramente retórica—. Tendrás un chófer, y todo lo que haga falta. Haré los preparativos oportunos para que dispongas de una identidad falsa mientras estés allí, por si la necesitas.

—¿La necesitaré?

Kell tenía la sensación de que Amelia se estaba guardando una parte vital de la información. Se preguntó dónde se estaba metiendo realmente.

—No lo sé —dijo ella, aunque su siguiente comentario sólo confirmó su sospecha de que había algo más en juego—. Ve con cuidado con los yanquis, ya está.

—¿Qué significa eso?

—Ya lo verás. La situación allí está complicada en este momento.

Le impactó la gravedad con la que le estaba hablando Amelia.

—¿Qué es lo que no me estás contando? —preguntó Kell.

—Sólo descubre lo que ocurrió —repuso ella con rapidez, y le agarró la muñeca con la mano enguantada, apretándole fuerte los huesos, como si tratara de contener la hemorragia de una herida inexistente.

Amelia miró fijamente a Kell unos segundos; luego ambos volvieron al granero donde se servía la comida del funeral, y se mezclaron con la gente vestida de luto que salía de allí.

—¿Qué hacía Paul en Quíos? —dijo Amelia, y había angustia en la pregunta, la desesperación de una mujer poderosa que había sido incapaz de proteger al hombre que tal vez todavía amaba—. ¿Por qué murió?

Por un momento, Kell pensó que Amelia iba a desmoronarse. La cogió del brazo y se lo apretó; quería consolarla como a un amigo. Sin embargo, Amelia recuperó la entereza tan rápido como la ráfaga de viento que sopló en la granja en ese mismo instante, y cortó a Kell antes de que empezara a hablar.

—Es sencillo —dijo ella, esbozando una sonrisa de resignación—. Sólo descubre por qué demonios estamos todos aquí.

7

Kell hizo las maletas, vació su habitación y canceló su reserva en L'Enclume en menos de una hora. A las siete en punto estaba de nuevo en la estación de Preston, cambiando de andén para tomar un tren a Euston. Amelia había regresado a Londres en coche con Simon Haynes, después de haber llamado a Atenas y Ankara con las instrucciones para el viaje de Kell. En el vestíbulo de la estación, Tom pidió un sándwich de atún y una bolsa de patatas fritas que acompañó con dos latas de Stella Artois que compró en el carrito de cátering del tren, y terminó *El sentido de un final*. Ningún colega, ningún amigo del SSI había querido unirse a él en el viaje de vuelta a casa. Había espías de los cinco continentes diseminados a lo largo del tren, pero ninguno de ellos, ocultos tras sus libros, mujeres o portátiles, correría el riesgo de confraternizar en público con el Testigo X.

Kell llegó a casa sobre las once. Sabía muy bien por qué Amelia lo había elegido para una misión tan importante. Por los pasillos de Vauxhall Cross deambulaban decenas de agentes tan preparados como él que habrían estado encantados de tener la oportunidad de llegar al fondo del misterio de Wallinger, pero Kell era uno de los pocos lugartenientes de su confianza, es decir, de los dos o tres que sabían del largo romance de Amelia con Paul. En el Servicio se rumoreaba que C nunca había sido fiel a Giles, que había estado saliendo con un hombre de negocios estadounidense. Su relación con Wallinger se había visto siempre como estrictamente profesional. Sin embargo, si se llevaba a cabo una investigación minuciosa sobre la vida privada de Wallinger, sería inevitable descubrir pruebas de su aventura. Amelia no podía correr el riesgo de que la interrogaran, y menos con una grabadora. Por eso confiaba en la discreción de Kell.

Antes de acostarse, Kell rehízo las maletas. Sacó su pasaporte auténtico y envió por correo electrónico la fotografía del texto en húngaro a Tamás Metka, un viejo contacto del servicio secreto húngaro, que se había retirado para regentar un bar en Szolnok. A las siete de la mañana siguiente, Kell estaba en un taxi rumbo a Gatwick, de vuelta a la espantosa rutina de los aeropuertos en el siglo XXI: largas colas rodeado de gente nerviosa; líquidos embolsados de un modo absurdo; zapatos y el cinturón en la mano sin ningún sentido.

Cinco horas más tarde aterrizaba en Atenas, cuna de la civilización, epicentro de la deuda global. Su contacto lo estaba esperando en una cafetería de la terminal de salidas; se trataba de un agente del SSI que se encontraba en su primer destino y al que Amelia había dado instrucciones para que proporcionara a Kell una identidad falsa para Quíos. Era evidente que el joven —que se presentó como Adam— había trabajado toda la noche en su identidad: tenía los ojos resecos de no dormir y una erupción roja en la mandíbula, con pinta de alergia, que le asomaba bajo la barba rala. En la mesa había una taza de café, un sándwich abierto de contenido indefinido y un sobre acolchado marcado con una H. Llevaba una sudadera de Greenpeace y una gorra de béisbol Nike para que Kell lo identificara fácilmente.

—¿Buen vuelo?

—Sí, gracias —respondió Kell, dándole la mano y sentándose.

Intercambiaron algunas frases de cortesía durante unos segundos antes de que Kell cogiera el sobre. Como ya había pasado la aduana griega, había menos peligro de que lo pillaran con documentación relativa a dos identidades.

—Es una tapadera comercial. Usted es un investigador de la aseguradora Scottish Widows que debe redactar un informe preliminar sobre el accidente de Wallinger. Chris Hardwick. —La voz de Adam sonó pausada, metódica, bien ensayada—. Le he reservado una habitación en el hotel Golden Sands de Karfas, a unos diez minutos al sur de Quíos. El Chandris estaba lleno.

—¿El Chandris?

—Todo el mundo se hospeda allí cuando viene a la isla por trabajo. Es el mejor hotel de la ciudad.

—¿Crees que Wallinger podría haberse alojado allí bajo seudónimo?

—Es posible, señor.

A Kell no lo había llamado «señor» un colega desde hacía más de un año. Había perdido de vista su propio estatus; se había permitido olvidar los numerosos logros de su larga trayectoria profesional. Adam probablemente no tenía más de veintiséis o veintisiete años. Conocer a un agente de la fama de Kell debía de ser un momento significativo para el joven, y sin duda quería causarle buena impresión, sobre todo dados los vínculos de Kell con C.

—Le he reservado un coche en el aeropuerto. Está reservado para tres días. El mostrador de Europcar está justo al salir de la terminal. Hay un par de tarjetas de crédito a nombre de Hardwick, el número de pin habitual, pasaporte en curso, carnet de conducir, algunas tarjetas de visita. Me temo que la única fotografía suya que teníamos en los archivos es un poco vieja, señor.

Kell no se ofendió. Conocía la foto. La habían tomado en una habitación sin ventanas de Vauxhall Cross el 9 de septiembre de 2001. Llevaba el pelo más corto, tenía las sienes menos grises, su vida estaba a punto de cambiar. Todos los espías del planeta habían envejecido notablemente desde entonces.

—Estoy seguro de que servirá —dijo.

Adam miró al techo y pestañeó con fuerza, como si intentara recordar el último punto de una lista de verificación mental.

—El controlador de tráfico aéreo que estaba de servicio la tarde del vuelo del señor Wallinger puede reunirse con usted esta noche en su hotel.

—¿Hora?

—Le he dicho a las siete.

—Está bien. Quiero darme prisa con esto. Gracias.

Kell observaba a Adam mientras éste absorbía su gratitud asintiendo con la cabeza, sin pronunciar una palabra. «Recuerdo cuando era como tú —pensó Kell—. Recuerdo cómo era al principio.» Con una punzada de nostalgia, imaginó la vida de Adam en Atenas: un apartamento inmenso del Foreign Office, pases de discoteca, chicas guapas cautivadas por el glamur y las cuentas de gastos de la vida diplomática. Un hombre joven con toda una carrera por delante, en una de las grandes ciudades del mundo. Kell se guardó el sobre en la bolsa de mano y se levantó de la mesa. Adam lo acompañó hasta la tienda libre de impuestos y allí se separaron. Kell compró una botella de Macallan y un cartón de Winston Lights para Quíos y poco tiempo después estaba sobrevolando de nuevo las aguas resplandecientes del Mediterráneo mientras revisaba los mensajes de correo y de texto que había recibido en su iPhone antes de despegar.

Metka ya le había enviado una traducción del mensaje que había visto Rachel.

Mi querido Tom:
Siempre me alegra saber de ti y, por supuesto, estoy encantado de ayudarte.

¿Qué te ha pasado? ¿Ahora te ha dado por la poesía? ¿Escribes sonetos de amor en húngaro? ¿Acaso Claire ha tenido por fin el sentido común de dejarte y te has enamorado de una chica de Budapest?

Esto es lo que dice el poema; por favor, discúlpame si la traducción no es tan «bonita» como tu original:

Mi amor, no puedo estar contigo hoy, precisamente hoy, y se me rompe el corazón. El silencio nunca ha sido tan desesperante. Estás dormido, pero aún te oigo respirar.

Es realmente muy conmovedor. Muy triste. ¿Quién lo ha escrito? Me gustaría conocerlo. Si alguna vez vienes por aquí, avísame, tenemos que vernos. Espero que te vayan bien las cosas. Sabes que siempre eres bienvenido en Szolnok. Últimamente voy muy poco a Londres.

Un saludo afectuoso,
Tamás

Kell apagó el teléfono y miró por la ventana, hacia las volutas de nubes inmóviles. El motivo por el cual Rachel había reaccionado de forma tan violenta parecía obvio: el mensaje era de una amante afligida. Pero ¿Rachel entendía el húngaro o simplemente había reconocido la caligrafía de una mujer? No podía saberlo.

El avión aterrizó en un pequeño aeropuerto, funcional, de una sola pista, en la costa este de Quíos. Kell localizó la torre de control, vio a un ingeniero con barba ocupándose de un Land Cruiser pinchado y tomó fotografías de un helicóptero y un jet de empresa aparcados a ambos lados de un Olympic Air Q400. Wallinger habría despegado a sólo cien metros de distancia y luego puesto rumbo al este, hacia Esmirna. La avioneta Cessna había entrado en el espacio aéreo turco en menos de cinco minutos y se había estrellado en las montañas del sudoeste de Kütahya tal vez una hora después.

Los taxistas de la isla estaban en huelga y Kell se alegró de contar con el coche de alquiler. Se dirigió a Karfas, a unos pocos kilómetros al sur, por una carretera tranquila entre huertos de limoneros y cercas semiderruidas. El Golden Sands era un hotel turístico situado en el centro de una playa de un kilómetro con vistas al estrecho de Quíos y a

Turquía. Kell deshizo la maleta, se duchó y se cambió de ropa. Mientras esperaba a su cita en el bar, en compañía de una botella de cerveza Efes y unas ganas irresistibles de fumar dentro del local, reflexionó sobre lo deprisa que habían cambiado sus circunstancias personales. Menos de veinticuatro horas antes estaba comiendo un sándwich de atún en un tren abarrotado que salía de Preston. Ahora estaba solo en una isla griega, haciéndose pasar por un investigador de seguros en el bar de un hotel turístico en temporada baja. «Has vuelto al juego —se dijo—. Es lo que querías.» Pero el subidón había desaparecido. Recordó la emoción que había sentido apenas dos años antes, cuando había aterrizado en Niza con instrucciones de los capitostes de Vauxhall Cross de encontrar a Amelia a toda costa. En esa ocasión, las dinámicas y los trucos de su oficio habían vuelto a activarse como si se tratara de memoria muscular. Esta vez, en cambio, lo único que experimentaba era pánico ante la posibilidad inminente de descubrir la verdad sobre la muerte de su amigo. El piloto no había cometido ningún error. No había fallo de motor. Todo era una conspiración y una tapadera. Un asesinato.

El señor Andonis Makris, de la Autoridad de Aviación Civil Griega, era un isleño regordete de unos cincuenta años que apestaba a agua de colonia y hablaba un inglés impecable, aunque demasiado afectado. Kell se presentó mostrándole la tarjeta de visita de Chris Hardwick, coincidió en que Quíos era una isla preciosa, particularmente en esa época del año, y le dio las gracias por haber accedido a encontrarse con él a pesar de que lo habían avisado con tan poca antelación.

—Su asistente en la oficina de Edimburgo me dijo que el factor tiempo era importante —lo tranquilizó Makris.

Llevaba un traje azul marino de raya diplomática y camisa blanca con corbata. Tan seguro de sí mismo que rozaba lo arrogante, Makris proyectaba la imagen de un hombre que, desde hacía ya algunos años, se sentía satisfecho en casi todos los ámbitos de su vida.

—Me alegra poder ayudarlo después de semejante tragedia —continuó—. Mucha gente en la isla se quedó impactada por la noticia de la muerte del señor Wallinger. Estoy seguro de que su familia y colegas tienen ganas de descubrir lo que ocurrió tan pronto como sea humanamente posible.

Por su actitud era evidente que no sentía ni un atisbo de responsabilidad personal por la colisión. Kell supuso que, en cuanto se presentara la ocasión, aprovecharía para cargar con la culpa del fallecimiento del diplomático británico al control de tráfico aéreo turco.

—¿Conocía personalmente al señor Wallinger?

Makris estaba dando un sorbo de vino blanco y al escuchar la pregunta se detuvo. Tardó unos segundos en tragar, y antes de responder se dio unos toquecitos en la boca con una servilleta de papel.

—No. —Lo dijo en un tono uniforme, con un deje estadounidense—. El plan de vuelo se había entregado antes de que llegara mi turno. Hablé con el piloto, el señor Paul Wallinger, por radio mientras verificaba sus instrumentos, rodaba hacia la pista y se preparaba para despegar.

—¿Sonaba normal?

—¿Qué significa «normal», por favor?

—¿Estaba inquieto? ¿Borracho? ¿Le pareció tenso?

Makris reaccionó como si Kell hubiera puesto en duda su integridad.

—¿Borracho? Claro que no. Si creyera que un piloto está borracho, tenso o inquieto le impediría volar. Por supuesto.

—Por supuesto. —Kell nunca había tenido mucha paciencia con burócratas de piel fina y ni se molestó en disculparse con él por si su comentario le había ofendido—. Espero que entienda por qué debo hacerle estas preguntas. Para completar un informe exhaustivo sobre el accidente, Scottish Widows necesita saberlo todo...

Como si se hubiera cansado de escuchar, Makris se agachó, cogió un maletín delgado y lo puso en la mesa. Kell todavía estaba hablando cuando dos pulgares gruesos deslizaron las cerraduras. Los cierres sonaron, la tapa se abrió y por unos momentos la cara de Makris quedó oculta.

—Tengo aquí el plan de vuelo, señor Hardwick. Hice una copia para usted.

—Es muy considerado por su parte.

Makris bajó la tapa y le pasó a Kell un documento de una página escrito en griego que al inglés le pareció un jeroglífico incomprensible. Había recuadros donde Wallinger había anotado sus datos personales, aunque no parecía haber proporcionado ninguna dirección en la isla.

—El plan de vuelo consistía en sobrevolar Inuses para luego poner rumbo al este hacia Turquía. Es habitual que Çesme o Esmirna asuman de inmediato la responsabilidad de los aviones que entran en el espacio aéreo turco.

—¿Eso fue lo que ocurrió?

Makris asintió con gravedad.

—Eso fue lo que ocurrió. El piloto nos dijo que estaba saliendo de nuestro circuito y luego cambió la frecuencia de radio. A partir de ese momento, el señor Wallinger ya no era nuestra responsabilidad.

—¿Sabe dónde se alojaba en Quíos?

Makris dirigió la mirada hacia el plan de vuelo.

—¿No lo dice?

Kell dio vuelta a la hoja de papel y la levantó para inspeccionarla.

—Es difícil saberlo —dijo.

Makris apretó los labios, como dando a entender que Chris Hardwick, con su incapacidad para leer y entender el griego moderno, lo había ofendido por segunda vez. Entonces cogió el plan de vuelo, lo estudió con atención y se vio obligado a admitir que no había dado ninguna dirección.

—Parece que sólo consta la residencia del señor Wallinger en Ankara —reconoció.

Desde luego, era una infracción menor en el protocolo aeronáutico. Kell se imaginó que lo primero que haría Makris por la mañana sería ir al aeropuerto y concederse el gusto de dar una buena reprimenda al primer subordinado que pillara por banda por haber pasado ese detalle por alto.

—Pero hay un número de teléfono —dijo, como para compensar el error administrativo.

—¿Es un número de Quíos?

Makris no necesitó volver a mirar el prefijo.

—Sí.

De acuerdo con un informe preliminar enviado a Amelia el día antes del funeral, Wallinger había usado su propio diario y licencia de vuelo para alquilar la Cessna en Turquía y su propio pasaporte para entrar en Ankara. En cambio, no había dejado rastro de sus movimientos desde que había llegado a Quíos. Su teléfono móvil había permanecido apagado la mayor parte de su estancia y no había habido actividad en ninguna de las tarjetas de crédito de Wallinger, ni en la suya ni en la de sus cuatro alias registrados en el SSI. Había pasado una semana en Quíos como un fantasma. Kell suponía que Wallinger había estado con una mujer y había tratado de ocultar su paradero tanto a Josephine como a Amelia. Sin embargo, por las precauciones que había tomado, era igualmente plausible que hubiera establecido contacto con un agente.

—¿Reconoce el número?

—¿Que si lo reconozco? —repuso Makris con un desdén que no le supuso ningún esfuerzo—. No.

—¿Y ha oído algo acerca de lo que el señor Wallinger estaba haciendo en Quíos? ¿Por qué estaba visitando la isla? ¿Algún rumor en la ciudad, artículos de periódico?

Kell reconocía que sus preguntas eran lo que en el oficio se conoce como «pesca de arrastre», pero aun así era importante plantearlas. No se sorprendió lo más mínimo cuando Makris sugirió con un carraspeo que el señor Hardwick estaba excediendo sus competencias.

—Paul Wallinger era sólo un turista, ¿no? —dijo Makris, levantando las cejas. Estaba claro que no tenía intención de improvisar una respuesta—. Desde luego, no he hablado con nadie ni he leído nada que sugiera otros intereses. ¿Por qué lo pregunta?

Kell le dedicó una sonrisa insulsa.

—Oh, es sólo contexto para el informe. Necesitamos determinar si cabe alguna posibilidad de que el señor Wallinger se quitase la vida de manera deliberada.

Ante la consideración del posible suicidio de Paul Wallinger, Makris trató de parecer circunspecto, tal como merecía la gravedad del asunto. Sin duda debía de estar pensando que semejante veredicto eximiría por completo al aeropuerto de Quíos de cualquier responsabilidad en la tragedia y barrería de un plumazo la posibilidad de un pleito contra el ingeniero que había verificado la Cessna.

—Deje que pregunte —contestó—. Para serle totalmente sincero ni siquiera he hablado del accidente con mis colegas de Turquía.

—¿Y sus ingenieros?

—¿Qué pasa con ellos, por favor?

—¿Ha determinado cuál de ellos estaba de servicio la tarde del vuelo?

—Por supuesto.

Makris se había preparado para ese momento. Era la parte más sensible de la entrevista y la encaró como Kell había esperado que lo haría.

—El control de tráfico aéreo no es responsable del mantenimiento y la ingeniería. Es un departamento separado. Supongo que ha concertado reuniones con otros empleados para obtener una imagen más completa de la tragedia.

—Desde luego. —Kell volvió a sentir ganas de fumar un cigarrillo—. ¿Por casualidad conoce el nombre del ingeniero en cuestión?

Makris pareció sopesar si era buena idea negarse a una petición tan simple del hombre de Scottish Widows. Arriesgándose a perder el equilibrio, contorsionó el cuello con nerviosismo, soltó otro ligero carraspeo de irritación y anotó el nombre en el dorso del plan de vuelo.

—¿Iannis Christidis?

Kell estudió la caligrafía fina, como las patas de una araña, de Makris. Con eso y el número de teléfono tenía pistas más que suficientes para trazar los movimientos de Wallinger en los días previos a su muerte.

—Así es —repuso Makris. Y para sorpresa de Kell se levantó de inmediato y apuró el vino que le quedaba—. ¿Alguna cosa más, señor Hardwick? Mi mujer me está esperando para cenar.

En cuanto Makris hubo salido del hotel, Kell volvió a su habitación y marcó el número usando el teléfono fijo del hotel. Se conectó con un servicio de contestador, pero el mensaje estaba en griego. Bajó a la recepción del hotel, marcó el número otra vez y pidió a la recepcionista que escuchara el mensaje y le hiciera una traducción aproximada. No pudo evitar sentirse decepcionado cuando la mujer le contó que se trataba de un mensaje predeterminado generado por ordenador en el que no se nombraba a ninguna persona o empresa. Kell, ya con hambre y pensando en la cena, regresó a su habitación para llamar a Adam.

—El ingeniero que trabajó en el avión de Wallinger se llama Iannis Christidis. ¿Puedes comprobar si tiene algún antecedente?

—Claro.

Sonó como si lo hubiera despertado de la siesta. Kell oía los ruidos que hacía buscando un bolígrafo, el ladrido de un perro de fondo.

—Con un nombre como Christidis probablemente te saldrá una lista como la guía telefónica griega, pero mira si tiene un perfil en la isla.

—Voy.

—¿Tienes directorios telefónicos inversos de Quíos?

—Estoy seguro de que podemos encontrar algo.

Kell leyó el número del plan de vuelo y verificó que Adam lo había anotado bien. Luego desconectó del trabajo y, tras ver los titulares de la CNN, cenó una lubina asada y una ensalada griega en un restaurante a medio camino de la playa. Desde su mesa, en una terraza a la luz de la luna, se veían las luces de la costa turca a lo lejos, parpadeando como una pista de aterrizaje.

A las diez en punto, mientras fumaba un cigarrillo en la orilla, con la playa en marea alta, sintió la vibración de su teléfono. Adam le había enviado un mensaje de texto.

Todavía trabajando en IC. El número corresponde a una agencia inmobiliaria que gestiona alquileres. Villas Angelis. 119 Katanika, en el puerto. Propietario: Nicolas Delfas.

8

Alexander Minasian, *rezident* del SVR en Kíev, era el oficial del Directorio C que había reclutado a KODAK, lo que sin duda lo había convertido en una leyenda en los pasillos de Yásenevo. Minasian era un fantasma cuando visitaba Turquía. A veces iba en avión, otras cruzaba la frontera en coche o camión desde Bulgaria. Una vez se subió a un tren al otro lado de la frontera y llegó hasta Edirne. Siempre con un alias, usando un pasaporte diferente en cada ocasión. Durante la operación KODAK, Minasian había tomado un barco en Odesa hasta tres veces —el barco era su medio de transporte favorito para llegar a Turquía— para reunirse con su fuente en una habitación del hotel Çiragan Kempinski. Los dos se habían bebido un sancerre tinto helado y habían conversado sobre los beneficios políticos y morales del trabajo de KODAK. Haciendo gala de su instinto desde el principio, la fuente siempre se había negado a reunirse en suelo turco con oficiales del SVR no declarados, enlaces o agentes sin cobertura oficial. KODAK sólo trataría con Minasian, al que conocía simplemente como «Carl».

Su acuerdo era claro. Cuando hubiera material para compartir, KODAK se presentaría en uno de los dos salones de té de Ankara o Estambul y mostraría la señal acordada. Un miembro del personal de la embajada vería la señal y se enviaría inmediatamente un telegrama a Kíev. Por razones que Minasian siempre había aceptado y comprendido, KODAK no había considerado relevante entregarle todos los detalles o informaciones del servicio de inteligencia que pasaran por su escritorio. El material que KODAK elegía compartir con el SVR era siempre «canela en rama» (una expresión de KODAK que Minasian se había visto obligado a buscar) y normalmente de la mejor calidad.

—No estoy interesado en darte cantidades ingentes de información acerca de objetivos de inversión, presupuestos de energía y esas cosas. Eso es lo que haría que me atraparan. Lo que voy a darte, cuando decida dártelo, será información del servicio de inteligencia, concreta, procesable y por lo general de alto secreto.

Había dos buzones ciegos en Estambul. Uno estaba en el servicio de caballeros de un restaurante turístico de Sultanahmet, propiedad de un antiguo oficial del KGB. El hombre, retirado desde hacía mucho tiempo, se había casado con una mujer turca y tenía dos hijos. Una cisterna desconectada de las cañerías en el segundo de los dos cubículos reformados en fecha reciente era ideal para dejar lápices de memoria, discos duros y documentos. Todo lo que KODAK deseara entregar.

El segundo se encontraba entre las ruinas de una casa vieja —de la que se decía que había pertenecido a León Trotski— en la costa septentrional de Büyükada, una isla del mar de Mármara. Éste era el preferido de KODAK, ya que era amigo de un periodista de Büyükada que vivía al lado, con lo que cualquier viaje que hiciera a la isla podía pasar por un gesto de amistad.

Últimamente KODAK había manifestado su desagrado por la cisterna —aunque por supuesto se había limpiado y desinfectado en profundidad durante las obras de la reforma del lavabo— y se había quejado a Minasian de que se sentía «como Michael Corleone yendo a matar a alguien» cuando levantaba la tapa para hacer una entrega. Minasian le había prometido encontrar una tercera ubicación, aunque KODAK parecía cada vez más encariñado con el buzón de Büyükada, oculto entre las ruinas y protegido de lluvias y alimañas.

A ese buzón se dirigía precisamente Minasian, aunque su trayecto, como siempre, prometía ser una obra maestra de contravigilancia de seis horas, que conllevaría dos cambios de ropa, cinco taxis, dos transbordadores (uno al norte, a Istinye, y otro al sur, a Bostanci), así como cinco kilómetros a pie en Besiktas y Beyoglu. Hasta que no estuvo seguro de que nadie lo seguía, Minasian no subió al barco privado en el puerto de Marinturk para hacer la corta travesía hasta la isla de Büyükada.

Mientras estuvo en la isla, Minasian siguió tomando precauciones. El MIT, es decir, la Organización Nacional de Inteligencia de Turquía, o los estadounidenses podían contar con puestos de vigilancia avanzada en Büyükada y capturar a Minasian a pie, pues no se permitían vehículos en la isla, sólo bicicletas y carros tirados por caballos. Por esta razón realizó su segundo cambio de apariencia en un restaurante cercano a la terminal del transbordador y salió por una puerta trasera. Tras una ruta en carro por la isla, Minasian pidió al cochero que lo llevara a trescientos metros de la casa de Trotski y luego hizo a pie la última parte de su trayecto.

En una mochila de piel llevaba varias mudas, además de un bañador y una toalla. En los meses más calurosos, Minasian solía darse un baño antes de recoger el material. Cualquier cosa que contribuyera a crear su estampa de ocio y despreocupación. Esta vez, sin embargo, quería regresar a Kadiköy a tiempo para tomar el ferri ya que había quedado para cenar con un amigo en Bebek. Por esa razón, fue directamente a la ubicación, se aseguró de que estaba solo y recogió el contenido que le había dejado KODAK el día anterior.

El papel estaba doblado y protegido de las inclemencias del tiempo con una carpeta de plástico transparente cerrada con una goma elástica. Era lo habitual. Minasian lo abrió y fotografió el contenido de inmediato. Para su sorpresa, la información era escueta.

LVa/RUSSI Teherán (nuclear) Massud Moghaddam
Nombre en clave: EINSTEIN

9

Las oficinas de Villas Angelis estaban situadas encima de un pequeño restaurante familiar en el puerto de la ciudad de Quíos. Kell llegó al primer piso por una escalera externa del lateral del edificio y llamó a una puerta de cristal en parte esmerilado a través de la cual vio un pequeño despacho iluminado con fluorescentes y ocupado por una mujer que aparentaba cerca de unos cuarenta años. La mujer alzó la cabeza, transformó una mirada inquisitiva en una sonrisa de bienvenida y cruzó la sala para invitar a Kell a entrar con un ademán exagerado de cordialidad.

—Hola, señor, hola, hola —dijo ella, acertando en la suposición de que Kell estaba visitando la isla y no hablaba griego. Llevaba un vestido veraniego con estampado de flores y unas alpargatas aplastadas bajo los pies hinchados—. Pase y siéntese. ¿En qué podemos ayudarlo?

Kell le estrechó la mano y se acomodó en una pequeña silla de madera de cara a su escritorio. La mujer se llamaba Marianna y no era más alta que el dispensador de agua junto al que estaba de pie en ese momento. El salvapantallas de su ordenador mostraba una fotografía de una pareja de ancianos griegos, que Kell imaginó que eran sus padres. No había en el escritorio fotografías de un marido o un novio, sólo un retrato formal enmarcado de un niño con bombachos —¿su sobrino?— flanqueado por sus padres. Marianna no llevaba alianza.

—Me llamo Chris Hardwick —dijo Kell, entregando su tarjeta—. Soy investigador de seguros de Scottish Widows.

El inglés de Marianna era bueno, pero no lo bastante para descifrar lo que el señor Hardwick le había dicho. Pidió a Kell que se lo repitiera mientras estudiaba la tarjeta con atención en busca de más pistas.

—Estoy investigando la muerte de un diplomático británico. Paul Wallinger. ¿Reconoce el nombre?

Por su expresión se diría que Marianna deseaba que el nombre significara algo para ella. Sus facciones se suavizaron y se quedó mirando a Kell con una especie de anhelo; ladeó la cabeza, como si se esforzara por complacer su petición. Al final, no obstante, se vio obligada a reconocer la derrota y contestó en un tono de disculpa que sugería frustración por su propia ignorancia.

—No, lo siento, pero no. ¿Quién era ese hombre? Siento no poder ayudarlo.

—No se preocupe —respondió Kell, sonriendo de la manera más amable.

A la izquierda, un cartel de la Acrópolis se estaba despegando de la pared. Al lado del cartel, tres relojes con carcasa de color gris pálido mostraban la hora en Atenas, París y Nueva York. Kell oyó pisadas en la escalera exterior, y al darse la vuelta vio a un hombre de edad y constitución similares a las de Andonis Makris empujando la puerta de la oficina. Tenía cejas gruesas, bigote negro y poblado, y dos tonos de tinte batallaban por imponerse en su cabello. Al ver a Kell en la silla, el hombre gruñó algo en griego, se acercó a la ventana del fondo y corrió las cortinas; la luz matinal y el petardeo de los ciclomotores inundaron la oficina. A Kell le quedó claro que el hombre era el jefe de Marianna y que sus palabras habían sido una especie de reprimenda por un pecado que él todavía no había detectado.

—Nico, él es el señor Hardwick.

Marianna sonrió a Kell de un modo conciliador, lo que él interpretó como una disculpa anticipada por el temperamento voluble de su jefe, y a continuación se puso a teclear en su ordenador mientras Nicolas Delfas cruzaba la sala e invitaba a Kell a sentarse delante de su escritorio. El lenguaje corporal era de manual; machismo en estado puro:

«Ahora estoy al mando. Los hombres han de tratar con hombres.»

—¿Está buscando algo para alquilar? —preguntó, dándole un apretón de manos fuerte y seco.

—No, de hecho, soy investigador de seguros.

Delfas había apoyado los brazos sobre el escritorio y, sin mirarlo, buscaba algo entre una pila de papeles.

—Sólo estaba preguntando a su colega si su oficina había tenido algún trato con un diplomático británico llamado Paul Wallinger.

La palabra «diplomático» apenas acababa de salir de la boca de Kell cuando Delfas alzó la mirada negando con la cabeza.

—¿Quién?

—Wallinger. Paul Wallinger.

—No. No quiero hablar de esto. No lo conozco. No lo conocí.

Delfas sostuvo la mirada de Kell, pero su atención volvió rápidamente al escritorio.

—¿No quiere hablar de él, o no sabe quién era?

El griego empezó a mover objetos encima de un archivador negro abollado, un ejercicio que lo hizo respirar con mayor dificultad y negar con la cabeza con frustración. Al cabo de unos segundos miró a Kell, como sorprendido de que siguiera en la oficina.

—¿Perdón?

—Le estaba preguntando si conoció al señor Wallinger.

Delfas apretó los labios; los pelos de su grueso bigote le ocultaron por un instante los orificios de la nariz.

—Se lo he dicho, no conozco a ese hombre. No tengo ninguna pregunta que responder. ¿En qué otra cosa puedo ayudarlo?

—El plan de vuelo citaba su oficina como número de contacto en Quíos. Me preguntaba si habría alquilado una propiedad de Villas Angelis.

Kell miró a Marianna. Aunque seguía absorta en su ordenador, sin duda estaba escuchando cada palabra de la conversación: tenía las orejas y mejillas coloradas y parecía tensa y rígida. Delfas abroncó a Marianna y luego gritó una palabra, *gamoto*, que Kell dedujo que era un primo hermano griego de «joder».

—Mire, señor, eh...

—Hardwick.

—Sí. No sé de qué está hablando. Ahora mismo estamos muy ocupados. No puedo ayudarlo con sus investigaciones.

—¿No ha oído hablar del accidente?

A Kell le divertía la idea de que Delfas y Marianna pudieran estar «ocupados». La oficina tenía el bullicio y la energía de una sala de espera desierta en una estación de ferrocarril remota.

—Despegó del aeropuerto de Quíos la semana pasada —dijo Kell—. Su Cessna se estrelló en Turquía occidental.

Al final Marianna volvió la cabeza y miró a los dos hombres. Era evidente que había recordado el nombre de Wallinger, o al menos estaba familiarizada con las circunstancias del accidente. Delfas, que pareció percibirlo, se levantó y trató de conducir a Kell hacia la puerta.

—No sé nada de esto —dijo, y luego añadió algo que sonó como una negación más brusca en su lengua materna.

El griego tiró de la puerta y la sostuvo abierta con los ojos fijos en el suelo. A Kell no le quedó otra alternativa que levantarse y marcharse. Haber tratado con tantos mentirosos —buenos y malos— a lo largo de su vida le había enseñado a no golpear primero. Si el mentiroso era obstinadamente terco y obstructivo, era mejor dejarlo reposar.

—Está bien —zanjó—, está bien. —Y se volvió hacia Marianna, despidiéndose amablemente de ella con una inclinación de cabeza.

Mientras salía, Kell examinó rápidamente el cuarto en busca de cámaras de vigilancia y alarmas antirrobo, y evaluó de un vistazo las cerraduras de la puerta. Como era evidente que Delfas ocultaba algo, Kell no descartaba preparar una entrada ilegal para indagar en el sistema informático de la empresa. Kell informó a Delfas de que Edimburgo establecería «contacto con él por escrito por la relación del señor

Wallinger con Villas Angelis», y le dijo que estaba agradecido por haber tenido la oportunidad de hablar con él.

—Sí, gracias —murmuró Delfas en inglés antes de cerrar de un portazo.

El horario de apertura de la oficina y el número de teléfono figuraban en una placa de plástico duro al pie de la escalera exterior. Mientras valoraba la información y quizá pedir que un equipo técnico volara a Quíos, se le ocurrió una idea más simple. Ahí estaba la memoria de los músculos de un espía viejo y cínico. Kell sabía exactamente lo que tenía que hacer. No había por qué organizar una entrada ilegal. Estaba Marianna.

10

«Reclutar a un agente es un acto de seducción —había dicho un instructor de Fort Monckton frente a una clase de ansiosos cachorros del SSI en otoño de 1994—. El truco con los agentes del otro sexo es seducirlos sin, bueno, sin seducirlos.»

Kell recordó el murmullo de risitas cómplices que había seguido a ese comentario: un aula llena de aspirantes a espías de alto rendimiento que se estaban formando y se preguntaban qué ocurriría si un día se encontraban en la situación de sentirse sexualmente atraídos por un agente. Ocurría, por supuesto. Ganarse la confianza de un desconocido, convencer a una persona para que crea en ti, obligarla a actuar, a veces en contra de sus principios... ¿no era ése el primer paso al dormitorio? Los buenos agentes a menudo eran brillantes, ambiciosos y emocionalmente necesitados: dirigirlos exigía una combinación de halagos, amabilidad y empatía. El trabajo de un espía consistía en escuchar, hacerse con el control y permanecer fuerte, con frecuencia en circunstancias de una dificultad extrema. El SSI acostumbraba a contratar a hombres físicamente atractivos, y lo mismo sucedía con las mujeres. Kell, a lo largo de su carrera, había vivido bastantes situaciones en las que, si hubiera querido, podría haberse llevado con facilidad a una agente a la cama. Confían en ti; creen y admiran a la persona que los manipula. Para bien o para mal, la mística del espionaje es un afrodisíaco. Por la misma razón, la atmósfera que se respiraba dentro de las cuatro paredes de Thames House y Vauxhall Cross solía compararse con la de un burdel, sobre todo en lo referente a los empleados más jóvenes. El secretismo alimentaba la intimidad. Los agentes sólo podían hablar de su trabajo con otros agentes. Y muchas veces lo hacían por la noche, mientras tomaban una copa o dos en el bar del MI5, o en un pub de Vauxhall. Inevitablemente, una cosa llevaba a la otra, en casa y en el extranjero. Así era el trabajo. Ésta era una de las razones por las que el índice de divorcios en el SSI era tan alto como en Beverly Hills.

«El truco con agentes del otro sexo es seducirlos sin, bueno, sin seducirlos.» Kell se sentó en el muro del puerto a las dos menos cuarto con las palabras del instructor en la cabeza y sin dejar de observar atentamente las ventanas del primer piso de Villas Angelis. Justo a las dos y un minuto, Marianna y Delfas salieron para hacer la pausa de una hora a mediodía. Delfas fue al restaurante de abajo, donde lo saludaron con la cabeza varios clientes que ocupaban las mesas resguardadas bajo un toldo granate. Kell siguió a Marianna a una distancia prudencial y la vio entrar en un restaurante adyacente a la terminal del ferri. Desde su posición en la calle tenía una visión clara de la mesa. Había una segunda puerta en el lateral del restaurante por donde podía entrar sin ser visto. Se sentaría, pediría algo de comer y luego inventaría una razón para pasar por su lado.

Kell sacó quinientos euros de un cajero automático, entró en el restaurante, saludó a la camarera y se sentó. Al cabo de un minuto, tenía ya una carta abierta frente a él; al cabo de dos, había pedido salchichas, patatas fritas y ensalada, además de una botella de medio litro de agua con gas. Marianna estaba al otro lado de la sala, más allá de la barra, más o menos entre una quincena o una veintena de clientes esparcidos por el restaurante. Kell no podía ver la mesa de Marianna, pero había atisbado la parte superior de su cabeza al entrar.

En cuanto la camarera le llevó el agua, Kell se levantó y se dirigió a la barra. Se volvió a la derecha, simulando buscar el lavabo, pero insistió en barrer con la mirada la zona de la mesa de Marianna, quien, al percibir movimiento en su visión periférica, levantó la cabeza y al instante reconoció a Kell. Marianna sonrió con amabilidad y apartó el libro que estaba leyendo.

—Ah, hola.

Kell logró mostrar una expresión de sorpresa absoluta al detenerse a su lado. Le complació ver que Marianna se estaba ruborizando.

—¡Señor Harding!

—Hardwick. Llámeme Chris. Marianna, ¿verdad?

Ella parecía avergonzada por no haber recordado su apellido.

—¿Qué está haciendo aquí?

Kell se volvió y señaló en la dirección de su mesa.

—Lo mismo que usted, supongo. Comer algo.

—¿Ha comido?

Marianna miró la silla que estaba enfrente de la suya, como si estuviera armándose de valor para invitar a Kell a unirse a ella.

—Acabo de pedir —repuso él, añadiendo una sonrisa amable—. ¿Qué está tomando? ¿Sopa? Parece deliciosa.

Marianna miró lo que parecía un bol de sopa de pollo clara. Levantó la cuchara. Durante un instante de pánico, Kell creyó que le iba a ofrecer que la probara.

—Sí, sopa. Siento mucho lo de Nico.

Kell se hizo el tonto con el nombre.

—¿Nico?

—Mi jefe...

—Ah. Sí, ha sido frustrante.

Marianna parecía haberse quedado sin cosas que decir. Kell miró hacia la puerta del cuarto de baño.

—Lo siento —dijo ella, captando la mirada—. No quiero entretenerlo.

—No, no —repuso Kell—. Es estupendo verla. Me ha encantado conocerla esta mañana.

Marianna parecía no saber cómo reaccionar al cumplido. Se llevó la mano a la cara y se frotó las cejas con las yemas de los dedos. En el silencio que siguió, Kell echó la cantidad de cebo necesaria.

—Sólo estoy frustrado. Habría sido útil saber por qué el señor Wallinger tenía su número.

Marianna parecía tener la respuesta a esa pregunta tan sencilla del señor Hardwick.

—Sí —contestó mientras su mano buscaba el lomo del libro, como si se tranquilizara a sí misma. El rubor había desaparecido de sus mejillas y parecía ansiosa por continuar la conversación—. Nico puede ser difícil por las mañanas.

Kell asintió, dejando que los envolviera otro silencio breve. Marianna lanzó una mirada nerviosa hacia la barra.

—¿Dónde están mis modales? —dijo—. Es un invitado en Quíos. ¿Le gustaría comer en mi mesa? No puedo dejarlo solo.

—¿Está segura? —Kell sintió el leve pero inconfundible cosquilleo ante un plan ejecutado con éxito.

—¡Por supuesto! —El buen humor y amabilidad naturales de Marianna se desbordaron de repente. Parecía muy animada—. Puedo pedirle a la camarera que traiga su comida a mi mesa. Si quiere, claro.

—Me encantaría.

Después de eso, fue fácil. Kell no había reclutado una «fuente inconsciente» en más de un año, pero los trucos del oficio, la gramática de una charla convincente, le salían de forma natural.

«Si lo estás haciendo bien —había explicado el mismo instructor en Fort Monckton en la clase de 1994—, un reclutamiento no debería sentirse como un acto cínico o manipulador. Deberías sentir que ambas partes desean lo mismo. Deberías sentir que el potencial agente también quiere algo de ti y que tú puedes dárselo.»

Y así fue como Kell descubrió los límites de la lealtad de Marianna Dimitriadis con Nicolas Delfas.

Al principio, Kell evitó hablar de Wallinger. En cambio, se concentró en descubrir todo lo que pudo sobre Marianna. Cuando estaban tomando el postre —un pudin de arroz con sabor a limón—, ya sabía dónde había nacido, cuántos hermanos y hermanas tenía, dónde vivían esos hermanos, los nombres de sus mejores amigas, cómo había empezado a trabajar en Villas Angelis, por qué se había quedado en Quíos (en lugar de seguir una carrera de relaciones públicas en Salónica), así como la identidad de su último novio, un turista alemán que había vivido con ella seis meses antes de regresar a Múnich con su mujer. Bajo su amabilidad y alegría naturales, Kell detectó la soledad de la tía soltera, la frustración romántica y social de la solterona. Kell apenas desvió la mirada de los ojos vívidos y melancólicos de Marianna. Sonrió cuando ella lo hizo; escuchó con atención y con toda la inteligencia que requería. Estaba convencido de que, cuando llegase el momento de pagar la cuenta, ella accedería a hacerle el favor que estaba a punto de pedirle.

—Tengo un problema —dijo.

—¿Sí?

—Si no puedo descubrir por qué Paul Wallinger usó el número de Villas Angelis en su plan de vuelo, mi jefe se va a poner furioso. Tendrá que enviar a alguien más a Quíos, me echará la culpa y todo el asunto se retrasará semanas y costará una fortuna.

—Ya veo.

—Perdone que le diga esto, Marianna, pero he tenido la sensación de que Nico me estaba ocultando algo. ¿Me equivoco?

Su acompañante bajo la mirada a la mesa. Marianna empezó a negar con la cabeza, pero Kell se dio cuenta de que estaba sonriendo.

—No quiero fisgonear —agregó Kell.

—No está fisgoneando —repuso ella al instante. Alzó el rostro y lo miró a los ojos, con una expresión anhelante con la que él ya se había familiarizado durante la comida.

—¿Qué ocurre?

—Nico no es muy... —Se detuvo a buscar el adjetivo correcto—. Amable.

No era la palabra que Kell había esperado, pero se alegró igualmente.

—No le gusta ayudar a la gente a menos que puedan ayudarlo a él. No se involucra en nada... Es complicado.

Kell asintió agradecido por el análisis crudo que Marianna había hecho de la personalidad de su jefe. La camarera pasó junto a su mesa y Kell aprovechó la oportunidad para pedir un café.

—¿Qué tiene de complicado? —preguntó—. ¿Tenía algún negocio con el señor Wallinger?

Una carcajada y una sonrisa deslumbrante le dijeron a Kell que no era el caso. Marianna negó con la cabeza.

—Oh, no. No había nada malo en su relación. —Marianna miró por la ventana. Un ferri estaba acercándose al puerto y algunos pasajeros se asomaban y saludaban a tierra—. Simplemente ha decidido no ayudarlo.

Marianna se dio cuenta de que el señor Hardwick se sentía ofendido por la beligerancia de Delfas.

—No se lo tome como algo personal —dijo ella, y por un momento Kell pensó que iba a asirle la mano—. Es así con todos. Yo no soy así. La mayoría de la gente en Grecia no es así.

—Claro.

El momento había llegado. Kell sintió su billetera abultada con los quinientos euros, una suma que estaba dispuesto ofrecer a Marianna a cambio de su cooperación. Pero había hecho una apuesta consigo mismo de que no lo necesitaría.

—¿Estaría dispuesta a ayudarme? —preguntó él.

—¿En qué sentido? —Marianna se estaba ruborizando otra vez.

—¿Puede contarme lo que Nico no me ha querido decir? Me ahorraría un montón de problemas.

Si Marianna tuvo algún conflicto ético sobre la cuestión, éste no se prolongó más de un segundo. Con un suspiro resolutivo, la mujer se ventiló la lealtad por su jefe como si fuera una moda pasajera.

—Hablo de memoria —dijo, arrastrando a Kell de inmediato a una atmósfera de confidencialidad—, pero el señor Wallinger se quedó en uno de nuestros chalets. Durante una semana.

—Entonces ¿por qué no me le contó Nico?

Marianna se encogió de hombros. Parecía que los dos estaban a merced de un hombre terco e irascible.

—Vino a la oficina a recoger las llaves.

Kell disimuló su sorpresa. La noticia de que Marianna había visto a Wallinger fue como sentir que su amigo regresaba de entre los muertos.

—¿Lo conoció?

—Sí. Era un hombre muy amable, tranquilo, muy serio. —Marianna dudó, arriesgándose a minar el ego del señor Hardwick—: Pensé que era muy alto, ¡y muy atractivo!

Kell sonrió. Todo sonaba a Paul.

—Entonces ¿iba solo?

—Sí. Aunque lo vi después ese mismo día. Con otra persona.

—Ah. ¿Quién era? —Kell estuvo a punto de añadir «¿una mujer?», pero se contuvo—. ¿Otro turista?

—Un hombre —repuso Marianna, con naturalidad.

Kell se preguntó si la memoria de Marianna estaba jugándole una mala pasada. No era la respuesta que él había esperado.

—Pasé al lado de su mesa —continuó ella—. En uno de los cafés que están cerca de mi oficina.

Kell se dio cuenta de que las palabras de Amelia no dejaban de rondarle por la cabeza. «Ve con cuidado con los yanquis. La situación allí está complicada en este momento.»

—Ese hombre. ¿Era estadounidense por casualidad?

A Kell le preocupaba estar haciendo muchas preguntas. Quizá estaba confiando demasiado en la atmósfera de abierta cordialidad que había entre ellos, una especie de complicidad relajada.

—No lo sé —repuso Marianna—. Nunca volví a verlo.

—¿Era tan atractivo como el señor Wallinger?

Kell puso una sonrisa a la pregunta; buscaba una descripción de un modo que esperaba que no levantara las sospechas de Marianna.

—¡Oh, no! —dijo ella, obediente—. Era mucho más joven, pero llevaba barba, y no me gustan las barbas. Creo que fue una mujer quien alquiló la casa. De hecho, estoy segura, porque hablé con ella por teléfono.

Ése era el nombre que necesitaba Kell. Si encontraba a la mujer, podría encontrar al hombre. Estaba convencido.

—No quiero meterla en problemas —dijo, sugiriendo precisamente lo contrario con la mirada.

—¿Qué quiere decir?

—Lo único que necesitaría es una copia del contrato de alquiler. Si hay algo malintencionado o ilegal en marcha, realmente me ahorraría un montón de...

Marianna ni siquiera se molestó en terminar de escucharlo. Eran amigos ahora, tal vez más que eso. El señor Hardwick se había ganado su confianza. Marianna se inclinó hacia delante y al final le rozó la muñeca. Kell oyó el petardeo de un ciclomotor en el puerto, el graznido de gaviotas que volaban en círculos sobre el restaurante.

—No hay problema —dijo Marianna—. ¿Dónde se hospeda? ¿Cuál es la mejor manera de enviárselo? ¿Por fax?

Tres horas más tarde, tumbado en la cama del hotel, casi a la mitad de *Me llamo Rojo*, Kell oyó que alguien llamaba a la puerta de su habitación. Al abrir se encontró con la misma recepcionista que lo había ayudado con el mensaje grabado la tarde anterior. Sostenía un papel.

—Fax.

Kell le dio cinco euros de propina y entró en la habitación. Marianna le había enviado el contrato de alquiler, junto con una breve nota manuscrita en lo alto de la página: «¡Ha sido genial conocerlo! ¡Espero volver a verlo!» El documento estaba en griego y en inglés, así que Kell vio que la residencia en cuestión se había alquilado durante los siete días anteriores al accidente por dos mil quinientos euros. No había rastro del nombre de Wallinger en el documento, sólo la firma y la fecha de nacimiento de una mujer que había proporcionado un pasaporte húngaro y un número de móvil como identificación. Al ver su caligrafía, Kell sintió que el misterio de la nota de Rachel se abría delante de él como una flor. Miró la foto en su iPhone y vio que la escritura coincidía con la del contrato de alquiler.

Estaba al teléfono con Tamás Metka al cabo de unos minutos.

—¡Tom! —exclamó—. Cuéntame. ¿Cómo es que soy tan popular de repente?

—Necesito el perfil de alguien. Pasaporte húngaro.

—¿Es la poetisa?

Kell rió.

—Es una mujer. ¿Nuestro acuerdo habitual?

—Claro. ¿El nombre?

—Sándor —repuso Kell, buscando un paquete de cigarrillos—. Cecilia Sándor.

11

La intensidad del dolor había cogido por sorpresa a Rachel Wallinger. Se había pasado la mayor parte de su vida adulta pensando que su padre era un mentiroso, un tramposo, un hombre sin principios, una figura ausente en el corazón de su propia familia. Sin embargo, ahora que no estaba lo echaba de menos como nunca antes había echado de menos a nadie.

¿Cómo era posible que llorase por un hombre que había traicionado a su madre una y otra vez? ¿Por qué estaba sufriendo por un padre que la había querido y cuidado tan poco? Rachel nunca había respetado a Paul Wallinger, ni siquiera le caía bien. Cuando los amigos le pedían que describiera su relación, siempre daba una versión de la misma respuesta: «Es diplomático. Cuando era pequeña, vivimos por todo el mundo. Apenas lo veo.»

Sin embargo, la verdad era más compleja y se la guardaba para ella. Su padre era un espía. Su padre había usado a su familia como tapadera para sus actividades clandestinas. Y su vida secreta a cuenta del Estado también le había dado la oportunidad de disfrutar de una vida sentimental secreta.

A los quince años, cuando la familia Wallinger vivía en Egipto, Rachel había vuelto pronto de la escuela y se había encontrado a su padre besando a otra mujer en la cocina de su casa de El Cairo. Rachel había entrado en el jardín, mirado hacia la casa y los había visto juntos. Reconoció a la mujer como un miembro del personal de la embajada. Esa visión aniquiló de un plumazo toda su concepción de vida familiar. Su padre dejó de ser un hombre con fuerza y dignidad, un hombre en el que ella confiaba y al que adoraba con todo su corazón, para transformarse en un extraño que traicionaba a su madre y cuyo afecto por su hija parecía insignificante e indefinido.

Pero lo peor de ese descubrimiento fue que su padre se diera cuenta de que lo habían visto. La mujer se marchó de la casa de inmediato. Paul salió al jardín e intentó convencer a su hija adolescente de que simplemente estaba reconfortando a una colega desconsolada. «Por favor, no menciones esto a tu madre. No sabes lo que has visto.» Rachel, en estado de *shock*, accedió a callarse, pero esa complicidad en la mentira cambió la naturaleza de su relación para siempre. Él no la recompensó por mantener el secreto; de hecho, la castigó. Su padre se distanció. Le retiró su amor. Era como si, con el paso de los años, percibiera a Rachel como una amenaza. A veces Rachel sentía que había sido ella la que lo había traicionado.

Lo que Rachel presenció ese día también afectó la manera en que formó y condujo sus propias relaciones más adelante. Cuando se hizo mayor, se dio cuenta de que no confiaba en nadie; nunca se comprometía a nada serio con sus amantes, y siempre buscaba en los hombres pruebas de su falsedad y astucia. Rachel, sumamente reservada, acostumbraba a sentirse atraída por hombres que no podía tener ni controlar. Al mismo tiempo, sobre todo a los veintipocos, solía desdeñar a aquellos que le mostraban ternura y afecto verdaderos.

En los meses posteriores al incidente de El Cairo, Rachel se dedicó a fisgonear en los asuntos personales de su padre hasta el punto de desarrollar una fascinación obsesiva por su conducta. Verificaba fechas en sus diarios; investigaba a «amigas» que él le había presentado de manera aparentemente inocente en reuniones familiares; escuchaba a escondidas conversaciones telefónicas cada vez que en casa pasaba junto a su despacho, o detrás de la puerta del dormitorio de sus padres.

Y luego, años después, sucedió algo que trajo de nuevo a su memoria el día que lo había cambiado todo.

Sólo unas semanas antes de la muerte de su padre, Rachel había descubierto una carta que él había escrito a otra amante. La habían devuelto al domicilio familiar de Gloucester Road. Rachel había reconocido el papel de oficina, la caligrafía, pero no el nombre de la persona a quien la carta había sido dirigida originalmente en Croacia: Cecilia Sándor. El sobre, marcado con un sello de «Dirección desconocida», llevaba un requerimiento por insuficiencia de franqueo. Rachel había interceptado el sobre antes de que su madre mirara el buzón.

Y todavía era capaz de recitar de memoria fragmentos de la carta:

No puedo dejar de pensar en ti, Cecilia. Deseo tu cuerpo, tu boca, tu sabor, el olor de tu perfume, tu conversación, tu risa: lo quiero todo, constantemente.
No puedo esperar a verte, mi amor.
Te quiero.
P x

Más de quince años después de El Cairo, Rachel había sentido la misma incredulidad desgarradora que había experimentado de adolescente al mirar hacia la ventana de la cocina. A los treinta y uno, Rachel no era una moralista. No se hacía ilusiones respecto a la fidelidad conyugal, pero la carta había servido para recordarle que nada había cambiado: que su padre siempre antepondría su propia vida, sus propias pasiones, sus otras mujeres, al amor por su esposa e hija.

Entonces ¿por qué lo lloraba con semejante desconsuelo? Conduciendo de regreso a Londres el día siguiente del funeral, Rachel se había visto de pronto tan abrumada por la pérdida que había parado el coche en el arcén de la autopista y había llorado sin poder controlarse. Era como estar hechizada; no era capaz de detenerlo ni de dominarlo. Sin embargo, en cuanto pasó la oleada de dolor, se sintió renovada y pudo seguir conduciendo y pensó en maneras de animar a su madre, aunque sólo fuera pasando tiempo con ella para que no estuviera sola.

Esa capacidad de reconducir su conducta, de compartimentar sus sentimientos, era una característica que Rachel había observado en su padre. Había sido un hombre duro y obstinado, percibido por muchos como arrogante. De vez en cuando también a Rachel la acusaban de ser distante y fría; normalmente novios que, atraídos por su seguridad en sí misma y energía, al final se habían sentido decepcionados ante las negativas de ella a ajustarse a sus expectativas de pareja.

Ahora que había muerto su padre, Rachel era más consciente que nunca de que había heredado muchos rasgos de su personalidad; eso le hacía sentir que él seguía viviendo en su interior y que nunca se desharía de su influencia. Pero tampoco quería hacerlo. Los sentimientos hacia su padre se habían vuelto más complejos después de su muerte. Estaba enfadada con Paul por haberse distanciado emocionalmente de ella en los últimos años, aunque recordaba con añoranza las pocas veces que la había abrazado, o la había llevado a cenar en Londres, o cuando asistió a su graduación en Oxford. Rachel lamentaba que Paul hubiera traicionado a su familia, pero también se arrepentía de no haberse enfrentado nunca a él debido a su conducta. Era probable que Paul Wallinger se hubiera ido a la tumba sabiendo que su hija estaba resentida con él. Eso la hacía sentirse culpable, a veces de forma abrumadora.

Los dos eran muy parecidos. Ésa era la conclusión a la que había llegado. Habían estado en desacuerdo toda su vida adulta porque se parecían en muchos sentidos. ¿Por eso habían ido a buscarla? ¿Por eso se le habían acercado?

Llevaba el espionaje en el ADN. Espiar era un talento que se transmitía de generación en generación.

12

Con la marea a su favor, Kell podría haber llegado nadando a Turquía. Menos de diez kilómetros separaban Karfas y Çesme; un ferri desde la ciudad de Quíos lo habría llevado allí en cuarenta y cinco minutos. En cambio, ciñéndose al itinerario preparado desde Londres, Kell voló de regreso a Atenas y por la tarde tomó un avión traqueteante a Ankara, donde aterrizó poco después de las cinco y tuvo que esperar su equipaje durante una hora en medio del caos de un aeropuerto turco.

Douglas Tremayne, número dos de Wallinger en Ankara y jefe de Estación interino, lo esperaba en la zona de llegadas. Kell no sabía si la presencia de Tremayne en el aeropuerto probaba la seriedad con que se tomaba la investigación sobre Wallinger, o si sólo demostraba que estaba aburrido y con ganas de compañía. El hombre lucía un traje de lino bien planchado, una camisa con pinta de cara y suficiente loción de afeitado para hacer que le lloraran los ojos a cualquiera que se encontrara en un radio de cinco metros. Llevaba el pelo peinado con esmero y sus *brogues* de piel marrón brillaban de tan pulidos.

—Pensaba que nos veríamos para cenar —dijo Kell, cargándose al hombro la bolsa al encaminarse al aparcamiento.

Tremayne era un antiguo oficial del ejército, soltero y de personalidad enigmática, con quien había trabajado brevemente a finales de los noventa cuando ambos estaban destinados en Londres. Como muchos de sus colegas, Kell pensaba que Tremayne todavía no había encontrado el valor de reconocerse a sí mismo, y mucho menos a los demás, que era gay. Agradable hasta resultar asfixiante, como mejor se disfrutaba era en pequeñas dosis. Ante la perspectiva de estar las próximas horas en su compañía, por no hablar de los dos días con sus noches que pasarían examinando los archivos de Wallinger en la embajada británica, lo embargó una sensación de desaliento cercana al terror.

—Bueno, tenía un rato libre y he pensado en darte una sorpresa. Sé cómo son los taxistas por aquí, y así además podemos empezar a trabajar en el coche.

Las autoridades turcas estaban informadas de la presencia de Tremayne, con lo que cabía la posibilidad de que cualquier cosa que discutieran dentro del vehículo fuera grabada y retransmitida al MIT.

—¿Cuándo hiciste el último barrido? —preguntó Kell, al meter el equipaje en el maletero. Había una abolladura en la parte posterior izquierda del coche, una cicatriz sin sanar de una colisión en el tráfico de Ankara.

—No te preocupes, Tom. No te preocupes. —Tremayne le abrió la portezuela del pasajero, como un chófer buscando una propina—. Lo recogí ayer por la tarde. —Dio unos golpecitos en el techo por si acaso—. Limpio como una patena.

—Pero ¿te siguen?

Tremayne no contestó hasta después de sentarse en el asiento del conductor y poner en marcha el motor.

—Los iraníes. Los rusos. Los turcos. Es parte de mi trabajo, ¿no? Soportar la vigilancia para que los agentes como tú podáis trabajar.

Si le disgustaba su estatus, Tremayne se guardó mucho de exteriorizarlo. Pertenecía a esa raza de espías más callados, de los que se vuelven perezosos con los años y se contentan con cumplir a la sombra de colegas más dinámicos. Wallinger había sido la estrella en Turquía, el hombre de Amelia para reestructurar las operaciones del SSI en Oriente Próximo, al frente de un equipo de agentes jóvenes y ansiosos por reclutar fuentes y dirigir operaciones contra los innumerables objetivos presentes en Ankara y más allá. Sin duda Tremayne sabía que su nombre no estaba entre los candidatos a jefe de Estación.

En cuestión de minutos, el Volvo de Tremayne se arrastraba a paso de tortuga por una típica autopista turca y a Kell le sobrevino un recuerdo vago de Ankara como una ciudad sin alma, plantada en medio de la estepa, un conjunto de edificios de estilo irreconocible y antigüedad indeterminada diseminados por un paisaje errático. Había visitado la ciudad en dos ocasiones, únicamente para asistir a reuniones con el MIT, y no podía recordar nada de esos viajes salvo una tormenta de nieve en enero que había dado a la embajada británica el aspecto de una hostería de esquí alpino.

—Así que hemos estado cerrando las escotillas, tratando de asimilar todo este asunto.

Kell se había despistado y no estaba seguro de cuánto tiempo llevaba Tremayne monologando sobre Wallinger.

—No pude ir al funeral, como sabes. Tuve que quedarme al mando. ¿Cómo fue?

Kell bajó un poco una ventanilla y encendió un cigarrillo, el cuarto desde el aterrizaje.

—Difícil. Muy emocionante. Un montón de viejas caras conocidas. Un montón de preguntas sin responder.

—¿Crees que Wallinger podría haber estrellado el avión deliberadamente?

Tremayne tuvo la decencia de mirar a la derecha y establecer contacto visual con Kell al hacer la pregunta, pero aun así que lo insinuara en ese momento irritó a Kell.

—¿Tú qué crees? ¿Paul te parecía un suicida?

—En absoluto. —La respuesta de Tremayne fue rápida y franca, aunque añadió una advertencia, como quien hace un ajuste apresurado al volante—. La verdad sea dicha, no nos veíamos mucho. No confraternizábamos. Paul pasaba la mayor parte del tiempo en Estambul.

—¿Por alguna razón en particular?

Tremayne dudó antes de responder.

—Es una Estación de ataque.

—Soy muy consciente de eso, Doug. Por eso he dicho «razón en particular».

Kell estaba echando la red otra vez, a ver qué pescaba: las fuentes de Wallinger —conscientes e inconscientes—, sus contactos, sus mujeres. Los archivos y telegramas que revisaría en las siguientes cuarenta y ocho horas le ofrecerían una versión oficial de los intereses y la conducta de Wallinger, pero nunca estaba de más la información en crudo de cotilleos y rumores.

—Bueno, por un lado, le encantaba la ciudad. La conocía como la palma de su mano, la disfrutaba como Estambul merece ser disfrutada. Las cosas siempre son más formales aquí. Ankara es una ciudad gubernamental, una ciudad de política. Como bien sabrás, la mayoría de las discusiones importantes sobre Irán, sobre Siria y los Hermanos Musulmanes ocurren en Estambul. Paul tenía una casa preciosa en Yeniköy. Estaba rodeado de sus libros, sus pinturas. Allí era donde lo visitaba Josephine. Ella aborrecía Ankara. Sus hijos también.

—¿Rachel vino aquí?

Tremayne asintió.

—Sólo una vez, creo.

Kell sacó el iPhone y miró la pantalla para revisar la actividad. Había un único SMS, que resultó ser un mensaje de bienvenida del operador de su teléfono móvil, y tres de correo, dos de los cuales eran *spam*. Era una mala costumbre, un hábito adictivo que había desarrollado después de pasar demasiados días y noches de soledad en Londres sin el suficiente estímulo intelectual: un anhelo de noticias, de ese pequeño chute narcótico que producía el contacto con el mundo exterior. La mayoría de los días esperaba recibir un mensaje amistoso de Claire, aunque sólo fuera para confirmarle que no se había desvanecido por completo de su vida.

—¿Es el nuevo? —preguntó Tremayne.

—No tengo ni idea. —Kell volvió a guardarse el iPhone en el bolsillo—. Cuéntame en qué estaba trabajando Paul cuando murió. Amelia dijo que podrías darme un primer empujón.

Un cambio de marcha y Tremayne se acercó a un semáforo en rojo.

—Supongo que te has enterado del fiasco armenio.

Para Kell fue un recordatorio de que había estado demasiado tiempo en el dique seco. Fuera cual fuese la operación a la que se estaba refiriendo Tremayne, Amelia ni siquiera la había mencionado en Cartmel.

—Creo que estoy empezando de cero, Doug. La decisión de enviarme aquí se tomó hace sólo dos días.

El semáforo empezó a parpadear. Tremayne arrancó en medio del tráfico de las afueras de la ciudad y pasó por debajo de un cartel gigante de José Mourinho que anunciaba seguros.

—Ya veo —dijo, claramente sorprendido por la ignorancia de Kell—. Bueno, la mejor descripción es que fue una maldita farsa. Una operación conjunta de ocho meses con los Primos para sacar del país a un militar iraní de alto rango. Todo va como un reloj en Teherán, el tipo llega hasta la frontera con su correo, Paul y su homólogo en la CIA están a punto de descorchar el champán y entonces... ¡bum!

—¿Bum?

—Coche bomba. Fuente y correo muertos en el acto. Por lo visto Paul estaba tan cerca que la sangre del Primo casi le salpica. Está todo en un informe que leerás mañana.

—Tremayne se pegó a la boca del tubo de escape de un camión en el punto álgido de la tarde en Ankara y redujo una marcha—. ¿Amelia no te lo contó?

Kell negó con la cabeza. «No, Amelia no me lo contó.» ¿Y por qué? ¿Para guardar las apariencias, o porque había más elementos en la historia que una simple operación conjunta fallida?

—¿La bomba la pusieron los iraníes?

—Eso creemos. Por control remoto, casi seguro. Por razones obvias no pudimos ver los restos. Es como si nos hubieran enseñado el premio y luego nos lo hubieran arrancado de las manos. Un desaire deliberado, un juego de poder. Probablemente Teherán siempre había sabido quién era HITCHCOCK.

—¿HITCHCOCK era el nombre en clave?

—Nombre real: Sadeq Mirzai.

Kell se preguntó de nuevo por qué Amelia no le había hablado de la bomba. ¿Se había comentado la operación en el funeral? ¿Hubo en el granero media docena de conversaciones sobre HITCHCOCK de las cuales ni se enteró? Sintió esa rabia familiar y anestesiada que le había provocado haber estado excluido del flujo de información privilegiada durante tanto tiempo.

—¿Qué dicen los Primos sobre lo que ocurrió?

Tremayne se encogió de hombros. Era de la opinión de que después del 11-S los Primos iban por libre; mejor tratarlos con deferencia pero manteniéndolos a cierta distancia.

—Los verás el lunes —respondió. Hubo un cambio de timbre en la voz de Tremayne, como si estuviera a punto de disculparse por decepcionar a Kell por lo que iba a decirle—: Tom, hay algo que necesito discutir contigo.

—Adelante.

—El jefe de Estación de la CIA aquí. Supongo que te lo han dicho, ¿no?

—¿Decirme qué?

Tremayne estiró los músculos del cuello, liberando otra vaharada de loción de afeitado en el coche.

—Tom, estoy enterado de tu situación. Lo sé desde hace cierto tiempo. —Tremayne se estaba refiriendo al Testigo X. Hablaba como si creyera que merecía la gratitud de Kell por su discreción—. Si te sirve de algo, creo que te lo colgaron.

—Por si te sirve a ti, yo también lo creo.

—Te dejaron solo para proteger al Gobierno de Su Majestad, te convirtieron en un chivo expiatorio, haciéndote responsable de todos los fallos que habían cometido nuestros superiores.

—Y subordinados —añadió Kell, tirando el cigarrillo por la rendija de la ventanilla.

En ese momento, al pasar junto a un grupo de hombres ociosos junto a la carretera, Kell cayó en la cuenta de lo que Tremayne estaba a punto de contarle. Y por un instante regresó a ese cuarto con Yassin Gharani, en Kabul, en 2004, con un agente de la CIA fuera de sí que no dejaba de dar puñetazos en la cara de un yihadista al que le habían lavado el cerebro.

—Jim Chater está en la ciudad.

Chater era el hombre cuya reputación y buen nombre había protegido Kell a costa de su propia carrera. Esa ingenuidad, en concreto, había sido uno de los motivos principales de su rabia en los últimos dos años, sobre todo porque consideraba que nunca le habían agradecido de forma adecuada que hubiera callado los detalles más escabrosos de la conducta de Chater. A Gharani lo habían golpeado hasta dejarlo inconsciente. Le habían hecho el submarino. Por delitos que no había cometido lo habían enviado a una prisión secreta en El Cairo y luego —cuando los egipcios terminaron con él— a Cuba, donde las humillaciones se habían prolongado en Guantánamo. Y ahora Chater era el hombre con el que tenía que discutir la muerte de Paul Wallinger.

Kell se volvió hacia Tremayne, preguntándose por qué razón C no se lo había avisado. Amelia había antepuesto sus propias necesidades —el deseo de que su aventura con Paul nunca saliera a la luz pública— al sentido común: había colocado a Kell en un entorno en el que coincidiría con uno de los hombres que consideraba responsables del fin de su carrera. Tal vez Amelia le había visto la parte positiva a eso. Mientras Tremayne intentaba localizar el hotel de Kell siguiendo las instrucciones de un GPS turco, Tom reflexionaba: Chater era un elemento corrupto, una úlcera constante en la relación por lo demás cordial entre los dos servicios de inteligencia, y tal vez Amelia le estaba brindando la oportunidad de pedir explicaciones, de cerrar el tema. Algo frío se agitó en su interior, un ansia de crueldad latente. La oportunidad de trabajar con Jim Chater en Turquía era también la oportunidad de obtener su dosis de venganza.

13

Massud Moghaddam, profesor de química en la Universidad Sharif, director comercial y responsable de compras en la planta de enriquecimiento de uranio de Natanz, cerca de Isfahán, y una fuente de la CIA, reclutado por Jim Chater en 2009, conocido en Langley por el nombre en clave de EINSTEIN, se despertó como siempre antes del amanecer. Su rutina era la misma cada mañana. Dejaba a su esposa durmiendo, se duchaba y cepillaba los dientes, y luego rezaba en la sala de estar de su apartamento de dos habitaciones en la zona norte de Teherán. A las siete, su hijo de seis años, Hooman, y su hija de ocho, Shirin, estaban despiertos. Narges, su esposa, había hecho sus abluciones y estaba preparando el desayuno en la cocina. Los niños ya eran lo bastante mayores para vestirse solos, pero todavía lo bastante pequeños para formar un lío apocalíptico en la mesa cada vez que la familia al completo se sentaba a cenar. A la hora del desayuno, por lo general, Massud y Narges comían pan *lavash* con queso feta y miel, mientras que los niños preferían su pan con crema de cacao o mermelada de higo, aunque la mayor parte de esto terminaba convertido en migas y salpicaduras por el suelo. Mientras mamá y papá tomaban té, Hooman y Shirin se hinchaban a beber zumo de naranja y bromeaban sobre sus amigos. Los niños se marchaban a la escuela a las ocho. Su madre los acompañaba hasta la puerta y dejaba a Massud solo en el apartamento.

El doctor Moghaddam siempre iba vestido igual al trabajo. Zapatos negros de piel, pantalón de franela también negro, camisa blanca lisa y chaqueta gris oscuro. En invierno añadía un jersey con cuello de pico. Debajo de la camisa llevaba una camiseta sin mangas de algodón, y rara vez, o nunca, se quitaba la cadena de plata que le había regalado su hermana, Pegah, cuando se mudó a Fráncfort con su marido alemán en 1998. Casi todas las mañanas, para evitar la tortura del tráfico de Teherán en hora punta, Massud iba en metro a Sharif o a Ostad Moin. Sin embargo, ese día en particular tenía una cita por la tarde en Pardis, así que necesitaría el coche para volver a la ciudad después de cenar.

Massud conducía un Peugeot 205 blanco que aparcaba en el garaje de debajo de su bloque de pisos. Bromeaba con Narges diciendo que en Teherán sólo podía ir a más de treinta kilómetros por hora en la rampa del garaje. A partir de ahí, como cualquier otro trabajador que se dirigía al sur por Jamrán y Fazlollah Nuri, quedaba atrapado una hora en una caravana interminable que avanzaba a paso de tortuga. El Peugeot no tenía aire acondicionado, así que se veía obligado a conducir con las cuatro ventanillas bajadas, permitiendo que cada molécula de contaminación del aire y cada decibelio de ruido lo acompañaran durante todo el trayecto. Algunas mañanas, Massud escuchaba en la radio las noticias y las informaciones periódicas sobre el estado del tráfico, pero últimamente había concluido que éstas resultaban inútiles; había tantas obras del metro en Teherán, y la ciudad estaba tan colapsada por el tráfico, que la única solución era conducir con la mejor disposición posible por la ruta más corta. Sin embargo, salir de las vías principales suponía correr el riesgo de ser desviado por la policía de tráfico, o de quedarse inmovilizado por culpa de un camión averiado. Ese día, con la nube de contaminación envolviendo las montañas de Alborz, Massud calmó su irritación conectando un reproductor MP3 al equipo de música y seleccionando *El clave bien temperado*. Aunque ciertas notas y fraseos eran difíciles de distinguir con el ruido de la autopista, conocía la melodía a la perfección y, como siempre, sentía que Bach lo ayudaba a calmar el estrés de una calurosa mañana de verano en un atasco que colapsaba casi los cuatro carriles.

Después de casi una hora por fin pudo salir de Fazlollah Nuri y tomar la Yadegar-e-Emam. Massud estaba a unos cientos de metros del estacionamiento de la universidad, aunque todavía le quedaban un par de semáforos. Hacía un calor abrasador, y tenía la camisa empapada de sudor. Cuando se detuvo, un peatón pasó junto a la ventanilla del conductor y el humo de su cigarrillo mentolado entró en el coche, un olor que a Massud le recordó a su padre. Más adelante podía ver a un policía de tráfico en medio de un grupo de coches en pleno altercado. A su alrededor reinaba una algarabía incesante de cláxones, motos y motores que ahogaban a Bach.

Massud miró por el retrovisor derecho, preparándose para cambiar al carril exterior y después tomar Homayunshahr. Una motocicleta serpenteaba por un hueco abierto en el tráfico, a un par de metros del Peugeot. Si Massud arrancaba, probablemente derribaría la moto. Miró otra vez por el retrovisor, vio que había un pasajero con casco que iba de paquete detrás del conductor. Mejor dejarlos pasar.

La motocicleta se acercó al Peugeot. Para sorpresa de Massud, el conductor clavó los frenos. Había espacio delante de él por donde moverse; sin embargo, se había detenido. El conductor se inclinó hacia delante; daba la sensación de estar mirando a Massud a través del visor negro del casco, que proyectó la luz del sol hacia el coche. Massud oyó una palabra ahogada pronunciada bajo el casco —no en farsi—, pero dejó de prestarle atención cuando el semáforo se puso en verde y se vio obligado a poner la primera para cambiar al carril de giro.

Sólo al notar un peso imantado en la portezuela trasera, que hizo bajar la suspensión del Peugeot como si tuviera una rueda pinchada, Massud se dio cuenta de lo que había ocurrido. El pánico se apoderó de él. La moto ya no estaba; había esquivado el coche para efectuar un giro rápido de ciento ochenta grados hacia el río de tráfico que se movía en sentido contrario. En su desesperación, con el motor todavía en marcha, Massud buscó el botón del cinturón y se liberó de éste mientras intentaba abrir la portezuela.

Los testigos de la explosión explicaron que el doctor Massud Moghaddam tenía un pie en la calle cuando se produjo el estallido que destrozó toda la sección delantera del Peugeot 205. El motor quedó casi intacto. Cuatro peatones resultaron heridos, entre ellos un hombre que salía de un café cercano. Un joven de diecinueve años que iba en bicicleta también perdió la vida en el atentado.

14

Kell pasó los dos días siguientes, de las ocho y media de la mañana a las diez de la noche, en el despacho que Wallinger tenía en la última planta del edificio de la embajada británica. A la Estación del SSI se accedía a través de una serie de puertas de seguridad que se abrían con una tarjeta magnética y un código de cinco dígitos. La última de las puertas, que conducía del departamento de la Cancillería a la Estación en sí, tenía casi un metro de grosor, pesaba como una motocicleta y estaba vigilada mediante un circuito cerrado de cámaras conectado con Vauxhall Cross. Kell tuvo que abrir una cerradura de combinación y girar simultáneamente dos manivelas antes de tirar de la puerta hacia él. Bromeó con una de las secretarias diciendo que era la primera vez que hacía ejercicio físico en casi un año. La mujer no se rió.

De acuerdo con los protocolos de las Estaciones de todo el mundo, el disco duro del ordenador de Wallinger se había guardado en la caja fuerte antes de su partida a Grecia. La primera mañana, Kell pidió a uno de los ayudantes que instalara el ordenador y lo reiniciara mientras él hacía un breve inventario mental de los elementos personales del despacho de Wallinger. Había tres fotografías de Josephine en las paredes. En una, estaba de pie en medio de un campo verde, en Inglaterra, y rodeaba con los brazos a Andrew y Rachel. Los tres llevaban abrigo y sonreían de oreja a oreja debajo de las capuchas y gorras: el retrato de una familia feliz. En el escritorio de Wallinger había otra fotografía

95

enmarcada de Andrew vestido con su uniforme de Eton, pero ninguna fotografía de los días de estudiante de Rachel. El obituario del *Daily Telegraph* del padre de Wallinger, que había servido en la Dirección de Operaciones Especiales, estaba enmarcado y colgaba de la pared del fondo del despacho, al lado de otra fotografía grande de Andrew remando en un equipo de ocho en Cambridge. Una vez más no había ninguna fotografía equivalente de Rachel, ni siquiera del día de su graduación en Oxford. Kell no sabía mucho sobre los hijos de Wallinger, pero sospechaba que Paul había preferido una relación más estrecha y tal vez menos complicada con su hijo, teniendo en cuenta la marcada vena machista que escondía su personalidad. No se veían muchos más objetos personales en la estancia, sólo un reloj Omega en uno de los cajones del escritorio y un sello arañado que Kell no recordaba haber visto en el dedo de Wallinger. El cajón más grande estaba cerrado y pidió que se lo abrieran. Dentro sólo encontró analgésicos y pastillas de vitaminas en paquetes a medio terminar, así como una carta de amor de Josephine, manuscrita y fechada poco después de su boda, que Kell dejó de leer después de la primera línea por respeto a su intimidad.

El disco duro le dio acceso a los telegramas del SSI que Wallinger había enviado y recibido en los últimos trece meses, cuyas copias también estaba leyendo uno de los ayudantes de Amelia en Londres. Las comunicaciones internas de Wallinger dentro de la Estación y con el personal de la embajada no se habían copiado automáticamente a Vauxhall Cross, pero Kell no encontró nada en los mensajes de la intranet, al embajador o al primer secretario, que pareciera fuera de lo común. Amelia se había saltado la aprobación de los jefes de Estación del SSI para garantizar que Kell tuviera en Turquía autorización inmediata para leer cualquier cosa que pudiera ayudarlo a recomponer el estado mental de Wallinger, así como sus movimientos en las semanas previas a su muerte. Se le permitió leer telegramas confidenciales sobre centrifugadoras de uranio iraníes que habían sido vistos sólo por Ankara-1, Amelia, el secretario del

Foreign Office y el primer ministro. El informe interno «clasificado» sobre la deserción fallida de Sadeq Mirzai se había copiado a Jim Chater, que había añadido sus propios comentarios anticipándose al informe similar de la CIA sobre el incidente. Kell no pudo encontrar en la forma en que se había manejado el reclutamiento de Mirzai ni en la planificación y ejecución de la operación nada que pareciera problemático o mal calculado. Como había sugerido Tremayne, los iraníes debían de haber sido alertados de la deserción, probablemente por un error técnico de Mirzai. Kell sólo podría formarse una idea más completa hablando con Chater cara a cara.

En su tercera tarde en Ankara, Kell tomó un taxi al chalet de Wallinger en las afueras de Incek, una propiedad del Foreign Office que en las dos últimas décadas casi siempre había estado ocupado por los sucesivos jefes de Estación. Mientras giraba la llave en la puerta principal, Kell pensaba en que había registrado muchas casas, muchas habitaciones de hotel, muchos despachos a lo largo de su carrera, pero sólo una vez había tenido motivos para cotillear en la vivienda de un amigo: dos años antes, cuando había buscado a Amelia. Era una de las reglas internas más sanas del SSI y el MI5: a los miembros del personal se les exigía firmar un documento donde se comprometían a no investigar la conducta de amigos o parientes en los ordenadores del Servicio. A los que se pillaba haciéndolo —investigando el pasado de una nueva novia, por ejemplo, o buscando información personal sobre un colega— terminaban enseguida de patitas en la calle.

El chalet estaba amueblado con sobriedad y un estilo turco moderno, y muy poco del gusto de Wallinger se reflejaba en la decoración. Kell sospechaba que su *yali* en Estambul tendría una atmósfera muy diferente: habría más cosas, más erudición. Daba la impresión de que se había hecho una limpieza a fondo recientemente porque las su-

97

perficies de la cocina brillaban tanto que parecían muebles de exposición, en los váteres había agua azul de detergente, las camas estaban hechas, las alfombras bien extendidas, no había ni una mota de polvo en los estantes o las mesas. En los armarios, Kell sólo encontró lo que había imaginado: ropa y zapatos en cajas; en el cuarto de baño, artículos de aseo, toallas y una bata. Al lado de la cama de Wallinger había una biografía de Lyndon Johnson; debajo del televisor de la planta baja, cajas con las cinco temporadas de *The Wire*. El chalet, con menos alma que un apartamento alquilado, revelaba muy poco de la personalidad de su ocupante. Incluso el despacho de Wallinger en el chalet transmitía sensación de provisionalidad: una única fotografía de Josephine en el escritorio, y otra de Andrew y Rachel de niños colgada en la pared. Había varias revistas, en turco y en inglés, novelas policíacas en ediciones de bolsillo en un estante, una reproducción del cartel de los Juegos Olímpicos de Invierno de 1974 en Innsbruck. Kell leyó unas pocas notas manuscritas en una libreta de anillas y encontró un diario viejo en el escritorio, pero ni documentos ocultos, ni cartas escondidas detrás de fotos, ni pasaportes falsos, ni ninguna nota de suicidio. Wallinger había guardado una raqueta de tenis y un juego de palos de golf en un armario de debajo de la escalera. Sintiéndose un poco estúpido, Kell buscó un compartimento oculto en el mango de la raqueta o un doble fondo en la bolsa de golf. No descubrió nada más que unos viejos *tees* y dos chicles endurecidos del pleistoceno. En la planta de arriba, la historia se repetía. Kell buscó detrás de los cajones, desenroscó pantallas de lámparas, miró debajo de los armarios: Wallinger no había escondido nada en la casa. Kell pasó de una habitación a otra, escuchando los sonidos intermitentes de los cantos de los pájaros y de coches que cruzaban la calle del barrio residencial, y concluyó que no había nada que encontrar. Tremayne tenía razón: el corazón de Wallinger se había quedado en Estambul.

Kell estaba en un cuarto de baño adyacente al más pequeño de dos dormitorios separados cuando oyó que la puerta delantera se abría y luego se cerraba de golpe. Un sonido de llaves cayendo a la superficie de cristal de la mesa. No era un intruso; tenía que ser alguien con acceso legítimo al chalet. ¿Un empleado de servicio? ¿El casero?

Kell salió del cuarto de baño y se acercó al descansillo.

—*Merhaba?* —dijo en voz alta.

Ninguna respuesta. Mientras se dirigía a la planta baja, Kell llamó una segunda vez:

—*Merhaba*. Hola.

Podía ver el salón. Una sombra tenue se movió en el suelo pulido. La persona que había entrado ya estaba en el despacho de Wallinger. Al llegar al punto medio de la escalera, Kell oyó una respuesta con un acento cantarín que reconoció al instante.

—¿Hola? ¿Hay alguien ahí, por favor?

Una mujer salió del despacho. Llevaba mallas azules y una chaqueta de cuero negro y tenía el pelo largo recogido por detrás. Kell no la había visto desde la operación para salvar a François Malot, en la que ella desempeñó un papel crucial. Al verlo, la mujer sonrió y dijo varias palabrotas en italiano visiblemente emocionada.

—*Minchia!*

—Elsa —dijo Kell—. No sabía cuándo iba a tropezar contigo.

15

Se abrazaron en el recibidor. Elsa le rodeó el cuello con ambos brazos con tanto ímpetu que casi le hizo perder el equilibrio.

La italiana olía a un perfume nuevo. Sus formas y la calidez de su bienvenida recordaron a Kell que casi habían acabado siendo amantes ese verano, el de la operación Malot. Sólo su lealtad a Claire y su sentido de la responsabilidad profesional lo habían impedido.

—¡Es increíble verte aquí! —dijo ella, poniéndose de puntillas para besarlo.

Kell se sentía como un tío favorito. No era una sensación que disfrutara especialmente, pero recordó la facilidad con la que Elsa había derribado el muro de su reticencia natural, lo cerca que se había sentido de ella en el breve tiempo que habían pasado juntos.

—¿Te ha enviado Amelia? —preguntó Elsa.

Kell estaba sorprendido de que ella no supiera que iba a ir a Ankara.

—Sí. ¿No te lo contó?

—¡No!

Por supuesto que no. ¿Cuántos investigadores externos del Servicio estaban trabajando en el caso Wallinger? ¿A cuántos miembros más del equipo había enviado Amelia a las cuatro esquinas del planeta para descubrir por qué había muerto Paul?

—¿Vienes a recoger sus ordenadores?

Elsa era una especialista en operaciones técnicas, una *freelance* experta en informática que podía descifrar un programa de software, un circuito impreso o una pantalla de código igual que otros podían traducir páginas del mandarín o repentizar un concierto de piano de Shostakóvich. En Francia, dos veranos antes, Elsa había descubierto unas cuantas perlas de información en portátiles y BlackBerries que habían sido determinantes en la investigación de Kell: sin ella la operación habría fracasado.

—Claro —dijo Elsa—. Acabo de recoger las llaves. —Miró hacia la mesa de cristal.

Kell vio las llaves junto a la base de un jarrón con flores de plástico.

—Supongo que es el momento oportuno —dijo Kell—. Estaba a punto de descargar el disco duro.

Elsa hizo una mueca de desconcierto; no sólo porque se estuviera inmiscuyendo deliberadamente en su terreno, sino también porque sabía que para Kell la tecnología informática era un galimatías que dominaba a un nivel muy rudimentario.

—Pues menos mal que estoy aquí. —Sólo entonces Elsa le soltó las manos y dio media vuelta para dirigirse al despacho—. Puedo decirte qué enchufe va a la pared y cuál en la parte de atrás del ordenador.

—Ja, ja.

Kell observó la cara de Elsa. Recordó su entusiasmo natural: una mujer joven completamente a gusto consigo misma. Encontrarse de sopetón con Elsa le había levantado el ánimo y sacado del desaliento que arrastraba desde hacía días.

—¿Cuándo has llegado? —preguntó.

Elsa miró al exterior. Llevaba tres aros en el lóbulo derecho, un solo pendiente en el izquierdo.

—¿Ayer? —Sonó como si le quedara muy lejos.

—¿Vas a ir a la Estación en algún momento?

Elsa asintió.

—Claro. Mañana, tengo una cita. Amelia quiere que repase los mensajes de correo electrónico del señor Wallinger. —Pronunció Wallinger en dos partes separadas. *Wall* y luego un escandinavo *Inga*.

Kell sonrió.

—¿No es correcto, Tom Kell? ¿Wallinger?

—Es perfecto. Es tu forma de decirlo.

A Kell le gustó oír de nuevo la musicalidad en la voz de Elsa, su picardía.

—Bueno. Voy a echar un vistazo a los ordenadores de este hombre y me llevaré los teléfonos y tal vez los discos a Roma para analizarlos.

—¿Los teléfonos? —Kell la siguió al despacho y observó mientras Elsa encendía el ordenador de Wallinger.

—Sí, claro. Tenía dos móviles en Ankara. Una de las tarjetas SIM de su teléfono personal se recuperó de la avioneta.

Kell no disimuló su asombro.

—¿Qué?

—¿No lo sabías?

—Estoy poniéndome al día.

Elsa entornó los ojos, quizá porque no comprendía la expresión, o porque le sorprendía que Kell estuviera en tan baja forma.

—Amelia no me llamó hasta hace unos días.

Durante la operación en la que habían trabajado juntos por primera vez, Kell había hablado a Elsa de su papel en el interrogatorio de Yassin Gharani. Ella sabía que el SSI lo había apartado, pero le había dejado claro que ella todavía creía en su inocencia. Por ese motivo, la italiana ocupaba un lugar especial en sus afectos, sobre todo porque le había demostrado que confiaba en él más de lo que era capaz de hacerlo Claire.

—¿Vas a ir a Estambul? —preguntó Elsa.

—En cuanto termine con los yanquis. ¿Tú?

—Creo que sí, puede ser. ¿Allí está la casa de Wallinger? Y por supuesto una Estación.

Kell asintió.

—Y donde hay una Estación hay ordenadores para Elsa Cassani.

El arranque del ordenador puso acompañamiento musical a la observación de Kell, una escala creciente de notas digitalizadas que salieron de dos altavoces en el escritorio de Wallinger. Elsa escribió algo con el teclado. Kell vio entonces el anillo en su dedo.

—¿Estás comprometida? —preguntó, y lo embargó una sensación de desaliento que lo pilló desprevenido.

—¡Casada! —repuso ella, levantando la mano del anillo como si esperara que Kell se sintiera complacido.

¿Por qué no se alegraba por ella? ¿Se había vuelto tan cínico con el matrimonio que lo horrorizaba imaginarse a una mujer tan llena de vida y talento como Elsa Cassani enfilando el pasillo al altar? En ese caso, eran pensamientos cínicos, casi nihilistas, de los que no se sentía orgulloso. Había muchas posibilidades de que ella encontrara la felicidad. A otros les había pasado.

—¿Quién es el afortunado?

—Es alemán —dijo—. Un músico.

—¿De un grupo de rock?

—No, de clásica.

Estaba a punto de enseñarle a Kell una fotografía que llevaba en la cartera cuando el teléfono de Tom empezó a sonar.

Era Tamás Metka.

—¿Puedes hablar?

El húngaro explicó que estaba llamando desde una cabina enfrente del bar de Szolnok. Kell le facilitó el número del teléfono seguro del dormitorio de Wallinger y subió a la primera planta. Dos minutos más tarde, Metka llamó otra vez.

—Bueno —dijo el húngaro, con un matiz de ironía en la voz—. Resulta que podrías haber conocido a la tal señorita Sándor.

—¿En serio?

—Era una de las nuestras.

¿Por qué no le sorprendía? Muy probablemente Wallinger estaba teniendo una aventura con otra colega.

—¿Una espía?

—Una espía —confirmó Metka—. Eché un vistazo a los archivos. Ha trabajado varias veces con el SSI, el MI5. Estuvo con nosotros hasta hace tres años.

—¿«Con nosotros» quiere decir que es húngara?

—Sí.

—¿Está en el sector privado ahora?

—No. —Se oyó un ruido ahogado en la línea, el sonido de un camión o un autobús pasando junto a la cabina. Metka esperó hasta que se hizo el silencio—. Ahora tiene un restaurante en Lopud.

—¿Lopud?

—Croacia. Es una de las islas que hay frente a Dubrovnik.

Kell estaba sentado en la cama de Wallinger. Cogió la biografía de Lyndon Johnson, le dio la vuelta y leyó las citas de la contracubierta.

—¿Está casada? —preguntó.

—Divorciada.

—¿Hijos?

—No.

Metka soltó una carcajada.

—¿Por qué quieres saber de ella? ¿Te has enamorado de una bella poetisa magiar, Tom?

Así que Cecilia también era bella. Claro, cómo no.

—Yo no. Otro. —Kell había contestado como si Wallinger aún estuviera vivo, todavía liado con Sándor—. ¿Por qué dejó el Servicio?

Un teléfono sonó en la planta baja del chalet. Kell oyó la voz de Elsa, que respondía.

—*Pronto!*

Tal vez la llamaba su marido. Al dejar el libro otra vez en la mesita de noche, éste se abrió por una página marcada con una fotografía. Kell recogió la foto.

—No estoy seguro de por qué —respondió Metka.

Kell ya sólo lo escuchaba a medias. Le había dado la vuelta a la fotografía y se había quedado de piedra al ver que era de Amelia.

—Repítelo —dijo, ganando tiempo para asimilar lo que estaba viendo.

—He dicho que no sé por qué lo dejó. Lo que pude leer en su archivo es que lo dejó en 2009. Voluntariamente.

En la fotografía, tomada tal vez diez o quince años antes, en el punto álgido de la aventura de Amelia con Wallinger, se la veía sentada en un restaurante abarrotado. Tenía delante una copa de vino blanco y por su izquierda, desenfocado, pasaba un camarero con una chaquetilla blanca. Amelia estaba morena y llevaba un vestido sin mangas de color crema con un collar de oro que Kell sólo le había visto una vez: era idéntico al que se había puesto en el funeral de Wallinger. Amelia tenía unos cuarenta años en la foto y estaba muy guapa, y también parecía profundamente feliz, como si por fin hubiera alcanzado alguna clase de paz interior. Kell no recordaba haber visto nunca a Amelia tan a gusto.

—Todavía tenía autorización de seguridad —estaba diciendo Metka—. No había nada negativo registrado contra ella.

Kell dejó la fotografía en el libro y trató de pensar en algo que decir.

—¿El restaurante? —preguntó.

—¿Qué pasa?

—¿Tienes el nombre? ¿Una dirección en Lopud?

Sabía que iba a tener que encontrar a Cecilia Sándor, hablar con ella, pues era la clave de todo.

—Ah, claro —dijo Metka—. Tengo la dirección.

16

La embajada de Estados Unidos de América ocupaba un complejo de edificios de poca altura en el corazón de la ciudad; una estructura plana como el Pentágono, rodeada de una valla metálica negra de tres metros de altura. El contraste con la embajada británica, un salto fastuoso a la época imperial en un lujoso barrio residencial con vistas al centro de Ankara, no podía ser más brusco. Mientras que los británicos empleaban a un solo policía turco uniformado para realizar controles de seguridad rutinarios a los vehículos que se acercaban al edificio, los estadounidenses desplegaban un pequeño pelotón de marines con el pelo rapado y chalecos antibalas, la mayoría parapetados detrás de puertas de seguridad reforzadas con tungsteno, diseñadas para resistir el impacto de una bomba de dos toneladas. Nadie podía culpar a los yanquis de exagerar: todo aspirante a yihadista, de Grosvenor Square a Manila, quería reventar al Tío Sam. Sin embargo, la atmósfera en torno a la embajada era tan tensa que, cuando llegó allí en un taxi traqueteante de Ankara, Kell se sintió como si estuviera otra vez en la Zona Verde de Bagdad.

Después de quince minutos de comprobaciones, preguntas y cacheos, lo acompañaron a una oficina de la primera planta con vistas a un jardín donde se había instalado un juego de escalar de madera. Había varios certificados en las paredes, dos acuarelas, una fotografía de Barack Obama y un estante con libros en rústica. En ese despacho, le habían dicho, lo recibiría Jim Chater. La elección del lugar enseguida levantó las sospechas de Kell. Cualquier discusión entre un cuadro de la CIA y un colega del SSI lógicamente debería producirse en la Estación de la CIA. ¿Acaso Chater pretendía hacerle un desaire más que evidente, o se trasladarían a una sala antiescuchas cuando él llegara?

La reunión estaba prevista para las diez en punto. Doce minutos después alguien llamó suavemente a la puerta y entró una mujer rubia con traje pantalón. La mujer rondaba la treintena y ofrecía una sonrisa postiza.

—¿Señor Kell?

Kell se levantó y le estrechó la mano. Ella se presentó como Kathryn Moses y le explicó que era una oficial FP-4 del Departamento de Estado, lo que Kell recordaba vagamente como un puesto de principiante. Lo más probable era que fuera de la CIA, la chica de los recados de Chater.

—Me temo que Jim llega tarde —dijo Moses—. Me ha pedido que lo avise. ¿Puedo traerle un café, un té o algo?

Kell no quería perder otros cinco minutos de la reunión limitada a una hora en la preparación de bebidas. Dijo que no.

—¿Tiene idea de a qué hora llegará?

Fue entonces cuando se dio cuenta de que a Moses la habían enviado deliberadamente para entretenerlo. Mientras se acomodaba en una silla giratoria detrás del escritorio, Moses le lanzó una mirada breve e inquisidora, se ajustó las mangas de la chaqueta y habló como si Tom fuera un ministro liberal demócrata en una visita de reconocimiento de dos días en Turquía.

—Jim me ha pedido que le dé una visión general de cómo vemos ahora mismo la situación, aquí y en el escenario sirio-iraní, particularmente con relación al régimen de Damasco.

—Está bien.

Fue un error dar a entender conformidad, porque Moses se aclaró la garganta y no soltó aire hasta que el reloj de la pared del despacho se hubo movido casi hasta las diez y media. Había razones de peso que avalaban la decisión del Departamento de Estado de trasladar el consulado de Estambul fuera de la ciudad y compartir una base aérea con los turcos en Incirlik. Moses tenía sus opiniones sobre la relación «contradictoria» con el primer ministro Recep Tayyip Erdogan y se mostró complacida de que el «período de inestabilidad» en vísperas de la invasión de Irak —una referencia velada al rechazo de Turquía a cooperar con la Administración Bush— ya fuera agua pasada. En opinión de la Administración Obama, explicó Moses, el Gobierno turco se había dado cuenta de que ser miembro de la Unión Europea ya no era ni un objetivo viable ni algo particularmente beneficioso para el país. De hecho, a pesar de haber aceptado siete mil millones de euros en ayudas de la Unión Europea a lo largo de un período de diez años, el presidente Erdogan quería «orientar Turquía al sur y al este», estableciéndose como un «calvinista islámico benigno» —no era una expresión acuñada por Kathryn Moses— y haciendo de Turquía un «faro para el resto del norte de África y Oriente Próximo musulmanes, un estado tapón capitalista que existiera pacíficamente entre Oriente y Occidente».

—¿Me permite preguntar por qué cree que necesito escuchar esto?

Pero Moses hacía oídos sordos a los ruegos de Kell. Chater había apretado las clavijas a Moses y ella no se arriesgaría a encender su ira permitiendo que Thomas Kell se le escapara. Le habían pedido que lo mantuviera ocupado, y eso era lo que pretendía hacer.

—Sólo un momento —dijo ella, e incluso levantó la mano, como si Kell hubiera sido grosero al interrumpir—. Jim quería que comprendiera en qué punto nos encontramos frente a todo esto, antes de que ustedes se reúnan. Como es probable que sepa, el primer ministro ha sido altamente crítico con la política de Estados Unidos en Oriente Próximo y hostil hacia Israel, en particular en relación con la flotilla de 2010, pero ha aceptado los sistemas de radar de la OTAN en el suelo de la República y desde luego apoya, en un sentido tácito, el derrocamiento de Assad como un Estado clientelar de Irán y Rusia. En otras palabras, señor Kell, a día de hoy el liderazgo turco nos parece contradictorio. El señor Erdogan ha controlado al ejército, ha estabilizado la lira, ha auspiciado un auge de las exportaciones e inversiones extranjeras —particularmente del Golfo Pérsico—, pero al mismo tiempo ha intentado reescribir la Constitución para acumular más poder. El hombre de la calle lo ve como un sultán y no tiene ningún problema con el tono cada vez más moralista y autoritario de su liderazgo. Por supuesto, quienes profesan una lealtad instintiva hacia Atatürk lo ven como un demagogo.

Kell no pudo menos que admirar el desparpajo de Moses: Chater con toda probabilidad la había avisado con diez minutos de antelación, pero ella estaba hablando con la fluidez y seguridad de una profesora universitaria.

—Entonces ¿qué tenemos aquí? —Por fin miró algunas de sus notas en el escritorio—. ¿Un islamista con piel de cordero que hace retroceder el Estado secular y, en consecuencia, causa daños irreparables a la región, o el único tipo en esta parte del mundo con el que Occidente puede hacer negocios?

Kell sonrió abiertamente, admitiendo que Moses había jugado sus cartas con inteligencia.

—Dígamelo usted —contestó—. Parece conocer todas las respuestas. Pensaba que estaba aquí para hablar de la muerte de Paul Wallinger.

Sin embargo, Moses no tuvo ocasión de responder a la pregunta de Kell. Como si hubiera estado esperando en las bambalinas de un teatro a que le dieran pie, Jim Chater entró en el despacho. Abrió los brazos para que Kell se levantara y le dio un gran abrazo, con toda la calidez y autenticidad de un beso de Judas.

—Tom. Qué bien.

El estadounidense se separó y retrocedió para echar una mirada a Kell, con una sonrisa irónica en los labios. Los ojos azules de Chater brillaron como gas encendido en el intento de causar una impresión de afabilidad. Chater estaba tal como Kell lo recordaba: bajo, físicamente en forma y muy pagado de sí mismo. Lucía barba de dos días, vaqueros lavados a la piedra y unas zapatillas Nike.

—Siento haberte hecho esperar. No he podido evitarlo. ¿Cómo te ha tratado Kathryn? ¿Te ha explicado su gran teoría de que estamos todos en el centro del universo? ¿Que Turquía es el país más importante al este de Nueva York y al oeste de Pekín?

—Algo así.

En condiciones normales, Kell habría esbozado una sonrisa para que Chater se sintiera el mandamás; en los viejos tiempos, siempre había trabajado sobre la hipótesis de que era mejor elogiar a los Primos. Ahora, en cambio, como agente libre, había descubierto que quería mantener cierta dignidad; ya no se veía como un hombre de empresa. Cuando miró a Jim Chater, no vio a un yanqui amistoso, a un aliado de confianza, un tipo con virtudes y defectos. Vio a un ser humano que había dejado lo mejor de sí mismo en una celda de Kabul. Kell recordaba el hedor, la violencia y la venganza de esa celda, y cada día sentía la vergüenza de haber sido cómplice de ello.

—Entonces ¿cuánto tiempo vas a quedarte en la ciudad? —preguntó Chater.

Kell tenía billetes para marcharse a Estambul en el tren nocturno, pero la CIA no tenía por qué saberlo.

—Unos días —respondió.

Kathryn los observaba en silencio, con deferencia y subordinación. Kell esperaba que se marchara pronto.

—¿Sí? ¿Y lo estás pasando bien?

—Yo no lo expresaría exactamente de esa manera.

Incluso un hombre tan ajeno a la autocrítica como Jim Chater reconoció que había sido torpe. Era el momento de presentar sus respetos al amigo y colega de Kell.

—Claro que no, claro que no. Mira, Tom, aquí todos nos quedamos helados con la noticia de Paul. ¡Qué tragedia! ¡Qué pérdida tan absurda! Envié una nota en nombre de mi personal a Londres. No sé si la viste.

Kell dijo que no, una respuesta que abrió una puerta conveniente para Chater.

—Claro, entonces ¿dónde estás ahora? Oí que estabas fuera. Oí que estabas dentro. ¿Cuál es tu situación? ¿Cómo podemos ayudarte?

Kathryn eligió ese momento para salir de la habitación. («Voy a dejarlos, caballeros.») Kell le estrechó la mano, dijo que había sido un placer conocerla, y captó cierto aprecio en la interacción entre Moses y Chater, en la mirada de él cuando ella abrió la puerta para marcharse. El lenguaje corporal de un trabajo bien hecho.

—Es lista —comentó Kell, señalando con la cabeza a la puerta—. Interesante.

—Y tanto —repuso Chater, pero la ausencia de Kathryn tuvo un efecto inmediato en su humor. De pronto era igual a como lo recordaba de Kabul: cínico, calculador, indiferente—. Bueno —dijo, pasándose la palma de la mano por el cabello gris cortado a navaja—, no has contestado mi pregunta.

—He vuelto. Amelia quiere respuestas. Ella me ha enviado.

—Claro.

En el tono de voz de Chater había al mismo tiempo un matiz de duda y una dosis considerable de condescendencia.

—Entonces ¿con qué rango estamos hablando? ¿Vienes como Ankara-1? Nada es tan excitante como la sangre nueva, Tom.

Kell sabía perfectamente a qué estaba jugando. ¿Thomas Kell tenía la autorización y el estatus para recibir de James N. Chater III información completa sobre HITCHCOCK? ¿O era sólo un investigador con pretensiones que quería atar los cabos sueltos de la vida de Paul Wallinger?

—Estamos hablando de acceso STRAP3 —repuso Kell sin rodeos—. Igual que en el pasado. Igual que en el futuro. Doug Tremayne no va a dirigir nuestra Estación, si ésa es la pregunta que estabas tratando de plantear.

—Sé qué pregunta estoy tratando de plantear. —Los ojos azules de Chater se mantuvieron fijos en Kell incluso aunque se movía de un lado a otro en su silla giratoria—. A ver, ¿sigues siendo su cara amable? ¿Confías en C después de todo lo que te ha hecho pasar?

Kell reconoció el truco de interrogador.

—Los dos queremos respuestas —replicó, esquivando la provocación—. El pasado es un país extraño.

Chater hizo un ruido con la nariz, como si fuera un hombre al que le cuesta identificar la naturaleza de un olor inusual. Una sonrisa se dibujó en su cara.

—¿Ya no eres el Testigo X? Oí que Gharani cobró del Gobierno de Su Majestad. ¿Tom Kell no va a tener la oportunidad de explicarse?

—¿Quién pregunta, Jim? ¿Tú, o la Agencia?

Chater levantó los brazos de repente, haciendo un gesto como si se rindiera, y entrelazó las manos en la nuca. Parecía a punto de echarse atrás en la silla. No dijo nada, pero mantuvo la sonrisa.

—Respecto al accidente de Paul —dijo Kell. Ya eran las once menos cuarto—. A la colisión. En este momento creemos que el motor falló. No había caja negra, claro. Estamos tratando de reconstruir los últimos movimientos de Paul, atar cualquier cabo suelto.

—¿Tenéis cabos sueltos, Tom?

Podría haber sido la pregunta de un aliado preocupado, pero seguramente era un intento de poner nervioso a Kell al dar a entender que el SSI estaba desorganizado.

—No te preocupes —repuso.

—¿Paul estaba de vacaciones?

—Sí.

—¿En Quíos?

—Eso es.

—¿Tenía una casa allí?

—No, que yo sepa.

Chater miró por la ventana. Sus ojos parecieron centrarse por un momento en el juego de escalada.

—¿Tenía una chica allí?

Kell sintió que Chater ya sabía la respuesta a su propia pregunta.

—Una vez más: no, que yo sepa.

—Entonces ¿qué coño estaba haciendo?

—Ése es el cabo suelto.

A Kell le pareció oír a niños jugando fuera, pero cuando miró hacia el jardín no había ninguno. Chater estaba haciendo demasiadas preguntas.

—Me enteré de que te divorciaste.

—¿Lo leíste en la *Foreign Affairs*?

Kell estaba molesto por la intrusión, pero desde luego no le sorprendió. Era la impronta de Chater: espiar la vida privada de un colega —hacer preguntas, estar atento a los cotilleos— y después sacar a relucir sus hallazgos en una reunión.

—No lo recuerdo —contestó Chater, mintiendo claramente—. ¿Puede ser en el *National Enquirer*? —Se enderezó en la silla, se inclinó sobre el escritorio y una sonrisa de comemierda se dibujó en su cara—. Entonces, hemos de conseguirte una chica mientras estás en la ciudad.

—¿Haces de chulo para completar el sueldo, Jim?

Chater se quedó boquiabierto; no se esperaba una respuesta tan ingeniosa.

—Gracias, pero no hace falta —añadió Kell.

Chater parecía ofendido, o al menos desinteresado en el asunto. Bajó la mirada a la mesa.

—Así que un problema con el motor, ¿eh?

Otra pregunta sobre Quíos. Ahora Kell ya estaba seguro de que los Primos tenían información propia sobre el accidente de Wallinger. Decidió correr el riesgo y ver la reacción de Chater al oír un nombre.

—Tengo gente hablando con el ingeniero que trabajó en la avioneta de Paul antes del despegue —dijo—. Iannis Christidis.

Fue como si Chater hubiera recibido una mala noticia por un auricular. Se retorció, se tocó un lado del cuello. Y aunque recuperó la compostura con rapidez —todo ocurrió en una milésima de segundo—, el modo relajado y descuidado con que dijo «¿Ah, sí?» delató una profunda inquietud.

—Sí. —Kell recurrió directamente al farol—. Había tenido un pequeño problema con la Cessna al llegar de Ankara. Paul había pedido a Christidis que la revisara.

—¿De verdad? —Chater miró su reloj—. Eh, tenemos que acabar con esto. He de ocuparme de un asunto a las once en punto.

—He estado insistiendo desde las diez.

—*Touché* —dijo Chater.

—¿Podemos al menos hablar de Dogubayazit?

Chater miró a Kell como si éste acabara de ofrecerle un soborno.

—¿Aquí?

—¿Dónde pues? —Kell llevó la mirada de Chater hacia la ventana—. No soy yo el que ha decidido celebrar esta reunión al lado de un parque infantil.

—Es culpa de Kathryn —repuso Chater, endosándosela a una colega con la misma facilidad con la que había esposado las muñecas de Yassin Gharani—. Ella no sabía quién eras. No sabía por qué estabas aquí.

La excusa de Chater rebotó en la sala buscando dónde colocarse.

—Bueno, mira, no podemos movernos ahora —dijo el estadounidense, sosteniendo la mirada de Kell—. Tendremos que hacerlo en otro momento.

—¿Cuándo? —Kell miró fijamente su reloj—. ¿Esta tarde? ¿Mañana por la mañana?

Sabía que ni cinco minutos después de que concluyese la reunión, Chater estaría en la planta de arriba, en la Estación de la CIA, organizando una búsqueda de Iannis Christidis.

—No va a ser posible —repuso Chater—. Vuelo a Washington mañana a mediodía, y estaré ocupado hasta entonces.

—¿Cuándo vuelves?

Chater parecía leer las respuestas en lo alto del muro de seguridad que rodeaba el parque infantil.

—Dentro de una semana más o menos —dijo, estirando do el cuello.

Los Primos sabían algo. La obstinación de Chater hablaba a gritos de la posición de la CIA respecto a Wallinger.

—Voy a confiar en que estas paredes no tienen oídos —dijo Kell.

114

Fuera de la habitación, pasó un hombre por el pasillo diciendo «claro, sí, seis». Chater ya no estaba mirando por la ventana.

—Estamos esperando vuestro informe sobre HITCH-COCK —insistió Kell—. ¿Tienes idea de cuánto va a tardar?

—Está al caer.

—¿Qué significa eso? ¿Mañana? ¿Pasado? ¿O tendré que ir contigo a Washington y volver?

Eso al menos le arrancó una sonrisa a Chater.

—Más o menos una semana, Tom, sí. Todavía tenemos algunos —Chater disfrutó al pronunciar la expresión— «cabos sueltos».

Habían llegado al final del camino. Faltaban tres minutos para las once, pero Jim Chater parecía estar mirando el segundero cada veinte segundos.

—¿Hay alguna posibilidad de hablar con Tony Landau? —preguntó Kell.

Landau era el agente de la CIA que había acompañado a Wallinger a la frontera entre Irán y Armenia.

—Claro —repuso Chater—. Si puedes desplazarte hasta Houston.

Kell estaba a punto de responder cuando Chater se apropió del tiempo restante.

—Mira: si quieres que te diga mi opinión, ni siquiera sabemos a ciencia cierta que HITCHCOCK estuviera en el vehículo. Todo el asunto podría haber sido un farol. ¿Existió realmente vuestro agente?

Era una acusación increíble, sobre todo porque implicaba que habrían engañado al SSI con un *agent provocateur* iraní. ¿Por qué Chater tomaba ese camino?

—Nadie puede confirmar el avistamiento, Tom. Nadie sabe quién iba en el coche.

—Venga ya —repuso Kell—. Grabasteis un puto vídeo.

—En el que no se ve nada. El pasajero tenía una barba muy tupida. No había manera de saber si era Sadeq Mirzai.

—¿Qué estás tratando de decirme? ¿Que tus fuentes en Irán han visto a Mirzai caminando por las calles? ¿Que el servicio de inteligencia iraní lo preparó todo, sacrificando a dos agentes en el proceso?

—¿Quién sabe si eran agentes? —Chater le lanzó una mirada que sólo podía interpretarse como de desprecio por el papel chapucero desempeñado por Wallinger en la operación—. Podría haber sido cualquiera. Puede que fueran dos chivos expiatorios condenados a cadena perpetua.

Chater se levantó del escritorio, frotándose lo que parecía una picadura en el brazo izquierdo.

—Mira, estará todo en mi informe. —Estaba claro que la reunión había terminado—. Te veré dentro de una semana, Tom. Calma.

Kell se había visto obligado a entregar su teléfono móvil al entrar en la embajada. Se lo devolvió un marine de cabeza rapada, pero operativamente ya resultaba inservible: el equipo de Chater, aunque era poco probable que lo hubiera hecho, había contado con más de una hora para desmontar el teléfono y equiparlo con un sistema de vigilancia de última generación. Así pues, Kell caminó hasta un café a tres manzanas de la embajada, anotó los números de Marianna y Adam, sacó la SIM, tiró el teléfono a la papelera y, desde una cabina pública al otro lado de la calle llamó a Marianna usando una tarjeta comprada en un *bakkal* cercano.

—Marianna, soy Chris Hardwick.

—¡Chris!

Su voz sonó alegre y nerviosa. Kell supuso que se encontraba sola en la oficina; si Delfas hubiera estado mirando por encima del hombro, habría sonado más seria. Intercambiaron galanterías durante unos minutos y Kell se puso al día de los asuntos familiares de Marianna, antes de abordar finalmente el tema del chalet de Sándor.

—¿Recuerda que mencionó haber visto a Paul Wallinger hablando con alguien en un restaurante cercano a su oficina?

Si a Marianna la sorprendió la pregunta, nadie lo habría dicho por la velocidad y el entusiasmo de su respuesta.

—Por supuesto, sí. El hombre con barba.

—Exacto. ¿En qué restaurante estaban? ¿El de debajo de su oficina?

Marianna ya había dicho que no había sido allí, pero Kell necesitaba un punto de partida desde el cual descubrir la verdadera ubicación.

—No, no —dijo ella, como era predecible—. Creo que fue en Marikas. Sí, estoy segura de que fue en Marikas.

—¿Cómo se escribe eso? —Kell logró anotar el nombre dentro de la cabina, a pesar de las estrecheces y el ruido. Ahora sólo era cuestión de ir despidiéndose—. Me parece que he ido allí a tomar café alguna mañana.

—Sí —dijo Marianna—, probablemente sí.

Kell se aclaró la garganta. Le hizo otras tres preguntas sobre su familia, recordando muy bien los nombres de su madre y su padre, y después le dio a entender que tenía que acudir a una reunión.

—Con suerte mi informe estará listo al final de la semana —dijo.

—Debe de haberle dado mucho trabajo, Chris.

Marianna sonó algo alicaída por el hecho de que la conversación —en realidad, la relación— estuviera llegando a un final inevitable.

—Me gustaría mucho que nos viéramos otra vez —dijo ella.

Kell era consciente de la crueldad absurda de sus mentiras. En los viejos tiempos había llegado a sentir cierto placer con este tipo de manipulaciones tan simples, pero ya no. La habilidad para el engaño, la capacidad de lograr que una mujer solitaria se sintiera apreciada no era un talento del que un hombre de cuarenta y cuatro años debiera sentirse orgulloso.

—Yo también —respondió, y se odió a sí mismo.

—Entonces ¿cuándo volverá a verme? —preguntó Marianna.

Kell podía imaginarla en la soledad de la oficina, ligeramente ruborizada, con las gaviotas graznando fuera. «Reclutar a un agente es un acto de seducción.»

—No creo que pueda en algún tiempo —replicó, tratando de no sonar frío y distante—. A menos que vaya a Grecia de vacaciones.

—Bueno, sería maravilloso volver a verlo —dijo ella—. Por favor, estemos en contacto.

—Sí, claro.

Kell colgó, sacó la tarjeta y encendió un cigarrillo que necesitaba con urgencia. Se encaminó a su hotel. Al borde de un parque municipal bien cuidado localizó otra cabina telefónica; hizo una cola de dos minutos detrás de un sirio con chándal y marcó el número de Atenas. Adam Haydock estaba en su escritorio.

—Tengo trabajo para ti.

—Adelante, señor.

Al otro lado de la calle, dos policías aburridos estaban comprobando al azar carnets de conducir de los coches y motocicletas que pasaban. Turquía: todavía con un ligero toque de Estado policial.

—Para ello será necesario ir a Quíos con un equipo técnico. Lo que requerirá autorización de Londres.

—¿De Amelia? —preguntó Adam.

—De C —replicó Kell.

17

Kell se despertó antes del amanecer en el coche cama a Estambul con un dolor de cabeza espantoso y una sed descomunal directamente relacionados con la botella de Macallan de la que había dado cuenta la noche anterior en compañía de dos jóvenes hombres de negocios turcos que se dirigían a Bulgaria para una conferencia de tres días sobre «electrodomésticos de línea blanca». Dos ibuprofenos y medio litro de agua después, Kell estaba mirando por la ventana rayada de su compartimento de dos literas, tomando una taza de Nescafé con azúcar y escuchando los ronquidos del viudo bigotudo que ocupaba la cama inferior de su litera.

El tren cambió de vía en la estación de Haydarpasa justo después de las seis. Kell cerró la cremallera de su bolsa, se despidió de sus compañeros de viaje y se subió a un ferri con destino a Karaköy, al otro lado del Bósforo. En otro momento habría navegado con toda la excitación romántica que suele embargar al viajero occidental cuando llega por mar a una de las grandes ciudades del mundo, pero se sentía frustrado, resacoso y cansado, y Estambul se le antojaba sólo otra parada más en su intento de desentrañar el enigma de la muerte de Paul Wallinger. Podría estar llegando a Bruselas, Freetown o Praga, daba lo mismo. Habría reuniones eternas en el consulado. Habría llamadas interminables a Londres. Tendría que pasar muchas horas rebuscando en el *yali* de Wallinger en Yeniköy. Una vida entre cuatro paredes. En ningún momento —si tenía que guiarse por experiencias pasadas— tendría la oportunidad de relajarse y disfrutar de la ciudad, visitar el palacio de Topkapi, por ejemplo, o hacer una travesía en barco por el mar Negro. Recordaba haber visitado Estambul siendo un estudiante universitario de veinte años, con Claire a su lado, disfrutando de su primer verano juntos como novios. Habían pasado cinco días en un hostal barato de mochileros en Sultanahmet, sobreviviendo a base de *raki* y estofado de garbanzos. Unos meses después, justo antes de cumplir veintiún años, Kell había recibido el golpecito en el hombro del SSI. Era como recordar una época pasada. Su yo de veinte años era un desconocido para él; Claire había caminado por las calles de Estambul con un hombre diferente.

Envió un mensaje de texto a Claire antes de mezclarse con los grupos espontáneos de gente que se dirigían al puente de Gálata. Hacía calor y viento. Los transbordadores se agolpaban en el muelle, y a esa hora punta de la mañana los ocho carriles de la Kennedy Caddesi estaban colapsados en ambas direcciones. En el paseo marítimo había hombres vendiendo mejillones al vapor y mazorcas de maíz ennegrecidas en barbacoas improvisadas junto a los quioscos de periódicos y las taquillas. Kell compró el *International Herald Tribune* y caminó por la zona más baja y peatonal del puente de Gálata tratando de localizar un restaurante que recordaba a unos cincuenta metros de allí. Por encima de él, en el lado oriental del puente, se amontonaban los hombres para pescar; los sedales caían por delante del restaurante, casi invisibles contra las nubes brillantes y las aguas plateadas del Bósforo. Un camarero joven, sin afeitar, condujo a Kell a una mesa contigua a la de un grupo de turistas alemanes que estaban tomando de té y examinando un mapa desplegado de Turquía. Al sentarse, Kell señaló inmediatamente una fotografía de huevos fritos en un menú en cinco idiomas plastificado. El camarero sonrió y dijo:

—¿Patatas fritas?

Kell asintió, ansioso por acabar con su resaca.

Sólo entonces, al acomodarse en su silla y mirar las barcas en el mar ondulado, al contemplar la orilla asiática, por fin empezaron a desplegarse ante sus ojos la magia y el romanticismo de Constantinopla. Kell volvía a ser él mismo. Al sudeste veía pájaros que planeaban en el aire cálido sobrevolando los minaretes de Santa Sofía; al norte, los embarcaderos y edificios de Gálata se apiñaban salpicados por el sol. Kell tomó un expreso doble, fumó un Winston Light y leyó los titulares del *Tribune* a pesar de que una ráfaga de viento agitó las páginas de su periódico. Había un póster turístico de Capadocia pegado a la pared del restaurante. Kell mojó trozos de pan blanco en las yemas de sus huevos fritos, pidió una segunda taza de café y pagó la cuenta.

Media hora más tarde entraba en el vestíbulo poco iluminado del Grand Hotel de Londres, toda una institución del Viejo Mundo en Estambul, a tiro de piedra del consulado británico. El vestíbulo, pequeño y enmoquetado de rojo, estaba vacío, con la excepción de una mujer de la limpieza quitando el polvo de una pintura al óleo de la escalera. Encima de ella, un candelabro de cristal tintineó por la corriente de aire que provocó al cerrarse la puerta de la calle. Kell dio unos golpecitos en la mesa de recepción y salió un hombre voluminoso de una oficina escondida detrás de una pequeña puerta marrón. Kell firmó el registro con su propio nombre, entregó su pasaporte maltrecho y subió su equipaje en un ascensor repleto hasta un dormitorio con vistas a Beyoglu y, a lo lejos, a una franja fina y resplandeciente del Cuerno de Oro.

Alrededor de las once, después de ducharse, afeitarse y tomarse otro par de analgésicos, Kell se encaminó a la escalera. No tenía que estar en el consulado hasta después de comer y quería terminar *Me llamo Rojo* en el bar del hotel. Bajando la escalera pasó junto a la misma señora de la limpieza, que ya había llegado a la segunda planta y estaba limpiando con esmero el cristal del marco de una foto de Atatürk.

Kell oyó su conversación mucho antes de ver sus caras. Un inglés cantarín, adornado de carcajadas, y el tono elegante y la dicción impecable de su vieja amiga y colega, que de pronto ya no estaba en Londres sino en su mismo hotel.

Amelia Levene y Elsa Cassani estaban en el salón para los huéspedes, sentadas una frente a la otra en sendos sofás ornamentados. A ojos de todo el mundo parecían una madre y una hija que acababan de regresar de una visita turística a Sultanahmet. Kell percibió al instante el buen entendimiento entre ellas, evidente por el timbre de voz de Amelia, esa suavidad especial que C sólo empleaba con los amigos íntimos y los confidentes. A Elsa se la v ía claramente embelesada con Amelia, pero sus maneras no eran nerviosas, ni excesivamente respetuosas; en realidad, parecía relajada, incluso haciendo gala de cierta picardía. Había dos vasos de té frente a ellas, sobre dos platitos blancos, y un paquete de galletas de chocolate turcas, sin duda compradas en alguna de las tiendas cercanas.

—Hemos de dejar de encontrarnos así —dijo Kell mientras se acercaba a ellas.

Amelia levantó la cabeza y sonrió por la broma. Elsa se volvió para ver quién había hablado y contuvo las ganas de gritar otra vez «*Minchia!*» al verlo.

—No sabía cuándo llegarías —dijo Amelia, mirando con intención su reloj—. Elsa me contó que viajabas en el coche cama.

—Y yo pensaba que estabas en Londres —repuso Kell, y no pudo determinar si estaba contento de ver a Amelia o molesto por que ella hubiera vuelto a ocultarle información.

Se besaron y apareció un camarero que preguntó a Kell si quería tomar algo. Pidió un té y se sentó al lado de Elsa, preguntándose cuánto tiempo pasaría antes de que alguien le contara qué demonios estaba ocurriendo.

18

Al cabo de una hora, Kell tenía su respuesta. Por sugerencia de Amelia, dejaron a Elsa trabajando en el hotel y salieron a dar un paseo por las calles de la ciudad, a ratos cogidos del brazo, a ratos separados por la oleada de peatones de Istiklal Caddesi. Amelia llevaba un pañuelo con estampado de flores y una chaqueta de *tweed* con parches en los codos. Kell pensó que parecía una asistenta al servicio de la reina en Sandringham House, pero no estaba de humor para provocarla. Él, vestido de un modo más informal, con vaqueros y un jersey, fumaba mientras caminaban y trataba de presionar a Amelia para conseguir respuestas.

—No me hablaste de la SIM que recuperaron en el accidente.

—Hay muchas cosas que no he podido contarte, Tom.

La reacción de Amelia fue, como de costumbre, inescrutable. En un taburete de plástico, ante un escaparate en el que se exhibían madejas de lana de colores diferentes en cajitas de madera, estaba sentado un turco vestido elegantemente, con una calva lustrosa y zapatos marrones pulidos. El hombre estaba tocando el laúd y cantando una canción triste. A su lado, un chico con la camiseta de fútbol del Besiktas se estaba comiendo un *pretzel*.

—¿Qué tal en Ankara? —preguntó Amelia, observándolos.

Kell sólo podía suponer que C tenía una buena razón para ser tan evasiva. En cuanto a Ankara, casi no sabía por dónde empezar: la conducta de Chater en la embajada había puesto en evidencia tanto su deseo de ofender a Kell, al aludir a su estatus incierto, como su intención de no ayudar al SSI en la investigación sobre la muerte de Wallinger. Tom no quería empezar hablándole de eso. Desde el punto de vista de Amelia, cualquier cosa que dijera Kell sobre Chater tendría que pasarse por el filtro de su animadversión contra el hombre que había fulminado su carrera. A Kell le gustaría que Chater estuviera escondiendo algo y Amelia lo sabía tan bien como él.

Así pues, Kell le habló de las horas interminables que había pasado en la Estación del SSI y lo sorprendió la frecuencia con que Amelia lo interrumpía para hacerle más preguntas, ya fuera para comprobar un hecho o para cerciorarse de que Kell recordaba con precisión los detalles de los muchos archivos y telegramas que había leído en el despacho de Wallinger. La conversación los llevó al norte, hacia la plaza Taksim, donde dieron la vuelta para regresar por Istiklal. Se detuvieron un momento a echar un vistazo en una librería que vendía títulos en inglés y donde Amelia compró *Team of Rivals*. «Porque todos mis conocidos se lo están leyendo», dijo. Cuando, por fin, Amelia dejó de hacer preguntas sobre HITCHCOCK, Kell volvió a la cuestión de la SIM.

—¿Quién estuvo en el lugar del accidente? ¿Quién encontró el teléfono?

—Las autoridades turcas, pero yo tenía a alguien allí que se hizo pasar por un representante de la familia. Logró hacerse con el teléfono y devolverlo a Londres.

—¿Y...?

Se detuvieron. Amelia se ajustó el pañuelo y dio una vuelta de ciento ochenta grados, mirando al norte por la calle ancha. Estaban a no más de seis metros de la entrada del consulado ruso. Normalmente, Kell habría hecho hincapié en eso, como una casualidad divertida, pero no quería interrumpir los pensamientos de Amelia.

—Todavía estamos tratando de rastrear algunos números.

—¿Qué significa eso?

—Significa que es demasiado pronto para decirlo.

Por supuesto. Incluso con un colega de tanta confianza como Thomas Kell, Amelia no podía divulgar nada más allá de lo que era absolutamente necesario para la conversación. Kell ocultó la rabia que le producía sentirse tratado como un detective de segunda. «Es demasiado pronto para decirlo» significaba que Elsa —o alguien con sus capacidades— había sacado algo de la SIM que sería útil como información operacional secundaria, y que hasta entonces no tenía sentido alimentar las esperanzas de nadie. Amelia sólo le contaría lo que necesitaba saber. Al alzar la mirada hacia las ventanas de la primera planta del consulado, preguntándose si alguien de Moscú estaría poniéndose nervioso al ver a C paseando por esa calle, Kell sintió la misma frustración que había experimentado en su reunión con Chater. Tropezar con obstáculos en su trabajo era una cosa; que una amiga le diera largas e incluso fuera condescendiente con él era otra muy distinta.

—Uno de los números que encontréis quizá corresponda a una antigua oficial del servicio de inteligencia húngaro llamada Cecilia Sándor. —Fue un golpe bajo, pero Kell lo hizo a propósito para herir a Amelia.

—¿Quién?

Kell posó el brazo en la espalda de Amelia y trató de hacerla andar. Ella pareció estremecerse por el contacto; sabía que Kell estaba a punto de darle una mala noticia.

—Paul estuvo en la isla con ella.

—¿En Quíos?

—Sí.

Le dio tiempo para procesar lo que acababa de contarle. Sólo fueron un par de segundos, pero en ese lapso Amelia pareció aislarse de la multitud que se agolpaba en Istiklal, de la risa de las parejas que pasaban, de la charla y la música de la calle.

—¿Se estaban viendo?

—Eso parece. Ella dejó flores y una nota manuscrita en el funeral. Alquiló un chalet en la isla. Pasaron una semana allí.

Amelia empezó a andar a paso enérgico, como para alejarse de lo que Kell le estaba contando.

—¿Cómo sabes que Sándor estaba en el servicio secreto húngaro?

—¿Conoces a Tamás Metka?

Amelia negó con la cabeza.

—Un viejo contacto mío en Budapest. Lo conocí cuando estuvo en Londres hace unos diez años. Le pedí que buscara el nombre. Sándor tiene treinta y tantos. Dejó el servicio de inteligencia húngaro en 2009 para regentar un restaurante en Croacia. Antes de eso, según Metka, hizo un montón de trabajo operativo para nosotros, con los faldas de paja también. «Faldas de paja» era un viejo eufemismo de la casa para referirse al MI5. Puede que valga la pena cruzar su nombre con las operaciones de Paul. Probablemente es como se conocieron.

—Probablemente —murmuró Amelia.

Kell quería hablarle de la fotografía, para animarla, para decir que Paul había guardado una foto suya al lado de su cama hasta el día en que murió. Pero ¿qué sentido tendría decírselo? Amelia encontraría pronto una forma de reprimir sus sentimientos. Kell sabía con qué eficiencia, e incluso cinismo, ella era capaz de desconectar la cabeza del corazón. Era así como había podido vivir treinta años después de haber dado en adopción a su único hijo al nacer: compartimentando sus sentimientos, racionalizando el dolor. Sin embargo, se le ocurrió una idea: si Wallinger había guardado una fotografía de Amelia de hacía diez años en un libro al lado de su cama, ¿qué había guardado Amelia como recuerdo privado?

—Entiendo que has pedido a Adam Haydock que localice al ingeniero que trabajó en el avión de Paul.

—Exacto.

—¿Y que revise las imágenes de unas cámaras de seguridad en Quíos? ¿Me equivoco?

Kell le explicó que Wallinger había sido visto hablando en un restaurante del puerto con un hombre que llevaba barba. Quería sugerirle la hipótesis de que el individuo en

126

cuestión era Jim Chater, pero no quiso ponerle en bandeja a Amelia la oportunidad de que le dijera que estaba siendo absurdo.

—¿Quién lo vio?

—La mujer que alquiló el chalet a Sándor. Marianna Dimitriadis.

—¿Era estadounidense?

—Ni idea —repuso Kell—. No distinguió ningún acento. Habían llegado al extremo sur de Istiklal. Un pequeño tranvía rojo avanzaba despacio por el bulevar, con dos niños sujetos a la parte de atrás de la plataforma. Kell tiró el cigarrillo que estaba fumando y de pronto sintió calor. Se quitó el jersey.

—Al principio tuve la impresión de que Paul había borrado sus huellas porque no quería que Josephine supiera que estaba teniendo una aventura.

Amelia soltó un resoplido silencioso, de complicidad.

—Pero ¿tenía otras razones para estar allí? —preguntó Kell—. ¿Razones operativas?

—Ya te lo he dicho. No tenía ningún asunto...

—Mi pregunta era retórica. ¿Y si estaba reuniéndose con un contacto por su cuenta?

Kell le contó que Wallinger había dejado de utilizar su pasaporte, tarjetas de crédito y teléfonos móviles después de aterrizar en Quíos. Demasiada tapadera para un fin de semana adúltero.

—Tal vez no quería que yo supiera que estaba allí.

Kell admiró la franqueza de Amelia, sobre todo porque le había ahorrado hacer la misma observación.

—Oh, vamos —repuso—. ¿Cuánto tiempo ha pasado desde que fuisteis pareja?

—Nunca fuimos pareja, Tom.

Eso lo dejó mudo. Kell siguió con la mirada a un gato callejero que se escabulló bajo una furgoneta aparcada para luego deslizarse por una calle lateral cubierta de andamios. Un fuerte olor a pescado frito la inundaba y Kell imaginó que el gato buscaba el origen de ese aroma.

—¿Tienes hambre? —preguntó Amelia.

127

También ella había reaccionado al aumento de temperatura; se había quitado la chaqueta y la había doblado sobre el brazo. En un restaurante grande y muy iluminado, al otro lado de la calle, dos cocineros con delantal blanco se ocupaban de unos recipientes metálicos de comida expuestos en unas vitrinas altas. Parecía un lugar barato y popular; casi todas las mesas estaban ocupadas.

—¿Qué te parece ahí? —propuso Kell, justo cuando alguien no lejos de allí puso en marcha un martillo neumático.

—Perfecto —dijo Amelia, y entraron.

19

La elección de asiento de Amelia fue reveladora. En lugar de elegir una mesa vacía junto a la ventana, con vistas a Istiklal, se metió en un rincón ruidoso del restaurante junto a un anciano turco que llevaba un audífono antediluviano. Aunque hablara o entendiera el inglés, era poco probable que el hombre pudiera oír lo que Kell y Amelia decían, y menos todavía que luego fuera corriendo al MIT con un relato calcado de su conversación.

Kell pidió pierna de cordero con patatas, y Amelia, estofado de cordero con un acompañamiento de puré de berenjena que por su aspecto y textura más bien parecía la comida de un bebé. En un par de bocados los dos habían dictaminado que sus respectivos platos eran repugnantes, aunque no dejaron de comer mientras hablaban y bebían agua con gas.

—No me has explicado cómo fue tu reunión con Jim Chater —dijo ella.

—Pensaba que nunca ibas a sacar el tema. ¿Por qué no me dijiste que estaba aquí?

Amelia puso una de sus caras de póquer marca de la casa y se ajustó las mangas de la blusa. Kell sintió que afloraba de nuevo en él la irritación.

—Supongo que hay un plan detrás de toda esta locura —dijo.

—¿Perdón? —El tono de voz de Amelia sugería que Kell estaba siendo innecesariamente provocativo.

—¿Por qué no lo mencionaste? ¿Por qué no me has preguntado por él hasta ahora?

—Enviaste un informe anoche, ¿no?

—¿Que has leído?

A Kell lo sorprendió descubrir que Amelia no había revisado el informe de su reunión con Moses y Chater que había enviado a Londres poco después de terminar de hablar con Adam Haydock en Atenas.

—Quería escucharlo de la fuente —dijo Amelia, como si le estuviera haciendo un cumplido a Kell.

—Bueno, aquí está la fuente —repuso él, dando un mordisco al pan.

Para no dar la impresión de que pecaba de parcialidad, Kell reprodujo las características de la reunión de la forma más anodina y objetiva que pudo: el monólogo de Moses; la más que evidente intención de perder el tiempo por parte de Chater; la reacción brusca del estadounidense a las preguntas de Kell sobre HITCHCOCK. Cuando llegaron a Iannis Christidis, Kell le comentó a Amelia que había tenido la sensación de que Chater ya conocía el nombre.

—Iannis Christidis —repitió ella—. ¿El que has pedido a Adam que localice? —Le había picado la curiosidad—. ¿De verdad crees que Jim reconoció el nombre?

Kell tuvo que actuar con precaución. Afirmar eso ante Amelia, sugiriendo claramente que la CIA había estado involucrada en la muerte de Wallinger, suponía hacer una acusación grave.

—¿Quién sabe? —dijo, esquivando la pregunta—. Me pareció percibir algo. Quizá sólo estaba proyectando.

—¿Proyectando qué?

Kell le arrojó una mirada inquisitiva. Habían pasado muchos meses desde la última vez que habían hablado de lo ocurrido en Kabul.

—Mira. Ya sabes que tomé algunas decisiones que lamento...

—Vale, vale —cortó Amelia con rapidez, como si Kell la hubiera avergonzado.

Enfadado tanto por la reacción de Amelia como por su propia necesidad de justificar constantemente sus acciones, Kell se quedó callado.

—Oh, por el amor de Dios, Tom. No seas así. No quería que nos desviáramos del tema, nada más. Quiero conocer el estado anímico de Chater.

—¿Por qué? —preguntó Kell con rapidez.

—Porque también tengo dudas sobre él.

Era un comentario extraordinariamente significativo, y Kell no dejó escapar la ocasión.

—¿Qué quieres decir?

Amelia apartó el plato a un lado, y en el acto lo recogió un camarero que pasaba. Se limpió suavemente la boca con una servilleta de papel y miró a la ventana.

—No me has hecho la pregunta obvia —dijo ella, siguiendo con la mirada a un niño que estaba pasando al lado del restaurante.

—¿Pregunta obvia? ¿Sobre qué? ¿Sobre tus dudas? ¿Sobre en qué punto nos encontramos con todo esto?

Amelia se volvió para mirar a Kell.

—¿Qué estoy haciendo aquí? —Su voz se cargó de un extraño matiz de melodrama, tal vez incluso de cierta dosis de pánico.

Kell recordó que él le había preguntado exactamente eso en el salón del Grand Hotel de Londres. Amelia, como era habitual en los últimos tiempos debido a su estado de ánimo, se había negado a responder.

—Muy bien. ¿Por qué estás en Estambul? ¿Está pasando algo en Siria?

Amelia se volvió hacia la ventana. Los dos habían estado vigilando de forma intermitente a los nuevos clientes que entraban en el restaurante: buscando caras repetidas; comprobando los puntos de observación obvios al otro lado de la calle. Pero no era estrategia. Era evidente que Amelia estaba preocupada por algo. Parecía estar sopesando la sensatez de lo que estaba a punto de decir.

—Hemos perdido a otro hombre.

—¿Qué?

—En Teherán. El lunes. Asesinado.

Kell había visto la noticia. Había supuesto, como todos los demás, que el Mosad era responsable del asesinato.

—El tipo del coche. ¿El científico? ¿Era una fuente?

—Una fuente de Paul, sí. Nombre en clave: EINSTEIN.

—Joder.

Reclutar un científico dentro del programa de enriquecimiento de uranio era una jugada maestra tanto para Wallinger como para el SSI; perderlo en una operación de exfiltración era un revés.

—¿Quién lo eliminó?

Amelia entornó los ojos. O bien lo sabía y no podía decirlo o, lo más probable, no tenía ni idea de quién había perpetrado el ataque y no estaba lista para un intercambio de hipótesis.

—La cuestión es que perdimos a HITCHCOCK hace tres semanas, a Paul en un accidente de avión, a EINSTEIN el lunes. Tres agentes muertos, más de los que hemos perdido en Afganistán y Pakistán en siete años.

Kell, que todavía comía, mordió un trozo crujiente de pierna de cordero y tuvo que sacarse una astilla de hueso de la boca. Amelia, con el tacto de un crupier, apartó la mirada.

—Cuando revisaste los telegramas de Paul, los archivos —dijo ella—, ¿te llamó la atención algo?

—¿Qué quieres decir?

—Quiero decir que si algo te pareció extraño. ¿Algo de todas las cosas que estaba diciendo y haciendo?

—Todo lo que vi me pareció muy normal —respondió Kell—. Trivial incluso. Doug Tremayne estaba organizando los recursos: derivando las fuentes de Paul a nuevos agentes. No tenía sentido que me diera eso a mí, porque no voy a quedarme el tiempo suficiente para desempeñar un papel operativo.

El hombre mayor en la mesa de al lado estaba comiendo macedonia y sorbiendo de forma ruidosa, como decepcionado por la respuesta de Kell. Amelia parecía estar a punto de hablar cuando se detuvo.

—Joder, suéltalo —dijo Kell.

—¿Y si te ofreciera Ankara-1?

Ese trabajo era todo lo que había estado deseando: limpiar su reputación, tener una vida con propósito y sentido. Sin embargo, Kell no experimentó la euforia que habría esperado. Era lo bastante arrogante para creer que se merecía esa posición, pero la oferta de Amelia parecía contener una advertencia. ¿Correría C el riesgo de nombrarlo Ankara-1 si no esperara obtener un quid pro quo?

—Eso es extremadamente halagador —dijo, y puso la mano con cautela en el brazo de Amelia. Le estaba dando las gracias, pero sin decir que sí o que no.

—¿Crees que estarías interesado? —La cabeza de Amelia se inclinó hacia delante, como si estuviera mirándolo por encima de unas gafas de lectura—. ¿Te imaginas aquí? ¿Tres años? ¿Cuatro?

—No veo por qué no.

—Bien —repuso Amelia. Entonces, como si no hubiera nada más que decir sobre el tema, volvió a lo que parecía inquietarla—. ¿Encontraste alguna referencia a Ebru Eldem?

El anciano turco se levantó de su asiento dejando el bol de macedonia a medio comer. Kell lo siguió con la mirada, pero su cabeza se había trasladado al despacho de Wallinger, donde repasaba mentalmente archivos y telegramas tratando de recordar ese nombre entre un centenar más.

—¿Periodista? —preguntó, más esperanzado que expectante, pero Amelia asintió, animándolo a continuar—. Detenida hace unas semanas —continuó él, sacando a la luz la historia de Eldem—. Un caso habitual en Turquía. Escribe algo crítico sobre Erdogan y la meten en la trena por terrorista.

—Ésa es.

—¿Qué pasa con ella?

—Era una fuente estadounidense.

—Vale. —Estaba siendo una comida llena de sorpresas—. Reclutada por tu viejo amigo, Jim Chater. Chater se quejó a Paul cuando la detuvieron.

—¿Paul te lo contó?

—Sí. Dijo que era el tercer periodista que trabajaba para los Primos al que encarcelaban.

—¿Eran todos turcos?

—Sí.

—¿Eldem es periodista política?

Si a Amelia la había impresionado que Kell hubiera recordado un detalle biográfico aparentemente insignificante, no lo exteriorizó.

—Sí. Para el *Cumhuriyet*.

—Pero es lo habitual aquí —dijo él—. En Turquía hay ochocientos periodistas en prisión. Más que en China.

—¿Es eso cierto? —Amelia asimiló la estadística. Después de una pausa momentánea, añadió—: Bueno, también hemos perdido académicos. También hemos perdido estudiantes. Tenemos un agente sin cobertura en Ankara que informaba directamente a Paul; ha perdido una de sus fuentes principales en la Unión Europea. Despedido unos seis meses después de que lo reclutáramos.

Como el vago malestar físico que presagia una enfermedad, Kell tenía la sensación de que Amelia estaba a punto de decirle algo terrible. ¿Sería un quid pro quo, o sería algo sobre Paul? Incómoda ante la perspectiva de continuar la conversación en el mismo sitio —una madre y un niño estaban a punto de ocupar la mesa libre a su lado—, Amelia se levantó de golpe, se puso la chaqueta y salió del restaurante seguida de Kell. Una vez que se hubieron alejado, mientras caminaban por una calle adoquinada y desierta al este de la Torre de Gálata, ella finalmente recuperó el tema.

—Lo que estoy a punto de contarte voy a contártelo como amiga. —Se volvió hacia Kell y le pidió discreción absoluta con la mirada.

—Por supuesto. —Kell puso una mano en la espalda de Amelia. Esta vez ella no se estremeció.

—Creo que Simon Haynes cometió errores en las últimas semanas que estuvo en el cargo.

—Continúa.

—Creo que se le escaparon varias cosas. Durante la transición yo todavía estaba tan afectada por lo que había ocurrido en Francia —dijo, refiriéndose al rapto y rescate de su hijo— que no presté suficiente atención a algo que ahora me parece muy evidente.

Amelia dobló por una calle estrecha, desierta, mojada por el agua que regurgitaba de una cañería reventada en un edificio en ruinas que formaba un río en un margen de la calzada.

—En un período de cuatro años se han malogrado varias operaciones conjuntas con los Primos. HITCHCOCK y EINSTEIN son los casos más flagrantes, claro, pero hay otros en los últimos tres años. En Londres, Estados Unidos, Turquía, Siria, Líbano, Israel.

—¿Qué quieres decir con que se han malogrado?

—Quiero decir que los números están ahí. Quiero decir que demasiadas cosas han ido mal. He revisado la historia, la estadística, y estamos perdiendo demasiados recursos, demasiada ventaja estratégica, demasiado material.

—¿Crees que hay una filtración?

Era la pregunta que ningún espía deseaba tener que plantear nunca. Un topo era el temor más profundo de cualquier servicio secreto, la pesadilla paranoica de sus agentes, siempre cautos y precavidos. Philby. Blake. Ames. Hanssen. Los nombres no dejaban de salir, generación tras generación, un traidor engendrando a otro traidor, mientras toda una clase burocrática se alimentaba a sí misma con paranoias y contradicciones. Amelia, contestando a la pregunta de Kell con una mirada, le pidió un cigarrillo. Tom se lo encendió mientras caminaban.

—No conozco la naturaleza de la filtración —dijo ella—. Pero no creo que sea técnica.

¿Eso era mejor o peor? La traición humana era moralmente más repugnante, pero, por lo general, menos dañina que un enlace de comunicaciones interceptado. Si, por ejemplo, los iraníes o los israelíes, los rusos o los chinos, tuvieran acceso al sistema de transmisión de datos del SSI, el Servicio estaría acabado, porque ya no habría secretos. En cambio, si hubiera un topo, él o ella serían identificados; por ende, sus días estaban contados.

—Tengo que ser muy cuidadosa. —Amelia sostenía el cigarrillo en la punta de los dedos; le dio una calada como una adolescente—. He comprobado y vuelto a comprobar todo: ordenadores centrales, telegramas, correo electrónico, todo lo que se te pueda ocurrir. Cambios de contraseñas, teclados numéricos... Una tarea hercúlea.

—No lo sabía —dijo Kell, y se encogió de hombros al notar un calambre momentáneo en su hombro derecho—. ¿Y aun así sigue habiendo filtraciones?

—Y aun así sigue habiendo filtraciones. —Amelia tiró el cigarrillo al charco de agua oleosa. No había dado más de dos caladas—. Hay nombres. La misma gente con acceso a la misma información, que asistió a las mismas reuniones, que leyó los mismos informes confidenciales.

—¿Nosotros o ellos?

—Ambos —dijo ella.

—¿Cuántos?

—Demasiados. Decenas a nuestro lado del Atlántico, decenas al suyo. Podría estar investigando hasta que cumpliera los noventa y hacer que Angleton pareciera equilibrado.

Doblaron otra esquina. Dos hombres estaban jugando al *backgammon* en una mesita delante de una zapatería. Uno de ellos alzó la mirada y sonrió a Amelia, al parecer apreciando la presencia de una mujer elegante y bien vestida en ese barrio gris. Siempre diplomática, ella le devolvió la sonrisa.

—Demasiados sospechosos —dijo, con voz apagada—. No sé a ciencia cierta quién ve lo que vemos nosotros una vez que la información cruza el charco. El topo podría ser el Departamento de Estado, podría ser Langley. Joder, podría ser la Casa Blanca.

Kell oyó entonces el sonido decreciente del dado de *backgammon*.

—Pero... —continuó Amelia.

—Pero —repitió Kell.

Un barco gimió en el Bósforo.

—Hay algunas personas en concreto que quiero investigar. Cuatro, para ser precisa. Una es Douglas Tremayne.

Kell pensó automáticamente que Amelia se equivocaba de hombre. Tremayne no encajaba en el perfil de un traidor, pero Kell sabía que esos pensamientos eran el talón de Aquiles del cazador de espías. Todo el mundo era sospechoso. Todo el mundo tenía sus razones.

—¿Doug? —dijo.

—Eso me temo. —De nuevo Amelia se quitó la chaqueta y se la enrolló en el brazo—. La otra, en nuestro lado, es Mary Begg.

—Nunca he oído hablar de ella.

—Mary trabaja en el Directorio de Oriente Próximo en Cross. Llegó a nosotros desde el MI5 justo después de que lo dejaras. Lo ha visto casi todo. Está muy implicada. Podría ser ella.

—¿Y los otros son yanquis? —Kell sintió una punzada creciente de celos: se preguntaba si Begg había sido su sustituta en todo.

Amelia asintió.

—Tengo un equipo en Texas, en Houston. Están investigando a Tony Landau. Sus huellas dactilares estaban en todo HITCHCOCK, en todo EINSTEIN. Tuvo acceso a la mayoría de los archivos relacionados con las fuentes corruptas.

—La *mayoría* de los archivos —señaló Kell intencionadamente.

Amelia dio a entender que apreciaba que Kell se hubiera fijado en la advertencia.

—Él no sabía nada de Eldem. La circulación con ella era muy baja.

Kell sabía lo que Amelia iba a decirle. Chater conocía la existencia de Eldem, quizá la había traicionado y entregado a los turcos. Amelia iba a pedirle que accediera a los portátiles y teléfonos de Chater, que lo siguiera al cuarto de baño, que durmiera bajo su cama. Ésa esa su oportunidad de vengarse por lo de Kabul.

—Por eso estás aquí —dijo ella, siguiendo el hilo de su pensamiento—. Los Primos tienen a un agente joven aquí. Ryan Kleckner.

—Kleckner —repitió Kell, que había sido pillado con la guardia baja. Nunca había oído el nombre.

—Ha tenido acceso a la misma información. Ha asistido a las mismas reuniones. Nosotros nos pondremos con Begg, tengo a alguien con Tremayne. Quiero que tú te ocupes de Kleckner. Te daré todo lo que necesites para poder hacer una evaluación de su comportamiento, para incluirlo o excluirlo como sospechoso.

Kell asintió.

—Dos semanas antes de ir a Quíos, una semana antes de Dogubayazit, Paul viajó a Londres. Confié en él como estoy confiando en ti.

—¿Paul sabía lo del topo? —preguntó Kell.

—Sí.

—¿Y los estadounidenses? ¿Has compartido con ellos tus preocupaciones?

—Joder, no. —Amelia pareció sacudirse la idea de la cabeza con un escalofrío repentino—. ¿Acudir a los Primos con una acusación así? Terminarían con todo: todas las operaciones conjuntas, todos los elementos de inteligencia que compartimos, hasta acabar con el último gramo de confianza que hemos alimentado con tanto mimo desde Blake y Philby.

—Entonces ¿Paul era el único que lo sabía?

—Espera. —Amelia levantó la mano para interrumpirlo. Habían llegado al pie de la colina, al sudoeste ya se veía el puente de Gálata, concurrido, congestionado de un tráfico pesado que se movía en ambas direcciones a lo largo de Kemeralti Caddesi—. Tengo que ser completamente sincera contigo. No puedo decir, con la mano en el corazón, que Paul esté libre de toda sospecha.

Kell vio el conflicto en Amelia; conocía las consecuencias si se demostraba que Wallinger era el topo.

—Pero tenemos que contener esta hemorragia —continuó—. Hemos de descubrir dónde se producen las filtraciones. He tenido que cancelar todo lo demás. Todas las operaciones conjuntas, limitar la circulación de informes. Los Primos no lo entienden y se están poniendo nerviosos. Todo lo que hacemos en Turquía, en Siria, con los iraníes, los israelíes, todo está afectado. No puedo avanzar hasta que este asunto esté resuelto. —Amelia estaba cortando el aire con la mano—. Tienes que intentar conseguir respuestas pronto, Tom —dijo ella, cerrando el puño—. Si no conseguimos nada sobre Kleckner, tendré que acudir a los estadounidenses. Pronto. Y si el topo resulta ser uno de los nuestros...

—Fin —dijo Kell.

Se quedaron un momento en silencio.

—¿Qué dijo Paul de las filtraciones? —preguntó Kell.

Amelia pareció sorprendida por la pregunta.

—Estuvo de acuerdo en investigarlo —contestó—. Dijo que no confiaba en Kleckner, y tampoco le gustaba Begg. Algo no encaja en ella. Acordamos no hablar nunca de eso usando los canales habituales. Ni telegramas, ni teléfonos, nada.

—Claro.

Kell esperó a que Amelia continuara. Cuando ella se quedó en silencio mirando el horizonte densamente poblado, más allá de los minaretes que rodeaban el Cuerno de Oro, la alentó diciendo:

—¿Y...?

Amelia se volvió hacia él. Para sorpresa de Kell, tenía los ojos anegados en lágrimas.

—Y nunca volví a verlo.

20

No había nadie en la playa.

Iannis Christidis estaba sentado solo en la arena húmeda que dejaba la marea baja, escuchando el ritmo casi silencioso del romper de las olas, con el cerebro aturdido por el alcohol. Serían ya las dos o las tres de la madrugada; hacía mucho que había perdido la noción del tiempo. Del bolsillo superior de su camisa sacó un paquete arrugado de Assos, le dio unos golpecitos con torpeza y cayeron tres cigarrillos en la arena dura. Dejó que el viento arrastrara dos de ellos y se llevó el tercero a los labios. Luego buscó el encendedor en el bolsillo de los vaqueros.

El último pitillo del condenado. Ni siquiera notó el gusto del tabaco. Con la primera calada inclinó la cabeza hacia atrás hasta quedarse mirando el cielo negro, siguiendo haces de estrellas en la visión doble y parpadeante de su borrachera. Después se dobló hacia delante tosiendo, lanzó un gemido y cayó de lado.

Christidis volvió en sí. Apoyó un codo en la arena y se sentó erguido. Miró otra vez al agua, a la noche negra, a la silueta de un barco de pesca amarrado a cincuenta metros de la playa. Ésa era su isla. Ésa había sido su vida. Ésa era la decisión que había tomado, y ahora el error, la vergüenza y la culpa eran demasiado grandes. Mucho con lo que vivir, nada por lo que vivir.

Ahora estaba seguro de que iba a hacerlo. Se puso el cigarrillo en la boca y con ambas manos empezó a rascar el suelo delante de él, como un perro enterrando un hueso. Estaba tirando atrás los terrones húmedos y apilándolos a sus pies de manera que sus pantorrillas y sus rodillas pronto estuvieron cubiertas de arena gruesa. De niño había jugado en esa playa. Se atragantó con el cigarrillo, el viento le llevó el humo a la cara e hizo que le picaran los ojos. Escupió en el suelo y la saliva le resbaló por la barbilla; tuvo que secársela con la manga. Se palpó los pantalones húmedos, sacó la cartera y la tiró en el agujero que había cavado. A continuación, se quitó el reloj y el anillo de boda y también los echó en el hoyo. Mientras lo cubría de arena, las olas le parecieron por un momento más ruidosas, como si la marea tuviera prisa por arrastrarlo. Un barco debía de haber pasado por el estrecho unos segundos antes. Iannis se había dado cuenta de eso. Tal vez no estaba tan borracho como pensaba.

Sepultó en la arena sus pertenencias, se levantó y pisó fuerte con el pie. Ni siquiera estaba seguro de por qué estaba enterrando sus cosas. Para que pudieran identificarlo. Para que supieran que había muerto. De lo contrario, alguien podría pasar por allí en las horas siguientes y robar la cartera, el anillo, el reloj. Christidis se quitó los pantalones, los calzoncillos, la camisa; lanzó el paquete de cigarrillos en la arena. Haciendo equilibrios con una pierna, se quitó un calcetín, luego el otro. Se preguntó por qué todavía los llevaba. ¿Por qué no se había quitado los calcetines? De pronto su cabeza estaba llena de oscuridad, con el ruido del mar y la noche, y del miedo de lo que estaba a punto de hacer.

Christidis trastabilló hacia la orilla. Deseó que alguien lo viera y le impidiera seguir adelante. Pero no había nadie. Entró en el agua, la arena cedió rápidamente con el peso de su cuerpo, como un abismo abriéndose bajo sus pies. Estaba cubierto hasta el pecho, con el mar en la boca, escupiendo y jadeando en busca de aire. Pero empezó a nadar, alejándose de la costa. Moviéndose.

El alcohol y el terror desaparecieron de golpe. Nadando hacia mar abierto pasó junto a una barca. Si alargaba la mano tocaría la popa, pero sabía que si lo hacía nunca se soltaría. Dejó atrás la barca, se volvió y miró su silueta cabeceante. La playa estaba compuesta por varios tonos de negro y marrón; a Christidis empezaba a faltarle el aire. Pensó en su ropa sobre la arena húmeda y plana y en la cartera enterrada en el pequeño agujero al lado. Todo eso ya era el pasado. Su vida.

Aún se mantenía a flote, mirando atrás a Quíos, con la sal del agua crujiéndole en el oído. «No seas cobarde —se dijo—. No vuelvas a lo que has estado viviendo.» Había tratado de afrontar el muro de su vergüenza. Había pensado que el tiempo lo arreglaría todo. Pero se había equivocado.

Se volvió y continuó nadando. Avanzando hacia el este, en dirección a la costa turca, alejándose cada vez más de Quíos. Estaba cansado. Empezaba a preocuparse. Tenía frío. Sabía que eso era bueno. Sabía que eso significaba que al final el mar lo aceptaría.

21

Kell estaba seguro de que Tremayne no era el topo. No sabía casi nada de Landau o Begg. Quería sugerirle que Chater seguramente había tenido igual o más acceso a la misma información de la CIA que Ryan Kleckner, y por consiguiente era un sospechoso más en esa caza del topo. Casi en el acto, se preguntó si Amelia habría ordenado a una tercera parte que investigara a Chater. Lo que era del todo posible. Desde la muerte de Wallinger, la conducta de Amelia había sido más que hermética: había sido deliberadamente opaca, incluso obstructiva. Ella sabía que no podía fiarse de que Kell juzgara de forma objetiva a Chater, por tanto debía de haber pedido a un colega de confianza que vigilara al estadounidense. Pero ¿a quién?

Kell se detuvo. Estaba en el centro del puente de Gálata, justo encima del restaurante donde había desayunado unas horas antes. Los mismos pescadores estaban probablemente lanzando las mismas cañas sobre la misma sección sur del puente. Y Kell cayó en la cuenta de que menos de media hora después de oír la teoría de Amelia ya estaba perdido en el «desierto de espejos» de Angleton, el lugar donde tu amigo es tu enemigo, el lugar donde tu enemigo es tu amigo.

—¿Tom?

Amelia se había detenido y dado la vuelta unos metros por delante de él. Mientras apoyaba las manos en las caderas, un taxi pasó casi rozando su codo.

—Lo siento —murmuró Kell.

Avanzó para darle alcance. En el puente el olor a pescado era abrumador.

—He dicho que Josephine Wallinger está en Estambul, en la casa de Yeniköy. Pensaba ir a verla.

—¿Es buena idea?

—¿Crees que es mala idea?

«Tú misma», pensó Kell, y recordó que Amelia albergaba ese mismo corazón frío que había vislumbrado en tantos de sus colegas, la frialdad de un alma hastiada. Kell conocía el territorio emocional: el deseo silenciado y siempre consciente de enfrentarse cara a cara con un adversario, de demostrar superioridad, a menudo detrás de una máscara de amistad y afecto. Amelia había traicionado a Josephine una y otra vez. ¿No le bastaba? De hecho, a pesar de toda la pasión que habían compartido, a pesar de su sabiduría y belleza, de ser tan brillante y exitosa, Paul siempre había vuelto con su esposa. ¿Al final Amelia se habría sentido humillada por eso? Era tan incansablemente competitiva en los asuntos del corazón como lo era en los temas de Estado. Sin embargo, esto era más que una cuestión de supervivencia. Amelia Levene llevaba un principio marcado a fuego en la piel: un agente del ssi de raza como ella jamás sería plato de segunda mesa.

—Dije que me pasaría a tomar una taza de té a las cuatro. —Miró su reloj—. Ya son menos cuarto. ¿Vienes?

—Claro.

En cuestión de unos segundos Amelia había parado un taxi. El conductor dio un tirón innecesario, viró a través de la chicane para sortear la densidad del tráfico y salieron a trompicones en dirección norte, hacia el puente Unkapani. Kell iba a ponerse el cinturón de seguridad cuando recordó que ningún taxi en la historia del transporte de Turquía había tenido un cinturón que funcionara en el asiento trasero. Amelia permaneció impasible todo el trayecto. Le había dicho que su intención era preguntar a Josephine si Paul había mencionado alguna vez al topo. Aunque a Kell no le gustaba la idea de estar presente cuando se produjera esa conversación, lo más probable era que Amelia lo quisiera a su lado para rebajar la intensidad de su encuentro con Josephine.

No se trataba de si Josephine estaba al tanto de la aventura o no —una esposa siempre lo sabe—, sino de hasta qué punto estaría dispuesta a disculpar a Amelia por sus transgresiones.

Su teléfono móvil sonó con el «ping» de un mensaje. Kell lo sacó y miró la pantalla. Claire había respondido a su mensaje:

Parece que fue ayer. Éramos muy felices, Tom. ¿Qué nos ha pasado? Qué pena. x

—¿Estás bien? —preguntó Amelia, al ver que había cambiado su expresión.

Kell estaba acostumbrado a los cambios de humor repentinos, parabólicos, de Claire. Cuando se sentía sola o asustada por el futuro, intentaba acercarse a él; cuando se sentía satisfecha y feliz con su nueva vida junto a Richard, trataba a Kell como un Estado fallido. Sin embargo, en ese momento a Kell lo invadió una añoranza terrible por su esposa, y por lo que había perdido. Aunque era consciente de que quería un futuro diferente, a veces todavía lamentaba no haber podido arreglar las cosas con Claire y seguir viviendo juntos en paz. Ella tenía razón: era una pena.

—Estoy bien —dijo—. Es Claire.

Pasó otra media hora antes de que el taxista encontrara la casa, un *yali* de aspecto modesto construido a orillas del Bósforo por un rico mercader otomano en el siglo XIX y luego reformado por un propietario anónimo que lo alquilaba a la Foreign and Commonwealth Office por un precio desmesurado. Llamaron al timbre y esperaron casi dos minutos antes de oír el paso rápido y ligero de alguien que bajaba un tramo de escalera. Kell estaba seguro de que no era Josephine. Los movimientos eran jóvenes, rápidos, casi ingrávidos.

Al principio Kell no reconoció a la joven que abrió la puerta. Llevaba el pelo más corto y teñido de rubio. Sus grandes ojos castaños, con rímel oscuro, eran luminosos y amables. Estaba bastante bronceada, le habían salido pecas alrededor de la nariz y en la parte superior de los brazos. Lucía un vestido de verano azul marino; los tirantes del sujetador, de color crema, ligeramente caídos en los hombros. Llevaba un brazalete en torno a uno de los tobillos y las uñas de sus pies descalzos pintadas de rojo escarlata. Era Rachel.

—Hola. Me acuerdo de ti. Amelia.

—Hola. Sí, nos conocimos en Cartmel.

Las dos mujeres se estrecharon la mano. Rachel se volvió hacia Kell. Algo en la expresión y las maneras de Rachel turbó a Kell e hizo que se sintiera atraído por ella instintivamente. Al mirar las fotografías de Rachel en la Estación de Ankara, observándola en el funeral, no había sentido eso. Rachel no era su tipo. Pero había una fuerza y una honestidad en la profundidad de su mirada que lo habían dejado sin aliento. Kell no había sentido nada semejante desde hacía meses, años incluso, y le pareció extraordinario experimentarlo de nuevo. Miró a Amelia, luego otra vez a Rachel, que estaba estudiando su rostro con calma, con una expresión entre divertida y confiada, como una talentosa cirujana plástica que se regocija al pensar qué trozo cortará primero.

—Tom —dijo Kell, tendiendo la mano.

En contra de toda prudencia, Tom le sostuvo la mirada y percibió un destello de química entre ellos. O tal vez esa química era un mero espejismo. Tal vez Rachel sólo estaba encajando su cara entre los asistentes al funeral de su padre, preguntándose si había hablado con él, tratando de recordar si le había ofrecido sus condolencias. Eso podría explicar por qué lo estaba mirando con tanta intensidad.

—Hola, Tom —dijo ella. Tenía una sonrisa radiante e ingenua que iluminaba su rostro; era como si ella ya hubiera decidido que le gustaba—. Soy Rachel. ¿Venís a ver a mamá?

—Sí —respondió Amelia, antes de que lo hiciera Kell.

Rachel los condujo a un salón repleto de alfombras, lámparas y fotos. Tenía una figura explosiva; elegante y con curvas. Kell percibió su perfume mientras Rachel caminaba delante de ellos. Tenía la sensación de que Amelia le estaba leyendo el pensamiento. En otra habitación, oyó a Josephine hablando por teléfono. Quería seguir observando a esa mujer tan hermosa; dilucidar si lo que acababa de ocurrir era producto de su imaginación, o si lo que había notado era real. ¿De verdad había habido una conexión entre ellos, o simplemente había caído en las redes de la belleza?

—Mamá está hablando con una amiga —explicó Rachel, volviéndose hacia Kell. —Esa mirada otra vez—. No tardará. ¿Os apetece un té?

Eso los llevó a una cocina inundada de luz natural. Unas ventanas altas con estrechos marcos de madera en celosía ofrecían una panorámica del Bósforo que alcanzaba hasta el lado asiático. El agua estaba tan cerca que la estancia parecía flotar sobre un pontón.

—Qué vista tan bonita —dijo Amelia.

A Kell le encantó que Rachel no se esforzara por responder a la observación. Sí, era una vista preciosa. Todo el mundo lo mencionaba. ¿Qué más había que decir?

Kell se detuvo al lado de una mesa robusta de madera donde había varios libros y carpetas apilados. Amelia se quitó la chaqueta y la colocó en el respaldo de una mecedora de mimbre que parecía haber sido atacada a lo largo de los años por varias generaciones de polillas gigantes.

—Lo siento, debería habértela guardado —se disculpó Rachel señalando la chaqueta.

No obstante, en lugar de hacer el ademán de colgarla, abrió una puerta pintada de blanco que daba a una galería y dejó entrar en la casa una ráfaga de cálida brisa marina. Luego, cruzó la estancia y puso un hervidor en uno de los fuegos de la cocina. Kell estaba absolutamente cautivado; disfrutaba del espectáculo de ver a una mujer hermosa tejiendo su hechizo.

—A papá le encantaba el té —dijo, alargando el brazo hacia un rincón de la cocina donde las cajas de té Twinings y Williamson se disputaban el espacio con tarros de cristal llenos de legumbres y pasta.

El movimiento dibujó la curva de sus pechos y levantó ligeramente el dobladillo de su vestido. Kell pudo ver el contorno suave y bronceado de su muslo. Le dio la impresión de que había sido un gesto premeditado, aunque también podía ser una demostración de su total ausencia de timidez. Al final concluyó que Rachel estaba siendo provocativa deliberadamente, y se dijo a sí mismo que debía cortar de raíz ese deseo creciente que estaba experimentando.

—¿Llevas mucho tiempo aquí? —preguntó Amelia.

—Dos días —repuso Rachel.

Parecía estar disfrutando de ser hospitalaria en la casa de su padre. De ser la protectora de Josephine; una primera línea de defensa frente a las visitas que se presentaban a dar el pésame. Rachel les dio la espalda otra vez, se puso de puntillas y abrió un armario de donde extrajo dos tazas de porcelana. Al darse la vuelta, pilló a Kell mirándola. Tom le sostuvo la mirada, haciéndole saber con su expresión que era consciente de su belleza y del juego que ella se llevaba entre manos. Y que lo estaba disfrutando.

—¿Azúcar?

—Dos, por favor —dijo él.

Su jefa, como él sabía muy bien, lo quería sin azúcar. Amelia hizo un comentario sobre lo agradable que era tomar el té en una taza «a la manera inglesa», y no en un «vasito» como era costumbre en Turquía. Una vez más Rachel no respondió a la observación. Si tenía algo relevante que decir sobre algo, lo diría; si no, no. Kell supuso que era la clase de persona que podía soportar con facilidad un silencio incómodo. Le gustó eso de ella.

—¿Conociste a mi padre? —le preguntó Rachel, pasándole su taza de té. La taza tenía una reproducción de la Venus de Botticelli en un lado. Una sirena le estaba cantando para que se acercara a las rocas.

—Sí —contestó Kell—. Lo siento mucho.

—¿Qué pensabas de él?

Kell notó la mirada de soslayo de Amelia; la pregunta los había pillado a los dos con la guardia baja. El tono de voz de Rachel, aliado con la sinceridad de su mirada, exigía una respuesta franca. No le iban los clichés; Kell ya sabía eso de ella.

—Era un buen amigo. Por la naturaleza de nuestro trabajo nos veíamos poco. Era culto. Era astuto. Siempre era una buena compañía.

¿Qué más podría haber añadido? Que pensaba que Paul Wallinger, a pesar de toda su erudición, a pesar de ser una persona brillante, poseía una vena egoísta tan dañina —hoy en día estaba de moda llamarlo «narcisismo», incluso «sociopatía»— que a la larga hería a cualquiera que se acercara demasiado a él. Kell también podría haberle dicho que su padre se aprovechaba de las mujeres, que sólo tenía en cuenta su propio placer, que lo había hecho toda la vida, que las dejaba tiradas en cuanto se cansaba de ellas. Que había permitido que Amelia se enamorara de él, poniendo en peligro su carrera, pero que no había sido capaz —o tal vez le había faltado el valor— de romper con Josephine y casarse con ella, pese a que estaban hechos el uno para el otro. ¿Y él? ¿Lo había envidiado por quedarse con Josephine para gozar de las ventajas del Foreign Office, de las becas escolares, mientras vagaba por el mundo como un hombre sin ataduras, comportándose a todos los efectos como si estuviera soltero, con la libertad de hacer lo que le daba la gana? No especialmente. Al fin y al cabo, no era asunto suyo. Uno nunca sabe a qué acuerdos privados ha llegado una pareja casada.

—Tu padre también era muy bueno en su trabajo —añadió, porque Rachel parecía querer oír más.

—Eso puedo corroborarlo —repuso Amelia, tratando de sonreír y establecer contacto visual con Rachel, que parecía estar evitando su mirada.

Kell notó que Amelia quería salir de la habitación y ver a Josephine; Rachel estaba haciendo que se sintiera incómoda.

—Así que ¿también eres espía? —Rachel le hizo la pregunta con un deje de indiferencia.

Kell lo encajó con una sonrisa.

—No lo sé —dijo a Amelia, que estaba absorta mirando dentro de su taza—. ¿Qué soy a día de hoy?

Josephine Wallinger irrumpió en la cocina y evitó que la jefa del Servicio Secreto de Inteligencia tuviera que inventarse una respuesta ingeniosa. La mujer, inmóvil en el umbral de la puerta, parecía verlo todo por primera vez. A Kell le sorprendió su aspecto. Se la veía cansada y abatida, como si todo lo que Paul había hecho —espiar, ser un donjuán, incluso morir— hubiera formado parte de una conspiración para acabar con ella.

—¿Sabes que en turco al Bósforo lo llaman *Bogaz*, que significa «garganta»?

—No lo sabía —repuso Amelia, andando hacia ella con los brazos extendidos.

Las dos mujeres se abrazaron.

Cuando Josephine dijo «Gracias por venir. Me alegro mucho de verte», Kell miró a Rachel tratando de averiguar si conocía la aventura de su padre con Amelia. No hubo un cambio apreciable en su expresión.

—Conoces a Tom, claro.

Amelia acompañó a Josephine hasta Kell. Ella olía a lágrimas y crema facial. Tom la besó en ambas mejillas y le dijo que se alegraba de verla. Cuando ella le dio las gracias por haber ido al funeral, Rachel la interrumpió.

—Oh, ¿estuviste? No me fijé en ti.

Kell trató de interpretar la intención del comentario. ¿Era un insulto; una forma de coquetear con él o sólo un comentario sin importancia?

Estuvieron un rato charlando: Kell, Josephine y Amelia se sentaron en los sillones y sofás que había repartidos por la estancia abierta de la cocina. Rachel fue de una habitación a otra, de una planta a otra, pero cada vez que volvía a la cocina honraba a Kell con una mirada. Cuando creyó que había llegado el momento adecuado, Amelia invitó a Josephine a dar un paseo por Yeniköy. Eso dio a Kell la oportunidad de fumarse en la galería el cigarrillo que llevaba rato deseando. No se sorprendió al oír el clic de la puerta a su espalda y ver a Rachel saliendo para reunirse con él.

Segundo asalto.

—¿Me invitas a uno?

—Claro.

Kell sacó el paquete de Winston Lights, hizo que se deslizara fuera un solo cigarrillo y lo inclinó hacia ella. Rachel lo cogió y él le ofreció fuego, tapando la llama con la mano para protegerla de las rachas de brisa marina. Las puntas de los dedos de Rachel rozaron el dorso de la mano de Kell cuando ella tragó el humo del cigarrillo y se apartó.

—Siempre pienso que está a punto de hervir.

Kell tardó un instante en darse cuenta de que Rachel estaba hablando del Bósforo. La observación era completamente pertinente. Frente a ellos, las aguas agitadas parecían burbujear por la furia de las corrientes y los vientos embravecidos.

—¿Sales mucho al estrecho? ¿Tu padre te llevaba?

—Una vez —dijo Rachel, y exhaló una columna de humo que se curvó delante de su cara y fue arrastrada por la brisa hasta disiparse—. Tomamos un ferri a Büyükada. ¿Has estado allí?

—Nunca —contestó Kell.

—Es una de las islas del mar de Mármara. Turistas de veraneo, sobre todo, pero mi padre tenía un amigo que vivía allí. Un periodista norteamericano.

En cuanto oyó «norteamericano», Kell pensó en Chater, en Kleckner, en el topo. Se preguntó quién sería el periodista estadounidense al que se estaba refiriendo Rachel. Con la misma rapidez con la que el humo se alejaba de sus labios, Rachel cambió de tema.

—¿Por qué dijiste que mi padre era bueno en su trabajo? ¿Cómo es un buen espía? ¿Qué hacía para ser mejor que otros?

Kell habría pasado de buen grado el resto de la tarde contestando esa pregunta; era un área que dominaba especialmente, que había estudiado y sobre la que había reflexionado durante la mayor parte de su vida adulta. Empezó con una observación simple.

—Lo creas o no, es una cuestión de honestidad —dijo—. Si una persona tiene claro lo que quiere conseguir, si se esfuerza por alcanzar esa meta y actúa de forma objetiva y con precisión, la mayoría de las veces lo conseguirá.

Rachel parecía confundida. No porque no comprendiera lo que Kell estaba tratando de decir, sino porque no estaba del todo de acuerdo.

—¿Estás hablando de la vida o del espionaje?

—De las dos cosas —respondió Kell.

—Suena un poquito a autoayuda.

Kell rió para quitarle hierro al insulto.

—Gracias —dijo, pero el siguiente comentario de ella lo pilló desprevenido.

—¿Estás diciendo que mi padre no era un mentiroso?

Tendría que proceder con precaución. Estaba muy bien compartir un cigarrillo para flirtear con una mujer atractiva a orillas de los Dardanelos, pero esa mujer también era la hija de un hombre que acababa de morir. Kell era el guardián de la reputación de Paul Wallinger. Lo que le dijera sobre su padre, Rachel lo recordaría el resto de su vida.

—Mentimos —dijo—. He mentido a lo largo de mi carrera. Eso tampoco es algo a lo que tu padre fuera inmune, pero, seamos sinceros, el engaño no es exclusivo del espionaje.

Rachel hizo una mueca, como si Kell tratara de salirse por la tangente. Él miró hacia la casa y luego hacia el mar.

—Los arquitectos mienten. Los capitanes de barco mienten. Lo que intentaba decir era otra cosa: que logramos nuestros mejores resultados cuando actuamos con honestidad. Eso se aplica a todas las relaciones humanas, ¿no crees? Y lo que yo hago, lo que hacía tu padre, en última instancia tiene que ver con establecer relaciones.

Rachel dio una calada profunda tras la respuesta y fumó en silencio. Pasó un queche a un centenar de metros del *yali*. Kell siguió con la mirada el avance de la embarcación; disfrutaba viendo las velas tensas como la piel de un tambor, la espuma blanca y limpia de la estela.

—Odio a los espías —afirmó ella.

Kell se rió del comentario, pero Rachel tenía los ojos fijos más allá de las aguas y ni siquiera lo miró.

—Explícate —pidió Kell, incapaz de aceptar que una mujer a la que deseaba, cuya opinión ya le importaba demasiado, lo hubiera insultado de forma deliberada.

—Creo que eso mató algo en mi padre —dijo—. Una parte de él se secó por dentro. Empecé a pensar que le faltaba un trozo en el corazón. Llámalo decencia. Llámalo ternura. Honestidad, tal vez.

«Y Paul lo sabía», pensó Kell, recordando la cantidad de fotografías de Andrew que tenía en Ankara y la ausencia de imágenes de Rachel. Wallinger sabía que su brillante, preciosa y observadora hija lo había calado. Sabía que había perdido su respeto.

—Siento oírte decir eso —dijo Kell—. De verdad. Espero que no siempre te sientas así. No creo que sea cierto de Paul. Era capaz de una gran bondad. Era un hombre decente. —Tropezó con las palabras al pronunciarlas, porque sabía que eran tópicos diseñados para reconfortar a una mujer que ya hacía mucho que había superado cualquier deseo de que la reconfortaran con falsos pretextos. Intentó una estrategia diferente—. Lo que hacemos pasa factura; tanto por la gente con la que estamos obligados a trabajar como por los medios que estamos obligados a justificar. Al final es imposible mantenerse al margen de la pelea. ¿Eso tiene sentido para ti? En otras palabras, estamos embrutecidos por nuestra asociación con la política, con los hilos secretos que mueven el mundo.

Incluso en el momento de decirlo, Kell pudo sentir un argumento contrario creciendo en su interior. Había habido decencia en Paul Wallinger sólo cuando a Paul Wallinger le había interesado ser decente; cuando le interesaba ser despiadado, lo era.

—¿Cómo es la frase de Nietzsche? «Quien con monstruos lucha cuide de convertirse a su vez en monstruo...»

Rachel lo interrumpió, tirando su cigarrillo al mar.

—Ya —dijo con impaciencia, como si Kell fuera un joven universitario tratando de impresionarla con filosofía barata.

Tom se sintió avergonzado y optó por simplificarlo todavía más.

—Lo que estoy tratando de contarte es que todos somos la suma de nuestras contradicciones. Todos cometemos errores. Tu madre y tu padre te joden, pero también se esmeran en lo de joderse a sí mismos.

Eso la hizo sonreír. Por fin. Era bonito verlo otra vez: el brillo halagador de la sonrisa de Rachel Wallinger. Kell lanzó su cigarrillo al agua, pero se quedó en la galería.

—Entonces ¿tú qué errores has cometido, Tom? —preguntó ella, y le tocó el brazo, como si creyera que no recibía toda su atención.

Si en ese momento Kell hubiera tenido un gramo más de confianza en sí mismo, la seguridad absoluta de que no la ofendería, la habría tocado, le habría puesto una mano en la cintura, la habría atraído hacia él y la habría besado. Pero dar ese paso con la hija de Wallinger era tan impensable como lo sería imaginárselo con Amelia Levene.

—Muchos —repuso—. Y todos ellos relacionados con la Ley de Secretos Oficiales. Tendrás que esperar a mis memorias.

Rachel sonrió otra vez y miró hacia el sur, al enorme puente suspendido que unía la Estambul europea con el lado asiático. Por la noche se iluminaba con un millón de luces azules, una imagen que a Kell siempre lo maravillaba. Le habría gustado llevar a Rachel a uno de los restaurantes de Ortaköy o de Moda, pedir ostras y un chablis, hablar durante horas. Hacía años que no se sentía así con una mujer.

—¿Conoces bien a Amelia? —preguntó Rachel.

Kell percibió una advertencia en la pregunta, tal vez la prueba de que Rachel estaba enterada de la aventura. Kell disimuló su inquietud con un chiste.

—Lo bastante bien para avisarla si se le ha quedado un trozo de espinaca en un diente.

Rachel no rió. Todavía estaba mirando al sur, hacia el puente.

—Mi madre no confía en ella.

—¿No?

—Cree que sabe más del accidente de papá de lo que cuenta.

Eso no se lo esperaba. No tenía nada que ver con la aventura. Todo estaba relacionado con el accidente. Kell hizo lo que pudo para tranquilizarla.

—Por favor, no te preocupes por eso —dijo él—. Todos estamos tratando de descubrir lo que ocurrió. Por eso estoy aquí. Por eso han ido a dar un paseo.

—Estás hablando conmigo como si fuera demasiado joven para los secretos de adultos.

—Sabes que no es cierto. Nadie piensa eso, Rachel. Y menos yo.

—Acaban de presentarnos. No me conoces.

Quería contarle que ya la conocía, o al menos que la había observado, que había visto lo que ella había hecho con las flores en el funeral de su padre. El destello de rabia en sus ojos al lanzar el ramo contra la pared: un gesto de desdén violento contra Cecilia Sándor y una defensa instintiva de su madre. Kell recordó cómo se había acercado Rachel a Andrew después, casi como si estuviera protegiéndolo de las consecuencias del adulterio de su padre. Había guardado la tarjeta antes de que Andrew tuviera la oportunidad de verla. Kell todavía no sabía si Rachel había entendido el texto en húngaro, o si simplemente había reconocido la letra.

Se oyó un ruido dentro de la casa. Josephine y Amelia habían regresado de su paseo. Kell lamentó no haber podido escuchar su conversación. Amelia pasando de puntillas en torno al resentimiento de Josephine por la mujer que casi le había robado el marido. Rachel abrió la puerta y entró en la habitación. Kell percibió la mirada inquisidora de Amelia al darse cuenta de que los dos habían estado fuera juntos.

—Ojalá no fumaras, querida —dijo Josephine, sonriendo con benevolencia a Kell, como si fuera el chófer y hubiera estado haciendo tiempo mientras esperaba a su jefe—. ¿A qué hora tienes eso esta noche?

—¿El qué? —preguntó Amelia.

—Me han invitado a una fiesta —explicó Rachel.

—Algún colega de Paul —añadió Josephine sin entusiasmo, todavía mirando a Kell—. Tal vez lo conoces. Un diplomático estadounidense. Ryan Kleckner.

22

Kell reaccionó rápido, una improvisación veloz.

—Qué raro. Hoy he tenido una reunión con alguien que iba a la misma fiesta. Kleckner. Trabaja en el consulado, ¿verdad?

—Exacto —repuso Rachel.

—Creo que alguien le ha echado el ojo a alguien —añadió Josephine, lanzando una mirada traviesa a Rachel.

En ese momento, Kell se dio cuenta de que Kleckner le había pedido una cita a Rachel.

—Mamá, lo conocí en el funeral, hablamos cinco minutos. Se enteró de que iba a venir a Estambul. Sólo ha querido ser amable invitándome a su fiesta.

—¿Es una fiesta? ¿O una cena?

A Kell no le había temblado la voz, pero se dio cuenta de que estaba haciendo un verdadero esfuerzo por no mostrarse tenso. Si la fiesta era una cena íntima para una docena de amigos de Kleckner, no tendría la oportunidad de colarse.

—Es en un bar. El Bar Bleu. ¿Lo conoces?

Amelia, por supuesto, no lo conocía, pero dijo que sí, porque sabía lo que Kell estaba tratando de hacer. Quería entrar en el círculo de Kleckner, quería tener la oportunidad de mirar a los ojos a su objetivo.

—No estoy segura de querer ir sola —dijo Rachel—. No conoceré a nadie.

—Entonces quédate con... —empezó a decir Josephine.

Amelia no la dejó acabar:

—Llévate a Tom —dijo, lanzando la idea con la misma naturalidad con la que Kell había lanzado su cigarrillo al Bósforo—. Siempre se está quejando de que es demasiado viejo para discotecas, pero demasiado joven para quedarse en casa.

A Rachel pareció divertirle el comentario.

—¿Siempre estás quejándote de eso? —preguntó, con una mirada cómplice.

—Nunca en la vida he dicho eso —murmuró Kell.

Las tres mujeres le sonrieron.

A Rachel le divirtió verlo en un momento embarazoso y aceptó la sugerencia de Amelia.

—Ven conmigo entonces —dijo—. Será divertido. Puedes ser mi carabina.

«Carabina», pensaba Kell dos horas después al mirarse en el espejo empañado del cuarto de baño de su hotel. Limpió el vapor de agua y se encontró con una cara cubierta de espuma de afeitar, el pelo húmedo de la ducha. «Carabina.» Abrió la puerta del cuarto de baño y se afeitó mientras la condensación desaparecía poco a poco. Pensó en la frase de *Moonraker* sobre la reticencia de Bond a afeitarse dos veces el mismo día y se vio sonreír en el espejo. Aunque no podía decirse que Thomas Kell fuera presumido, sí lo era lo suficiente para desear tener buen aspecto delante de Rachel Wallinger. Al acercarse al cristal, localizó un único pelo negro que sobresalía del lóbulo de su oreja izquierda y otros dos en las fosas nasales. Se los arrancó y casi se le saltaron las lágrimas. Había un secador en el armario, pero Kell ya no se atrevió a cruzar esa línea. Se secó con la toalla, se puso unos vaqueros, botines de ante y una camisa azul pálido que llevaba limpia del hotel de Ankara.

Había quedado con Rachel al pie de la torre de Gálata. Ella ya estaba allí cuando Kell llegó, oscilando sobre unos zapatos de cuña, con un vestido negro con cinturón y unas Ray-Ban con montura azul claro que protegían sus ojos del último sol de la tarde. Kell la besó en las mejillas y reconoció su perfume, aunque no logró identificarlo. Tal vez el de una colega del SSI.

—¿Has cenado? —preguntó ella.

Kell había pedido un sándwich al servicio de habitaciones y lo había devorado después de la ducha, pero le dijo que no con la esperanza de que Rachel tuviera hambre. Quería sentarse un rato con ella, conocerla, los dos solos.

—¿Podemos comer algo rápido?

—Buena idea.

Encontraron un local pequeño de estilo contemporáneo escondido en el laberinto de bares y restaurantes que había al norte de la torre. Se sentaron en diagonal y pidieron *meze* y una botella de tinto turco frío. Rachel no hizo preguntas sobre el accidente, ni parecía interesada en sondear a Kell para conseguir más información sobre la muerte de su padre. En vez de eso, hablaron de sus respectivas vidas en Londres. Rachel le contó que estaba a punto de entrar en una editorial después de haber trabajado varios años como realizadora de documentales para cine. Kell no mencionó su suspensión del Servicio, pero le habló a grandes rasgos de los entresijos de su divorcio y la vida que llevaba ahora en Londres.

—¿Te llevas bien con tu ex? —preguntó ella.

—Más o menos.

—¿Qué significa eso?

—Significa que todavía somos amigos, a pesar de que los dos nos sentimos traicionados por el otro.

—Entonces no podéis ser amigos.

—No es cierto. Sólo es cuestión de tiempo.

Rachel sonrió de forma enigmática.

—¿Y tú? —preguntó él—. ¿Has estado casada?

Ella arqueó las cejas, como si Kell estuviera pasado de moda.

—No —dijo—. Y no me imagino casándome.

—¿Por qué dices eso?

—Te lo contaré otro día. Ahora mismo prefiero interrogarte yo. —Echó una mirada rápida a un lado de la mesa—. ¿Echas de menos a tu mujer?

Kell captó la mirada de Rachel.

—Añoro su compañía, claro. Es una persona fantástica. Hemos pasado la mayor parte de nuestra vida adulta juntos. —Puso un paquete de Karelia Filters sobre la mesa, como una apuesta en una partida de póquer—. Se podría decir que hay veces en las que echo de menos la estructura de lo que teníamos, lo fácil que es todo entre dos personas que se conocen muy bien y están a gusto juntas. Pero no echo de menos nada de lo demás.

—¿Qué?

Kell evitó hablar del adulterio y las peleas y optó por un tema que esperaba que apartara a Rachel de la disección forense de su matrimonio.

—Yo quería tener hijos. Todavía quiero tenerlos. No lo conseguimos.

Ella lo miró como si hubiera traicionado a Claire.

—¿Por eso la dejaste?

—No —respondió Kell al instante—. Fue más complicado que eso.

Rachel eligió ese momento para levantarse e ir al cuarto de baño y dejó a Kell solo en la mesa, medio escuchando las conversaciones de otros comensales. Sólo había tenido dos citas desde que Claire se había marchado hacia las laderas más fértiles de Primrose Hill, y en ambos casos había averiguado una cantidad tan asombrosa de información personal de sus respectivas acompañantes para no volver a verlas nunca. Era una de las anomalías de la vida en el circuito de los divorciados: todo el mundo tenía una historia que contar, todo el mundo cargaba con una mochila que quería sacarse de encima. La ansiada intimidad escaseaba, pero a cambio había una refrescante falta de confusión. Los tiempos de las mentiras, de las falsas apariencias, parecían quedar atrás cuando la gente cruzaba el Rubicón de los cuarenta. Por fin, lo que veías era lo que había.

Tuvo la misma sensación hablando con Rachel, de quien podría haber esperado que fuera más reservada. Sentarse con ella era como estar sentado con la promesa de un futuro mejor. Era algo extraño explicárselo a uno mismo, pero sentía que recuperaba parte de su antigua fortaleza, como si tuviera delante lo mejor de un mundo del que ya se había cansado. Rachel era provocadora y honesta, era guapa y lo hacía sentirse vivo y excitado. De hecho, tuvo que esforzarse para que ella no le notara hasta qué punto ya lo había cautivado.

El Bar Bleu estaba a cinco minutos de allí, andando por una calle cuesta abajo que olía a alcantarilla, donde los gatos entraban y salían de tubos de andamiaje y un ciclomotor a todo gas se enfrentaba ruidosamente con la pendiente. Mientras caminaban bajo las luces mortecinas de la calle, Rachel tropezó con uno de los tantos adoquines rotos por años y años de tráfico. Kell se estiró con rapidez e impidió que cayera. Ocurrió en un instante, pero Tom tuvo la sensación de haber superado con creces la prueba final de un anticuado test de caballerosidad.

—Buenos reflejos —dijo ella, rozándole fugazmente la muñeca cuando Kell le soltó el brazo. Las yemas de los dedos de Rachel eran suaves y frías en la noche. Kell sintió el arañazo de uno de sus anillos.

—El reflejo del entrenamiento —bromeó Kell—. Mi mundo es una selva llena de amenazas.

Rachel rió, y se fumaron un cigarrillo en el último tramo de su paseo antes de llegar a la entrada del Bar Bleu al mismo tiempo que un cuatro por cuatro tuneado con los vidrios tintados y la inevitable matrícula personalizada. Las puertas del coche se abrieron y de la parte de atrás salieron dos chicas turcas emperifolladas y con tacones altos, seguidas de sendos novios con camisas de diseño y pelo engominado. Un aparcacoches se sentó en el asiento del conductor; los vehículos que se habían acumulado detrás del cuatro por cuatro volvieron a circular.

—Un mundo feliz —murmuró Kell.

Un portero de chaqueta negra miró a Kell de pies a cabeza y con un gesto señaló a una azafata que llevaba una tablilla con sujetapapeles. Debajo del título «Cumpleaños de Ryan K.», Kell alcanzó a leer «Rachel Wallinger + 1». Un indio con la cabeza afeitada, sobrepeso y un reloj de diez mil dólares estaba apoyado en la pared.

—¡¿Con quién ibas a venir?! —gritó Kell mientras se abrían paso entre la gente que tomaba algo en la primera barra. La temperatura había subido diez grados.

—Contigo —repuso Rachel—. Le he enviado un mensaje a Ryan para decirle que vendría acompañada. Ha dicho que había oído hablar de ti.

Kell había trabajado con una larga lista de agentes de la CIA en sus veinte años de servicio. Jim Chater era el espía estadounidense de más alto rango en el país. El nombre de Thomas Kell probablemente era tan conocido en Langley como en los pasillos de Vauxhall Cross. Kell concluyó que no había dobles intenciones en el comentario de Kleckner.

—¿Qué aspecto tiene? —le preguntó a Rachel cuando una camarera pasó en ángulo a su lado, cargada con una bandeja de cócteles que sostenía por encima de su cabeza. Kell se echó atrás esquivando el golpe y la bandeja le pasó muy cerca de la cabeza.

—¡No lo recuerdo bien! —repuso Rachel, ya a voz en grito porque la música en la discoteca (Kell sabía que sonaba Beyoncé, pero no conocía el nombre de la canción) estaba a un volumen apocalíptico.

—¡Rachel!

Y allí estaba. Ryan Kleckner. Un estadounidense de gimnasio, bronceado, atractivo, con unos dientes que mostraban una fosforescencia ligeramente azulada bajo las luces brillantes del bar. Llevaba vaqueros gastados y una camisa blanca almidonada, desabotonada lo suficiente para exhibir su vello pectoral. Parecía ser un imán alrededor del cual orbitaban decenas de chicas de discoteca y expatriados mujeriegos en un delirio de coca y tequila. Kleckner sujetó a Rachel por los brazos y la besó en ambas mejillas. Kell miró al estadounidense a los ojos y sonrió de oreja a oreja cuando Rachel los presentó.

—¡Tom! Vaya, gracias por venir. —Estaba asintiendo con la cabeza, sonriendo, envolviendo a Kell con su amabilidad—. Es un honor que estés aquí. He oído hablar mucho de ti.

Esto último dicho casi como un aparte, como un comentario que excluía a Rachel, como si Kleckner le estuviera rindiendo un tributo privado, de espía a espía. Rachel, entretanto, estaba hurgando en su bolso al tiempo que decía «te he traído un regalo» y otra camarera pasaba esquivándolos con una bandeja de cócteles.

—¿Qué es? —preguntó Kleckner, cogiendo lo que parecía un libro en rústica que Rachel había envuelto en papel rojo. Había una tarjeta de felicitación pegada en el papel.

—¡Ábrelo! —dijo Rachel, gritando por encima de la música.

Kell tenía calor. Quería una copa. Ansiaba otro cigarrillo, pero volver a la puerta equivalía a un viaje de tres días abriéndose paso entre los que bebían y los que se agolpaban para pedir en la barra.

Kleckner abrió primero la tarjeta. Por lo que Kell pudo alcanzar a ver, era una tira cómica de Gary Larson. El estadounidense estuvo mirándola unos instantes antes de echarse a reír. Kell no le pidió que le dejara verla. El libro en rústica era *Hitch-22*, las memorias del difunto periodista británico Christopher Hitchens. Kleckner pareció tragarse cierta dosis de decepción. Un destello de irritación cruzó su rostro, como un fallo de software, antes de dar con unas palabras de agradecimiento para Rachel.

—Es el tipo de *El espejismo de Dios*, ¿no? —Kleckner miró otra vez la cubierta. Kell habría apostado diez contra uno a que el estadounidense era creyente practicante. —¿El periodista que apoyó a Estados Unidos con Saddam?

—¡Exacto! —Rachel estaba gritando—. Pero el libro no se titula *El espejismo de Dios*, sino *Dios no es bueno*. Aunque viene a ser lo mismo.

Kleckner no respondió. Era evidente que deseaba dejar el regalo de lado, descartarlo como un error de juicio de la guapa británica y continuar disfrutando de su velada. Rachel pareció percibirlo y, cuando una mujer alta y pelirroja dio unos golpecitos en el hombro de Kleckner, miró a Kell e hizo una mueca divertida de disgusto.

—Está claro que no es fan de Hitchens —dijo ella.

—Está claro —asintió Kell—. Voy a buscar unas copas.

Pero no fue fácil cumplir con esa intención. Kell estuvo haciendo cola en la barra veinte minutos, empujado y apretujado por todos lados por una docena de hombres que trataban de captar la atención de los camareros, todos empapados en sudor y loción de afeitado. Cuando por fin pagó las dos caipiriñas y pudo volver, Kell se encontró a Rachel hundida en la esquina de un sofá, hablando con Kleckner y un segundo hombre sin identificar que iba vestido con una camisa hawaiana y llevaba una cadena de plata al cuello. Había un gran cubo de hielo en la mesa delante de ellos, con dos Laurent Perrier y una botella de vodka de diseño asomando entre cubitos resplandecientes.

—¡Deberías haber tomado una copa de champán! —gritó Kleckner, dando un manotazo enérgico de bienvenida a Kell en el hombro cuando éste se inclinó para sentarse con ellos.

El segundo hombre, calvo y rechoncho como Bob Hoskins, se presentó como «Taylor, colega de Ryan». Kell archivó el nombre para otro momento.

—Sólo estábamos hablando de Erdogan —dijo Taylor.

La conversación ofreció a Kell la oportunidad de conocer la opinión política a Kleckner, aunque éste nunca se desvió de las líneas establecidas por el Departamento de Estado. Erdogan, en opinión de Kleckner: «Quiere ver su cabeza en las monedas y su cara en los billetes. El tipo quiere calles con su nombre, para ser más Atatürk que Atatürk.» Eso no era exactamente una novedad; de hecho, era una opinión compartida por Kell y por la mayoría de sus antiguos colegas del SSI. A Kell le pareció que Rachel hizo la contribución más interesante a la conversación.

—¿No crees que el culto a Atatürk es fatal para Turquía? —preguntó ella, mirando primero a Taylor, con los ojos a la altura de su camisa empapada de sudor—. Creo que les impide avanzar, pensar de una manera más fresca. Sienten por él demasiada reverencia. Y por otro lado tiene algo maravilloso, porque es una especie de Mandela aquí, el líder espiritual de la nación. Pero ¿tal vez no ha llegado ya el momento de seguir adelante? Da la impresión de que no pueden escaparse de la sombra que proyecta esa inmensa figura paterna. En ese sentido, son como niños.

Taylor tenía una edad más cercana a la de Kell y estaba visiblemente abotargado por el champán y el vodka. Miró a Rachel con ojos vidriosos, tratando, sin éxito, de activar su cerebro lo suficiente para responder a lo que ella había planteado. Kleckner, que había estado bebiendo el doble que Taylor, no tenía ese problema.

—Sé lo que quieres decir —respondió, con un tono de seguridad en sí mismo que rozaba la condescendencia—. Es una especie de lavado de cerebro a la norcoreana. Él los consuela. Lo adoran. Entran en una oficina de correos y su foto está en la pared. Nadie quiere traicionar su legado. Nadie quiere cuestionarlo o criticarlo para quizá de esa forma subir al siguiente eslabón.

—Salvo el puto Erdogan —murmuró Taylor, y echó otro trago de Laurent Perrier. Volvió la cabeza en dirección a los lavabos, como si sopesara las consecuencias tácticas y estratégicas de hacer una pausa para ir al baño. La densa multitud se agolpaba entre el sofá y las puertas, y Taylor pareció descartar la idea. Volvió a girar la cabeza para establecer contacto visual con Kell—. ¿Y tú, Tom?

—Todos estamos definidos y reprimidos por mitos nacionales —repuso Kell. En otras circunstancias habría esquivado la pregunta, pero el competidor que habitaba en él quería superar a Kleckner—. Los rusos tienen la *Rodina*. Todo emana de ese concepto. La Madre Patria, una voluntad casi masoquista de subordinarse a un líder fuerte.

—Sí, eso sí que es incapacidad de avanzar —murmuró Taylor—. Eso sí que es sabotear tu propio futuro.

Rachel sonrió cuando Kell insistió:

—Y los estadounidenses lo mismo. La tierra de los hombres libres. El hogar de los valientes. El derecho a llevar armas. Cuestionas esos principios con vehemencia y te echan de la ciudad por socialista.

—¿Tienes algún problema con esos principios, Tom? —preguntó Rachel.

Kell disfrutó de su malicia, pero se fijó en que Kleckner los estaba mirando con una intensidad especial.

—En absoluto. ¿Por qué iba a tener algún problema con la libertad? ¿O con la valentía?

Taylor frunció el cejo y negó con la cabeza para seguidamente buscar consuelo en otro trago de champán.

—Sólo estoy tratando de señalar —continuó Kell— que si un político, en el contexto de Estados Unidos, se desvía demasiado de los derechos del individuo, si parece que promueve una idea de colectivo, más que de responsabilidad personal, entonces va a recibir de los periódicos y lo va a pagar en las urnas.

Por un momento, tuvo la sensación de que Kleckner iba a responder, pero el estadounidense se mordió la lengua. Tal vez todo se estaba poniendo demasiado serio para una fiesta de veintinueve cumpleaños. Jay-Z había empezado a cantar *Empire State of Mind* y una rubia bronceada con un minivestido apareció al lado de Kleckner. Taylor finalmente se fue al lavabo permitiendo que la chica ocupara su asiento, lo que hizo sin levantar la mano del muslo de Kleckner. Luego le susurró algo al oído lanzando una mirada fugaz, inquisitiva y amenazante a Rachel. Kell no sabía si eran más que amigos. Lo más probable era que la rubia fuera sólo otra chica de discoteca de Estambul a la que le gustaba rodearse de diplomáticos estadounidenses atractivos.

—¿Otra copa? —le preguntó a Rachel, que parecía estar lamentando haber ido a la fiesta.

—Claro —respondió ella, con una mirada dulce.

Kell se levantó y avanzó entre la multitud hacia la barra. ¿Qué opinaba de Kleckner? Recordó la frase de Macbeth: «No hay arte que descubra la condición de la mente en una cara.» Kleckner parecía creyente. Si no era exactamente un patriota, desde luego sí era un hombre joven en posesión de cierto celo idealista. A esa edad, ¿quién no quería dejar su impronta? ¿Le importaría a Ryan Kleckner «cómo» dejar esa impronta, o simplemente se trataba de influir por sus propios intereses? ¿Una persona así podía estar dispuesta a vender secretos occidentales a Moscú, Irán o Pekín? Por supuesto.

Kell miró otra vez hacia el sofá. Vio la forma en que Kleckner miraba a Rachel, atento y solícito, y cómo su lenguaje corporal apartaba a la rubia del minivestido, que sentada en el sitio de Taylor parecía una invitada no deseada. Kell lamentó haber soltado un rollo sobre mitos nacionales. Lamentó haberse marchado a buscar otra ronda. Se sentía fuera de lugar; sentía el peso de su edad en un lugar lleno de juventud, música y belleza. Demasiado mayor para discotecas, demasiado joven para quedarse en casa.

Se abrió un hueco en la barra. Kell lo aprovechó y puso un codo para marcar territorio, pero sintió la vibración de su teléfono en el bolsillo trasero. Lo buscó y respondió la llamada procedente de un número bloqueado.

—¿Tom? Soy Adam Haydock.

Kell apenas podía oír. Gritó a Haydock que esperara, abandonó su lugar en la barra y se abrió paso entre la muchedumbre hacia la salida.

—¿Puede oírme ahora?

Kell se preguntó qué era tan importante que no podía esperar hasta la mañana.

—Sí —respondió.

—He pensado que tenía de contárselo... —Había cierto tono de conspiración en la voz de Adam.

—¿Contarme qué?

—Iannis Christidis está muerto.

23

Kell se alejó del Bar Bleu y se adentró en una calle silenciosa.

—¿Cómo ha muerto?

—Un pescador vio su cadáver en el agua. Encontraron su ropa y su cartera en una playa cercana a su casa. Una barbaridad de alcohol en sangre.

—Se ahogó.

—Eso parece. Presunto suicidio.

El instinto de Kell le decía que Jim Chater había ordenado el asesinato de Christidis. Chater sabía que Kell había localizado a Christidis y que el chico tenía secretos que vomitar. Había que eliminar de la ecuación al ingeniero que había trabajado en la avioneta de Wallinger y seguramente la había manipulado.

—¿Dejó una nota?

—No, que yo sepa.

Kell oía el ruido sordo e indefinido de la música del Bar Bleu en la distancia, alejándose. Un taxi pasó a su lado y frenó, pero aceleró enseguida cuando Kell dio la espalda a la calzada.

—¿Dónde estás?

—En la embajada. Tengo un par de fuentes buenas en Quíos. Una de ellas se ha enterado de lo de Christidis porque se rumoreaba en la isla. Me ha llamado hace media hora.

—Tienes que volar...

Haydock le llevaba ventaja.

—Ya está reservado. Me voy de Atenas dentro de seis horas. Una vez allí, preguntaré y me enteraré de la historia completa. ¿Puedo llamarlo a mediodía?

—Hazlo, sí. Consigue la máxima información posible sobre su estado anímico. Pregunta a otros ingenieros del aeropuerto. Entra en su casa, en sus teléfonos, toma una copa con sus amigos. Necesitarás dinero.

Kell sabía que estaba predicando al converso. Adam estaba perfectamente preparado por el SSI; habría hecho todas estas cosas sin necesidad de que se lo dijeran. Sin embargo, Kell era meticuloso, y además, por un motivo que aún no era capaz de verbalizar o comprender, sentía la necesidad de transmitir su experiencia y aconsejar a un agente menos experimentado, a una versión más joven de sí mismo.

—Si hay nota de suicidio, la tendrá la policía. Otras personas querrán verla. Tienes que llegar allí primero. Consigue la nota antes que ellos.

—Sí, señor. —Adam sonó ligeramente desconcertado—. ¿Quién más va a querer verla? ¿Se refiere a los periodistas?

—No me preocupan los periodistas. Puedes pagarles. Me preocupan los Primos. Ve con cuidado con los yanquis.

A Kell lo distrajo algo en su visión periférica, alguien se acercaba por la calle. Levantó la cabeza y vio cómo Rachel caminaba hacia él fumando un cigarrillo. Le hizo un ademán con la mano levantada y esbozó una sonrisa de disculpa mientras deseaba suerte a Haydock en su viaje.

—Hay algo más, señor.

—¿Qué?

Rachel ya estaba a su lado, preciosa bajo la luz tenue de la calle. Kell hizo una mueca, esta vez al teléfono, como si la persona que lo llamaba estuviera haciéndole perder el tiempo.

—Fragmentos de las cámaras de seguridad del restaurante.

—¿Fragmentos?

—El hombre sentado con el señor Wallinger. Lleva barba.

Kell miró a Rachel. No quería mencionar el nombre de su padre. Se acercó más el teléfono a la boca para que ella no pudiera oírlo.

—Eso lo sabíamos, ¿no?

—Sí. Las imágenes son muy malas. Cuesta distinguir algo.

—¿Londres las ha visto? ¿Han mejorado la definición?

Otra vez Kell se preguntó si el hombre de barba de la secuencia de Quíos, sentado a la mesa exterior con Wallinger, podría ser Jim Chater. Rachel había sacado su propio teléfono y estaba revisando mensajes.

—No hay mucho. Londres no ha podido sacar nada —dijo Adam—. Sólo una cosa.

—¿Qué?

—La mesa parece puesta para tres.

—¿Están seguros de eso?

Rachel miró por encima de su teléfono; lo estaba oyendo todo.

—Tres juegos de cubiertos, tres servilletas. Tres copas de vino. Una chaqueta en el respaldo de una silla, Wallinger y el barbudo en las otras dos.

—Podría ser la chaqueta del de la barba.

—Es rosa —repuso Adam con brusquedad.

—Bueno, nunca se sabe. Hace buen tiempo. El Mediterráneo. Algunos hombres se sienten seguros con los tonos pastel.

Kell levantó las cejas para llamar la atención de Rachel. «Dos minutos más.» Ella le hizo un gesto para indicarle que no había prisa y le sonrió; llevaba los labios rojos de carmín. Kell sintió que le subía de golpe el vino de la cena, la caipiriña y el chupito y medio de vodka que se había tomado antes de salir del hotel. Las pantorrillas de Rachel, elevadas sobre la cuña de sus zapatos, se veían morenas y bien torneadas. El cinturón le ceñía el vestido negro a la cintura. No era delgada ni esbelta como muchas de las chicas del bar. Tenía curvas: un reloj de arena negro azabache.

—¿Algo más en la mesa?

Adam parecía apreciar su atención por el detalle.

—Sí. Me alegro de que lo mencione. Podría haberlo olvidado.

Un Porsche con matrícula diplomática pasó rugiendo. Al volante iba un Mastroianni con un traje a medida y una chica increíblemente guapa a su lado. «Embajada italiana», pensó Kell, y vio a Rachel siguiendo el coche con la mirada.

—¿Qué? —preguntó.

—Hay una cámara digital en la mesa, delante de la chaqueta. Entre el cuchillo y el tenedor. Plateada, de bolsillo. Podría pertenecer al que estaba sentado allí.

—Pero ¿no tenemos ni idea de quién era? ¿No hay otros ángulos en las cámaras de vigilancia? ¿Cámaras de seguridad en el muelle? ¿Otro bar o tienda en el paseo?

—Sigo buscando.

Sándor. ¿Era Cecilia la dueña de la chaqueta rosa? Pero ¿por qué Paul había llevado a su amante a una reunión con Chater? Kell sabía que debía ir a Croacia, hablar con ella. Descubrir quién más había estado en la mesa con Wallinger. Que Amelia se ocupara de la caza del topo por el momento; ella era la única con el poder de controlar la información que les llegaba a los Primos y la que no.

—Buena suerte —le dijo a Adam, y a continuación se guardó el teléfono y cruzó la calle para hablar con Rachel.

24

—Lo siento —se justificó Kell—. Trabajo.

—No pasa nada. No sabía adónde habías ido. He salido a fumar un cigarrillo y te he visto hablando.

—Iba a invitarte a una copa.

Rachel arrugó la nariz, negó con la cabeza como si sintiera un escalofrío.

—Creo que he bebido demasiado.

Kell sacó un paquete de cigarrillos y le ofreció uno. Esta vez Rachel encendió el suyo. No hubo posibilidad de que tocara sus manos ahuecadas.

—¿Qué opinas de Ryan? —preguntó ella.

—Parece agradable. Un cabronazo guapo.

Ante la respuesta, ellá sonrió con malicia.

—¿A que sí? Creo que además es bastante listo. Apenas había hablado con él en el funeral.

Kell se encontró diciendo:

—«No hay arte que descubra la condición de la mente en una cara.»

Rachel se atragantó con el humo del cigarrillo cuando se rió, y se lo quedó mirando.

—¿Qué es eso, Shakespeare?

—Sólo digo que puede que sea listo. Puede que sea atractivo. Pero también puede que sea un imbécil.

—¿Eso no podría decirse de todo el mundo?

—Por supuesto. —Se encaminaron hacia el bar—. No es mi estilo —dijo Kell, refiriéndose al Bar Bleu en un intento de cambiar de tema.

—Tampoco el mío. —Rachel dio una calada al cigarrillo, tocándose la nuca—. Es el primer lugar que dinamitaría si estallara la revolución.

Rachel tenía toda la razón. El Bar Bleu rebosaba por los cuatro costados de esa nueva clase internacional —superpreparada y más que privilegiada— que se dedicaba exclusivamente a acumular riqueza, mantener su estatus y satisfacer su apetito enorme e insaciable. Ése era uno de los aspectos más destacados de Kleckner. En la fiesta, la gente —sin curiosidad intelectual, pagada de sí misma, experta en hacer de la pura codicia y la ambición social una virtud— se había revolcado en el nirvana del *eurotrash* del bar. Chicas, coca, champán, ropa de marca... Estaba todo ahí, todo en exposición, todo al alcance de la mano. Sin embargo, Kell había sentido en Kleckner una reticencia a abrazar plenamente ese estilo de vida. ¿Se había encontrado sin darse apenas cuenta formando parte de un grupo de diplomáticos y empresarios expatriados que iban de bar en bar, de discoteca en discoteca, y había decidido disfrutarlo sin más? ¿O estaba siguiendo un plan y había visto la posibilidad de sacar algún provecho de ello?

—Debería despedirme de Ryan.

Rachel había decidido por los dos que no volverían a la fiesta. Cinco minutos después salía del bar con una sonrisa en la cara que anunciaba que la noche no había terminado.

—Bueno —dijo, deslizando la mano por el brazo de Kell y empujándolo con suavidad por la calle. Mantenía el cuerpo de él pegado al suyo—. ¿Adónde me llevas?

Con el brazo rodeando la cintura de Rachel, Kell pudo oler su perfume, su suavidad.

—¿Adónde te apetece ir?

—¿Qué te parece tu hotel?

25

Dentro del taxi, sus rodillas a veces se tocaban, otras no, y el corazón de Kell latía como el de un jugador a punto de destapar una carta. Rachel lo miró y dijo:

—Bueno, ¿con quién hablabas por teléfono antes?

Era algo más que una charla para romper el hielo en el asiento de atrás de un taxi a medianoche. Kell se dio cuenta de que ella había estado tomándose su tiempo antes de plantear la pregunta.

—Con un colega de Atenas.

—¿Sobre mi padre?

—Tal vez.

—¿Qué significa eso?

De pronto la misma avalancha de rabia que había encendido sus mejillas y endurecido su mirada cuando leyó la tarjeta después del funeral asomó en la cara de Rachel, hasta entonces encantadora, y su humor cambió por completo. Se mostraba distante, crispada, fría.

—Lo siento... el instinto —comentó Kell, buscando una excusa—. Se supone que no debemos hablar de las operaciones...

—Ya, ya, ya... —replicó ella, mirando por la ventanilla del taxi, que paró en el semáforo. Estaban a menos de cincuenta metros de los muros del consulado británico—. Putos espías.

Rachel estaba borracha. Tal vez el estrés, el alcohol y la pena se convertían en rabia en su interior. Kell le tomó la mano. Ella dejó que le apretara los dedos, pero no respondió a su contacto. Tom habría preferido que se estremeciera y retirara la mano.

—Era alguien de la embajada en Atenas que está investigando el accidente en el que murió tu padre.

Rachel se volvió hacia él, en sus ojos oscuros asomaba un halo de perdón, tal vez se daba cuenta de que su reacción había sido algo exagerada.

—¿Cómo se llama?

—Adam.

—¿Adam qué?

—Haydock.

El taxi estaba a punto de detenerse junto al Grand Hotel de Londres. Había empezado a llover. Kell esperaba que Amelia o Elsa no estuvieran tomando un brandi en la barra o tendría que darles demasiadas explicaciones.

—¿Te lo has inventado?

Kell dio un billete de diez liras al taxista.

—Nunca lo sabrás —dijo.

Rachel no se rió.

—Joder, Rachel. Se llama Adam Haydock, ¿vale? No me lo he inventado.

Rachel andaba tres pasos por delante de él y mantuvo la distancia mientras subían los escalones de la entrada. Un hombre estaba vendiendo rosas bajo la lluvia. Ofreció una a Kell, como si eso pudiera ayudarlo a hacer las paces con la hermosa joven, pero Tom no le hizo caso y siguió. Rachel ya estaba en el vestíbulo. Fuera cual fuese la química que se había despertado entre ellos, las promesas que sus cuerpos se habían hecho delante del Bar Bleu, todo se había evaporado. No obstante, Rachel estaba en su hotel.

Kell la observó mientras se adentraba en el vestíbulo. Para su alivio, estaba vacío. No había rastro de Amelia ni de Elsa. Sólo un loro en una jaula, una foto de Atatürk en la pared. El bar del fondo de la sala estaba cerrado, las luces atenuadas.

—Igualito que Studio 54 —dijo en un tono inexpresivo y volviéndose hacia él. Su rabia había remitido. Todavía parecía dolida por las evasivas de Kell, pero le permitía acercarse a ella de nuevo.

—Tu padre tuvo una reunión en Quíos antes de morir. —Kell sabía que tenía que ser sincero con ella—. Estamos tratando de descubrir con quién estaba hablando. La identidad del hombre.

—¿Hombre? —preguntó ella.

—Sí. Hombre. ¿Por qué?

Rachel resopló hinchando las mejillas y se apartó tocando las borlas de un cojín tapizado de terciopelo.

—No es necesario que lo suavices, Tom —dijo ella—. Sé quién era mi padre. Sé cómo era. No tienes que protegerme de él.

¿Cómo se responde a semejante comentario? Es habitual pedir a los demás que sean directos y sinceros, pero también lo es enfadarse a la primera de cambio y recriminar dicha franqueza. Todo lo que Rachel supiera de la conducta de su padre con las mujeres, acerca de cómo se había comportado como marido, afectaría a sus relaciones futuras. Kell estaba en posesión de información extremadamente delicada sobre la vida privada de Paul Wallinger: su relación con Amelia Levene y su aventura con Cecilia Sándor. No debía y no podía darle esa información a su hija.

—Sé que no —dijo él—. Ninguno de nosotros es perfecto, Rachel. Tu padre era un hombre complicado, pero te quería mucho. Tú y Andrew lo erais todo para él.

Era un tópico, y Rachel lo encajó como tal, dejando que las palabras de Kell se evaporaran en la penumbra de la sala desierta, como un anuncio que sonara de fondo en un sistema de megafonía.

—No sabes si me quería. ¿Cómo puedes saber eso?

Kell pensó en el despacho de Wallinger en Ankara, donde sólo había fotografías de Andrew, y no dijo nada.

—Estaba con su amante —concluyó Rachel.

A Kell no le sorprendió que lo dijera, pero todavía se sentía incómodo.

—Sí —confirmó, ya no tenía sentido negarlo.

—¿Todo el mundo lo sabe? ¿Todo el mundo en el MI6?

175

—¿Importaría eso?

—Le importaría a mi madre. Se siente humillada. Está muy avergonzada, ¿sabes?

—Y tú quieres protegerla.

Rachel asintió. La rabia y la furia habían desaparecido. Estaba serena, pensativa, increíblemente hermosa bajo la luz mortecina del hotel.

—Amelia sabe que tu padre estaba allí con una mujer. Adam Haydock lo sabe. Muy poca gente más lo sabe. La investigación sobre su muerte la lleva un equipo pequeño. Amelia me ha puesto al mando de ese grupo.

Rachel entornó ligeramente los ojos.

—¿Por qué es necesaria una investigación?

Kell se arriesgó a irritarla por segunda vez.

—Rachel, no me gusta tener que decirte esto. Créeme. Preferiría que me permitieran contarte todo lo que está pasando. Pero perdería mi trabajo si te dijera por qué estamos investigando el accidente. ¿Lo comprendes?

—Sí, lo comprendo —dijo ella en voz baja.

Quizá estaba recordando aquel día, diez años antes, en que su padre al final los había sentado a su hermano y a ella y les había contado que no era un diplomático. En realidad, papá era un agente del Servicio Secreto de Inteligencia. Un espía. Paul —con Josephine sentada a su lado, cogiendo con orgullo la mano de su marido— había pedido a sus hijos discreción absoluta, después de explicarles los requisitos legales y de seguridad del «secreto total». El privilegio de la información privilegiada. Rachel conocía las reglas.

—Gracias por comprenderlo. —Kell le puso la mano en el hombro, como una forma torpe y desafortunada de reavivar el contacto.

Detrás de él, el loro del salón se despertó y chilló ruidosamente, diciendo algo en turco que rompió el silencio. Rachel miró a la jaula, se encogió de hombros y soltó una risa tensa.

—¿Dónde tomamos algo? —dijo ella, saliendo al vestíbulo y mirando a su alrededor en busca de algún empleado del hotel.

Kell supuso que el conserje nocturno estaba haciendo una ronda.

—Creo que ya han cerrado por hoy —repuso.

—Una afirmación de lo obvio, Thomas Kell.

El deseo que sentía por ella resurgió con tanta intensidad como en la calle. Pensaba en su cintura, el olor de su perfume.

—Tengo una botella de vodka en mi habitación —dijo.

No quería pasar otra hora en el vestíbulo del hotel dando vueltas al mismo tema. Quería a Rachel en su cama. Quería volver a sentir la química que había entre ellos, o que Rachel se volviera al *yali*.

—¿Ah, sí? —dijo ella, y su expresión recuperó todo el brillo y la malicia.

—Sí. Pero sólo tengo un vaso.

—¿Sólo uno? Es una pena.

Y dicho esto Rachel se dio la vuelta, se inclinó sobre la barra, cogió un vaso de tubo de debajo, se incorporó y pasó junto a Kell sosteniendo el vaso como un trofeo.

—Ahora tienes dos.

En un momento dado, cuando acababan de llegar a la habitación, Rachel se apartó de Kell y anduvo hasta la ventana, como si necesitara armarse de valor. Kell esperó, aguardó a que ella se sintiera preparada. Cuando Rachel se volvió a mirarlo, se acercó a ella, le cogió la cara con las manos y la besó por primera vez. Y un instante después estaban tirando el uno del otro. El deseo y el placer inundaban a Kell como un opiáceo. Las dudas, los momentos de soledad y tristeza de los últimos meses y años estaban abandonándolo. Desde que había terminado su matrimonio se sentía muerto por dentro, con su faceta emocional completamente detenida, incapaz de encontrar atractivas a otras mujeres y cada vez más convencido de que los destellos de pasión y carnalidad del pasado se habían extinguido para siempre con su divorcio, cada vez más consciente de que había transcurrido ya más de la mitad de su vida y lo único que veía en el retrovisor lateral eran lamentos y malas decisiones. Kell no tenía hijos de los que presumir, ningún legado, salvo el fiasco del Testigo X. Ése tenía que ser su monumento. Sin embargo, en el lapso de unas pocas horas, había conocido a una mujer que de un plumazo había barrido su furia e impotencia con la misma contundencia con que había lanzado a un lado las flores en el funeral. Ella había encendido algo en su interior y él se sentía vivo otra vez.

—Pensaba que sólo me habías invitado a subir porque querías una copa —dijo Rachel una hora después, acomodándose en el hueco entre el cuello y el hombro de Kell.

Kell respiraba el olor de su piel, deseándola de nuevo.

—Muy grosero por mi parte —dijo.

—Has dicho algo sobre vodka.

La botella y el vaso seguían donde Kell los había dejado antes de ir a encontrarse con ella, cuando la carabina había tomado un trago para calmar los nervios. Kell buscó la botella; con la mano extendida y vacilante, vertió seis dedos en el vaso.

—Lo siento. Me he pasado un poco —dijo, alentándola a sentarse y beber.

—Joder. ¿Quién te crees que soy? ¿Amy Winehouse?

Él le miró los brazos y los pechos, la ligera curva de su vientre. No había nada perfecto ni retocado en su cuerpo, sólo pura feminidad, olor a sexo y a su perfume y efluvios de alcohol fundiéndose en la noche. Se sentaron un rato en silencio, compartiendo el vodka, tocándose los muslos, el vientre, las manos, hasta que Rachel se levantó de la cama y entró en el cuarto de baño, sin asomo de vergüenza ni vanidad en los movimientos de su cuerpo. Kell pensó en el acto que debía comprobar los mensajes en su teléfono. Ya a punto de revolver en el suelo en busca de los pantalones se dijo a sí mismo que debía relajarse, volver a la cama, olvidarse de Iannis Christidis y Ryan Kleckner durante cinco minutos y limitarse a disfrutar. ¿Cuántas oportunidades de hacer esto tenía un hombre a lo largo de su vida? ¿Sinceridad y ternura, sintonía emocional, con una mujer hermosa? Oyó la cisterna del inodoro en la puerta de al lado, el lamento de un grifo oxidado, los sonidos mundanos y tópicos que hacían las parejas después de un momento de intimidad intensa. Los había olvidado por completo. La puerta del cuarto de baño se abrió de golpe. Rachel salió envuelta en una toalla. Sonrió a Kell y recogió su ropa del suelo, juntándola en una pila desordenada en la otomana de al lado de la ventana.

—Entonces ¿estuviste en el funeral? —preguntó ella—. Es gracioso, no me fijé en ti.

—Es insultante incluso —repuso Kell—. Yo sí me fijé en ti.

—¿Ah, sí? Bueno, supongo que es normal...

Los dos eran conscientes de la tristeza que asomaba al final de lo que había empezado como una conversación medio en broma.

—Te vi leyendo la nota de un ramo de flores. Te vi lanzando las flores contra la pared.

Rachel, que estaba quitándose la toalla y a punto de subir otra vez a la cama, se la ajustó en torno al cuerpo y miró a Kell, como si él hubiera percibido algo mucho más íntimo que el cuerpo desnudo que por un instante había tenido frente a él.

—¿Viste eso?

Kell asintió. Alargó los brazos, le desató la toalla y dejó espacio para que ella se tumbara a su lado. Entonces, sin pensarlo, Kell mintió.

—¿Qué fue eso? ¿Por qué tiraste esas flores?

Rachel se tumbó boca abajo y trató de taparse con una sábana blanca suelta. Kell la ayudó liberando la sábana cuando se le enganchó en un pie; vio las marcas de sus arañazos y mordiscos en la piel de Rachel. Ella se quedó un buen rato sin decir nada, mirando el colchón. Por fin se levantó de la cama y cruzó la habitación hacia la pila de ropa. De debajo de su vestido negro arrugado sacó su bolso. Abrió el cierre, buscó dentro y extrajo un sobre azul arrugado. Se lo pasó a Kell. El sobre llevaba matasellos de Francia y estaba dirigido a Cecilia Sándor. La caligrafía pertenecía a Paul Wallinger.

—¿Qué es esto? —preguntó Kell.

Aunque ya lo sabía.

26

—Léelo —dijo Rachel.

Hotel Le Grand Coeur
Chemin du Grand Coeur
73550 Méribel
Saboya
Francia

28 de diciembre

Mi querida Cecilia:
Como te prometí, una carta con el membre-
te del Grand Coeur, porque sé que te gustan los
hoteles bonitos y desconfías del correo electró-
nico. Estoy sentado en el bar del hotel. Simulo
trabajar, pero sólo estoy pensando en lo mucho
que te echo de menos. Desearía que estuvieras
aquí, conmigo, los dos solos, esquiando y hablan-
do y haciendo el amor y caminando por estas mon-
tañas gloriosas.

Kell sintió una extraña oleada de compasión por Wallinger, el adúltero que se creía enamorado y cuyo secreto
mezquino había sido descubierto. Al mismo tiempo, le ho-
rrorizó que la carta estuviera en manos de Rachel. No podía
ni imaginar el efecto que habría tenido en ella su contenido.

¿Dónde estás ahora, en este momento? ¿Qué estás haciendo? ¿Tienes suficientes cosas que hacer con el restaurante cerrado? Cecilia, quiero decirte que no pasan cinco minutos sin que piense en ti. Mientras esquiaba con Andrew esta tarde, tú has estado todo el rato en mi cabeza, en mi corazón, me sentía colmado de felicidad por tu amor y por el amor que experimento por ti. Siento que he estado toda mi vida de casado —de hecho, toda mi vida de adulto— buscándote, a ti, a una mujer con la que puedo hallarme completamente libre para ser quien soy, para decir lo que quiero decir, para actuar sin reprimendas, sin sentimientos de culpa, sin mentiras de ninguna clase. ¡A los cuarenta y seis años! Es ridículo.

La palabra «adulto» y la expresión «quien soy» estaban subrayadas dos veces, como si Wallinger finalmente hubiera abandonado toda pretensión de seriedad y estuviera escribiendo con las formas de un adolescente.

A veces me parece que he perdido demasiado tiempo de mi vida engañando y viviendo de un modo que era profundamente dañino, no sólo para mí, sino también para mi familia e incluso para mis amigos, a los que he decepcionado y traicionado con esta doble vida, donde el corazón y la mente van por separado, y que llevo desde hace ya demasiado tiempo. Quiero pararlo todo. Sólo quiero estar contigo y pasar página, dejar de trabajar en este oficio sangriento y comprometerme contigo y con nuestro amor. He encontrado a la mujer con la que deseo estar el resto de mi vida. Quiero que construyamos algo juntos.

Rachel estaba de pie junto a la ventana, otra vez envuelta en la toalla, mirando la ciudad por una minúscula rendija en las persianas. Kell no sabía cómo interpretar la carta.

Si Paul estaba tan profundamente enamorado de Cecilia, ¿por qué guardaba una fotografía de Amelia en un libro junto a su cama? ¿De verdad quería dejarlo todo, o sólo eran las tretas de un mujeriego para mantener a una amante contenta y en vilo? ¿Y quiénes eran los amigos a los que se estaba refiriendo? Amelia estaba entre ellos, desde luego. Pero ¿a quién más había pisoteado Paul? ¿Había cometido adulterio con otras mujeres del Servicio?

Cecilia, te deseo. No puedo dejar de pensar en ti. Pienso en el verano, en el día que me dejaste fuera las llaves de tu casa. Entré y estabas esperándome. No creo que te haya visto nunca tan hermosa como ese día. Tu piel bronceada, tu boca anhelante. Quise tomarme mi tiempo contigo. A pesar de que habíamos estado hablando toda la semana y te deseaba desesperadamente. Recuerdo tu sabor, a crema solar y agua salada, y tu dulzura. Recuerdo cómo te corriste, el éxtasis, y me alegré de haberte dado eso, porque cada segundo contigo fue como estar en el paraíso.

Kell dejó la carta. Había leído suficiente. Tuvo la sensación de que eso sería lo único que recordaría de Paul. Ya no sería un espía, un amigo o un padre; sólo sería un hombre obsesionado con el sexo, que había perdido la cabeza por una mujer. Para alivio de Kell, Rachel se volvió e hizo una broma.

—He visto su foto. Parece una puta *na'vi*.

—¿Qué es una *na'vi*? —preguntó Kell. Quería estar a la altura de su humor travieso.

—De la peli *Avatar*. Una tipa sumisa y azul de dos metros, de otro planeta. Joder, es tan alta que parece una planta rara. Y con tetas de plástico.

Kell dobló la carta y la puso en la mesa, al lado de su cama.

—¿Sabes que recuerdo la tarde que escribió eso? —dijo Rachel—. Me dijo que tenía que escribir un informe. Que no podía ir a Méribel conmigo. Yo tenía ganas de que pasáramos un rato juntos, porque él había estado esquiando con mi madre y con Andrew por la mañana.

Kell lo dudaba. Le pareció que Rachel se estaba mintiendo a sí misma para cargar más culpa sobre su padre.

—Pero no, el trabajo era lo primero. Toda la semana estuve pensando que él y mamá eran felices por fin. Ella también lo pensaba. Habían tenido problemas en el pasado, ¿sabes?

Kell asintió.

—Recuerdo que se besaban y se tomaban de la mano por la calle. Algo tan sencillo como eso. Algo pasado de moda entre un marido y una esposa. —Rachel negó con la cabeza y sonrió—. Pero, por supuesto, mi padre era la clase de persona que podía actuar como un hombre de familia con su esposa y sus hijos y luego escribir esta mierda por la tarde a una zorra húngara que podría ser su hija.

—Rachel...

—Está bien. No estoy enfadada. Sueno más enfadada de lo que estoy. Créeme, he tenido tiempo suficiente para darme cuenta de quién era mi padre. Sólo me cabrea saber que esa semana en realidad no significó nada, porque él estuvo pensando en follarse a la puta *na'vi* todo el tiempo. Componiendo esta mierda en su cabeza. Escribiéndolo todo en el bar mientras fingía redactar un informe de espionaje. Encontré más cartas. Unas diez. Es la única de él, eso sí. ¿Te has fijado en su caligrafía, limpia, contenida, sin errores ni tachaduras? Típico de papá, era un controlador. Las otras cartas son todas de la *na'vi*. Casi no sabe escribir esa estúpida ignorante.

—Entonces la tarjeta en el funeral de tu padre. Las flores. ¿Eran de ella? Le enviaba un mensaje privado, uno que tu madre no pudiera comprender, ¿y reconociste la letra?

—Sí.

Se quedaron un buen rato callados. Al final Kell se fue al baño. Cuando volvió a la habitación, Rachel todavía estaba de pie junto a la ventana.

—Vuelve a la cama —dijo él.

Ella lo hizo, sin palabras, y se acurrucó junto a él otra vez. Kell sabía que no hablarían más. Puso la alarma a las ocho y cerró los ojos, pero siguió acariciando la espalda de Rachel mientras ella se quedaba dormida. Estaba escuchando su respiración cuando ella susurró:

—Eres un encanto.

Kell la besó en la frente.

—Tú también —dijo, preguntándose cuánto tiempo había pasado desde la última vez que había dicho esas palabras, cuánto tiempo había pasado desde la última vez que las había oído.

27

Era siempre lo mismo después. Caminar de vuelta por la misma calle silenciosa, llamando la atención de desconocidos. Con qué rapidez pasaba de la euforia a la vergüenza. Los hombres de los salones de té, las mujeres que limpiaban el suelo en el porche delantero: todos lo observaban. Todos parecían saber exactamente lo que había hecho. Douglas Tremayne subió al tranvía. Iba repleto. Se sintió cosido a otros cuerpos, a otros hombres. Se había lavado después, y se notaba la piel suave y femenina. Era consciente de que olía a jabón, de su cabello todavía húmedo tocando el borde del cuello de la camisa. La gente lo miraba. Desconocidos. Turcos. El inglés con sus zapatos marrones y pantalones de pana granate. Una chaqueta de *tweed* en Estambul. A Tremayne le gustaba vestirse con elegancia, pero siempre tenía la sensación de que los pasajeros del tranvía lo juzgaban.

Repasó mentalmente los sucesos de la noche. Lo mismo de siempre. Los intercambios empezaban a confundirse unos con otros. A veces olvidaba dónde había estado, qué había ocurrido, incluso en qué ciudad había ocurrido. Conocía lugares en toda Turquía...

Al principio siempre lo invadía la sensación de pérdida de control, de que la mejor parte de él quedaba anulada. Era sólo algo que no podía evitar hacer, y hasta que no lo hacía, no había calma ni ecuanimidad en su vida. No tendría paz de espíritu. Tremayne lo consideraba una adicción y lo trataba como tal, aunque no se lo había contado a nadie, nunca había buscado ayuda, nunca había sucumbido a la confesión.

¿De dónde salían esos impulsos? ¿Por qué había ido por ese camino? ¿Por qué siempre tomaba esas decisiones nefastas?

El tranvía se detuvo. A lo lejos, un minarete. En Estambul siempre había un minarete a lo lejos. Más pasajeros apiñándose a su alrededor. Más desconocidos. El hedor del sudor matinal y el olor de su piel perfumada. Menuda mezcla. Tremayne se tocó la nuca, sintió la humedad de su cabello, se preguntó si finalmente esta vez lo habrían pillado. Observado. Fotografiado. Grabado.

Tal vez era lo que quería. Liberarse de esa vida secreta. Liberarse de toda la culpa. De la vergüenza.

28

Kell no durmió más de una hora. Al amanecer, notó que Rachel se levantaba de la cama y cogía de la otomana su ropa desperdigada. Con los ojos cerrados y de cara a la ventana, oyó que Rachel entraba en el cuarto de baño. Salió al cabo de unos minutos enfundada en el vestido negro reloj de arena y con los zapatos de cuña de la tarde anterior. Se acercó a la cama y se inclinó para besarlo.

—El paseo de la vergüenza —susurró ella—. Vuelve a dormir.

—Deberías quedarte.

—No. Tengo que ir a casa.

Se besaron otra vez, y él la abrazó, pero el fuego entre ellos se había desvanecido. Rachel se levantó, se alisó el vestido, lo saludó con la mano y salió de la habitación.

Kell se incorporó de inmediato. Estambul estaba amortiguada por ventanas cerradas, por cortinas que dejaban fuera la luz del amanecer, pero aun así él podía oír el despertar de la ciudad, el tráfico y el grito solitario del almuecín. Rachel encontraría fácilmente un taxi delante del hotel y en media hora estaría en casa, subiendo la escalera del *yali*, donde pasaría junto a una Josephine dormida y descansaría el resto de la mañana. Kell sólo rezaba para que Amelia no hubiera decidido salir a correr al amanecer o tomar el desayuno temprano y se topara con Rachel abajo. Entonces sí sería un paseo de la vergüenza.

Kell corrió las cortinas y subió las persianas; fue al cuarto de baño y se duchó, y luego pidió el desayuno en su habitación. Justo después de las seis y media, demasiado pronto para que el café y los huevos estuvieran preparados, llamaron a la puerta. ¿Rachel? ¿Había olvidado algo?

Sólo con una toalla alrededor de la cintura, Kell abrió la puerta.

—¡Thomas! Ahora soy una mujer casada. ¡Tápate!

Era Elsa. Le sonreía.

—Gracias por la advertencia —dijo—. ¿Qué estás haciendo aquí tan temprano?

—Esto —dijo ella, entregándole una carpeta—. He estado trabajando en esto desde que nos vimos. Ha sido una noche larga. Amelia me pidió que hiciera una investigación del historial de Cecilia Sándor. Esto es lo que he descubierto. Es todo muy triste, Tom. Cómo odio que se desperdicie el amor.

29

La carpeta era una biblia de lamentos. Mensajes de correo de Cecilia a su mejor amiga en Budapest en los que llora la pérdida de Paul. Llamadas de teléfono a un doctor en Dubrovnik al que Elsa había identificado como un psiquiatra especializado en «adicción y duelo». Cecilia había visitado sitios de internet sobre la muerte y el duelo y se había conectado a un foro en inglés en el que ella había hablado de sus sentimientos de pérdida con absolutos desconocidos de todas partes del mundo. Se había apuntado a clases de yoga en Lopud, recibía masajes cada cuarenta y ocho horas, y acudía a terapia tres veces por semana. Había comprado libros de autoayuda en Amazon y gastado 2.700 libras en un viaje de dos semanas a las Maldivas. Había leído mucho acerca de accidentes de avión —sobre todo los numerosos artículos, tanto en prensa escrita como en internet, relacionados con el accidente de Wallinger— y había cerrado diez días su restaurante nada más enterarse de la muerte de su amante. Kell se quedó perplejo al ver que además Sándor había hecho una donación anónima de mil libras a la Fundación de Viudas del SSI.

También a través de su correo electrónico se enteraron de que la amante de Wallinger había volado con EasyJet de Dubrovnik a Gatwick el día antes del funeral y reservado un asiento en el mismo tren que Kell y Amelia habían tomado en Euston. Kell se dio cuenta de que los tres habían estado sentados a no más de un vagón de distancia. Cecilia había reservado un billete de tren a Londres a media tarde y un vuelo de regreso a Dubrovnik al día siguiente. Lo más probable era que comprara las flores en Preston, fuese directamente a la granja, dejara el ramo y la tarjeta en el granero y luego regresase a la estación. Por uno de los mensajes de correo enviados a sus amigos en Budapest —pésimamente traducidos por el software de internet— supieron que Cecilia no había asistido al funeral.

Kell leyó el archivo durante el desayuno. A las nueve en punto llamó a Elsa a su habitación, la felicitó por haber hecho tan buen trabajo y le preguntó si mientras investigaba había encontrado alguna referencia concreta a Jim Chater o Ryan Kleckner.

—No —dijo ella, con un hilo voz. Tal vez sentía que había decepcionado a Kell—. Creo que no, Tom, pero puedo verificarlo.

—No te preocupes —le dijo Kell. Elsa se había pasado la noche en vela y la notaba cansada—. Descansa un poco. Te lo mereces.

El consulado británico era un vestigio glorioso y venerable del Imperio, un palacio neoclásico de tres plantas erigido en el siglo XIX en el corazón de Beyoglu, a no más de cien metros del hotel de Kell. Una década antes en un ataque suicida con un hombre bomba habían muerto el cónsul general británico y una veintena de personas. Kell podía recordar con exactitud dónde estaba —en Londres, comiendo con Claire, una espléndida tarde de noviembre— cuando oyó en la BBC la noticia del atentado. «Todo es culpa del maldito Bush», había dicho Claire señalando las imágenes del presidente, que se encontraba en la ciudad para asistir a unas negociaciones en el 10 de Downing Street. Kell había esquivado la discusión, como hacía siempre con Claire cuando se trataba de las causas y efectos del terrorismo. «Si Blair nos hubiera mantenido fuera de Irak nada de esto estaría ocurriendo», había concluido Claire.

Amelia había llegado una hora antes que él a la reunión. Kell entró en la Estación cuando eran casi las diez y en el acto la propia C lo informó de que llevaba «levantada desde las seis» y quería «ir al grano».

—Pareces molido —dijo ella mientras giraba la cerradura de combinación, a la derecha, a la izquierda, en la sala antiescuchas.

Sonó una alarma cuando Kell levantó la palanca y tiró de la pesada puerta. El esfuerzo físico que requería la operación sumado al ruido agudo de la alarma sólo sirvió para intensificar su resaca. Se sentía como si hubiera dejado la mejor parte de su cerebro comatoso en una almohada del Grand Hotel de Londres.

—Se está calentito aquí —bromeó Amelia, al notar el frío intenso del aire acondicionado. Era una característica de las salas antiescuchas de todo el mundo: por eso los agentes asistían a las reuniones con abrigo y bufanda.

Amelia se sentó a un lado de una mesa de conferencias rodeada por ocho sillas; Kell apartó una situada hacia la mitad, después de haber cerrado las puertas. Llevaba un expreso doble de una máquina de café automático que había en la planta baja, el tercero de la mañana.

—¿Cómo fue la fiesta? —preguntó Amelia mientras sacaba de un maletín negro de piel varias carpetas y hojas impresas y las apilaba delante de ella en la mesa.

—Divertida —repuso Kell—. Un bar de gente guapa cerca de la torre de Gálata. Expatriados y turcos ricos. Divertido.

—¿Y Rachel?

—¿Qué pasa con ella?

—¿También se divirtió?

«Levantada desde las seis.» Kell sintió la mirada forense y perforadora de Levene. ¿Había visto a Rachel saliendo del hotel? Era inútil mentirle; ella sabía que le gustaba Rachel. Kell se sintió como un pasajero pasando por una máquina de rayos X de última generación en el aeropuerto; cada hueso y cada músculo de su culpa brillaban como una bomba.

—Es fantástica —dijo él—. Muy madura. Lista. Divertida. La carabina se lo pasó bien.

Amelia asintió y dio la impresión de estar satisfecha con la respuesta.

—¿Está interesada en ABACUS?

Kell frunció el ceño.

—¿ABACUS?

—¿No te lo había dicho? —Amelia rebuscó entre las carpetas; la imagen era un recordatorio visual del caótico malabarismo de platos chinos al que la obligaba el nuevo trabajo—. Es el nombre en clave de Kleckner.

—Ah —dijo Kell, observando a Amelia mientras le explotaba la cabeza.

—¿Entonces...?

Kell habría contestado muy gustosamente a la pregunta. A Rachel no le había interesado Ryan Kleckner lo más mínimo; de hecho, no se había quedado en su fiesta más de una hora. Y luego había subido a su habitación de hotel y se había entregado a él con una pasión y delicadeza asombrosas. Todo apuntaba a que, al menos por el momento, Rachel Wallinger estaba más interesada en Thomas Kell.

—No es fácil saberlo —contestó distraídamente; ahora no podía quitarse de la cabeza la imagen de la columna vertebral de Rachel moviéndose debajo de él mientras la luz pálida del dormitorio proyectaba sombras en su espalda. Se acabó el resto del café—. Flirteó con él un poco. Kleckner desde luego parecía encariñado.

—¿Encariñado? —Amelia estaba frunciendo el ceño—. ¿Los Primos se encariñan? ABACUS no me encaja con ese tipo de persona.

—¿Qué sabemos de él?

Kell confiaba en que la pregunta le permitiera desviar la atención de Amelia sobre Rachel. Tras coger una carpeta fina de la pila de papeles, Amelia respondió como cabía esperar: le enunció el espectro completo de la carrera de Kleckner (siete años en la CIA, tres de ellos en Madrid, dos en Turquía); su formación (universitaria en Misuri, con las mejores notas, y después en la Escuela del Servicio Exterior en Georgetown); y su historia familiar (sus padres se habían divorciado cuando él tenía siete años; nunca había vuelto a ver al padre). Como había sospechado Kell, en la familia de Kleckner había una buena dosis de fervor religioso (su madre adorada era maestra en una escuela católica y dirigía su propio grupo de oración) aliado con el viejo patriotismo estadounidense (Kleckner tenía un hermano mayor que había cumplido dos años de servicio en Irak, una hermana menor que había regresado a su trabajo diurno de doctora en urgencias en Belleville después de haber sido voluntaria en una comisión de servicio de seis meses en Bagram en 2008). A los veintidós años, Kleckner había sido la estrella del equipo de remo de Georgetown y se había pagado la universidad trabajando de noche como camillero en un hospital. Después de un período breve como becario no remunerado de un congresista republicano en San Luis, se había presentado a un puesto en la Agencia.

—Emprendedor, superdotado —dijo Kell—. ¿Un solitario en potencia?

—No hay nada malo en eso —repuso Amelia, tamborileando con los dedos en el currículum de Kleckner—. Diría que en Langley estaban encantados con él.

—¿Le darías un trabajo?

Kell estaba muerto de hambre, los huevos y el pan blanco del desayuno del hotel ya no eran más que ácido en su tripa. Amelia sacó una fotografía oficial de Kleckner del Departamento de Estado.

—Es increíblemente atractivo —dijo, esbozando una de esas sonrisas que reservaba para el sexo opuesto mientras hacía girar la foto por la mesa hacia Kell.

Él miró la fotografía. Kleckner resultaba atractivo sin esforzarse demasiado, como un ídolo del público.

—Coeficiente intelectual de ciento y muchos —continuó Amelia—. Ojos como Gregory Peck. Pectorales como Gregory Peck, muy probablemente. Claro que le daría trabajo.

—Sexista —repuso Kell.

193

A través de la ventanita de la puerta de la sala antiescuchas, Kell vio un bol con plátanos y se sintió como un hombre agonizante frente a una fuente de agua fresca en el desierto de An-Nafud.

—Entonces ¿lo investigamos a fondo? —preguntó, sabiendo que pasaría mucho rato antes de que pudiera salir a comer algo. Demasiadas alarmas. Demasiados cerrojos. Demasiada conversación.

—Vaya que sí —repuso Amelia—. Dentro de una semana sabremos más del joven Kleckner que él mismo.

Amelia no estaba exagerando. Durante la siguiente media hora Amelia Levene le mostró su mejor versión: concienzuda, imaginativa, despiadada. No era sólo C, la dama de compañía de Whitehall. Parecía haber recuperado su pasión, su amor por el juego. Si le preocupaba que su legado pudiera ser otro Philby u otro Blake, un traidor que destruiría la relación trasatlántica, no lo exteriorizó. Kell pudo vislumbrar algo de la energía inagotable y el entusiasmo que habían caracterizado a Amelia a sus treinta y muchos y cuarentas. Hacía años que no la veía tan concentrada, precisa como un forense. Ésa era la mujer de la que se había enamorado Paul Wallinger. El mejor agente del SSI, hombre o mujer, de su generación.

Resultó que muchas de las ideas de Amelia para la investigación exhaustiva de Ryan Kleckner ya estaban en marcha. Un equipo de diez hombres, respaldado por el Servicio de Seguridad, había llevado a cabo la vigilancia a pie de ABACUS en media docena de ocasiones. En ese momento estaban en espera en Estambul, listos para dedicarse a tiempo completo en cuanto Kell diera la orden. Amelia había dado instrucciones a Elsa para que cortara el wifi en la residencia de Kleckner, permitiendo de este modo que un activo local, un ingeniero de Turk Telekom, pusiera micrófonos en la cocina, el cuarto de baño, el dormitorio y la sala de estar de su apartamento. Un equipo de la Estación había «pintado» el techo del coche de Kleckner —un Honda Accord— la noche del viernes mientras estaba aparcado en la calle. El vehículo ahora era visible para los satélites por si

Kleckner decidía desertar, aunque, como señaló Kell, esos satélites estaban controlados por los estadounidenses y por consiguiente eran funcionalmente inútiles (Amelia lo reconoció con un gruñido de desdén). También se habían colocado cámaras en todos los cafés, hoteles o restaurantes donde ABACUS había mostrado un «patrón». Se sabía que frecuentaba un gimnasio a cuatro manzanas de su casa y le gustaba visitar un pequeño salón de té en Istiklal cuando estaba en Beyoglu. («Hay una camarera allí que le gusta», dijo Amelia.) En ambas ubicaciones tendrían una cobertura visual casi total. Al menos una vez al mes podía verse a Kleckner asistiendo a misa en la iglesia de San Antonio de Padua, la catedral católica más grande de Turquía. Catherine West, esposa de un agente declarado del SSI al que Amelia conocía desde hacía muchos años, había recibido instrucciones para asistir a la misma misa e informar de la conducta y apariencia de Kleckner. También proporcionaría una descripción de cualquiera que se pusiera en contacto con él. Era fácil transmitir información entre los miembros de la congregación, especialmente a cualquiera sentado al lado de Kleckner en un banco. Cuando Kell preguntó por ellos, Amelia confirmó que ya estaban en marcha operaciones similares contra Douglas Tremayne y Mary Begg. Tony Landau también estaba siendo vigilado en Estados Unidos.

—Y luego está Iannis Christidis —dijo ella.

—No nos va a servir de mucho.

—Ya lo sé. —Amelia miró hacia la mesa y frunció el ceño—. ¿Qué opinas?

Sonó como un test. Kell reunió toda la energía intelectual que le permitió su agotamiento.

—Creo que deberíamos esperar al informe de Adam —contestó, redescubriendo parte de su viejo talento para desenvolverse con circunspección—. Acaba de llegar a Quíos. Vamos a darle la oportunidad de que hable con la policía, con la gente del aeropuerto, con los amigos y la familia de Christidis.

—¿Crees que eso cambiará tu opinión?

Amelia seguía mirando los papeles que tenía delante. Kell sabía que C no toleraría medias verdades ni evasivas.

—¿Cambiar mi opinión sobre qué?

Amelia lo conocía muy bien. Kell sabía lo que se avecinaba.

—Creo que piensas que lo encontraron los estadounidenses. —Amelia se levantó, en apariencia para estirar las piernas en los confines estrechos y fríos de la habitación, pero quizá también para situarse físicamente por encima de Kell—. Que Jim Chater es el hombre de la barba en Quíos, que Paul cometió el error de hablarle del topo, y que por eso Chater lo mató.

Al escuchar la teoría en voz alta por primera vez, le sonó un poco absurda. Pero Amelia tenía toda la razón. Había expuesto con precisión lo que Kell creía que había ocurrido.

—Creo que es el escenario más probable, sí —concedió—. Y más viendo cómo reaccionó Chater en Ankara.

Amelia rodeó la mesa y dio unos golpes suaves en la palanca de la puerta herméticamente cerrada. A través del cristal, Kell vio a Douglas Tremayne entrando en la Estación. Recién llegado a la ciudad desde Ankara, tenía el aspecto de un oficial del ejército pasando su día libre en las carreras: unos zapatos *brogue* relucientes, chaqueta de *tweed* e incluso pantalones granate.

—Simplemente te aconsejo que mantengas la mente abierta.

No hubo un tono condescendiente en la voz de Amelia cuando se sentó, ni siquiera de advertencia. Sólo era el sabio consejo de una amiga. «Mueve las piezas en el tablero, no al oponente.»

—Entiendo lo que dices —repuso Kell.

—Bien. —Amelia cogió una carpeta. Kell reconoció la tapa. Era el informe de Sándor. Amelia empezó a dar golpecitos en la mesa con la carpeta, como si marcara el ritmo de una canción—. Es sólo que no me creo todo esto.

—¿El informe de Elsa?

—No. Creo que el informe es de primera. Hasta cierto punto. —Abrió una página del informe al azar y pasó un dedo por el texto—. Simplemente no me creo el camino de migas de pan. Es demasiado perfecto. —Amelia enumeró los hábitos de Cecilia como los puntos de una lista—: El libro de Amazon. El yoga. Los masajes. Si tuvieras que inventarte una historia sobre una chica que ha perdido al amor de su vida, ¿lo habrías hecho de un modo diferente?

Kell sintió que la habitación se ponía del revés. Si lo que Amelia estaba diciendo era cierto, Wallinger había sido engañado.

—Supongo que no —respondió, pero sin darle la razón a Amelia. Le parecía descabellado—. ¿Qué estás sugiriendo? ¿Que es un montaje?

—Sólo estoy sugiriendo que tienes que mantener la mente abierta. Que tenemos que revisarlo. Cecilia Sándor podría ser perfectamente una antigua oficial del servicio de inteligencia húngaro que abrió un restaurante en Lopud y se enamoró de Paul Wallinger. Podría tener el corazón tan roto que va a terapia tres veces por semana y vacía su corazón en foros de chat. Pero también podría haber sido una trampa de miel del SVR, encargada de reclutar a Ankara-1.

Kell se quedó sin habla varios segundos mientras su mente falta de sueño trataba de calibrar las consecuencias implícitas en las palabras de Amelia.

—¿Todavía crees que Paul podría haber sido el topo?

Amelia simplemente se encogió de hombros, como si Kell hubiera hecho una pregunta del todo irrelevante sobre el tiempo.

—Me sorprendería mucho, por supuesto —repuso en voz baja.

—Así que Sándor encontró la forma de acceder a sus telegramas, mensajes de correo... ¿Desencriptó su portátil, duplicó su SIM? ¿Crees que Paul fue tan estúpido?

—Las chicas guapas tienen un efecto muy curioso sobre los hombres de mediana edad, incluso si no son estúpidos —repuso ella bruscamente.

Kell no supo decir si Amelia estaba despotricando sobre la conducta masculina en general, o si le estaba avisando para que se apartara de Rachel.

—Lo único que estoy pidiendo es que consideremos todas las posibilidades —insistió Amelia—. Todavía estamos lejos de identificar la fuente de las filtraciones. Entretanto, funcionamos a medio gas, no podemos poner en marcha proyectos de cierta envergadura con los norteamericanos ni avances significativos en decenas de operaciones en la región. Eso lo sabes.

—Por supuesto que lo sé.

Kell siguió pensando en ello mientras Amelia sacaba una botella de agua mineral de su maletín y bebía un sorbo. ¿A Amelia le dolería menos si resultaba que Paul había caído por un dios falso, por un amor que no existía? ¿Preferiría que hubiera sido así? ¿O simplemente estaba buscando vengarse de Sándor por haberle robado el corazón al hombre que había amado? La caza del topo y la caza de la verdad sobre la muerte de Wallinger parecían unidas en su corazón.

—Deberías ir a Lopud —dijo Amelia, como si supiera lo que él estaba pensando—. Échale un vistazo a Sándor.

—¿No te importa que deje al equipo con Kleckner por unos días?

—No me importa nada. Lo tenemos bien cubierto.

—Entonces, por supuesto, iré a Lopud.

—Es una isla de vacaciones —le contó Amelia, como si Kell no lo supiera—. A una hora de Dubrovnik en ferri. Hay un gran hotel al final de la ciudad, un montón de restaurantes en torno a la bahía. Puedes hacer una visita de setenta y dos horas, jugar al hombre de negocios que hace una escapada de fin de semana. Preséntate a cenar en su restaurante. Tropiézate con ella si va a nadar. Veamos si Cecilia es quien dice ser. Veamos cómo respira la novia desconsolada.

30

Con pasaporte francocanadiense y el nombre de Eric Cauques, Sébastien Gachon tomó un vuelo a Zagreb en las
primeras horas del 11 de abril. En la capital croata, alquiló
un Audi A4, enchufó su iPod en el equipo de música y escuchó un audiolibro de la novela *Almas muertas* mientras
conducía —siempre dentro del límite de velocidad— en
dirección sudeste por la autopista hasta la ciudad costera
de Zadar.

Como se había acordado, un segundo vehículo estaba
esperando a Gachon en el garaje del hotel. En un hueco
debajo de la rueda de recambio, encontró el cuchillo y un
arma con munición suficiente. Esa noche, disfrutó de una
buena cena en un restaurante italiano y luego se fue a un
bar, donde encontró a una chica y le pagó seiscientos euros
para que pasara la noche en su habitación. No obstante, a
las tres en punto de la madrugada, cuando estuvo satisfecho
y listo para dormir, le pidió que se fuera. Gachon llamó a
un taxi que pasó a recoger a la chica por el hotel. Antes de
irse, intercambiaron sus números de teléfono, aunque Gachon le dio el de su móvil, que dejaría de funcionar en cuarenta y ocho horas. Ella trabajaba con el nombre de Elena
y le contó que era de un pueblo pequeño al oeste de Chisináu, en Moldavia.

A la mañana siguiente, Gachon condujo por la carretera de la costa rumbo a Dubrovnik. A causa de un accidente ocurrido cerca de Split, había mucho tráfico, y llegó a su

hotel dos horas después de lo previsto. Desde un teléfono público en el casco antiguo, su controlador le confirmó la posición actual de su objetivo y le dio el visto bueno para la operación. Para frustración de Gachon, le ordenó esperar en Dubrovnik cuarenta y ocho horas más y no tomar el ferri a Lopud antes del sábado por la mañana. El resto de los elementos de la operación se mantenía según lo planeado. El taxi acuático estaría esperando en el muelle del hotel Lafodia para sacarlo de la isla a las once y media de la noche. No le dio ninguna explicación por el retraso.

31

Kell no se molestó en viajar a Lopud con un alias. Si Cecilia Sándor era un activo de los rusos, una *freelance* pagada por los iraníes, los chinos o el Mosad, cualquier identidad falsa que intentara usar en la isla sería descubierta en cuestión de minutos. Tan pronto como Sándor sospechara de Kell, localizaría su hotel, comprobaría su alias en una base de datos y concluiría que era alguien hostil. Simular ante un agente inmobiliario griego que era un investigador de seguros de Edimburgo era una cosa; presentarse como Chris Hardwick a una agente del servicio de inteligencia húngaro con posibles conexiones con el SVR, otra muy distinta.

Por la misma razón, no propuso llevarse a Elsa como tapadera, aunque Amelia hubiera podido prescindir de ella. Sí, una pareja siempre atraía menos la atención que un hombre solo, en casi cualquier situación, pero Kell no quería dejar abiertas todas las opciones. Ir acompañado de una «novia» podría limitar su acceso a Sándor. Si ella era tan inocente como aparentaba, Kell podría presentarse en el restaurante como un amigo y colega de Paul y tratar de determinar lo que había ocurrido en Quíos los días anteriores al accidente. También —siendo sincero consigo mismo— quería evitar verse atrapado en una tapadera casi romántica con Elsa. Kell sólo pensaba en volver a Estambul, y estar con Rachel en cuanto la operación se lo permitiera.

Londres le había hecho una reserva en el Lafodia, el gran hotel en el extremo sudoeste de la ciudad de Lopud del que

Amelia le había hablado. En el hotel había dos grupos que asistían a conferencias, así como varias familias de vacaciones. Kell agradeció la tapadera natural de las multitudes mientras paseaba de un lado a otro de la playa, o caminaba por el paseo que dibujaba la curva de la bahía, una media luna de ochocientos metros.

El restaurante de Sándor —el Centonove— estaba situado a cierta distancia del hotel y ocupaba una casita reformada a pocos metros de la orilla. Había media docena de mesas en una terraza con vistas a la bahía y algunas más en el interior. No se permitían vehículos en la isla, así que los bares y restaurantes que se sucedían a lo largo de la bahía no sufrían las molestias del tráfico.

En su primer día completo en Lopud, un sábado, Kell pasó junto al Centonove tal vez siete u ocho veces sin ver a Sándor. El Cuartel General de Comunicaciones del Gobierno, que había interceptado su teléfono y su portátil, no lo había informado a tiempo de que Cecilia pasaría casi todo el día en Dubrovnik «comiendo en casa de una amiga y luego reunida con un decorador por la tarde». Cuando se enteró de que Sándor iba a trabajar en el restaurante en el turno del domingo por la tarde, Kell reservó una mesa para las ocho en punto y pasó el resto del día en el Lafodia. Se dedicó a leer su novela, nadar en el mar y también envió un mensaje de correo a Rachel. No tenía permitido contarle que estaba en Lopud; aunque tampoco lo habría hecho, por razones personales obvias. Sin embargo, verse obligado a mentirle y hacerle creer que estaba «en Alemania por trabajo» era algo que inquietaba profundamente a Kell. Le recordaba los años que había pasado con Claire sin poder contarle nunca adónde iba, a quién iba a ver o la naturaleza del trabajo que estaba realizando de forma encubierta en nombre del Servicio Secreto. Además, tenía la sensación de que Rachel sabía que estaba engañándola y que eso condicionaría el tipo de relación que pudiera haber entre ellos.

• • •

Kell se despertó tarde el domingo con la idea de caminar hasta un fuerte en ruinas situado sobre la bahía y llevar a cabo una vigilancia básica a distancia del apartamento de Sándor, justo encima del Centonove. Rachel le había enviado un mensaje de correo por la noche donde se quejaba de que había asistido a «una fiesta increíblemente aburrida llena de gente increíblemente aburrida» en una discoteca del Bósforo.

Las cosas están muy tranquilas y sosas aquí sin ti, señor Kell. ¿Cuándo vuelves de Berlín? xxx

La ruta al fuerte empezaba en las calles de las afueras de la población de Lopud y enseguida ascendía a lo largo de una senda rocosa que serpenteaba por un bosque de pinos y cipreses. Desde la bahía, Kell había localizado lo que parecía una cabaña de pastor abandonada a medio camino de la cima de la colina. Se apartó del sendero y avanzó a través de una densa maleza hasta que llegó a la cabaña. Allí, después de asegurarse de que no se le veía, sacó unos prismáticos y enfocó el Centonove por encima del agua. No había rastro de Sándor; sólo estaba el camarero calvo de mediana edad al que Kell ya había visto en tres ocasiones y unos pocos turistas almorzando en la terraza. Cheltenham había triangulado el móvil de Sándor con el edificio, de manera que Kell supuso que ella estaba en el apartamento de arriba. Allí las contraventanas estaban cerradas y la galería exterior de la cocina, en la fachada meridional del edificio, desierta.

Kell deslizó el foco de los prismáticos a lo largo de la bahía, hacia la parte izquierda de la ciudad, hacia el Lafodia. Era casi mediodía y el calor estaba aumentando. Kell vio niños chapoteando donde el agua no cubría, turistas en kayaks alquilados saliendo de excursión para dar la vuelta a la isla, el ferri de Dubrovnik, que reducía su velocidad al acercarse a la terminal. El bullicio y los movimientos cotidianos de la isla. Pensó que le gustaría volver allí con Rachel. Pasar unos días juntos, dormir hasta tarde, tomar un poco el sol, comer bien. Sin embargo, Kell sabía que pasarían al menos dos meses, tal vez tres, antes de que terminara con Kleckner y tuviera libertad para marcharse de Estambul, e incluso entonces sólo sería por un período breve, antes de regresar a Ankara. Durante ese tiempo ¿quién sabía qué ocurriría con Rachel? Era probable que regresara pronto a Londres y jamás volviera a verla.

Kell esperó otros cinco minutos a la sombra de la cabaña. Todavía ni rastro de Cecilia. Se levantó, se colgó los prismáticos al hombro y volvió al camino. Se quitó la camisa y continuó subiendo por la colina hacia el fuerte. En diez minutos había salido del bosque y se encontraba entre las ruinas, en la cima de un saliente árido y rocoso. Se apoyó contra una pared tratando de recuperar el aliento; daba pequeños sorbos de agua de una botella y se secaba el sudor de la cara. Detrás de él, al sudeste, Dubrovnik brillaba al sol de mediodía. Al norte, Kell podía distinguir los minúsculos cascos de los yates y lanchas a motor que cruzaban el estrecho en ambas direcciones. Miró los mensajes de su teléfono, pero no había nada de Elsa, nada de Rachel, nada de Londres. Hizo varias fotos de las ruinas e inició el descenso. Desandando sus pasos a través del bosque se cruzó con dos turistas británicos jubilados. A medio camino se alejó otra vez del sendero, avanzó entre el bosque bajo y regresó al abrigo de la cabaña del pastor.

Esta vez se sentó con la espalda apoyada en una puerta de madera destrozada. El sol estaba en su cenit. Kell cayó en la cuenta del peligro de la luz que se reflejaba en las lentes de los prismáticos mientras los enfocaba de nuevo al Centonove. Notó un picor en la parte baja de la espalda, donde se apoyaba en la puerta. Enseguida se puso la camisa y se dio una palmada en el cuello para matar un insecto que se había posado en su piel húmeda. Cogió los prismáticos e hizo un barrido de la bahía hasta centrarse en el grupo de mesas de la terraza del restaurante.

Y allí estaba. Cecilia Sándor. Saliendo de la entrada de la planta baja y dirigiéndose a la terraza. Los prismáticos eran lo bastante potentes para que Kell distinguiera con precisión sus facciones. Lo sorprendió lo que vio. No era una mujer hermosa de por sí; de hecho, daba la impresión de que se había retocado las bolsas de los ojos y los labios. El labio superior tenía la hinchazón absurda e inconfundible del colágeno. Sus pechos eran inmensos, desproporcionados en un cuerpo de junco. Al ver lo alta que era, Kell pensó al instante en el apodo que le había puesto Rachel —la *na'vi*— y sonrió al tiempo que una gota de sudor resbalaba por su espalda. Detrás de él, tal vez a cincuenta metros de distancia, oyó a un grupo de tres o cuatro personas que pasaban por el sendero. Uno de ellos silbaba un fragmento de Chaikovski —de *El lago de los cisnes* o de *Cascanueces*, Kell no los distinguía—, y la melodía se quedó alojada en su cabeza mientras seguía observando la terraza.

Cecilia salió del restaurante con una botella de agua en la mano. Colocó la botella delante de una pareja de ancianos y luego habló con un hombre de unos treinta y cinco años que llevaba gafas de sol y un polo rojo. El hombre estaba sentado solo a la mesa más alejada de la entrada. Había terminado de comer, tenía un café delante y fumaba un cigarrillo. Cecilia había cogido lo que parecía una bandejita metálica, donde el hombre había colocado algunos euros para pagar la cuenta, y la sostenía mientras hablaban. Entonces el hombre colocó la mano en la parte inferior de la espalda de Cecilia, la dejó allí y la acarició. Cecilia no reaccionó hasta que, pasados al menos diez segundos, el hombre bajó la mano hacia las nalgas. Sólo entonces ella lo apartó y se alejó de la mesa.

¿Qué acababa de ver Kell? Era imposible saber si Cecilia le había apartado la mano por irritación, o simplemente porque no quería que el resto de los clientes del restaurante viera lo que estaba ocurriendo.

Kell supo de inmediato lo que tenía que hacer. Se levantó, dejó los prismáticos al lado de la cabaña, y anduvo lo más deprisa que pudo hacia el sendero. Llevaba pantalones cortos y zapatillas, y las plantas y los árboles le arañaban la piel al atravesar la maleza. Era vital identificar al hombre antes de que saliera del restaurante. Kell empezó a trotar por el camino, con el móvil saltando en el bolsillo trasero, descendiendo hacia la ciudad. Pronto estuvo completamente empapado en sudor; corría inhalando grandes bocanadas de aire y maldiciendo su adicción al tabaco. Le sonó el teléfono, pero no le hizo caso. En tres minutos había llegado al final de la senda del bosque y se dirigía hacia la bahía por los callejones estrechos de la ciudad. Estaba perdiendo ritmo, pero se animó a sí mismo a seguir mientras esbozaba un plan sobre la marcha y pensaba en que podría descansar y recuperar el aliento en cuanto estuviera cerca del restaurante.

Al alcanzar el puerto, Kell se encontró de pronto en medio de la densa multitud que deambulaba por las tiendas y cafés de la zona del muelle. Supuso que casi todos eran pasajeros del ferri de mediodía que había divisado acercándose a la isla media hora antes. La imagen de un inglés sudoroso y jadeante con la cara colorada atrajo varias miradas. En cuanto pudo se desvió hacia el norte y salió corriendo hacia el Centonove. En un minuto la terraza del restaurante le quedó a la vista. Al cabo de diez segundos, Kell se dio cuenta de que el hombre de la camisa roja se había marchado. Maldijo entre dientes y dejó de correr. Le ardían los pulmones, boqueaba para tomar aire, tenía la cabeza, el cuello, los brazos y las piernas achicharrados por el sol de la tarde.

Kell levantó la cabeza. Para su sorpresa, vio al hombre andando hacia él por el mismo camino. Kell tenía delante a una anciana vestida de luto riguroso y a una pareja de británicos de mediana edad que reconoció del Lafodia.

Era su única oportunidad. Kell iba a correr un riesgo tremendo, como hacía veinte años atrás, cuando se formaba, y trataba de demostrar su valor y su rapidez mental. Desde el punto de vista operativo, era casi suicida, pero no le quedaba otra opción.

La pareja británica se encontraba a diez metros de Kell. Con la esperanza de que pasaran sin verlo, les dio la espalda para mirar un expositor de postales situado delante de la puerta de una pequeña tienda. Si paraban e intentaban hablar con él, con el ánimo de ofrecer ayuda a un turista en apuros, el plan sería imposible de llevar a cabo. Kell seguía jadeando y respirando a la desesperada mientras cogía una de las postales. Para su alivio, la pareja británica pasó a su lado sin detenerse.

Kell enseguida dejó la postal en su sitio, se volvió y se plantó en medio del camino para bloquearlo. Con el sudor resbalándole por la cara y expresión suplicante, Kell estableció contacto visual directo con el hombre de camisa roja que caminaba hacia él. Éste frunció el cejo y frenó el paso, al darse cuenta de que Kell intentaba comunicarse con él. Kell cargó el peso de su cuerpo sobre el pie izquierdo, pero no añadió ninguna exageración más a su apariencia ya de por sí desaliñada; levantó la mano y jugó su carta.

—¿Habla inglés?

—Claro.

El acento era balcánico. El hombre aparentaba estar más cerca de los cuarenta que de los treinta y cinco, pero era atractivo y se mantenía en forma. Un reloj de metal voluminoso resaltaba sobre la piel bronceada de su muñeca. Llevaba pantalones de lino planchados, unos zapatos náuticos de aspecto caro y un polo rojo con el cocodrilo de Lacoste en el pecho.

—¿Puedo pedirle un gran favor?

—¿Un favor?

—¿Lleva un teléfono?

En cuanto estas palabras salieron de su boca, Kell recordó que no había silenciado el iPhone. Si le sonaba en el bolsillo trasero, estaba perdido.

—¿Tiene que hacer una llamada? —El hombre parecía realmente alarmado ante la visión de ese corredor británico clínicamente inestable que tenía delante.

—Sólo a mi hotel —repuso Kell.

Señaló con la cabeza el edificio blanco del Lafodia, a unos cuatrocientos metros de distancia, siguiendo la bahía. No podía arriesgarse a poner la mano en el bolsillo trasero y buscar a tientas el botón de silenciar su móvil. Tendría que rezar para que no sonara.

—A mi mujer. He salido sin mi...

Para sorpresa de Kell, Lacoste extrajo rápidamente un Samsung del bolsillo, hizo un movimiento con el pulgar sobre la pantalla y le entregó el teléfono ya desbloqueado.

—¿Tiene el número?

Kell asintió y murmuró su agradecimiento sincero, luego empezó a marcar el número de su teléfono móvil privado de Reino Unido, que había dejado en la caja fuerte de su habitación. Empezó a sonar. Oyó el mensaje automático de su buzón de voz: «Bienvenido al servicio de mensajes de O2. La persona a la que llama no puede atenderlo...»

Kell sabía que tendría que improvisar un diálogo inexistente con su «esposa» y confiar en que sonara creíble.

—Hola, soy yo. —Una pausa apropiada—. Ya lo sé. Sí. No te preocupes. Estoy bien.

Otra pausa. Lacoste lo observaba con expresión impasible.

—Estoy usando un teléfono que me ha prestado un hombre. Creo que me he hecho un desgarro muscular en la pierna.

Otro silencio. Kell cayó en la cuenta de que después podría escuchar su propia actuación improvisada, grabada para la posteridad.

—No, estoy bien. Pero ¿puedes pedir al hotel que envíen uno de sus cochecitos a recogerme? No quiero volver cojeando.

Kell dejó caer el peso de su cuerpo sobre la pierna sana e hizo una mueca para acentuar una punzada de dolor imaginario en la lesionada. Lacoste no podría haber estado menos interesado en los matices de la actuación de Kell: estaba contemplando la bahía y no parecía importarle esperar a que la llamada terminara.

—O puede que sea un esguince —dijo Kell, que escuchaba ya el tono agudo que anunciaba el fin del mensaje—. No estoy seguro.

Contó dos segundos más, tiempo suficiente para que su mujer preguntara por el alcance de su herida y tal vez si era realmente necesario pedir al hotel que se apresurara a acudir en su auxilio. Entonces él dijo: «Sí, puede que tengas razón», mientras Lacoste se volvía para mirarlo. Kell trató de estudiar sus facciones lo mejor posible, para memorizarlas.

—Mira, será mejor que cuelgue —dijo—. Estoy usando el teléfono de un hombre y tiene que marcharse.

Kell había dado por hecho que Lacoste hablaba bien inglés y había escuchado cada palabra de la conversación fantasma. Para su sorpresa, sin embargo, el misterioso hombre de Cecilia simplemente frunció el ceño y arqueó las cejas, dando a entender que no comprendía muy bien para qué había necesitado Kell el teléfono. Éste inventó tres fragmentos más de diálogo imaginario y, antes de colgar, dijo a su móvil apagado que estaba recuperando el aliento delante de una tienda a medio camino de la bahía. Luego devolvió el teléfono a Lacoste, le dio efusivamente las gracias y lo observó mientras caminaba hacia la terminal del ferri.

Diez segundos más tarde, haciendo gala de tal sincronía que Kell dio gracias a Dios, el iPhone sonó en su bolsillo trasero. Entró en la tienda para responder.

—¿Tom?

Era Elsa. Kell sonrió por la coincidencia.

—Qué casualidad que llames —dijo—. Hay un número que necesito que compruebes.

32

En cuanto perdió de vista a Lacoste, Kell salió de la tienda y cojeó por el paseo marítimo hasta una pequeña cafetería donde pidió una Coca-Cola y un sándwich de jamón y queso. Diez minutos después seguía exhausto, y una vez más se prometió a sí mismo que se apuntaría a un gimnasio y haría algo de ejercicio de forma regular. Pagó la cuenta y regresó por el mismo paseo, exagerando la cojera al pasar junto al Centonove, por si acaso Cecilia lo estaba observando. No había rastro de ella, sólo vio al camarero calvo, que atendía a una bulliciosa mesa de seis comensales en la terraza.

Kell siguió caminando. Un grupo de niños chapoteaba en el mar bajo la mirada atenta de un tipo gordo vestido con bañador Speedo naranja y camiseta de fútbol de Croacia. Una mujer en *topless* dormía a su lado. Había un olor a pino y aceite de motor, un ambiente de despreocupación estival, de gente con todo el tiempo del mundo.

De vuelta en su habitación, Kell abrió la caja fuerte. Quería enviar un mensaje de texto a Elsa con el número de Lacoste. Si trabajaba a su ritmo habitual, Elsa probablemente tardaría menos de veinticuatro horas en identificar al hombre, rastrear su dirección IP, obtener una factura detallada de su móvil y acceder a sus cuentas de correo. Si Lacoste tenía una relación con Cecilia —una relación que ella habría mantenido en paralelo a la de Wallinger—, se reflejaría en su correspondencia como la tinta ultravioleta en un billete de banco.

Kell marcó el código de cuatro dígitos, abrió la puerta de la caja fuerte y sacó su móvil. Como era de esperar, el icono del teléfono indicaba que tenía una llamada perdida. Manipuló la pantalla y envió el número a Elsa por mensaje de texto. Todavía con los gemelos y las rodillas doloridos por la carrera, Kell bajó a la playa para nadar un rato. Luego se quedó dormido en la habitación con el sonido de fondo de las gaviotas y la aspiradora del pasillo.

Se despertó con un mensaje de correo de Adam Haydock, enviado como «Confidencial» a Amelia. Le irritó verse en copia en el mensaje con la dirección «Temporal Estambul».

Confidencial / Alerta C / TempEST / ate4

Caso I. Christidis

1. Nota de suicidio encontrada por la mujer. (Caligrafía y estilo confirmados.) Se alude en ella a problemas económicos, al temor de sufrir una bancarrota; sentimientos de culpa y responsabilidad por el accidente de Wallinger; mala relación con su hija. (Copia [en griego] en tránsito/VXC + TempEST.)

2. Sus colegas dicen que era simpático, una persona «honesta». Abstemio, pero la autopsia ha detectado alcohol en la sangre. Sin antecedentes de alcoholismo.

3. Ortodoxo griego, no practicante.

4. Sus vecinos parecen sorprendidos ante la noticia de que Christidis se quitara la vida, pero los motivos parecen plausibles a quienes lo conocían. Informe del forense visto por AH: suicidio. Informe del forense no cuestionado por la familia.

5. Comunicaciones (PRISM) confirma que usaba muy poco el correo electrónico. Llamadas regulares de móvil y fijo a mujer y amigos (colegas). Nada de pornografía. Nada de drogas. Nada de amantes. Nada de medicación/psiquiatra.

6. Deuda de la tarjeta de crédito: 17.698,23 €. Casa de propiedad. Recortes en los turnos del aero-

puerto, ingresos reducidos en un 10 % (en 2010).
Su mujer desempleada. El hermano de Christidis
murió (61) en 2012. ¿Duelo?
7. No se ha detectado interés de terceras partes/
Primos en Quíos. Colaborador de la policía (un
pago único de 500 €). No consta nada contra
Christidis en los archivos policiales.

Normalmente, un agente que redactaba un informe confidencial se cuidaba mucho de hacer interpretaciones propias. Eso se dejaba a los cerebritos y analistas de Londres, encargados de hacer llegar la información de inteligencia a las esferas más altas hasta que un colega más veterano o un ministro de rango y distinción suficientes decidiera tomar las medidas necesarias. Sin embargo, el punto de vista de Haydock no podía estar más claro en su informe. Por lo que a él respectaba, no había pruebas de interferencia estadounidense en la isla, y tampoco creía que Christidis se hubiera visto comprometido por algún problema o hubiera sido manipulado. Haydock sabía que C sospechaba de las circunstancias que rodeaban el accidente de Wallinger y era consciente de que Kell albergaba sus propias sospechas sobre la implicación de la CIA en el caso. Sin embargo, pese a ese contexto, afirmaba que no había coacción ni un trasfondo turbio en la muerte de Iannis Christidis. Había sido un suicidio, lisa y llanamente.

Todo eso dejó a Kell con la sensación de que nunca conocería la verdad sobre el accidente. Si nadie había manipulado la avioneta de Wallinger, ¿por qué se había estrellado? Pensó en Rachel, en la rabia que sentía hacia su padre, en la carta que Paul había escrito a Cecilia, en la intensidad de su amor por una mujer que podría no haberle correspondido. Una mujer que en apariencia lloraba la muerte de Wallinger, pero había permitido que otro hombre le acariciara la espalda, y sólo lo había detenido cuando aquellas caricias se habían hecho demasiado íntimas, demasiado públicas. ¿Paul se había suicidado porque había descubierto que Cecilia lo estaba engañando? Seguramente no.

A lo mejor no había tal misterio, ni juego sucio, ni conspiración. Sólo un accidente aleatorio provocado por un fallo del motor, por el impacto con un ave o por un error del piloto. Era una de las lecciones que Kell había aprendido con los años: en una operación siempre había preguntas que no podían contestarse. Sobre los motivos, las circunstancias, los hechos. A pesar de todos los recursos a disposición del SSI y de la tenacidad y el talento de sus agentes, la conducta humana era impredecible, y la capacidad de engañar y encubrir, ilimitada.

«Simplemente no me creo el camino de migas de pan», había dicho Amelia.

Pero tal vez Amelia quería ver conspiración donde no existía. Dios sabía que ése era un pecado que todos habían cometido en algún momento de sus carreras. Amelia deseaba tanto encontrar una explicación que le permitiera racionalizar la muerte repentina de un hombre al que amaba que había oscurecido una verdad incómoda: que Paul Wallinger muy probablemente se había subido a la avioneta equivocada la tarde equivocada, y el destino se había ocupado del resto.

Kell se levantó, le dolían las pantorrillas. Sacó del minibar una botella de agua de medio litro y se la bebió. Sólo faltaba una hora para la cena y era consciente de que necesitaba plantear una estrategia para abordar a Sándor. Primero, no obstante, miró el correo electrónico. No había podido contactar con Rachel en toda la tarde.

Abrió su cuenta privada y vio que ella le había contestado a un mensaje anterior; le decía que tenía una reserva para volar de regreso a Londres al cabo de dos días.

¿Te veré antes de irme? Mi madre ha vuelto a Londres y tengo la casa para mí... x

La perspectiva de ver otra vez a Rachel, de pasar la noche con ella en el *yali*, era embriagadora. Se sintió tentado de coger el último barco al continente y un vuelo chárter en Dubrovnik y dejar a Lacoste y Sándor a su suerte. Sin embargo, le dijo que volvería veinticuatro horas más tarde. Luego se puso unos vaqueros y una camisa y se envolvió el tobillo con una venda blanca e inmaculada que le había conseguido el conserje. Tenía que exhibir alguna prueba de su lesión por si se encontraba con Lacoste. Bajó la escalera y fue directamente al bar para beberse una copa de vino antes de tomar el paseo marítimo. De camino al Centonove tan sólo tenía una idea en la cabeza y era bastante temeraria: se presentaría a Sándor como un amigo de Paul Wallinger, se sentaría y contemplaría los fuegos artificiales.

33

Kell intuyó que había un problema en el Centonove en cuanto vio a un nutrido grupo de personas reunidas delante del restaurante. Las luces de la terraza estaban apagadas y las mesas que daban a la bahía, vacías. Se detuvo en un chiringuito de playa y encendió un cigarrillo, observando a la multitud desde una distancia de unos cien metros.

Al principio, Kell creyó que podía deberse a un corte de luz o un escape de gas en la cocina, pero luego vio a dos policías croatas uniformados saliendo del local, uno de ellos hablando en voz baja por un *walkie-talkie*. Ni rastro de Sándor. Kell supuso que estaba dentro, lidiando con las consecuencias del hurto o pequeño delito cometido en el restaurante.

Entonces vio a un equipo del servicio médico de urgencias. A dos miembros. Kell apagó el cigarrillo y volvió al paseo. Había una treintena de personas delante del Centonove, sobre todo vecinos en pantalón corto y camiseta, y unos pocos turistas que se habían vestido con más elegancia para cenar. El más joven de los dos policías estaba tratando de apartar a la multitud de la entrada, intentando contener la atmósfera de pánico o escándalo. Su colega de más edad todavía hablaba por radio. Al mirar la bahía, Kell vio una lancha de policía amarrada bajo la terraza e imaginó que los agentes habían llegado de Dubrovnik. Lo ocurrido en el restaurante había requerido asistencia del continente. Alguien estaba malherido, o peor.

Kell notó una repentina brisa contra sus piernas cuando dos niños le pasaron corriendo por ambos lados, uno de ellos con un balón de fútbol en las manos. Hablaban en alemán con excitación, alertados por la multitud y el presagio de una historia.

Movimiento en la ventana de la primera planta. Un tercer médico de urgencias con un uniforme blanco impoluto caminaba por el piso de Sándor. Kell se concentró en la ventana y se quedó atónito al ver a Lacoste de pie a un lado de la habitación con la cara nublada por la conmoción.

Kell supo en ese momento que Cecilia Sándor estaba muerta. Notó en las entrañas la misma sacudida que había sentido cuando Haydock lo llamó a Estambul con la noticia de que Iannis Christidis se había ahogado. Esta vez, no obstante, por una cuestión de oportunismo natural, Kell reconoció que la muerte de Sándor era la pista que había estado esperando. Si la habían asesinado, ¿quién lo había hecho? ¿Los mismos que habían construido el personaje de una querida que lloraba al amante muerto? ¿El mismo servicio de inteligencia que había utilizado a Sándor contra Ankara-1? Kell no contempló ni por un momento la posibilidad de que ella misma se hubiera quitado la vida. Un suicidio en una operación era una casualidad. Dos eran demasiada coincidencia.

Se acercó a una pareja joven que estaba de pie delante de él. El hombre emanaba la inconfundible arrogancia imperialista de un ex alumno de escuela privada inglesa. Con ese peinado impecable y la falda pastel, su mujer había salido directamente de Fulham.

—¿Son ingleses? —preguntó Kell.

—Sí.

La mujer tenía un solo pendiente de perla en cada lóbulo.

—¿Qué ha pasado?

El hombre, que no tenía más de treinta, un marido joven con una esposa joven, señaló con la cabeza en dirección al agua.

—La dueña —dijo—. Hemos oído que la han encontrado muerta.

—¿Quién la ha encontrado?

—La policía —contestó, como si estuviera en su propio programa de televisión.

Justo en ese momento, como si le hubieran dado pie, el mayor de los dos policías croatas salió del restaurante y pidió a la gente que se apartara. Primero los turistas y luego los locales, todos fueron dejando gradualmente la escena del crimen a los médicos de urgencias y a unos cuantos miembros del personal del restaurante, incluido el camarero calvo al que Kell había visto tantas veces en las últimas cuarenta y ocho horas. Resultó que la pareja joven también se alojaba en el Lafodia y había reservado una mesa en el Centonove. Siguiendo instrucciones de la policía, se adentraron en el pueblo en busca de otro restaurante, después de despedirse de Tom con un gesto de cabeza.

A Kell también lo echaron de allí. Regresó al chiringuito de playa, donde encendió un segundo cigarrillo y pidió una cerveza sin dejar de observar el restaurante. Los rumores de la muerte de Cecilia habían llegado al bar. El encargado era un joven croata de cabello indomable que hablaba un inglés correcto y respondía a las preguntas aparentemente inocuas de Kell con indiferencia perezosa, suponiendo a todas luces que era sólo otro turista aburrido con ganas de cotillear.

—¿La conocía desde hacía mucho?

—No. Era muy reservada. Compró el restaurante hace tres o cuatro años.

—¿No era de la isla?

Una negación con la cabeza.

—¿Y ha sido un suicidio?

—Sí. Parece que con pastillas. Luego se ha cortado...

Al camarero le fallaba el vocabulario. Con el borde del vaso que tenía en la mano simuló que se cortaba las venas de la muñeca.

—Se abre la piel. Las venas, ¿sí?

—Sí. —Un chico de la escuela de Kell se había suicidado así—. ¿En el agua? —preguntó, dando por hecho que un equipo de «operaciones negras» habría dejado a Sándor inconsciente y la habría llevado a la bañera.

217

—Sí.

La persona que había ordenado su muerte había querido también dar la impresión de angustia. Una herida de disparo o envenenamiento habría dejado demasiadas preguntas sin responder.

—¿Y su novio?

—¿Luka? —La respuesta del camarero fue inmediata y confirmó que Sándor había estado viéndose con Luka y con Paul al mismo tiempo. El camarero dejó el vaso—. Creo que es de Dubrovnik.

Cuatro adolescentes habían entrado en el chiringuito, tres de ellos fumando tabaco de liar. El camarero se fue para servirles. Kell salió al paseo y echó otro vistazo al Centonove. Habían cerrado las contraventanas de la cocina y parecía que el policía más joven estaba montando guardia delante del restaurante. Kell esperó hasta que el camarero hubo servido las cuatro bebidas a los adolescentes y volvió a su taburete.

—Parece que la cosa se ha calmado —dijo, pidiendo una segunda consumición. Pagó y dejó el cambio para el camarero, manteniéndolo en la conversación.

—¿Sí?

—Sí. Sólo hay un policía haciendo guardia fuera. Pobre tipo.

—¿Quién? ¿El policía?

—No, el novio. ¿Cómo ha dicho que se llamaba? ¿Luka?

—Exacto. —El camarero abrió un lavaplatos lleno de vasos y se agachó entre una nube de vapor—. Siempre está por aquí. Puede que ya no lo veamos más, ¿eh?

—No —coincidió Kell, tratando de sonar compasivo—. ¿Llevaban el restaurante juntos?

—No. Luka trabaja en la ciudad. Tiene un sello discográfico. Reggae y hip-hop. ¿Le gusta esa porquería?

—Bob Marley, tal vez Jimmy Cliff —dijo Kell, sabiendo que podría localizar con facilidad a Lacoste. ¿Cuántos sellos discográficos independientes croatas estaban dirigidos por hombres llamados Luka?

—Sí, el gran Marley.

Y siguieron hablando. A las nueve y cuarto, Kell ya sabía que Cecilia Sándor era una forastera a la que muchos miraban con suspicacia en la isla; que a menudo pasaba largas temporadas fuera de Lopud; que creían que era rica; que Luka había dejado a su mujer y a una hija de ocho años para estar con ella, pero que una noche se había emborrachado y había confesado en el bar que Cecilia había rechazado su proposición de matrimonio. Satisfecho de haber reunido información más que suficiente, Kell estrechó la mano del camarero poco antes de las nueve y media. Luego echó a andar por la bahía y pasó junto al Centonove con la esperanza de hablar con Luka, el novio afligido. Pero no pudo ser. Cruzó unas pocas palabras con el policía, que sólo hablaba un inglés rudimentario —lo suficiente para confirmar que la propietaria del restaurante «había muerto de repente»— y siguió su camino. Kell preguntó si Luka se encontraba bien y recibió a cambio un breve gesto de asentimiento con la cabeza. Quizá existía una pequeña posibilidad de que el novio de Sándor fuera detenido como sospechoso de asesinato o, más probablemente, que acompañara el cadáver de Cecilia hasta Dubrovnik, al otro lado del estrecho. En todo caso, Kell aconsejaría a Amelia que enviara a Adam Haydock, o a su homólogo en la Estación del SSI en Zagreb, para que obtuviera informes policiales y médicos completos del caso. Su trabajo en la isla seguramente había terminado.

Sólo cuando estuvo en el pasillo del hotel, al cabo de no más de diez minutos, recordó la cámara que Haydock había visto en la grabación del circuito de seguridad en Quíos. Una cámara digital plateada, probablemente perteneciente a Cecilia, que podría contener imágenes del hombre de barba sentado en la terraza del restaurante. ¿Cómo podía haberse olvidado de algo así? Dado que Cecilia había sido una agente de los servicios de inteligencia era sumamente improbable que hubiera conservado fotografías comprometedoras en la memoria de la cámara. Sin embargo, Kell tenía la responsabilidad —aunque sólo fuera con Amelia— de entrar en el apartamento de Sándor y conseguir la cámara.

Kell sabía perfectamente por qué era reticente a actuar. Era evidente. «Las cosas están muy tranquilas y sosas aquí sin ti.» Quería subirse a un avión, a un taxi, estar en el *yali*. Kell se detuvo en el pasillo, delante de su habitación. Siendo realista, no había ninguna posibilidad de entrar en el apartamento de Sándor esa noche, ni siquiera en los días siguientes. Que Haydock, Elsa o Zagreb se ocuparan de la cámara.

Kell buscó en su bolsillo la tarjeta de su habitación, abrió la puerta, encendió las luces y sacó dos botellitas de Famous Grouse del minibar. En quince minutos había redactado un informe confidencial sobre la muerte de Sándor y lo había enviado mediante telegrama encriptado a Londres. Luego abrió su cuenta privada de correo y escribió a Rachel.

Salgo de Berlín mañana a primera hora, estaré de vuelta a media tarde. Cancela tus planes. Cena conmigo. x

34

Estambul seguía como Kell lo había dejado: calurosa, repleta de gente y atascos por doquier; un horizonte de bloques de pisos y minaretes envuelto en una nube de contaminación. Sin embargo, ahora era una ciudad diferente, una placa de Petri donde todos los movimientos y gestos de Ryan Kleckner estaban siendo minuciosamente examinados e interpretados por un equipo de analistas del SSI en Londres y Turquía. Kell dio indicaciones al taxista que lo había recogido en el aeropuerto internacional Sabiha Gökçen para que pasara por delante del edificio de apartamentos de Kleckner, donde ya montaba guardia un equipo de vigilancia de cuatro agentes: un hombre y una mujer en un Starbucks a una manzana de la puerta y dos jóvenes británicos de origen asiático en una furgoneta aparcada al otro lado de la calle. Kell recibía actualizaciones de los movimientos de Kleckner cada media hora.

ABACUS se había despertado temprano, había ido al gimnasio y luego vuelto a comer a su apartamento, y allí continuaba, leyendo un libro de bolsillo no identificado en la cocina. Como Amelia había prometido, se habían instalado suficientes cámaras y micrófonos —en su casa, sus rutas al trabajo, sus restaurantes favoritos, su gimnasio y su coche— para seguir a Kleckner prácticamente siempre que estaba despierto. Lo seguían en tranvías, trenes y ferris. Una fuente turca que trabajaba en el consulado estadounidense como técnico informático incluso había podido proporcionar a la Estación del SSI informes regulares sobre el horario laboral de Kleckner, su estado de ánimo y rutinas. Si en algún momento se descubría algún elemento de la operación, el SSI podía negarlo sin más: Kleckner simplemente supondría que el MIT lo había puesto bajo vigilancia, y lo más probable era que informara a su jefe de Estación en la CIA.

De camino al aeropuerto de Dubrovnik, Kell había hablado con Amelia, que había aceptado su propuesta de que Zagreb-3 se ocupara de la muerte de Sándor y pasara una semana en Lopud repartiendo sobornos entre los croatas. «Te necesito en Turquía», le había dicho Amelia, y Kell había aceptado de buena gana.

Pero tuvo que esperar antes de ver a Rachel. Kell se había autoinvitado a lo que él mismo describió eufemísticamente como «un té en casa», pero Rachel le contestó con frialdad que estaba «ocupada hasta la cena» y le sugirió quedar para cenar en un restaurante de pescado de Bebek a las nueve. «Tiene que ser paciente, señor Kell», le había escrito, decorando el mensaje con besos.

Kell se había registrado en el Georges Hotel, en Serdar-i Ekrem, y trató de matar el tiempo leyendo una novela. No había logrado pasar de la misma página del primer capítulo desde hacía más de quince minutos cuando Rachel por fin lo rescató de su sufrimiento.

Mmm. Acabo de encontrar una botella en el congelador. También dos copas. ¿Tomamos algo aquí antes de cenar...? xxx

Treinta minutos más tarde, Kell llegaba al *yali*.

Rachel había dejado una llave debajo de la alfombrilla de la entrada. Kell abrió la puerta de la calle y se encontró con la planta baja desierta. No se oía nada, salvo el murmullo de las olas contra la costa y el rumor de un lavavajillas en la cocina. Kell se quitó los zapatos y los calcetines y los dejó junto a la puerta. Notó en la piel el frío del aire acondicionado al subir la escalera hasta el descansillo de la primera planta.

Una de las puertas del dormitorio estaba abierta. A través de un espejo, Kell vio a Rachel tumbada en la cama, desnuda y con la cabeza apoyada en una pila de almohadas, ofreciéndole toda la belleza de su cuerpo. Kell se quitó la camisa y fue hacia ella. Los ojos oscuros de Rachel lo seguían por la habitación.

Se quedaron en la cama casi tres horas. Sólo después Kell se dio cuenta de que habían representado una versión paralela de la carta de Paul a Cecilia. Recordaba las palabras casi a la perfección: «Me dejaste fuera las llaves de tu casa. Entré y estabas esperándome. No creo que te haya visto nunca tan hermosa como ese día. Quise tomarme mi tiempo contigo. Te deseaba.» Pero no podía saber —y no lo preguntó— si Rachel había sido consciente de ello.

Al atardecer se dieron un baño juntos antes de salir y caminar hacia el norte por la costa occidental del Bósforo. Rachel había mantenido la reserva del restaurante. Pidieron *meze* y lubina a la brasa en una mesa a la luz de las velas con vistas al margen asiático. La fogosidad del encuentro evidenciaba que algo había cambiado entre ellos. Kell se sentía completamente en paz. Rachel era todo lo que podía desear. Lo sorprendía la rapidez, rozando la imprudencia, con que estaba dispuesto a lanzarse y sumergirse en ese deseo.

—Han pasado muchas cosas que quería preguntarte —dijo Rachel, hundiendo un trozo de pan en un cuenco blanco de *tzatziki*—. Siento que no sé nada de ti. Que sólo hablé yo cuando nos conocimos. ¿Qué te gusta?

—¿Qué me gusta?

Kell se planteó si alguien se había molestado en preguntarle eso antes. Complació la petición de Rachel, desnudándose de una manera inusual, y sus respuestas los llevaron hacia un sinfín de direcciones: hablaron sobre whisky de malta, sobre Richard Yates, sobre críquet y *Breaking Bad*. Kell sabía que Rachel lo estaba estudiando, que sus pasiones le revelarían mucho de él. Durante años, y a causa de su condición de espía, Kell se había escondido, había sido opaco no sólo para agentes y colegas, sino también para

Claire, la mujer con la que había vivido la mayor parte de su vida adulta. Tal vez incluso había sido un misterio para sí mismo. En este caso, por absurdo que pudiera parecer tratándose de una relación incipiente, Kell sentía que Rachel «lo conocía». Al mismo tiempo hacía años que no se veía tan frágil, tan expuesto, tan en manos de otra persona. ¿Paul se habría sentido del mismo modo con Cecilia? ¿Sándor le habría robado el corazón a su amigo de la misma forma arrebatadora en que Rachel estaba apoderándose del suyo? Tal vez eran animales parecidos: hombres que se habían enfrentado al IRA y los talibanes, y sin embargo eran incapaces de dominar algo tan sencillo y sincero como sus propios sentimientos.

—Háblame de Berlín —dijo Rachel mientras se servía lo que quedaba del vino.

—No fui a Berlín.

Rachel permaneció impasible.

—¿Adónde fuiste?

—A Lopud.

Rachel se echó atrás en su silla, dejando la copa tan cerca del borde de la mesa que Kell temió que cayera y se hiciera añicos.

—No me extraña que no me lo contaras.

—Te lo estoy contando ahora. Siento no haber podido decirte nada antes. —Se inclinó adelante, incapaz de interpretar el humor de Rachel—. Cecilia Sándor está muerta.

—Joder.

—Todavía no sabemos qué ocurrió. Es posible que la asesinaran. Es posible que se suicidara. Sabemos que tenía un novio a la vez que veía a tu padre.

Rachel frunció el ceño y negó con la cabeza, bajando la mirada a la mesa. Kell estaba contándole teorías operativas, material clasificado, secretos, pero no se detuvo.

—Había un hombre en Quíos al que vieron hablando con Sándor y con tu padre. Los tres estaban comiendo en un restaurante del puerto el día anterior al accidente. Hemos tratado de identificarlo. Podría ser un agente del servicio de inteligencia o un amigo.

—¿Por qué iba a querer alguien matar a Cecilia?

Era la pregunta obvia. Kell sólo contaba con su instinto y su paranoia para responder.

—Había sido agente del servicio de inteligencia húngaro. Todavía no sabemos si fue reclutada para seducir a tu padre. Tenemos dudas sobre la autenticidad de la relación.

Se dio cuenta de que estaba hablando demasiado, apilando una teoría encima de otra, corazonada sobre corazonada. ¿Y si Rachel informaba de eso a su madre? No había pruebas para concluir que Cecilia era una trampa de miel, salvo su relación con Luka. Era igualmente posible que Sándor, como Iannis Christidis, se hubiera quitado la vida por pura desesperación.

—¿Qué estás tratando de decirme? —le preguntó Rachel—. ¿Que crees que papá fue un traidor?

Era la pregunta a la que Kell siempre se había dado una respuesta sin dudas: no. Simplemente no podía creer en la devastadora posibilidad de que Paul Wallinger hubiera sido otro Kim Philby, otro George Blake; de que Ankara-1 hubiera estado colaborando con Cecilia Sándor y con el SVR. Cuando Rachel planteó la pregunta, Kell vio la profundidad del amor de una hija por su padre y su terror ante la idea de que la deslealtad se hubiera extendido más allá del adulterio. Kell quería consolarla. No podía soportar ver a Rachel sufrir por una pregunta así. Amelia estaba convencida de que la filtración procedía del lado estadounidense, de Kleckner. Por el momento, tenían que creer que ABACUS era el topo.

—Estoy convencido de que no. Pero dudo de la mujer. No sé si era sincera.

—Y ahora la han silenciado, así que no podrás averiguarlo.

—Es posible.

Kell cogió su copa y miró más allá de Rachel, a las luces zigzagueantes del puente del Bósforo. Sintió que no le quedaba nada por decir. A dos mesas de distancia, una niña con un bonito vestido blanco veía una película en un reproductor portátil de DVD mientras su familia cenaba.

—Papá habló de ti —dijo Rachel de repente—. Lo recordé cuando estabas fuera. Hace dos años. Había salido algo en los periódicos. Algo sobre torturas.

Kell alzó la mirada. Era evidente que Rachel estaba hablando de Gharani y Chater.

—¿La «rendición extraordinaria»? —dijo ella—. ¿Estuviste implicado en eso? ¿Tú fuiste el Testigo X?

Kell recordó una conversación similar con Elsa en una casa de Wiltshire. Se aferró a la esperanza de que Rachel lo perdonara de un modo similar.

—Mi padre dijo que eras uno de los hombres más decentes que conocía. No podía creer lo ocurrido, la forma en que te trataron. Estaba asombrado de que no lo dejaras.

Kell no acababa de fiarse de la convicción que transmitía su voz.

—¿Dijo eso?

Rachel asintió.

—No lo dejé porque sentía que no había hecho nada malo —explicó Kell—. No lo dejé porque todavía disfruto con el trabajo. Sentía que todavía podía hacer algo bueno. —Rachel lo miró como si lo considerara un sentimental, incluso un ingenuo—. Además, ¿qué otra cosa puedo hacer? Tengo cuarenta y cuatro años. Esto es todo lo que sé.

—No es verdad. —La respuesta de Rachel fue rápida, casi condenatoria—. Es sólo algo que te dices a ti mismo porque las alternativas son desalentadoras.

—Joder, odio que las nuevas generaciones sepan tanto. ¿Cuándo ocurrió eso?

—No soy tan joven, Tom —dijo Rachel.

Llegó un camarero y les ofreció café. Ambos dijeron al mismo tiempo que no tomarían café. Rachel lo miró. Los dos habían tenido la misma idea.

—Tal vez deberíamos pedir la cuenta —dijo él, sosteniendo su mirada.

—Me parece buena idea.

35

Kell conservó durante días el recuerdo de esa noche, de su quietud e intensidad. Yendo de Ankara a Estambul, revisando archivo tras archivo, informe tras informe, sobre Wallinger y ABACUS, Kell se alimentaba de la imagen y el recuerdo de Rachel. La separación le resultaba tan frustrante como esa interminable búsqueda de pistas en el gran amasijo de datos sobre Kleckner.

Rachel se había ido a Londres al día siguiente. Kell, enterrado en reuniones y burocracia, se sentía como un hombre atrapado en un autobús en medio de un atasco pidiendo en vano al conductor que lo dejase bajar entre dos paradas. Podría haber analizado los informes, los registros de vigilancia y las transcripciones con la misma facilidad en un despacho de Vauxhall Cross. Pero Amelia lo obligaba a seguir en Turquía, viviendo con una maleta, sobreviviendo a base de mensajes de texto y correo de Rachel que con los días se volvieron cada vez menos frecuentes.

A pesar de la situación, Kell trabajó con eficacia. Leyó las transcripciones de los mensajes privados de Ryan Kleckner, escuchó sus conversaciones telefónicas, lo observó en grabaciones de videovigilancia y consiguió hacerse una imagen casi completa de la vida cotidiana de ABACUS. Enseguida pudo deducir que el atractivo joven estadounidense mantenía relaciones sexuales al menos con cinco mujeres en Estambul. Kell leyó hasta la última palabra de la correspondencia de Kleckner con Rachel, toda escrita en los días anteriores a la fiesta de cumpleaños en el Bar Bleu. Revisó el lenguaje en busca de pistas y valoró el tono a la caza de algún atisbo de atracción mutua. Espiar la correspondencia privada de Rachel, aun siendo parte de una operación legítima y acuciante, dejó a Kell con la sensación de que estaba deslizándose hacia una conducta sórdida y carente de ética que tarde o temprano le pasaría factura. Su yo más competitivo se sintió aliviado de que cualquier atracción que hubiera sentido Kleckner por ella en el funeral parecía haberse disipado, pero al final se alegró de dejar de lado la información sobre Rachel y de devolverle la intimidad.

Fue mientras buscaba en la lista de amigos de Kleckner en Facebook cuando Kell reparó en una coincidencia. Ebru Eldem, la periodista del *Cumhuriyet* de veintinueve años que había sido encarcelada el mes anterior aparentemente por actividades «terroristas», había conocido de forma íntima a Kleckner. Ella también había sido fuente de Jim Chater, aunque como un activo inconsciente; le contaba los chismes que se rumoreaban en las conferencias y cócteles de poca monta a los que asistía. Chater se había enfadado al enterarse de que el Gobierno turco la había detenido, y se había quejado de ello a Wallinger. Kell contactó con Elsa, que en ese momento se encontraba en Milán, y le dio instrucciones para que accediera a la cuenta inactiva de Eldem en Facebook y buscara cualquier prueba de una relación con Kleckner. Dos horas más tarde, Elsa le envió varias páginas de capturas de pantalla de mensajes entre la pareja que mostraban con claridad que habían sido amantes.

Kell llamó inmediatamente a Amelia a Londres desde la sala antiescuchas de Estambul. La encontró en su despacho.

—¿Sabías que ABACUS estuvo liado con una de las fuentes de Jim Chater?

—Sí.

La euforia que había sentido al establecer el vínculo entre Eldem y Kleckner se evaporó cuando percibió el desinterés en la respuesta seca de C.

—¿No te llamó la atención?

Hacía un frío gélido en la habitación sellada y Kell había olvidado llevarse un jersey.

—¿Debería?

Evidentemente había pillado a Amelia distante, distraída. En su última reunión, una comida en Estambul, Amelia se había mostrado relajada y abierta, más como amiga de Kell que como su jefa. Le había contado su encuentro con un alto cargo civil de Whitehall mientras compraba en Waitrose («Me miró en mi soledad de solterona, se fijó en la ginebra y el helado que llevaba en la cesta...»). Sin embargo, había vuelto a sus maneras escuetas y profesionales, pidiendo a Kell resultados y no vínculos endebles entre ABACUS y una periodista turca encarcelada. Se dio cuenta de que eso era su futuro. Si le concedían Ankara-1, su amistad con Amelia se resentiría. Ella tiraría de rango reiteradamente y le recordaría una y otra vez su lugar en el firmamento.

—Si sabía que Eldem estaba informando a Chater, que estaba contra Erdogan, si la orientación de Eldem no encajaba con los valores de...

Kell oyó algo en la línea que interpretó como la frustración progresiva de Amelia a tenor del rumbo que estaba tomando la conversación. Teorías. Conjeturas. Suposiciones. A Amelia no le interesaban en absoluto. Kell sintió que de algún modo ella había descubierto su relación con Rachel, y sabía hasta qué punto esa relación estaba afectando a su trabajo. En cambio, Amelia dijo algo extraordinario.

—Hemos encontrado una pista en Quíos.

—¿Adam?

—Sí. Ha sido listo. Encontró una cámara, y ha conseguido la grabación. Se ve la mesa. Hemos identificado al hombre que estaba sentado con Paul y Cecilia. El hombre de la barba.

—¿Y...?

—Parece un agente del SVR. Minasian. Alexander Minasian.

36

De pronto hacía tanto calor en la sala antiescuchas como en las calles sofocantes de fuera. Kell escuchaba a Amelia a través de un sistema de altavoces, pero en ese momento levantó el teléfono para seguir hablando por el auricular.

—¿Paul estaba en un restaurante con un sistema de cámaras de seguridad, a la vista de todo el mundo, con un agente del SVR?

—Sí.

—¿Con Cecilia Sándor? ¿Su amante?

—Sí.

—Joder.

Kell buscó un cigarrillo, pero en el acto recordó que estaba prohibido fumar dentro del consulado. En lugar de encender el pitillo, cogió el mechero que le había regalado Amelia y se limitó a pasárselo entre los dedos. Dio un golpecito en la mesa. Era imposible sacar conclusiones de semejante revelación. Lo probaba todo, y al mismo tiempo nada.

—¿Sigues ahí? —preguntó Amelia con una nota de sarcasmo en la voz; consciente de que la noticia había fulminado a Kell.

—Sigo aquí. —Kell escribió «¿MINASIAN?» en un trozo de papel, y dio unos golpecitos con el borde del mechero en el signo de interrogación—. ¿Hay algo de Paul u otra fuente sobre la captación de Minasian? ¿Lo tenías en tu punto de mira? ¿Es una fuente?

—No. Por supuesto, qué más quisiéramos.

Era el sueño de cualquier agente del SSI, desde Jartum hasta Santiago, reclutar y controlar una fuente del servicio de inteligencia ruso. —Todas las investigaciones preliminares sugieren que Minasian es leal. Directorio C, casi con seguridad jefe de Estación del SVR en Kíev.

Ucrania era un puesto de segunda fila. Normalmente, eso indicaría que o bien era un joven de treinta y pocos que volaba alto y había sido enviado a Kíev en modo prueba, o bien se había estancado a media carrera y no tenía posibilidades de llegar a París, Londres, Washington o Pekín.

—¿Qué edad tiene?

—Treinta y nueve.

¿Qué sugería eso? ¿Que Minasian trabajaba desde Kíev para servir al topo en Turquía? Acceso rápido de entrada y salida.

—¿Y no salió su nombre cuando Paul te habló acerca del topo? ¿Landau, Begg, Tremayne?

—No. —La voz de Amelia se cortó por un fallo en la línea, pero volvió un segundo después—. Sólo tenía sospechas sobre Landau y Kleckner. Además, creemos que Tremayne está limpio.

—¿Sí?

—Sí. También creemos que es gay.

A Kell no le sorprendió.

—Debo decir que tenía mis sospechas.

—Creo que todos las teníamos —repuso Amelia—. La unidad de vigilancia lo siguió a un par de sitios en Ankara y Estambul donde Doug habría preferido que no lo vieran. Voy a llamarlo y hablaré con él.

—¿Y no podría ser que lo hayan descubierto? —preguntó Kell. Si los del SVR sabían lo de la sexualidad de Tremayne, cabía la remota posibilidad de que se aprovecharan de su vergüenza privada conscientes de que era su punto débil.

—No —repuso Amelia.

—Cuando hablaste con Paul sobre las filtraciones, ¿quién sacó a relucir la cuestión del topo? —Kell se estiró para relajar la tensión acumulada en los riñones—. ¿Tú o él? —Por fin podía sentir su cerebro funcionando a más velocidad—. ¿Dijo él que sospechaba de una filtración o acudiste a él con tus sospechas?

—Lo segundo.

—¿Y sabías algo de su relación con Sándor? ¿Paul no te dijo que pretendía ir a Quíos?

—No. Ya te dije que no.

Ésas no eran las respuestas que le habría gustado escuchar a Kell. Si Wallinger había sido una fuente del SVR, dirigido por Minasian desde Kíev u Odesa, podría haber organizado una reunión de emergencia en Quíos para discutir las sospechas de Amelia. Pero ¿por qué estaba allí Cecilia? ¿Era ella el enlace? Incluso en ese caso, ¿por qué reunirse así, a la vista de la mitad de los habitantes de Quíos? Se lo dijo a Amelia, que parecía querer que él continuara hablando, absorber su análisis, hurgar en su cerebro. Kell le preguntó si había novedades en Croacia.

—La versión oficial sigue siendo suicidio. —Kell oyó un sonido leve, similar al que se hace al dar un sorbo y tragar, luego el ruido sordo de lo que parecía un vaso de cristal golpeando una mesa en Vauxhall—. Los croatas se lo creen. Pero no había nota. Tu amigo, el señor Luka Zigic, ha estado contando a todo el que ha querido escucharle que a su novia la asesinaron.

—Bueno, ¿y por qué sospecha algo así?

—Zagreb-3 todavía trata de averiguarlo. Luka desde luego no cree que fuera una suicida. No había medicamentos en los armarios del cuarto de baño; todo era diversión y juego por lo que a él respecta. En la cama y fuera. ¿Recuerdas que Cecilia cerró el restaurante diez días?

En la sala antiescuchas estaba bajando la temperatura.

—Sí —dijo Kell.

—Pasó la mayor parte de esos días con Zigic en Dubrovnik. También se han registrado llamadas regulares entre ellos mientras Sándor estuvo en Inglaterra por el funeral. Él la recogió en el aeropuerto a su regreso. Parece ser que el pobre Luka creía que Cecilia había asistido en Birmingham a una conferencia organizada por la oficina de turismo croata.

—Alguien olvidó atar todos los cabos.

Kell apostó consigo mismo a que Zigic estaría muerto antes de final de mes. Si sembraba dudas sobre la vida de Sándor, haciendo que la gente sospechara que había algo turbio en su muerte, quien la mató a ella estaría encantado de acabar también con él, sólo para garantizar su silencio.

—Esto es lo que pienso... —Kell volvió a dejar el teléfono en su sitio y siguió hablando con las manos libres—. Sándor, dirigida por Minasian, actuaba como trampa de miel. Sedujo a Paul siguiendo órdenes del SVR. Tuvieron conversaciones íntimas, tal vez algo más. Cuando Minasian juzgó que era el momento adecuado, abordó a Paul en Quíos. Trató de chantajearlo para que cooperara: «Tenemos vídeos de los dos juntos, tenemos cartas, tenemos conversaciones grabadas. Trabaja para nosotros o contaremos al mundo que el jefe de la Estación del SSI en Ankara, un hombre casado, se está tirando a una espía rusa.»

Hubo una pausa en Londres. Kell no podía saber si había otras personas con Amelia, aunque sospechaba que estaban los dos solos. Los cazadores de topos. El círculo de confianza se reducía a dos.

—¿Y entonces Paul se suicida? ¿Estrella la avioneta en lugar de afrontarlo?

—Puede ser. O lo que es más probable: se estrella. Fallo del motor. Error del piloto. —A Kell le asombró la frialdad con la que hablaba del accidente, como si estuviera comentando algo que había visto en las noticias—. Llámalo mala suerte.

—¿De verdad lo crees, Tom? ¿O no quieres considerar otra posibilidad?

—¿Qué otra posibilidad? —Kell se puso a caminar alrededor de la mesa mientras desgranaba sus pensamientos.

Desde el principio le había sorprendido la vehemencia con que Amelia había insistido en la idea de que el gran amor de su vida había sido un traidor. ¿Por qué se empeñaba en tomar ese camino? Sería su ruina, tanto personal como profesional. Era como si Amelia quisiera controlar a Wallinger incluso después de muerto.

—¿Quieres que considere la hipótesis de que Paul trabajaba para Moscú? ¿Que Minasian lo reclutó? ¿Que Cecilia lo reclutó? Amelia, me resultaría más convincente que me dijeras que esta noche has estado cenando con Burt Lancaster en el Ivy que la idea de que Paul Wallinger era un espía ruso. Estas filtraciones, estas operaciones fallidas, estos errores del sistema se han dado en los últimos treinta y seis meses, ¿correcto?

—Correcto. HITCHCOCK, EINSTEIN, etcétera.

—Siempre has creído que la filtración salía del lado de los Primos. De Kleckner o Landau. ¿Correcto?

—Correcto.

—Entonces, sigamos esa corazonada. Olvida a Paul, deja de vigilar a Mary Begg, apuéstalo todo por los Primos.

—No estoy preparada para eso.

—¿Algo pasa con Mary? —preguntó Kell, arrepintiéndose en el acto de la broma.

—Déjamela a mí —repuso Amelia—. Begg es un problema de Londres.

Hubo un instante de silencio, sin humor y tenso. Kell se preguntó qué sabía Amelia sobre Begg: quién la vigilaba; qué estaban viendo y oyendo; por qué seguía bajo sospecha.

—Paul no encaja en el perfil de traidor —dijo, otra vez defendiendo a Wallinger por instinto.

—¿Hay un perfil?

—Sabes que hay un perfil. —Kell recuperó las frases de Sudoplátov que guardaba en la memoria desde hacía tantos años—. «Busca hombres dolidos por el destino o por naturaleza. Gente fea, gente que anhela poder o influencia, gente que ha sido derrotada por las circunstancias.» ¿Eso te encaja con Paul?

Amelia no respondió.

—Revisa la historia —insistió Kell—. Philby: narcisista sociópata. Blunt: lo mismo. Burgess, Maclean, Cairncross: ideólogos. Ames y Hanssen: dinero y vanidad. Paul no marcaba ninguna de esas casillas. Nunca le preocupó el dinero.

Era vanidoso, sí, pero nunca le faltaron mujeres ni colegas que le dijeran lo maravilloso que era. Era tu ojito derecho. Al otro extremo de la línea, Amelia se sorbió la nariz y dijo:

—También lo era Philby.

Kell la imaginó poniendo los ojos en blanco.

—Paul era astuto, sí —dijo él—, pero sus pecados estaban allí para que todos los vieran, o al menos cualquiera que se tomara la molestia de mirar con atención. En cuanto a convicción ideológica, ¿de verdad se espera que creamos que un agente veterano de la inteligencia británica, después del 11-S y Chechenia y Litvinenko, en algún momento del año 2008 o 2009 decide ponerse a trabajar para el Gobierno de Putin? ¿Por qué? ¿Por qué iba a hacer algo así? ¿Por dinero? Ya no está pagando escuelas privadas, Rachel y Andrew se fueron de casa hace años. —Qué extraño decir el nombre de Rachel en voz alta, sólo como una pieza más en su defensa de Wallinger—. Josephine tiene un piso en Gloucester Road que vale como mínimo un millón cuatrocientos. Ya viste su granja en Cartmel. Añade otros dos millones al valor de las propiedades inmobiliarias de Wallinger. Además de otros beneficios en el extranjero, del *yali*, del chalet en Ankara. Paul amaba el Servicio. Amaba su trabajo.

Kell estuvo a punto de añadir «te amaba, por el amor de Dios», pero se contuvo. En realidad, ya no sabía qué o a quién estaba protegiendo. ¿A su amigo muerto? ¿A Amelia, cuya reputación se haría jirones si salía a la luz que su antiguo amante era un topo? ¿Al Servicio en sí, respecto al que tenía sentimientos encontrados después del episodio del Testigo X? ¿O estaba protegiendo a Rachel? Los hijos de Philby, la prole de Maclean, los hijos e hijas de Ames y Hanssen, todos habían sufrido de un modo u otro que sus nombres quedaran asociados para siempre a un padre traidor. Era mejor creer en la inocencia de Paul, seguir hasta el final las otras pistas, antes que enfrentarse a la posibilidad de que Wallinger los hubiera traicionado a todos.

—Estoy de acuerdo contigo —respondió Amelia—. Y con tu análisis de lo que podría haber ocurrido con Minasian y Sándor. Pero eso sigue planteándonos un problema serio.

—Sin duda.

—¿Qué le dijo Paul a Sándor? ¿Hasta dónde tuvo acceso? Kell trató de recordar todos los archivos y mensajes de correo, las cartas de amor, las fotografías.

—Es imposible decirlo —contestó al fin—. Necesitamos descubrir si todas las pistas (HITCHCOCK, EINSTEIN, todo) provienen de las interacciones de Paul con Cecilia, o si Kleckner o Landau todavía constituyen una amenaza.

Amelia dio otro sorbo de agua. Otra vez ese sonido de cristal desde Vauxhall.

—¿Qué opinas de eso? Has estado estudiando a ABACUS. Creemos que Landau está limpio. No me parece la clase de persona que tenga pelotas para traicionar a su país, no sé si me entiendes.

Amelia en estado puro. Mordaz y directa. «Pelotas para traicionar a su país.» Kell se repitió el comentario con una sonrisa y se sentó. Nuevamente cogió el teléfono seguro. Estaba convencido de que no había visto nada —en ningún fichero, en ninguna cinta, en ningún informe de vigilancia— que levantara la más leve sospecha sobre Kleckner.

—Todo cuadra —dijo él—. Pero bueno, de eso se trata. No estamos hablando de un burócrata cabreado del Departamento de Estado que no puede enviar un mensaje a su controlador sin que lo lea medio mundo. Hablamos de un agente de la CIA entrenado, que podría estar colaborando con un reputado servicio de contrainteligencia. Si Ryan Kleckner está pasando secretos de Occidente a Moscú o Pekín, está en su ADN profesional hacer que parezca que Ryan Kleckner no está pasando secretos de Occidente a Moscú o Pekín.

—Por supuesto.

—Por eso seguiré buscando —le dijo Kell.

—Sí, debes hacerlo.

37

La pista llegó en menos de veinticuatro horas. Kell se había instalado en el despacho de Wallinger en la Estación del SSI en Estambul. A un lado del escritorio tenía una pantalla con fragmentos destacados de las grabaciones de vigilancia de Kleckner recopiladas durante las seis últimas semanas. Kell se pasaba casi toda la jornada leyendo informes sobre Kleckner —cualquier cosa que Londres hubiera podido determinar sobre su vida y carrera—, así como infinidad de archivos clasificados relacionados con EINSTEIN, HITCHCOCK, Sándor y Wallinger. Muchos los estaba leyendo por segunda y tercera vez, con la esperanza de captar algo que se hubiera pasado por alto; un patrón, un defecto, una coincidencia que desentrañaría el misterio. Lo que complicaba todavía más las cosas era no saber si el ritmo y la naturaleza de los «patrones» de movimiento de ABACUS por la ciudad se debían al trabajo legítimo de Kleckner como agente de la CIA —intentando reclutar fuentes dentro de Estambul mientras trabajaba con tapadera diplomática como «agregado de salud»—, o si constituían algo más sospechoso. El equipo de vigilancia del SSI encargado de seguir a Kleckner lo había perdido en cuatro ocasiones. La primera vez, un vehículo de seguimiento se había averiado. En otra, la misma furgoneta había quedado atrapada en medio del denso tráfico y ABACUS había desaparecido de la vista. Sin embargo, en otras dos ocasiones, Kleckner había empleado medidas de contravigilancia activa frente a un equipo de seis hombres y los había despistado en sólo cuarenta y cinco minutos. ¿Iba a reunirse con su controlador o con un agente por su cuenta? El jefe del equipo de vigilancia, un británico de treinta y cuatro años de origen asiático llamado Javed Mohsin, se había quejado reiteradamente de que era imposible seguir a ABACUS con menos de diez agentes. Necesitaba ojos detrás y delante del objetivo, para anticipar adónde podría o no ir ABACUS según su conducta previa. Eso significaba efectivos sobre el terreno. Casi todos los miembros del equipo —así como dos especialistas de operaciones técnicas a cargo de la telaraña de cámaras y micrófonos instalados en Estambul— llevaban ya seis semanas en Turquía y, como era comprensible, tenían ganas de regresar a casa. Amelia era reacia a pedir una unidad de reemplazo, sobre todo porque tendría que ser aprobada por el MI5. Eso aumentaría el riesgo de que Londres hiciera demasiadas preguntas acerca de una operación contra un aliado estadounidense en suelo extranjero. Siguiendo el consejo de Kell, Amelia había accedido a contratar a Harold Mowbray y Danny Aldrich, los *freelance* que habían ayudado en la liberación de su hijo, François, casi dos años antes. Elsa Cassani también había aceptado continuar dedicando su tiempo y recursos a ABACUS.

Después de mirar a Kleckner desde todos los ángulos posibles, Kell había llegado a la conclusión de que uno de sus quehaceres cotidianos le parecía particularmente raro: sus visitas regulares a un pequeño salón de té de Istiklal, a no más de cincuenta metros de la entrada al consulado ruso. Amelia había mencionado a una camarera atractiva que parecía haber llamado la atención de Kleckner, pero desde entonces la chica había dejado de trabajar allí y no había pruebas de que se hubiera relacionado con Kleckner. Dos semanas después del último turno de la camarera, ABACUS todavía iba al salón de té dos o tres veces por semana, normalmente tras comprar libros y revistas en Istiklal. No había nada raro en ello, pero Kleckner no era fiel a ningún establecimiento de la ciudad, salvo la cafetería de su gimnasio, donde solía desayunar después de entrenar, y un restaurante libanés cercano al consulado estadounidense que era popular entre muchos de sus colegas.

Además, el salón de té —que se llamaba Arada— era, para ser sinceros, de lo más insulso. Kell se había pasado por allí y lo había sorprendido la falta de clientela y la calidad del té que, de tan concentrado, era imposible de tomar incluso para un turco. (En los vídeos se veía claramente que Kleckner pocas veces se terminaba su vaso, y en ocasiones ni siquiera lo tocaba.) Con sólo caminar unos cientos de metros al norte por Istiklal, el estadounidense seguramente habría descubierto varios lugares con mejor ambiente, chicas más atractivas y bebidas y aperitivos de mayor calidad. El Arada se encontraba al final de un pasaje oscuro, sin luz natural. No era especialmente cómodo, ni él parecía tener amistad con el encargado. En una ocasión jugó al *backgammon*, pero terminó perdiendo los estribos con un anciano turco que después de cada tirada recogía sus dados demasiado rápido. Desde luego, el Arada destilaba cierto encanto del viejo mundo y ofrecía un remanso de paz fuera del ruido y el ajetreo de la avenida más concurrida de Estambul, pero el cariño que le tenía Kleckner era exagerado.

También estaba la cuestión de la proximidad del salón de té con el consulado ruso. Que Kleckner hiciera señales desde allí a un controlador o un enlace resultaba a todas luces una jugada estrafalaria; aunque tal vez ésa fuera la intención y se tratara de un doble farol orquestado por el SVR. ¿Quién imaginaría nunca que un agente de la CIA se citaba con su controlador a tiro de piedra de suelo ruso? Kell había pedido los informes de vigilancia del Arada. No se había detectado ningún patrón en las visitas. Si ABACUS tomaba un té o un café turco en el Arada durante el día, o bien se dirigía a una reunión o volvía de ella, o bien había salido a comprar ropa y libros. Sus paradas nocturnas iban seguidas por lo general de asuntos consulares (cenas, cócteles), o de una cita con alguna de las cinco mujeres turcas que parecían encantadas de arrojarse en los brazos del carismático diplomático estadounidense. En al menos tres ocasiones, Kleckner había ido al Arada con una chica.

Los archivos contenían información sobre Kleckner recabada por otras fuentes del SSI con las que había entrado en contacto en Estambul. Esos informes incluían fragmentos de conversaciones en fiestas, actas de reuniones entre los dos aliados, incluso una charla con una *au pair* irlandesa desolada con la que Kleckner había pasado una sola noche: cualquier cosa que pudiera ayudar a Kell a construir un retrato de la personalidad y los intereses de ABACUS. En ellos se ponía de relieve que era «partidario» de Obama, que defendía con un «entusiasmo» sorprendente los ataques con drones, que estando «borracho» había vapuleado al soplón de Bradley Manning —«atacando de forma mordaz a Julian Assange» al mismo tiempo— y que como estudiante en Georgetown había apoyado la decisión de la Administración Bush de invadir Irak. Otros detalles biográficos habían parecido al principio triviales —«le gusta Bob Dylan», «echa de menos a su madre»—, pero fue una de esas observaciones aparentemente inocuas la que precipitó toda la operación.

En una cena que el embajador holandés había ofrecido en la residencia privada de su esposa en Ortaköy, se había oído decir a Kleckner que después de licenciarse «esperaba vivir ese tipo de vida que implica no tener que llevar traje a la oficina». Kell había recordado el comentario, sólo porque le había hecho sonreír, pero al estudiar las grabaciones de ABACUS en sus visitas al Arada, algo se hizo muy evidente para él, y lo hizo muy rápido.

Kleckner había visitado dos veces el salón de té a primera hora de la mañana con corbata, en fin de semana. Tres veces había visitado el salón por las tardes vestido de traje: dos veces durante la semana, pero una un domingo por la tarde. En ninguna otra ocasión, ni de día ni de noche, había ido allí vestido así; siempre lo hacía con ropa informal, incluso en compañía de una mujer. Cuanto más avanzaba y retrocedía las imágenes, más le parecía a Kell que la ropa de Kleckner estaba fuera de lugar. ¿Por qué una mañana calurosa de primavera llevaba chaqueta y corbata de camino al trabajo o en su día libre? ¿Por qué no se las ponía al entrar en el consulado o justo antes de una reunión? ¿Por qué se presentaba con pantalones de pinzas y un polo a una cena con una chica vestida de forma elegante, y en cambio no se quitaba la chaqueta del traje en una violenta partida de *backgammon* con un anciano turco a pesar de estar sudando la gota gorda?

Kell miró las horas y las fechas de las grabaciones. Le interesaban los movimientos de Kleckner en un período de veinticuatro horas antes y después de acudir al salón de té en traje y corbata. Si la ropa era una señal —o a una cámara fija o a alguien que había recibido instrucciones de ir al Arada a una hora en concreto del día o de la noche para observar al topo—, Kell tenía que seguirla. ¿Había otras particularidades en su apariencia? ¿Una corbata significaba una cosa, unos pantalones cortos otra? Si Kleckner se sentaba en determinado lugar, ¿significaba eso que estaba en posición de entregar información clasificada? ¿La partida de *backgammon* debía interpretarse como una solicitud de encuentro de emergencia? Kell no podía saberlo. De la única cosa que estaba seguro era de que había algo fuera de lugar. Hacía un calor abrasador en Estambul y Ryan Kleckner odiaba llevar traje. Algo no cuadraba con la ropa.

Llamó al piso franco de Sultanahmet con la esperanza de encontrar a un miembro del equipo trabajando fuera del turno. Javed Mohsin en persona le respondió.

—Soy Tom.

—Eh, hola.

Lo saludó con su frialdad típica. Mohsin tenía la costumbre de sonar irritado ante cualquier intrusión de Kell en sus asuntos cotidianos. Era la insolencia del subordinado; un hombre demasiado mayor para recibir órdenes.

—¿Tienes diez minutos para mirar algo para mí?

—Supongo que sí.

—No pareces muy entusiasmado, Javed.

Gruñido al otro lado de la línea. Kell le pidió que subiera los informes de vigilancia de un período de setenta y dos horas antes y después de la visita de Kleckner al Arada el primer sábado que había llevado corbata. Mohsin tardó casi cinco minutos en prepararse, un lapso durante el cual

241

de fondo Kell oyó la descarga de una cisterna del inodoro y la tos de otro miembro del equipo.

—Vale. Las tengo —dijo por fin.

—¿Puedes decirme qué estaba haciendo ABACUS el viernes quince de marzo y el domingo diecisiete de marzo?

—¿No tiene esos informes? —El tono de Mohsin implicaba que Kell solicitaba su ayuda porque o bien era estúpido o bien demasiado perezoso—. Envié archivos digitales hace siglos.

—Están editados y los tengo aquí delante. Pero quiero un segundo par de ojos revisando las copias de papel. Quiero saber lo que recuerdas, lo que hay en los originales.

La sequedad en la respuesta no pareció causar efecto en la actitud indulgente de Mohsin. Por razones desconocidas para Kell, Mohsin empezó con el informe del domingo, 17 de marzo. Kleckner fue a la discoteca, llegó a casa solo, durmió hasta tarde y pasó el resto del día leyendo en su apartamento, hablando con su madre por teléfono y «masturbándose».

—No al mismo tiempo, espero. —Kell se preguntó por qué se había molestado en hacer el chiste—. ¿Y el viernes?

Se oyó el crujido y el roce de las páginas al pasar mientras Mohsin examinaba el informe.

—Parece un día normal. Va al gimnasio. Tren al consulado. Come tranquilamente con un colega que todavía no hemos conseguido identificar. Luego toma un catamarán en Kabatas.

—¿Adónde?

—A las islas Príncipe.

Otro irritante juego de poder de Mohsin, que sólo le proporcionaba la cantidad mínima de información con cada pregunta. Kell tuvo que insistir para conseguir más detalles.

—¿Alguien lo siguió?

—Claro.

—¿Puedes explicarte un poco mejor, Javed? Este rollo gnómico tuyo está empezando a cabrearme.

Hubo un murmullo de disculpa, nada más.

—Bajó en Heybeliada.

—¿Eso qué es? ¿Una de las islas?

—Sí.

—¿Mar de Mármara?

—Sí.

Por lo general, Kell habría perdido los nervios, pero necesitaba mantener a Mohsin de su lado, al menos hasta el final de la conversación.

—¿Luego qué?

Otra pausa. Un cambio sutil en el tono de voz de Mohsin.

—Bueno, luego fue a Büyükada. Después no lo sabemos. Fue una de las veces que lo perdimos.

Había un plano de Estambul en la pared del despacho de Wallinger. Kell estudió el collar de pequeñas islas del mar de Mármara a las cuales se accedía en ferri desde Kabatas: Kinaliada, Burgazada, Heybeliada, Büyükada. En las cuatro estaban prohibidos los vehículos a motor.

—¿Lo perdisteis en una isla del tamaño de Hyde Park sin coches ni motos ni puentes al continente?

—Sí, señor. Lo siento, señor.

Kell por fin tenía una posición dominante en la conversación.

—De acuerdo —dijo—, estas cosas pasan. Vamos a mirar otros días. —Había anotado las otras fechas en las que Kleckner había visitado el Arada con corbata. Una era el domingo de una semana después—. ¿Qué tienes de ABACUS el lunes veinticinco?

—¿Marzo?

—Sí.

Fue aparentemente otro día rutinario. Kleckner había ido al gimnasio, a trabajar, había vuelto a casa.

—¿Y el sábado anterior?

Otra vez el frufrú de pasar páginas. Mohsin se movía más rápido ahora, tratando de hacer un trabajo mejor.

—Vale, aquí está. Sábado, veintitrés de marzo. El sujeto se levanta antes de lo normal. Seis en punto. Duerme solo en su apartamento. Desayuna escuchando música. Isis. Oh.

—Se calla de pronto, silencio. Kell siente una punzada de euforia—. Esto es interesante. El sujetó fue en taxi a Kartal.

243

—¿Dónde está eso?

—En el lado asiático. Éste lo recuerdo bien. Estaba yo.

—Era como hablar con una persona del todo diferente. Mohsin sonó relajado y anecdótico, como un hombre que desgrana recuerdos en un pub tomando una pinta—. Tardé dos horas en llegar allí. Subió a un ferri y fue a Büyükada.

—¿Otra vez a las islas Príncipe?

—Sí, señor.

Kell sintió una oleada de excitación.

—¿Y una vez allí? ¿Qué pasa a continuación?

Mohsin habló al mismo tiempo que él.

—Vamos a ver. Tomó un café y un helado con un amigo en la terminal del ferri.

—¿Quién es el amigo?

La respuesta de Mohsin se demoró varios segundos.

—Eh, Sarah sacó una buena foto de él. Lo identificamos como un periodista que vive allí. Matthew Richards. El tipo conoce a muchos expatriados y diplomáticos de Estambul. Él y Ryan se ven a menudo.

Richards. Un periodista de Reuters. Kell había visto transcripciones de sus conversaciones telefónicas con Kleckner, llevadas a cabo en líneas abiertas, además de copias de sus mensajes de correo y de texto. Nunca les había prestado mucha atención, porque Londres consideraba leal a Richards. Mohsin retomó el relato.

—Resulta que quería echar un vistazo a una de las casas en la playa, que estaba en venta. Al lado de la de Richards. Tal vez éste se la recomendó. Siento decirle que no pudimos acercarnos en esas ocasiones, señor. Tuve que tomar una decisión. Nos habría calado.

—Claro.

—Pero recuerdo que Kleckner bajó a la playa con una toalla, nadó un rato. Eso está en el registro. Cuando lo localizamos otra vez, en la terminal del ferri, todavía tenía el pelo húmedo.

—¿Y Richards? ¿No fue a nadar con él?

—No. Creo que no. Tiene dos hijos. Está casado con una francesa. Probablemente estaba acostando a los niños porque ya era tarde. Ryan tal vez se pasó por su casa antes de ir a nadar. Se lleva bien con toda la familia. Le cae bien el niño, le enseña a jugar al béisbol.

Kell lo sabía por los archivos.

—Vale —dijo.

Había una fecha más. La tarde de mitad de semana en la que Kleckner había jugado la excéntrica partida de *backgammon* con un ochenta por ciento de humedad y sin quitarse la chaqueta ni la corbata. Mohsin tardó un par de minutos en encontrar el informe de vigilancia original. Esta vez empezó con los movimientos de ABACUS en las veinticuatro horas anteriores a su aparición en el Arada.

—Vale, lo tengo —dijo.

Kell miraba su paquete de cigarrillos en el escritorio de Wallinger. En cuanto terminara la llamada podría salir por la Cancillería e ir a fumar al salón de té entre el consulado y el Grand Hotel de Londres.

—Adelante —dijo.

—Una chica durmió con él esa noche. La turca. Elif.

Kell la conocía, recordaba el nombre. Neumática, una aspirante a estrella de cine que buscaba marido en el Bar Bleu.

—Se marchó al amanecer. Él fue al gimnasio. —Mohsin se detuvo un instante—. Joder...

Kell se inclinó hacia delante en su silla, seguro de lo que Mohsin iba a decirle. La euforia opiácea recorría de nuevo su organismo.

—¿Adivina adónde fue?

—Creo que sé lo que vas a decirme.

—Ferri. Kabatas.

—¿A Büyükada?

—Exacto.

38

Al cabo de cinco minutos, Kell había salido del consulado y estaba metido en un taxi. El conductor le dejó fumar un cigarrillo («Baje la ventanilla») y Kell envió un mensaje de texto a Mohsin, quien le confirmó que Kleckner se encontraba en Bursa para asistir a una conferencia de la Cruz Roja sobre la crisis de los refugiados sirios; dando credibilidad a su tapadera y quizá trabajando en un reclutamiento. Así que no había peligro de toparse con él dando un paseo a caballo o en carreta por Büyükada.

—¿Ha estado en Büyükada? —le preguntó Mohsin media hora más tarde, cuando se sentaron en un chiringuito de la terminal, en la orilla occidental del Bósforo.

Kell había llegado el primero y pedido dos vasos de té para pasar el rato mientras esperaban el barco.

—No.

—Es muy pintoresco —dijo Mohsin, de cara a las aguas de color zafiro.

Kell miró su vasito de té. A un lado de la concurrida calle por donde avanzaba el tráfico a la terminal, un anciano vendía castañas con un carrito de dos ruedas. El viento arrastró el olor de carbón quemado a la cafetería. Kell se había saltado la comida y tenía hambre. Un cartel de colores encima del mostrador, al estilo de un McDonald's, mostraba hamburguesas y sándwiches de queso con diferentes grados de realismo. Habría pedido algo si en ese momento no se hubiera anunciado su ferri por el chisporroteante sistema de megafonía. Mohsin se levantó y Kell apuró el resto de su té como si fuera un chupito de licor. El líquido caliente le abrasó la boca de la garganta y le dejó en la lengua polvo de terrón de azúcar disuelto. Los dos hombres andaban uno al lado del otro hacia la puerta de entrada, dejando tras ellos chirridos de frenos y el sonido de un claxon, justo cuando los coches de la autopista se enzarzaron en una disputa.

El ferri no iba lleno. Kell contó diecinueve pasajeros caminando por el muelle. Dos de ellos eran británicos —reconoció su acento del oeste del país—, el resto parecía una mezcla de turcos y turistas. Subió al barco y siguió a Mohsin hasta un asiento en la cubierta inferior. Un pasajero debía de haberse mareado hacía poco y se percibía olor a vómito envuelto en desinfectante. Cuando el ferri soltó amarras, empezó a llover; las nubes apagaron el color del Bósforo y sus aguas cobraron un aspecto frío y gris.

—Por aquí es más o menos por donde nos sentamos —murmuró Mohsin, instalándose en un asiento junto a Kell—. Puede que hasta sea el mismo ferri.

Cerca de ellos se había sentado una familia que comía pan con queso de una bolsa de pícnic. Mohsin, con pantalones cortos y una camiseta del Galatasaray para mimetizarse, recordó la configuración del equipo.

—Steve estaba con él. Y Agatha. Con tapadera de turistas, haciéndose pasar por una pareja. Priya, arriba, con *hiyab*. Yo estaba allí —dijo, señalando un televisor en el rincón de la cubierta—, fingiendo ver un programa local de noticias.

—¿Qué llevaba ABACUS?

—Mochila. La misma con la que carga normalmente al trabajo. No se separa de ella. De piel. Guarda libros, periódicos, revistas... Desodorante si va a salir por la noche y no tiene tiempo de ducharse en el consulado.

Y material, pensó Kell. Informes de inteligencia para un controlador. Tarjetas de memoria. Discos duros. Si ABACUS había hecho una entrega, Kell necesitaba interceptar el material, llegar a él antes que el controlador de Kleckner.

—¿La mochila parecía diferente en el viaje de vuelta? ¿Más ligera? ¿Más grande?

—Más ligera, seguro. A la ida llevaba una botella de vino porque iba a cenar con Richards.

—¿En su casa?

—Sí.

—¿Y en qué parte de la isla está?

—No se preocupe. Se lo enseñaré todo.

El ferri hizo cuatro paradas. En el lado asiático, donde amarró diez minutos, subió a bordo un gran grupo de turistas chinos que se dirigieron a la cubierta interior. Todos en silencio, con sombreros y gafas de sol, azotados por la lluvia. La niebla envolvía las grúas que descargaban los contenedores de los barcos en los muelles. Kell pudo distinguir una flota completa de autobuses granate completamente nuevos alineados junto al muelle. La vieja estación de ferrocarril de Kadiköy seguía en pie. A Kell le recordó el Bund de Shanghái; una operación de hacía muchos años que desenmascaró a un traficante de armas llegado de Nairobi que visitaba la ciudad. Bajo la lluvia, zarandeado por ráfagas de viento que barrían las cubiertas, el ferri finalmente avanzó hacia la desembocadura del Bósforo y salió a las aguas abiertas del mar de Mármara, para cubrir un trayecto agitado de veinte minutos hasta Kinaliada, la primera de las islas Príncipe. Allí paró de llover y Kell salió al exterior. Se quedó solo en el pasillo de estribor, fumando un cigarrillo en la tarde húmeda, y vio cómo se formaba un arco iris que se extendía por encima de su hombro hasta los minaretes de Santa Sofía, visibles a lo lejos.

Media hora más tarde atracaban en Büyükada. Mohsin se había unido a Kell en la cubierta superior para proseguir con sus comentarios de la visita de ABACUS.

—Richards lo estaba esperando en el muelle. Sus hijos van cada día a la escuela en la ciudad. Tuvieron que aguardar el ferri de Kartal en el que vuelven los niños a casa.

—¿Y mientras esperaban?

Mohsin evidentemente se había puesto al corriente del informe de vigilancia de camino a Kabatas. Parecía que podía recordar cada detalle.

—Pidieron un café en el segundo bar. —Señaló al sur a lo largo de la ensenada de Büyükada, más allá de las taquillas, hacia una calle en la ciudad principal—. Tomaron una cerveza, jugaron una partida de *backgammon*, luego fueron a buscar a los niños.

—¿*Backgammon*?

—Sí.

Ahora todo era una pista, un indicio, una señal... o un callejón sin salida. Sin embargo, su experiencia le decía que la isla no encajaba. ¿Por qué un topo de la CIA iba a aislarse en Büyükada, donde se veía obligado a hacer entregas en un cuello de botella natural? ¿Era otro doble engaño del SVR, como la cercanía del Arada con el consulado ruso? ¿O Kell veía patrones e indicios donde no existían?

De pronto, sin que supiera el origen o el desencadenante, recordó un fragmento de la conversación que había mantenido con Rachel en el *yali* unas semanas antes. Su cigarrillo compartido mirando al Bósforo mientras Amelia caminaba con Josephine. ¿Cómo podía haber olvidado algo así?

«Mi padre tenía un amigo que vivía allí. Un periodista norteamericano.»

¿Se había referido a Richards? En ese caso, ¿por qué había dicho que era norteamericano? Kell inmediatamente sacó su iPhone y escribió un mensaje de texto a Londres.

Hola. No sé si me lo estoy imaginando, pero ¿mencionaste que tu padre tenía un amigo periodista en Büyükada? Si no estoy loco, ¿puedes recordarme el nombre? ¿Richards? Si me he vuelto loco, no hagas caso de este mensaje. Estar separado de ti me hace delirar. T x

Bajo un sol de justicia que había disipado las últimas nubes de lluvia, Kell siguió a Mohsin por el amplio muelle.

Llegaron a un paseo comercial estrecho y cubierto donde se podían comprar lociones solares y postales, contratar visitas guiadas por la isla, adquirir gafas de sol y gorras de marinero con la palabra CAPITÁN bordada en dorado sobre la visera. Mohsin llevó a Kell a la cafetería de la calle principal y señaló el lugar donde ABACUS y Richards se habían sentado a jugar su partida de *backgammon*. Entonces recordó que «el objetivo» había ido al lavabo durante al menos cinco minutos. Eso bastó para que Kell se fuera hasta allí, donde buscó un posible buzón, un lugar donde pudiera esconder documentos. Tal vez había un almacén o un pasaje donde un enlace o controlador podía esperar a que Kleckner pasara y le entregara los documentos con un leve roce. Pero el entorno no era adecuado: demasiado ajetreo, demasiado pequeño, demasiado obvio. Levantó la tapa de una cisterna en el lavabo de hombres sin convencimiento, por el simple hecho de que ya que estaba allí debía comprobarlo. Era más probable que Kleckner estuviera usando a Richards como enlace, o bien su amistad como tapadera de su actividad como topo.

—¿Y ahora adónde? —dijo—. Muéstrame la ruta.

Mohsin enseguida paró un carro tirado por caballos y acompañó a Kell a dar una vuelta por la isla siguiendo la misma ruta que había tomado ABACUS en su visita anterior a Büyükada. Kell se sentía un poco ridículo: sentado en un banco de enamorados estrecho, junto a un agente de vigilancia sin sentido del humor, mientras el cochero, con una sonrisa en la cara, hostigaba a sus jamelgos para que se movieran más deprisa, azotando sus flancos con una vara larga de madera. La isla, abarrotada en la línea de costa, prácticamente estaba vacía en el interior; unas pocas casas bien conservadas dispersas en una cuadrícula de calles amplias salpicadas de excrementos de caballo secos de color pajizo. A la media hora, Kell se había cansado del bamboleo del carro, del chirrido de la bisagra del banquito de enamorados y del golpeteo incesante de los cascos de los caballos. Tenía mucho calor y no estaba descubriendo nada útil sobre Kleckner. Pidió al cochero que lo llevara de vuelta a la población principal de la isla y se apeó delante del Splendid Palace, un hotel de la época otomana que alardeaba de vistas a Estambul, al otro lado del estrecho. A Mohsin también se lo veía cansado cuando entraron en el bar para refrescarse con dos vasos de limonada bajo el inevitable retrato de Atatürk.

Rachel no le había contestado. ¿Se había ofendido por el mensaje sobre su padre o estaba ocurriendo algo en Londres? Kell no había tenido noticias de ella en dos días y ya había manifestado los primeros brotes de desprecio hacia sí mismo por la velocidad con que ella le había robado el corazón. Había cierta dignidad en su vida solitaria de la que Rachel lo había despojado por completo. Cuando terminara con su búsqueda en la isla, la llamaría desde el ferri a Kabatas y trataría de convencerla para que regresara a Estambul y pasaran juntos un fin de semana largo.

—Muéstrame la casa —le dijo a Mohsin.

—¿Cuál?

—La que está en venta. La que crees que podría haber mirado ABACUS.

Era un paseo de diez minutos desde el hotel. Kell pagó la cuenta. Bajo el sol de la tarde, regresaron a las calles tranquilas de la zona residencial al oeste de la población principal, interrumpidos solamente por el paso ocasional de alguna bicicleta o algún peatón.

—Aquí fue más o menos donde tuve que dejarlo ir —confesó Mohsin. Le explicó que había seguido a ABACUS en solitario durante veinte minutos, pero que entonces había empezado a preocuparle que el estadounidense pudiera darse cuenta.

Mohsin condujo a Kell cuesta abajo por un sendero estrecho que llevaba a la última línea de casas antes de la playa. Había unos jardines privados enormes a ambos lados de la carretera y no se oía ni un alma, sólo el ladrido puntual de algún un perro.

—Richards vive en una casa a unos cien metros en esa dirección. —Mohsin señaló una cortina de pinos en una esquina donde la carretera se bifurcaba a derecha e izquierda en un cruce en T—. No pudimos acercarnos más porque está muy aislado. Normalmente, alguno de nosotros puede camuflarse. Coger un caballo y un carro, simular ser un jardinero o lo que sea. Pero cuando ABACUS se adelantó a pie...

Kell lo interrumpió. Ya sabía lo que había ocurrido y no le interesaba oír las excusas de Mohsin.

—Está bien —concedió—. No tienes que darme explicaciones.

Caminaron en silencio. Kell oía el murmullo del mar, a sólo un centenar de metros al norte. La familia Richards vivía en un *yali* parcialmente reformado en una calle paralela a la costa. Kell no sabía si había alguien en casa, pero no tenía ninguna intención de llamar a la puerta y perturbar su paz. Según los informes de vigilancia, cotejados con mensajes de correo y registros telefónicos, Kleckner había visitado la casa en tres ocasiones en las seis semanas anteriores y en una de ellas se había quedado a pasar la noche. A la mañana siguiente había dado las gracias a Richards por «la cena de primera y por una resaca de campeonato». Kell estaba más interesado en entrar en la casa de al lado, la que estaba en venta y había visitado Kleckner. El precio de las propiedades de la isla era prohibitivo, sobre todo tan cerca de la playa. Büyükada era el refugio estival de la élite de la ciudad; entre julio y agosto miles de estambulíes ricos se refugiaban en la isla para instalarse en sus segundas residencias y escapar del calor abrasador de la canícula. ¿Por qué un espía de veintinueve años con menos de treinta mil dólares ahorrados, a catorce meses de su siguiente destino en la CIA, iba a interesarse en la compra de un *yali* en el rincón más caro de la isla más cara del archipiélago de las Príncipe?

Kell encontró una posible respuesta al cabo de unos minutos. De camino a la casa, vio un cartel de EN VENTA (en inglés y en turco) pegado a un árbol. Había una cerca de madera rota que indicaba la entrada a la propiedad y a Kell se le clavó en el dedo índice una astilla minúscula cuando la empujó. Los dos hombres entraron en un jardín tan asilvestrado que se había convertido en una especie de denso sotobosque. A través de huecos en el follaje, Kell vio los vestigios de lo que una vez había sido una gran casa. Claramente se había dejado que toda la propiedad cayera en un estado ruinoso.

—Cuéntame exactamente lo que viste —dijo Kell, volviendo a la calle. Ambos estaban empapados en sudor; a Kell se le pegaba la camisa a la espalda como celofán. Había sido imposible avanzar más por el jardín—. Me dijiste que ABACUS fue a nadar.

Mohsin, aletargado por el calor, se apoyó en un árbol al lado del cartel de EN VENTA.

—Exacto —respondió—. Vino en el carro de caballos, como le he mostrado. Se despidió del cochero en el centro del pueblo, luego regresó a la casa de Richards. Lo seguí por la calle. Exactamente como hemos hecho hoy. —Mohsin estaba empezando a sonar a la defensiva e impaciente: o bien se aburría de repetirse, o bien se tomaba las preguntas de Kell de manera demasiado personal. —Tuve que frenar cuando me pareció que estaba acercándome demasiado —dijo—. El resto del equipo (sólo éramos tres ese día) ya estaba en el pueblo.

Señaló con la cabeza hacia el este por la línea de la costa. Kell también se sentía cada vez más irritable por el calor y lamentó no haber llevado una botella de agua.

—Pero había sacado su toalla y lo vi después en la playa —continuó Mohsin—. Nadando. Fue entonces cuando se vistió, trepó por las rocas y desapareció en la casa.

—¿Esta casa?

Mohsin asintió.

—¿Y se llevó su mochila?

El hombre dudó; intentó recordar.

—Sí. No hay tanta maleza de ese lado.

—¿Qué te hizo pensar que estaba interesado en comprarla?

—Sólo esto. —Mohsin dio un golpecito en el cartel—. ¿Qué otra razón puede haber para que alguien se ponga a pasear por un *yali* en ruinas una tarde de calor después de haber tomado un baño relajante? Supuse que Richards le habría dicho que la casa estaba en venta. O tal vez sólo se la encontró. O tal vez sólo le gusta curiosear por edificios viejos.

«Tal vez», pensó Kell, pero en ninguno de los archivos o transcripciones se había encontrado algo que sugiriera que Kleckner se había interesado por la propiedad. Se preguntó por qué demonios Mohsin no le había dado esa información antes sin necesidad de que lo preguntara directamente.

—Vamos a la playa —dijo.

39

Más allá de los árboles y al otro lado del agua, al oeste
pasando por Kadiköy y al norte por el Bósforo hasta Kabatas, un taxi se detenía en la terminal de ferris donde sólo
unas horas antes Thomas Kell y Javed Mohsin habían tomado un té esperando el transbordador.
Alexander Minasian, vestido con pantalones cortos,
camiseta y gorra de Adidas, pagó al taxista, corrió por el
vestíbulo, pasando frente a la cafetería de la terminal, e in-
sertó un billete en la barrera de acceso justo cuando en el
agua sonaba una sirena. Saltó al ferri segundos antes de que
éste zarpara.
Se había retrasado por culpa del tráfico, al final de una
jornada de cuatro horas de contravigilancia. Minasian sabía
que si hubiera perdido el barco habría tenido que esperar
tres horas antes de poder amarrar en Büyükada, y dos más
antes de que fuera seguro ir a casa de Trotski, con lo cual o
bien habría tenido que quedarse a pasar la noche en la isla,
o bien habría alquilado un taxi acuático para regresar a
Estambul en plena noche, una travesía que ya había sufrido en una ocasión a merced de un mar agitado e inclemente.
El ferri se alejó del muelle. Minasian buscó contacto visual con un miembro de la tripulación para demostrarle su
agradecimiento, y se dirigió a una hilera de sillas de plástico a babor. No apartaba la vista del muelle, por si aparecían pasajeros corriendo para subir a bordo en el último
instante. ¿Un equipo de vigilancia se arriesgaría a quedar

expuesto por uno de sus miembros que lo hubiera perseguido hasta el ferri? Tal vez no. Si estaban bien organizados, si tenían gente en Kadiköy o Kartal, podrían adelantarse y enviar un operativo a Büyükada y abordarlo en la ciudad. Incluso era posible que hubiera un equipo activo de Estados Unidos o del MIT en el ferri. Pero no estaban organizados. Lo sabía porque KODAK se lo había dicho. En Estambul, Alexander Minasian era un fantasma.

Atronó una segunda sirena y el ferri zarpó con seguridad hacia el ir y venir de barcos que se desplazaban al norte y al sur por el Bósforo. Minasian sacó un libro de bolsillo de la chaqueta. Se puso a leer convencido de que, una vez más, su viaje para vaciar el buzón de KODAK no sería detectado.

40

Estaban en la playa. Para sorpresa de Kell, Mohsin, agobiado por el calor, se había quitado la camisa y revelado un torso de vientre abultado y tatuado del que parecía sentirse extraordinariamente orgulloso. Volviéndose hacia la isla, Kell vio la fachada de la casa de Richards, en parte oculta por un muro alto de piedra. Se había construido un pequeño fondeadero de hormigón en la playa que ofrecía protección a un velero de madera amarrado sin defensas al lado de una escalera de acero con la pintura desconchada. A lo largo de unos cincuenta metros a ambos lados del fondeadero despuntaban rocas afiladas, cubiertas de mejillones y maleza en las grietas; después, más cerca de la población principal, la costa se allanaba y se convertía en una playa de guijarros que ofrecía a los nadadores un acceso más fácil al agua.

—¿Has dicho que ABACUS nadó aquí?

—Sí —respondió Mohsin—. Bajó por esos escalones, nadó en mar abierto y volvió. Lo observé desde aquí. —Indicó el camino por el que habían llegado desde la calle. A Mohsin le habría resultado fácil ocultarse a la sombra de los árboles y en el monte bajo.

—¿Y luego fue a las ruinas?

Kell seguía mentalmente los pasos de Kleckner, tratando de entender la lógica de los movimientos del estadounidense. ¿Por qué no lo habían acompañado a nadar Richards o uno de los niños, a los cuales en apariencia Ryan tenía mucho cariño? ¿Se había dado un chapuzón sólo para tener la oportunidad de volver a casa de su amigo a través de la propiedad vecina?

«Tal vez sólo le gusta curiosear por edificios viejos.»

Por unos escalones se subía a la casa en ruinas. Se habían desprendido grandes fragmentos de roca, y a Kell le costaba decidir dónde pisar. Mohsin lo siguió hasta el extremo norte del jardín lleno de maleza. Desde ahí se veía toda la extensión de la propiedad en ruinas. El tejado de la casa se había derrumbado. Habían crecido árboles entre los muros caídos; hierbas y flores silvestres habían invadido las habitaciones. Kell pudo abrirse paso bajo el marco de lo que había sido un porche de entrada y se encontró en una estancia del tamaño de la sala antiescuchas de la embajada de Ankara. A un lado, un matorral salvaje e impenetrable le impedía ver el mar; al otro, un hueco en una pared baja le permitió pasar a una segunda habitación, donde se veían varias latas y botellas de cristal esparcidas por el suelo. Si la gente iba a ese lugar, lo hacía de manera muy esporádica, porque casi toda la basura parecía vieja, en un sentido arqueológico.

Kell pensó en Robert Hanssen, detenido por el FBI en un parque aislado de Washington después de haber ocultado material clasificado debajo de un pequeño puente de madera. Agachado bajo una viga astillada, Kell ordenó a Mohsin que buscase cualquier cosa que pudiera servir eficazmente como buzón.

—Será algo que se confunda con el entorno. Una caja vieja oxidada. Un agujero en el suelo. Busca pegatinas, marcas en las paredes. A lo mejor utiliza localizaciones diferentes y tiene un sistema para que su controlador las identifique.

Mohsin, todavía sin camisa, parecía revitalizado ante la tarea.

—Claro —dijo, contento de que por fin le pidieran desempeñar un papel más dinámico en la operación. No más vigilancias, no más seguimientos a pie, no más papeleo ni

más esperas. Por fin estaba jugando con los mayores—.
Empezaré por aquí.

—Hazlo.

Mientras tanto, Kell buscaba una ruta abierta hacia la casa de Richards. Seguramente ésa sería la tapadera de Kleckner: una copa en el jardín, un paseo a solas y un cigarrillo después de cenar, tal vez una caminata a las tres de la madrugada cuando se quedaba a pasar la noche. Si había un sendero rápido y sin obstruir entre las dos propiedades, Kleckner podría ir y volver en un par de minutos. Al abrigo de la oscuridad, o protegido por el follaje espeso de los jardines durante el día, su ausencia pasaría inadvertida.

Kell se encontraba en la zona oriental de las ruinas cuando oyó reír a un niño, tal vez a unos veinte o treinta metros de distancia. Uno de los hijos de Richards. Delante de él había una maraña de árboles y matorrales que bloqueaban la visión y atrapaban el calor; el lugar era tan sombrío como un bosque inglés en pleno invierno. Kell trepó sobre un muro intacto y miró a su izquierda. Había un pequeño descampado al lado de la casa, adyacente a lo que había sido una entrada. Caminando hacia la risa infantil, Kell pudo moverse a través del descampado y seguir con relativa facilidad un sendero que unía las dos casas. Ésa era seguramente la ruta de ABACUS. Entonces ¿por qué se había acercado a la casa en ruinas desde el lado del mar?

Ahora una voz adulta. Una mujer francesa, seguramente Marguerite Richards. Kell se quedó helado. No podía arriesgarse a que lo viera uno de los niños o lo delatara el ladrido de un perro. Esperó y después regresó despacio hacia la casa en ruinas, donde se reunió con Mohsin.

A menos de un kilómetro de distancia, Alexander Minasian se había unido a la larga cola de pasajeros que se apeaban del ferri en Büyükada. Después de bajar al muelle, caminó hacia el sur por la calle principal, pasó el control de billetes y se adentró por un paseo comercial cubierto donde una vez había comprado a su sobrino una gorra de marinero con la palabra CAPITÁN bordada en la visera.

KODAK prefería la segunda cafetería de la calle principal como primer punto para esquivar la vigilancia. Minasian, en cambio, optaba por un restaurante más grande, al oeste de la terminal del ferri. Tenía la costumbre de ocupar una mesa exterior, pedir una bebida y tal vez un aperitivo, luego leer durante veinte minutos para forjarse una identidad que se mezclara con la del resto de los clientes y detectar caras repetidas de su rutina de contravigilancia en el continente. Cuando Minasian se convencía de que no existía ninguna amenaza, pagaba la cuenta, dejaba el libro en la mesa, entraba en el restaurante —simulando ir al cuarto de baño— y salía por la puerta trasera contigua al lavabo de mujeres. Desde allí era posible alcanzar un callejón más tranquilo, uno de los que discurrían por detrás de la calle principal del puerto, y salir hacia la casa de Richards, en la parte occidental de la isla, empleando las medidas de contravigilancia que considerara necesarias.

Esa bonita tarde de verano, el ruso eligió una mesa en el perímetro exterior de la terraza, pidió una botella de Efes, pagó por anticipado y continuó leyendo la novela que había empezado en el barco. Estaba disfrutando mucho del libro —un regalo de su amante en Hamburgo—, y por eso lamentó abandonarlo en la mesa para dar la impresión de que iba a ir al baño. Minasian se escabulló entonces del restaurante por la salida de servicio.

Le habían dejado una bicicleta, como había acordado con el consulado en Estambul. Minasian abrió el candado con la llave que le había dado antes un colega del SVR en el hotel Pera Palace. Hizo un recorrido en bicicleta muy agradable por el pueblo, pasando frente a las iglesias de Aya Dimitrios y San Pacífico, y luego bajó por la colina hacia el oeste, hacia la casa donde vivían Matthew y Marguerite Richards con sus dos hijos.

• • •

Kell pasó más de media hora levantando piedras, subiéndose a paredes que se derrumbaban, mirando en los huecos entre árboles con maleza, incluso echando atrás un saco de arpillera podrido que había estado incrustado en uno de los marcos de la puerta. Empezaba a pensar que su idea era descabellada. Mohsin se había puesto tan insoportable —y le habían picado tantos insectos— que había regresado a la playa maldiciendo el «puto calor» y gritando que necesitaba nadar para refrescarse «de una puta vez». Kell se dijo una vez más que era una estupidez colocar un buzón en una isla. No había vía de escape. El suicidio del embudo. A punto de renunciar, a punto de unirse a Mohsin en el agua, vio un bidón de gasolina oxidado en el rincón de lo que había sido una cocina o una despensa en el extremo sudeste de la casa.

Kell se agachó. El bidón estaba protegido de los elementos por un estante de madera roto. Había hojas secas y piedras sueltas a su alrededor, así como un paquete de cigarrillos prehistórico, arrugado y descolorido por años de lluvia y sol. Las telarañas disuadieron a Kell de cogerlo; no quería perturbar la escena. En cambio, dio un puñetazo al bidón. Sonó hueco. Un insecto se posó en su muñeca y Kell se dio un golpe en la cabeza con el estante de madera al intentar ahuyentarlo de un manotazo.

A la izquierda del bidón y debajo del estante se abría un hueco oscuro. Kell sacó su iPhone, se agachó e iluminó el espacio. No había telarañas ni obstrucciones ahí. Era una zona sorprendentemente limpia. Sólo había un balón de cuero desinflado, viejo y gastado. Kell pudo sacarlo estirando el brazo.

El cuero estaba reseco, pero en contra de lo que habría esperado Kell, la superficie del balón no estaba cubierta de polvo ni tenía suciedad incrustada. Sintió que algo se deslizaba y se movía dentro del balón, tal vez una piedra. Puso los dedos en el borde de una raja marcada en el cuero y abrió una brecha utilizando las dos manos.

Dentro encontró una hoja de papel enrollada y envuelta en celofán, sujeta con dos gomas elásticas. Su instinto le dijo que había encontrado lo que buscaba. Estaba eufórico. Con el subidón de adrenalina le temblaban las manos al retirar las gomas y el celofán. El trozo de papel todavía estaba limpio, con letra mecanografiada, fácil de leer.

1. JC/LVa ya no tiene argumentos para evitar intervención en s con CB. RU hará lo mismo que EEUU. Tratando de conseguir más, pero sobre la veracidad de uso químico a) JC lo duda y b) no es límite para CB, como se señaló. Inteligencia contradictoria sobre ELS. CB aprueba LVa arme clandestinamente.

2. Assad Pharma VX a AQ interceptado GID (abril).

3. Nueva fuente BND interior Huda-Par/Batman, vicepresidente HA.

4. Nuevo flujo de información procedente de alcaldía. Fuente JC. No identificado. Hacer más seguimiento de esto.

5. Alijo de armas ELS planeado para cruce de fronteras e interacción 2-5-13, Jarabulus. XR, matrícula por SMS 4.30. Circulación muy baja sobre esto.

6. ¿Por qué acabar con CS? ¿Explicación? ¿PW comprometido? Sugiero RU martes 30-viernes 3 (confirmación SMS).

Alexander Minasian tenía sed. Un hombre vendía bebidas en un puesto a un lado de la carretera, a no más de trescientos metros al sur de la casa de Trotski. El ruso apoyó la bicicleta contra una valla de jardín antes de comprar un litro de agua helada. Todavía hacía mucho calor en la isla, y eso que el barrio residencial estaba más sombreado. Minasian se quitó la gorra de béisbol antes de engullir casi medio litro de agua de un trago, sin respirar.

El alto en el camino le daba la oportunidad de comprobar si lo estaban siguiendo y de valorar si era sensato ocuparse del buzón. Se habían asignado tres rutas, que se habían usado en diferentes ocasiones. El acceso más directo a la casa de Trotski era a través del jardín de Richards, pero Minasian sólo podía entrar en la propiedad cuando la familia no estaba. La segunda ruta lo llevaba al mar, donde pasaría por delante del *yali* de Richards y se acercaría al lugar desde la playa. La tercera ruta requería que Minasian pedaleara casi un kilómetro más hacia el oeste para luego regresar por un camino estrecho pegado a la costa. El calor lo hizo decidirse por la segunda opción. Ataría la bicicleta, bajaría caminando a la playa, se daría un chapuzón para refrescarse y luego se ocuparía del buzón.

Kell sacó su iPhone, fotografió el trozo de papel cuatro veces, e inmediatamente envió la mejor de las fotos a una de sus cuentas de correo electrónico. A continuación, silbó a Mohsin, que seguía en la playa.

Kell no tardó en descifrar las abreviaturas de Kleckner. «JC» era Jim Chater, «LVa» era Langley, Virginia. «CB» era Casa Blanca, «ELS» era obviamente el Ejército Libre Sirio. (El alijo de armas sería transportado en un vehículo de la Cruz Roja a la frontera en Jarabulus.) «CS» era Sándor. «PW» era Paul. Kell supuso que «HA» eran las iniciales de un vicepresidente de Huda-Par, el Partido Islamista Kurdo con sede en Batman, una ciudad a unos cien kilómetros al este de Diyarbakir. En el punto 2, Kleckner informaba de que una remesa de VX, un agente nervioso, se había enviado camuflada en forma de productos farmacéuticos comerciales por el régimen de Assad y destinada a al-Qaeda, y había sido interceptada por el servicio de inteligencia jordano.

Kell tenía que tomar una decisión. ¿Debía dejar el papel en su lugar y arriesgarse a que cayera en manos del controlador de Kleckner? El material en sí no era incendiario: ABACUS no había revelado las identidades de agentes de la CIA o del SSI en Turquía. Él no conocía el nombre de la nueva fuente de la oficina de la alcaldía de Estambul. Que Langley y la Casa Blanca no llegaban a un acuerdo sobre la intervención en Siria era un secreto a voces, igual que la posición de Downing Street en relación a los grupos rebeldes armados que operaban contra Assad. Nadie habría creído que el uso de armas químicas sería una línea roja para la Casa Blanca.

El riesgo operativo obvio se reducía al aparente envío de armas destinadas a miembros del Ejército Libre Sirio. La fecha para la transferencia en el paso fronterizo de Jarabulus era el 2 de mayo. Al cabo de tres días. Si Kleckner era un activo del SVR, lo más probable era que Moscú pasara detalles del número de matrícula de la Cruz Roja a su estado satélite. Eso provocaría detenciones y desde luego la muerte de las personas que los estadounidenses hubieran contratado para conducir el camión. Era tal vez un precio que pagar. Alertar a Chater supondría alertarlo de la traición de Kleckner. Era demasiado pronto para jugar esa carta.

Kell oyó a Mohsin subiendo por la escalera de piedra derruida desde la playa. Silbó otra vez para atraerlo hacia la cocina. Echó un último vistazo al papel, luego lo envolvió en el celofán, lo ató con gomas elásticas y volvió a colocarlo dentro del balón de fútbol. Con cuidado de no romper las telarañas extendidas bajo el estante de madera, metió la mano por detrás del bidón de gasolina y volvió a colocar el balón en el mismo lugar y posición que lo había encontrado.

—¿Ha visto algo?

Mohsin le hablaba desde el umbral. Había nadado en calzoncillos, que llevaba empapados, y tenía el cabello apelmazado por el agua de mar. Kell le hizo señas a la desesperada.

—Quédate donde estás. No entres aquí, joder. —Le preocupaba que Mohsin mojara el suelo y contaminara la escena—. ¿Dónde estuvo ABACUS ayer? ¿Fue al Arada?

—¿Qué? —Mohsin había recuperado parte de su desdén inherente, claramente molesto por el tono de Kell.

—He dicho que si ABACUS estuvo en el Arada...

—Le he oído.

Kell se levantó. Al final estalló su rabia.

—Javed, no tengo tiempo para esa actitud tuya. Responde. Esto es importante. El tiempo es crucial. ¿Estuvo ABACUS en el Arada ayer o no?

El agente de vigilancia se sentía herido por la reprimenda. Miró a Kell con resentimiento.

—Sí —dijo, y se limpió la sal y el agua de los brazos todavía húmedos.

—¿Llevaba corbata? ¿Llevaba traje?

Kell se dio cuenta de que los engranajes del cerebro de Mohsin empezaban a girar. «El jefe quiere saber si ABACUS notificó el buzón. El jefe quiere saber si alguien va a venir a vaciarlo.»

—Sí. Eso creo —dijo.

—¿Y adónde fue ayer? Después de trabajar, me refiero.

—No lo sé —repuso Mohsin.

—¿Qué quiere decir que no lo sabes?

—Lo perdimos, señor. Ayer fue una de las veces que se nos escapó. Pensaba que lo sabía.

Kell se acercó hacia Mohsin y lo obligó a dar un giro sobre sí mismo de ciento ochenta grados. Si Kleckner había ido al Arada el día anterior, con una corbata para notificar que el buzón estaba lleno, su controlador del SVR podía aparecer en cualquier momento. Si había visto a Kell en la vieja cocina, los había oído hablar o había advertido que iban hacia allí, la operación para identificar y luego detener al topo había terminado antes de empezar. Incluso cuando Kell sacó a Mohsin de la casa por los escalones en ruinas, pidiéndole que recogiera su camisa y sus efectos personales lo más deprisa posible, sabía que el controlador de ABACUS podía estar enviando un código de cancelación que pondría a Kleckner en el siguiente vuelo a Moscú, y jamás volverían a verlo.

—¿Qué está pasando? —preguntó Mohsin, mientras Kell lo empujaba con una mano a la altura de los riñones hacia el pequeño embarcadero de hormigón.

Habían salido tan deprisa que Kell ni siquiera había podido fijarse en si había marcas de agua en la casa, gotitas escurridas de los brazos y piernas de Mohsin, de sus calzoncillos. Sólo podía confiar en que se secaran deprisa con el sol del atardecer. Había una casa en la costa, a unos ochenta metros, cerca del punto donde se allanaba la costa. Varios bañistas nadaban y chapoteaban en las aguas poco profundas.

—Hay riesgo de que alguien vaya a la casa. He encontrado el buzón. Estaba lleno.

—Joder. —Mohsin se estaba poniendo la camisa—. ¿Quiere que me quede a vigilar?

Kell también había considerado esa opción, pero era demasiado arriesgada. ¿Vigilar qué? ¿Las copas de los árboles? ¿Una barca de remos en el mar? No. La ubicación del buzón se había elegido muy bien. Incluso si se colocaran cámaras estáticas para vigilar el lugar se correría un gran riesgo.

—Olvídalo —repuso, sacando un cigarrillo y encendiéndolo de camino al borde de la playa de guijarros—. Sólo hemos de largarnos de aquí lo más deprisa posible.

Alexander Minasian emergió a setenta metros de la orilla; se apretó una de las fosas nasales para expulsar agua por la nariz. Mientras nadaba, pudo estudiar la fachada del *yali* de Richards y la silueta de las ruinas de la casa de Trotski, que prácticamente quedaba escondida por una cortina de pinos. Oyó niños jugando a lo lejos, el gruñido bajo de una lancha motora, el rumor de las olas rompiendo suavemente en la orilla. Se dio la vuelta para admirar la inmensa planicie del mar de Mármara que se extendía hasta una Estambul desdibujada; Minasian recordó las largas discusiones que había mantenido con Kleckner sobre la inconveniencia de ubicar el buzón en Büyükada. El ruso había discutido el asunto con vehemencia, pero el estadounidense era tan tozudo que al final lo había convencido.

—Mira, Matt es amigo mío. Voy a su casa cada dos por tres; organiza fiestas, cenas. Puedo ir a la casa de Trotski, dejar lo que sea que tenga que dejar y recoger lo que necesites que recoja. Después puedo volver antes de que nadie se dé cuenta de que me he ido. Si alguien me encuentra allí, digo que soy un historiador interesado en Lev Davídovich Bronstein. O eso o que quiero comprar la casa y convertirla en una residencia como la de Matt. ¿Lo ves? Si me envías a algún parque en Estambul y empiezo a actuar con suspicacia alrededor de los edificios, si tengo que conducir cinco horas despistando una vigilancia y después dejar información clasificada en algún lavabo, voy a ponerme nervioso. Me van a pillar. No quiero que me pillen porque quiero ayudaros. No puedo hacerlo sentado en una prisión de Virginia.

Así pues, el SVR había permitido que Ryan Kleckner se saliera con la suya. Por encima de todo, el agente debía sentirse cómodo con su trabajo, debía sentirse seguro. Era un alivio para Minasian manejar a un agente de la CIA entrenado —aunque con experiencia limitada— y experto en contravigilancia, así las posibilidades de ser descubiertos se reducían drásticamente. KODAK era un agente tranquilo y meticuloso, a veces incluso exasperante. Sin embargo, Minasian sabía que KODAK levantaba sospechas en Moscú y que los colegas de mayor rango no siempre aprobaban las medidas del estadounidense. Estaba convencido de que la orden de matar a Cecilia Sándor, por ejemplo, no se habría dado en circunstancias normales. Era un síntoma de la paranoia de Moscú respecto a KODAK y evidenciaba la determinación de proteger su fuente a toda costa. Si lo hubieran consultado a él sobre la operación, habría insistido en no tocar a Sándor ni a Luka Zigic.

Minasian se dio la vuelta de nuevo y miró hacia la playa. Estaba lejos de la costa y le preocupó que algún isleño oportunista le robara la toalla o la bolsa. Dos hombres —un varón caucásico acompañado de un turco de piel oscura— salían de la playa por uno de los senderos de acceso. También tres niños pequeños con su madre, caminando de vuelta a casa. Atardecía. Minasian miró al oeste, hacia el sol que se ponía de forma gradual, y supo que era el momento de terminar su baño y completar el trabajo. Se dirigió a la orilla con brazadas lentas como aspas de molino, mientras mucho más arriba un avión cruzaba inocentemente por el cielo.

41

—¿Qué crees que significa?

—¿No es obvio? —repuso Kell.

Había vuelto a la sala antiescuchas, todavía vestido con la misma ropa empapada de sudor que había llevado todo el día, y hablaba con Amelia. Eran las diez y media en Turquía, las ocho y media en Londres. Ella estaba mirando la última línea del documento de Kleckner, enviado por telegrama seguro una hora antes.

¿Por qué acabar con cs? ¿Explicación? ¿pw comprometido? Sugiero RU martes 30-viernes 3 (confirmación sms).

—Hay un nexo obvio con Cecilia Sándor —dijo Kell—. «PW» tiene que ser Paul.

—Eso ya lo veo, Tom.

—Entonces ¿qué parte de esto te resulta confusa?

Llevaban casi una hora al teléfono y Kell estaba al límite de su paciencia. No había comido nada desde el desayuno, Rachel no había respondido cuando la había llamado desde el ferri, y hacía tanto frío en la sala antiescuchas que se había puesto un abrigo de invierno que había sacado de un armario de objetos perdidos de la Cancillería y le quedaba pequeño. Le habría gustado ir directamente desde la isla hasta el Sabiha Gökçen y pillar el último vuelo a Londres, pero el descubrimiento del buzón, la prueba de la

269

traición de Kleckner —a la que podría sumarse una posible implicación de Paul—, era demasiado acuciante, así que Kell se había visto obligado a sacar a Amelia de una reunión en Whitehall. Ella había vuelto corriendo a Vauxhall Cross para hablar con él.

—Ninguna me resulta confusa —repuso ella, reaccionando a la insolencia de Kell tal como él había esperado. Su voz había adoptado un tono irritado y condescendiente, como la de Claire cuando empezaba una discusión—. Simplemente quería conocer tu opinión. ¿Qué quiere decir la palabra «comprometido»? ¿Paul era una fuente o un bobo? ¿Y qué le importa eso a Kleckner?

—¿Qué le importa?

De pronto Kell visualizó el futuro que le esperaba como Ankara-1 y supo que llegaría a odiar esas conversaciones interminables con Londres. Rachel ya lo habría abandonado y estaría acostándose con algún guaperas de treinta y tantos, un consejero de la reina con *loft* en Shoreditch, mientras él anestesiaba su corazón con trabajo y se dedicaba en cuerpo y alma a reclutar y dirigir agentes tratando de olvidarla. En las últimas semanas había llegado a pensar en la sala antiescuchas como en una celda acolchada, un útero congelado donde se sentía atrapado y controlado. Desde luego, se sentiría mejor si regresara a Londres y pudiera tratar con C cara a cara, día tras día, para luego volver a un piso con sus libros y pinturas, a una cama, a medianoche, caliente por el cuerpo Rachel.

—Le preocupa porque matar a Sándor fue un error —dijo Kell—. Atrae la atención sobre sus movimientos. Si alguien descubriera que Cecilia y Paul se veían, se pondría en marcha y empezaría a hacer preguntas.

—Claro, por supuesto.

Kell oyó el tintineo de una cuchara contra una taza, como el anuncio de un discurso después de la cena. Amelia probablemente se estaba tomando un café hecho en la máquina nueva de su despacho privado.

—Estamos en el mismo punto que con Wallinger —añadió Kell—. O sabía que Sándor era una fuente del SVR, y por lo tanto la ayudaba conscientemente, o no lo sabía. Lo que es extraño, lo que cuesta creer es que Kleckner conociera esa operación del SVR. Si Minasian los dirigía a los dos (una fuente de la CIA y una fuente del SSI), es posible que hubiera propiciado que se conocieran, aunque es arriesgado, pues dobla las posibilidades de que te atrapen, de que uno traicione al otro.

—Precisamente. —Amelia sonó complacida, por lo visto Kell seguía una línea de pensamiento similar a la suya—. Aunque los dos estamos de acuerdo en que el procedimiento seguido en gran parte de esta operación ha sido bastante extravagante, por decirlo de forma suave.

—Los dos estamos de acuerdo en eso.

Kell se abotonó el abrigo hasta el cuello y mordió una galleta, lo primero que ingería en ocho horas, con la excepción de un puñado de caramelos que había encontrado en un bol en el vestíbulo del consulado.

—¿Tom?

—¿Sí?

—Tengo que contar todo esto a los Primos.

Era justo lo que había imaginado que diría Amelia. Un topo del SVR dentro de la CIA era catastrófico. Que además hubiera sido identificado por los británicos avergonzaría a Langley y dejaría a la Agencia en deuda con Londres durante años. Sin embargo, Kell se echó atrás.

—Es la única cosa que no deberíamos hacer. Todavía no.

—¿Por qué?

—Porque intentarán cargar el muerto a Paul. Dirán que las filtraciones más dañinas (sobre HITCHCOCK o EINSTEIN) salieron de nuestro lado. Tenemos que librar a Paul de toda sospecha; descubrir la naturaleza exacta de su relación con Sándor y Minasian.

—No tenemos tiempo para eso —repuso Amelia—. Los norteamericanos necesitan saberlo. Hay que avisar a Jim Chater.

—Todo a su debido tiempo. Kleckner está camino de Reino Unido, ¿verdad?

—Sí.

—Entonces llévame a Londres. De martes a viernes, él estará en nuestro terreno, y sabemos que podemos controlarlo. Déjame trasladar la operación de vigilancia de Estambul a Londres, llevar a mi equipo a casa, poner ojos y piernas frescos tras él. Kleckner quiere hablar del asesinato de Sándor. Nos conducirá hasta su controlador.

—¿Y si lo perdemos? ¿Y si nos despista?

—Entonces lo habremos perdido.

Kell era consciente de que Amelia lo necesitaba en Estambul. La Estación quería poner cámaras en el buzón; intentar identificar «la señal» de Kleckner a Minasian; encontrar el modo de poner un equipo de vigilancia avanzada de larga duración en Büyükada para detectar a ABACUS en su siguiente visita. Kell propondría que el SSI tratara de hacerse con el control del buzón y cambiar el material de Kleckner por bazofia, información falsa que sería enviada al SVR y confundiría a Moscú. Pero Londres significaba Rachel. Kell quería pasar tiempo con ella, aunque sólo fueran los pocos días de Ryan Kleckner en la ciudad. Necesitaba tiempo para seguir al estadounidense hasta los brazos de su controlador, sí, pero también para reavivar su relación con Rachel.

—No hace falta que vengas, Tom.

Kell percibió una nota de disculpa en la voz de Amelia, como si quisiera ahorrarle la molestia de volar.

—Por supuesto que hace falta. Deberíamos hablar cara a cara, prepararlo todo para la visita de Ryan. Tomaré el primer vuelo de British mañana, te veré alrededor de la hora de comer.

—¿Y qué pasa con el convoy de la Cruz Roja?

—¿Qué?

—¿Dejamos que los rusos informen a Assad? ¿Ésa es tu intención? —Amelia sonó como si quisiera probar la dirección de la brújula moral de Kell—. Destruyen el convoy o lo descubren. Jim se entera de que lo sabíamos. No va a estar muy contento.

—¿Desde cuándo te preocupa tanto Jim Chater?

La respuesta le salió mejor de lo que había previsto, porque apelaba a la lealtad de Amelia consigo misma.

—Tienes razón —repuso ella, con el tono de desprecio que se merecía el hombre que casi había destruido la carrera de Kell—. Sin embargo, no me gusta la idea de que los sirios detengan o disparen a un equipo de la Cruz Roja cuando podríamos haberlos salvado.

Kell no sabía qué esperaba Amelia que dijera. Sin duda ella se daba cuenta de la importancia de retrasar cualquier conversación con Langley.

—A mí tampoco me gusta —dijo Kell—, pero no tenemos alternativa. Si se lo dices a Jim, te preguntará cómo descubrimos un envío de alto secreto de armas estadounidenses al Ejército Libre Sirio. Si avisas al conductor, los rusos sabrán que hay un problema con el material de Kleckner.

—¿Daño colateral? —dijo Amelia, como si quisiera que Kell se responsabilizara de ello.

—Daño colateral.

42

Doce horas después, Kell aterrizaba en Londres.

Pasó del fragor incesante y el sudor de Estambul a una ciudad con lluvia permanente. Llegar a casa era siempre igual: aterrizaje en Heathrow bajo un cielo gris; el mismo seguidor del Crystal Palace, con toda su grasa transformada en músculo, conduciendo el mismo taxi negro ruidoso; la gradual, pero de alguna manera tranquilizadora, adaptación a la estrechez, la suciedad y la luz mortecina de Inglaterra. Rachel, que había desaparecido de la vida de Kell casi por completo durante tres días, reapareció de repente mientras él circulaba por la M4. No paró de enviarle mensajes de texto con la habitual ristra de bromas sobre su edad y finalmente la propuesta de cenar juntos.

En mi casa. Cocino yo. No te olvides el marcapasos, viejales. xxx

Kell había olvidado sacar la basura antes de marcharse a Quíos. Al abrir la puerta de su piso lo recibió un olor nauseabundo, parecido al hedor de la muerte, y tuvo que abrir todas las ventanas antes de tirar la bolsa en un contenedor a ocho puertas de distancia. Revisó el correo, se duchó, se cambió de ropa y tomó un taxi a Bayswater poco después de la una.

Amelia lo esperaba en un Costa Coffee, en el extremo norte del centro comercial Whiteleys. Anduvieron hasta las

274

oficinas vacías de una antigua empresa de venta por catálogo en Redan Place. Allí, casi dos años antes, Kell había contado a Amelia la trama del secuestro de su hijo. Recordaba la conversación como una de las más difíciles de su vida; sin embargo, cuando subían en ascensor a la cuarta planta, Amelia parecía relajada y desinhibida, como si hubiera borrado todos los recuerdos infelices de aquella tarde. Vestía una réplica casi exacta de la ropa que había llevado en aquella otra ocasión: falda y chaqueta azul marino, blusa blanca y un collar de oro; el mismo collar de oro que lucía en la fotografía que Wallinger había conservado junto a su cama en Ankara. Al darse cuenta de ello, a Kell lo invadió una extraña sensación de tranquilidad; una elección tan simbólica a la fuerza debía significar que Amelia no dudaba de la inocencia de Paul.

—¿Ahora esto es de nuestra propiedad? —preguntó Kell mientras Amelia marcaba el código de seguridad para desconectar la alarma.

—Lo alquilamos —contestó, dejando el bolso en el suelo. Caminó hacia la cocina, al fondo de la sala—. ¿Quieres un té?

—No, gracias.

El espacio había cambiado. Dos años antes era de planta abierta, con hileras de vestidos envueltos en plástico colgados en perchas a lo largo de la pared sur, escritorios cubiertos de tazas de café y ordenadores. La sala se había dividido en seis áreas separadas con un pasillo en el centro. Kell vio a Amelia llenando una tetera al fondo de la oficina. El sofá rojo contiguo a la cocina también había desaparecido.

—¿Este sitio es operativo? —preguntó Kell en voz alta, caminando hacia ella.

—Está a punto. —Amelia se volvió hacia él—: He pensado que podríamos observar a nuestro amigo desde aquí. El equipo viene a las tres para preparar todo el sistema. ¿De acuerdo?

—Parece que está todo hecho. —Kell estaba impresionado de que Amelia se hubiera movido con tanta rapidez ante la visita de Kleckner a Londres.

—Deja que te dé su itinerario —dijo ella.

Justo cuando la tetera silbó y se oyó el borboteo del agua, Amelia le pasaba el documento de tres páginas con todos los preparativos del viaje de ABACUS. Todo estaba allí. Horarios de vuelo, hoteles, reuniones, comidas, cenas. Todo reunido en las últimas veinticuatro horas.

—Os habéis dado mucha prisa —dijo—. ¿Quién ha hecho esto? ¿Elsa?

Amelia le contó que Kleckner había telefoneado a Jim Chater desde Bursa para solicitar un permiso. Cheltenham había interceptado la llamada. Chater le había concedido el permiso y Kleckner había pasado el resto de la tarde en su apartamento en Estambul, preparando el viaje. Elsa había vigilado sus cuentas de correo electrónico y tarjetas de crédito, y el Cuartel General de Comunicaciones del Gobierno había escuchado sus teléfonos.

—¿Se aloja en el Rembrandt? —Kell trataba de recordar dónde se había alojado Kleckner en sus anteriores visitas a la capital. En las camas de dos o tres chicas diferentes (no estaba seguro de cuántas), pero nunca en un hotel—. ¿Por qué no usa uno de los apartamentos de la embajada? ¿Lo ha intentado?

—Sí. —dijo Amelia, que buscaba una taza en un armario. Encontró una y la sacó murmurando algo sobre «leche fresca».

Kell tuvo entonces un *flash* de Rachel en la cocina del *yali*. Recordó la forma en que ella se había inclinado sobre la encimera para coger una taza de té.

—Hay una Estación en la ciudad —dijo Amelia—. Todos los pisos están ocupados. Lo cual facilita mucho nuestro trabajo.

Kell se preguntó si podía encender un cigarrillo, o si la oficina temporal estaría sometida a las regulaciones del Servicio Civil.

—Podría ser una cortina de humo. Puede que esté en otra parte y no tenga intención de ir al hotel.

Amelia se volvió y pareció dudar antes de responder.

—Tal vez. Pero tengo un equipo que irá al Rembrandt mañana por la mañana, por si acaso. Lo dirige Harold.

Equiparán dos habitaciones. Si el pequeño Ryan se queja de la primera, lo trasladarán a la segunda. En cualquier caso, tendremos cobertura. De nuevo la velocidad con la que Amelia había ejecutado la operación impresionó a Kell.

—¿El Rembrandt está en Knightsbridge?

—Sí. —Amelia echaba agua en la taza.

—Me pregunto si a Ryan le gusta *El peregrino secreto*. Amelia frunció el ceño y lo miró, confundida. Kell entró en la cocina y se sirvió un vaso de agua de la nevera que había junto a la ventana.

—Harrods —se explicó Kell—. El mejor sitio de contravigilancia de Europa occidental. Si un tipo con la formación de Kleckner entra ahí, nuestro equipo lo perderá en menos de cinco minutos. Demasiados cruces, demasiadas salas dentro de otras salas. Es un laberinto.

—Una selva de espejos —repuso Amelia con malicia. Kell notó que ella estaba haciendo un cálculo de efectivos. ¿Cómo podía organizar un equipo lo bastante grande para saturar Harrods si Kleckner decidía ir allí? Eso significaría tener al menos veinte vigilantes disponibles para los cinco días de la visita de Kleckner, mucho más de lo que podía justificar ante los legalistas contrarios a los riesgos del MI5. Kell la sacó de su apuro.

—Deja que me preocupe yo por eso —dijo—. Hay las mismas probabilidades de que vaya a Harvey Nichols, o a pasear por el Victoria and Albert. —Sacó la bolsita de té del agua y la tiró a una papelera de pedal—. Sólo háblame de las mujeres —dijo Kell, sorbiendo el agua.

Amelia parecía perpleja.

—¿Qué quieres saber, Thomas?

—¿Elsa miró el Facebook de Kleckner? ¿Verdad que hay una chica que le gusta, con la que se acostó la última vez que estuvo en Londres? —Kell estaba intentando recordar el nombre de la mujer. Podía visualizar la foto de perfil, porque llevaba el lado izquierdo de la cabeza casi completamente afeitado. Ambas partes se habían prometido mutuamente ponerse en contacto la próxima vez que Kleckner estuviera en la ciudad—. Deberíamos cubrir el piso de la chica, el de cualquiera que esté en contacto con Ryan durante este viaje. Tiene la costumbre de prepararse citas, noches fuera, ligues. ¿Ha habido algo de eso?

—¿Ligues? —Amelia lo dijo con el tono de una tía solterona—. Lo comprobaré. Por lo que sé, Ryan no tiene más planes que ver a algunos viejos amigos de Georgetown.

Kell salió de la oficina justo después de las tres. Fue de tiendas en Whiteleys, compró comida en el Waitrose de Porchester Road y se tomó una pinta a las seis en el Ladbroke Arms, donde Kathy lo recibió otra vez con el entusiasmo y la excitación de la mujer de un marinero a la salida de un carguero en Portsmouth. Consciente de que sería la primera vez que él y Rachel estarían juntos en suelo patrio, Kell imaginaba que ella sería distinta en Londres, más reservada, y que llevaría una armadura para protegerse de un compromiso más sólido. Tal vez los dos se darían cuenta de que todo lo ocurrido entre ellos las semanas anteriores no había sido más que un enamoramiento fugaz, un romance de vacaciones.

Sin embargo, nada más entrar en el piso de Rachel se abalanzaron uno sobre el otro, besándose y quitándose la ropa mientras tropezaban en dirección al dormitorio. Todo en Rachel era tal como él lo recordaba: el efecto opiáceo de su perfume y sus besos; el peso y la forma de su cuerpo lánguido; la sensación de que podía comunicarle la intensidad de sus sentimientos sin palabras. Había una especie de frenesí en su deseo que Kell no podía ni quería ocultar. Y ese deseo, al fundirse con la dulzura y la pasión de Rachel, lo sumía en un estado narcótico que rara vez había conocido. Thomas Kell había sido testigo de una violencia y brutalidad terribles, de las artimañas y los engaños más crueles. Había visto morir a hombres, familias destrozadas, carreras destruidas por la ambición y las mentiras. No era un hombre sentimental, ni se hacía ilusiones sobre la bondad de la gente, ni subestimaba el potencial humano para la crueldad. Durante su largo matrimonio con Claire, una relación repetidamente vapuleada por las infidelidades de ella, Kell había sentido siempre un profundo afecto por su mujer. Pero nunca había conocido esa agitación narcótica, el estado de gracia en el que se encontraba en compañía de Rachel. Nunca en cuarenta y cuatro años.

Igual que habían hecho en Estambul dos semanas antes, se vistieron al anochecer y salieron a cenar. («Estaba mintiendo con lo de cocinar, sólo quería llevarte al huerto.») Hablaron del nuevo trabajo de Rachel, de un problema que ella tenía con sus vecinos, de unas vacaciones familiares planeadas por Josephine para agosto. Sólo hacia el final de la comida Kell decidió abordar el tema de Ankara-1; con la agitación de la segunda botella de vino, le parecía deshonesto no hablar de ello.

—Me han ofrecido un puesto permanente en Turquía.

—Es genial —dijo Rachel—. Estarás entusiasmado.

A Kell le tocó el orgullo no detectar al menos un ligero atisbo de decepción.

—No he aceptado todavía —dijo con rapidez—. Depende mucho de la operación en la que estoy trabajando ahora.

Rachel bajó la mirada a la mesa. Ambos sabían que a Kell no se le permitía hablar abiertamente de su trabajo. Aunque era consciente de ello y sentía la reticencia de Rachel a discutir el tema, forzó la cuestión de todos modos.

—Es el puesto de tu padre. En realidad.

Rachel continuó mirando la mesa.

—¿Cómo te hace sentir eso? —insistió.

Kell era consciente de que había ido demasiado lejos. El restaurante se había llenado de parejas, familias y grupos de amigos, y nadie parecía hablar con nadie. Habían ido a uno de los restaurantes tailandeses favoritos de Rachel, y el hilo musical se tornó tan áspero como el sonido que producen las uñas arrastrándose por una pizarra.

—¿Rachel?

—¡¿Qué?!

Ahí estaba otra vez; el repentino destello de rabia de su primera noche juntos en Estambul. Su expresión hosca, su máscara de decepción. Esta vez, sin embargo, Kell sabía que no estaba borracha; él le había pinchado un nervio de la impaciencia y dolor y ella se había puesto de mal humor.

—Lo siento —dijo—. Ha sido una estupidez por mi parte. Ya lo hablaremos en otra ocasión.

No obstante, Rachel se mantuvo en un silencio terco. Kell trató de iniciar una conversación sobre un libro que los dos habían leído, pero el malestar entre ambos crepitaba como energía estática. Rachel no respondió. Kell estaba molesto por la rapidez con que la armonía romántica de la tarde se había perdido. Tal vez, a pesar del sexo, las charlas y los miles de mensajes de correo, siempre serían dos extraños.

—No hagamos esto —dijo él—. Lo siento. He sido insensible. No debería haber sacado el tema.

—Olvídalo —respondió ella.

Pero la noche había terminado. Siguió un prolongado silencio con un fondo de arpas y gaitas, y Rachel se empeñó en mirar a un lado del restaurante, con expresión hosca y aburrida. Kell, agitado por una mezcla de frustración y rabia por el cambio repentino en la conducta de Rachel, fue incapaz de cambiarle el humor. Por fin, ella se fue al baño y Kell pidió la cuenta. Cuando salieron del restaurante al cabo de cinco minutos, a una calle deprimente y mal iluminada del este de Londres, Rachel se volvió hacia él y dijo:

—Creo que es mejor que no te quedes.

Kell sintió arder la furia en su interior, pero no respondió. Todavía podía oír la algarabía de la música perdiéndose tras ellos cuando se dio la vuelta y se alejó. El romántico que había en él estaba abrumado por la decepción; el hombre racional y experimentado simplemente sintió rabia por la reacción excesiva de Rachel. Se maldijo por haber hablado de Ankara, pero maldijo todavía más a Rachel por no tener paciencia ni la buena voluntad de pasar por alto sus observaciones.

No se dio la vuelta. Tampoco respondió cuando notó que el teléfono le vibraba en el bolsillo. Encendió un cigarrillo, caminó hasta la estación de metro, esperó en un andén repleto al último convoy nocturno de Central Line y regresó en silencio al oeste de Londres. Al bajar del ascensor en la estación de Holland Park media hora más tarde, vio que Rachel lo había llamado dos veces; también había enviado un mensaje de texto que sólo contenía un signo de interrogación. No respondió. Se limitó a salir a Holland Park Avenue y sacar un paquete de Winston. Un hombre y una mujer pasaron a su lado cogidos del brazo. El hombre le pidió un cigarrillo; Kell le dio uno y se lo encendió sin decir una palabra. Recibió a cambio un gesto efusivo de agradecimiento. El aire olía a excremento de perro: Kell no sabía si procedía del zapato de uno de los miembros de la pareja, o si era el olor general de la zona. Se encaminó hacia el este, sin dirigirse a casa todavía, y tomó la decisión de trabajar. Reanimado por el cigarrillo, paró un taxi y en menos de cinco minutos estaba en Redan Place.

No había vigilante de seguridad de servicio en la puerta. Kell entró en el edificio usando una de las llaves de su llavero. Subió en ascensor al cuarto piso, donde se encontró tres cajas apiladas para mantener abierta la puerta de la oficina. Las luces de una de las salas grandes de mitad del pasillo estaban encendidas y alguien que se movía por allí proyectaba una sombra parpadeante.

—Hola —dijo Kell en voz alta—. ¿Hay alguien?

El movimiento cesó. Kell oyó gruñir un «¿Qué pasa?» y vio asomándose al pasillo la cara de Harold Mowbray. Harold parpadeaba tratando de enfocar a Kell. Parecía un hombre mirando en el interior de un horno para ver si su cena estaba cocinada.

—¿Eres tú, jefe? ¿Qué estás haciendo a estas horas de la noche?

Mowbray había sido el técnico de operaciones en la actuación para encontrar al hijo de Amelia, dos años antes. Se le daban bien los micrófonos y las cámaras diminutas, además de las frases ingeniosas para relajar la tensión.

—Iba a preguntarte lo mismo —repuso Kell—. Me alegro de verte. —Lo sorprendió hasta qué punto lo decía en serio.

Fue un alivio encontrarse con un viejo colega. Se acercaron el uno al otro en la penumbra del pasillo y se estrecharon la mano.

—Bueno, ¿qué está pasando esta vez? —preguntó Harold—. ¿Amelia tiene una hija secreta que no conocía? Me sentí como en *Mamma Mia* en la última operación.

Kell rió, a pesar de que se arrepentía por lo terco y corto de miras que había sido al no volver a llamar a Rachel.

—Un Primo que nos preocupa. Ryan Kleckner. Con base en Estambul. Estará cinco días en Londres, en algún momento tendrá una reunión de emergencia de la que no querrá testigos.

Harold asintió. Kell se acercó a la puerta del piso, le dio a un interruptor y se encendieron los fluorescentes de la oficina. Harold le confirmó que estaba satisfecho con la instalación en las dos habitaciones del Rembrandt. Kell había obtenido los nombres y direcciones de las chicas del Facebook y pidió a Harold que pinchara los apartamentos. Bastaría con sonido, no hacía falta imagen. La reserva en el Galvin, un restaurante de Baker Street, para la cena de los compañeros de Georgetown era para el miércoles por la noche. Hablaron brevemente sobre la posibilidad de poner micrófonos en una mesa, pero concluyeron que sería inútil. En cambio, delante del restaurante tendrían preparados varios taxis para coincidir con la salida de Kleckner.

—Esto es más cosa de Danny, ¿no? —Mowbray se estaba refiriendo a Danny Aldrich, otro veterano de 2011, que dirigiría al equipo de vigilancia en ausencia de Javed Mohsin.

—Sí —coincidió Kell—. En algún punto, Kleckner va a intentar desaparecer.

Harold estaba de pie en el despacho de Kell. Los dos estaban fumando, después de haber abierto las ventanas del todo.

—Sólo tendremos siete personas observándolo, ocho como máximo —continuó Kell—. Lo ideal sería echarle algo en la bebida o ponerle un micrófono.

—Sí, Amelia lo mencionó.

Kell levantó la mirada.

—¿Sí?

Kell tuvo la impresión de que Harold había hablado más de la cuenta, que estaba ocultando algo. Recordó sus conversaciones con Amelia en Estambul: la sensación de que se desarrollaban operaciones paralelas sin su conocimiento, de que le ocultaban información privilegiada.

—¿Qué quieres decir? —preguntó, apagando el cigarrillo.

Harold se volvió y se encaminó hacia el pasillo. Kell lo siguió a la zona cerrada en la que había instalado las pantallas de vigilancia del Rembrandt. No podía ver la cara de Harold mientras hablaba:

—Ya sabes. Lo normal. Cuál es la última tecnología, qué podemos hacer para asegurarnos de tener ojos y oídos en un objetivo.

—¿Y qué podemos hacer?

Harold se recuperó y le lanzó una sonrisa marca de la casa.

—Estoy trabajando en ello, jefe —dijo—. Estoy trabajando en ello.

43

Ryan Kleckner subió a bordo del vuelo TK1986 de Turkish Airlines en el aeropuerto Atatürk de Estambul a las 17.30 horas del martes 30 de abril. Quince filas detrás de él, Javed Mohsin se acomodó en un asiento de ventanilla, guardó su pasaporte paquistaní en el bolsillo interior de la chaqueta, infló una almohada de viaje y se puso a dormir. Cinco horas más tarde, debido a un retraso durante el vuelo, Mohsin atisbó un segundo a ABACUS mostrando un pasaporte diplomático en la terminal tres de inmigración; de ese modo esquivaba una cola serpenteante que lo habría retrasado al menos cuarenta y cinco minutos. Mohsin telefoneó para avisar a un segundo agente de vigilancia en la zona de equipajes: le confirmó la indumentaria de Kleckner —zapatillas Converse blancas, vaqueros, polo blanco, suéter con cuello en uve— y le dio una descripción de su equipaje —una maleta de ruedas negra con una pegatina de los labios de los Rolling Stones medio despegada en el lado izquierdo—, así como de la mochila de piel de la que rara vez se separaba. ABACUS no había facturado equipaje y en menos de tres minutos estaría en el edificio de la terminal.

La segunda agente —conocida por el equipo como «Carol»— localizó a ABACUS cuando éste entró en la zona de equipajes y llamó a Redan Place tan pronto como lo vio comprar una tarjeta SIM en una máquina automática del lado sur.

—¿Qué marca? —preguntó Kell, sentado en la más pequeña de las seis salas, la que había elegido como su despacho.

Los movimientos de Kleckner eran predecibles, pero aun así podían ser un dolor de cabeza para Elsa y el Cuartel General de Comunicaciones.

—No estoy segura. Parecía una Lebara prepago.

—¿La ha puesto en la BlackBerry?

—Todavía no. Negativo.

Carol siguió a ABACUS a través de las puertas automáticas de aduanas y estableció una línea de visión con un tercer vigilante —Jez—, que se había unido a la masa de taxistas que se agolpaban en Llegadas. Jez iba vestido con un traje negro barato y sostenía un cartel de Addison Lee con el nombre KERIN O'CONNOR escrito con rotulador verde en la parte delantera. Bajó el cartel, se volvió y siguió a ABACUS a cinco metros de distancia mientras Carol iba delante y ocupaba una posición avanzada en el andén del Heathrow Express por si Kleckner elegía viajar a Londres en tren.

Pero el estadounidense tomó un taxi. Jez envió un mensaje de texto con el número de matrícula a un vehículo del SSI que merodeaba cerca del cruce de Parkway con la entrada 3 de la M4. Con Jez detrás, el conductor del vehículo alcanzó al taxi de ABACUS cuando éste se detuvo en un semáforo a trescientos metros de la autopista. Los dos coches siguieron al objetivo al centro de Londres hasta que ABACUS entró en el hotel Rembrandt. Carol volvió a Paddington en el Heathrow Express y se dirigió a un restaurante de Knightsbridge para esperar nuevas instrucciones de Kell. Jez aparcó en una callejuela detrás del hotel con la esperanza de poder dormir un rato. Al conductor del segundo vehículo del SSI lo llamaron para otro trabajo. Javed Mohsin se fue a casa con su esposa, a la que no veía desde hacía seis semanas.

• • •

Cada movimiento de la llegada de Kleckner se había retransmitido en directo a Redan Place. En cuanto ABACUS se puso en marcha, Kell llamó a Danny Aldrich a su habitación del Rembrandt. Harold había redirigido las cámaras de vigilancia al portátil de Aldrich, de manera que éste podía tener un ojo en el pasillo de la habitación de Kleckner y a la vez en las entradas frontal y lateral. Si el estadounidense se registraba en el hotel y salía a dar una vuelta, Aldrich formaría parte del equipo móvil de vigilancia que intentaría seguirlo. Si pedía algo al servicio de habitaciones y se iba a dormir, la mayor parte del equipo tendría una noche tranquila.

Se confirmó que Amelia había acertado al suponer que Kleckner querría cambiar de habitación. Pese a tener reservada la 316, donde se había trabajado meticulosamente durante cuatro horas para instalar cámaras y micrófonos, el estadounidense volvió a recepción y exigió un cambio tras hacer una valoración superficial de la habitación. La agente proveniente del SSI australiano que ocupaba el lugar de recepcionista del Rembrandt —con la connivencia del director del hotel— reaccionó con rapidez y calma a la petición de Kleckner, incluso le lanzó el hueso de «una encantadora vista de Knightsbridge». A ABACUS lo reasignaron a una habitación de la planta superior del hotel que también había sido preparada debidamente para obtener imagen y sonido.

Kell se preguntó por los motivos de Kleckner. ¿Quería sólo una habitación más agradable, o le preocupaba que pudieran estar vigilándolo? En este último caso, ¿era simplemente cauto, o su decisión evidenciaba una paranoia creciente?

—Sólo tenemos que mantener la calma —dijo Kell a Amelia por teléfono poco después de las diez.

—Así lo hacemos, Tom. Así lo hacemos —repuso ella, y con eso anunció que se iba a acostar.

Al final fue una noche larga. Kleckner se dio una ducha en su habitación y pidió un sándwich, luego se puso unos vaqueros y una camisa limpia para salir a disfrutar de la noche londinense. Jez, que había echado una cabezadita en la callejuela, se despertó con una llamada de teléfono de Kell, que le ordenó conducir en círculos en torno a ABACUS mientras Aldrich, Carol y otros dos agentes de vigilancia lo seguían a pie hasta Kensington.

Se sabía que se había citado con una chica libanesa en el Eclipse, un bar de Walton Street. La mujer más joven del equipo —Lucy— entró diez minutos después en el bar, donde las atenciones de dos empresarios residentes en Dubái interfirieron brevemente en sus esfuerzos por fotografiar a la acompañante de Kleckner.

—Tiene unos veinticinco años —le comentó a Kell, hablando desde el bar. Era casi imposible oír lo que decía—. El nombre que he oído es «Zena». Parece que se conocen. Se han visto antes, quizá él le esté dando esperanzas.

—¿Por qué no sabíamos de ella? —preguntó Kell a Elsa mientras enviaba un mensaje a Danny ordenándole que esperara en Walton Street. Hacía mucho tiempo que Kell no había oído la expresión «darle esperanzas»—. ¿Quién es Zena?

Elsa se encogió de hombros.

—¿Tal vez la nueva SIM? —dijo.

Kell había pedido que quitaran una de las mamparas de separación de la oficina para crear una zona común más grande en la cual pudieran sentarse todos los miembros del equipo. También había hecho llevar otro sofá de una tienda de Westbourne Grove. Elsa estaba tumbada en él, mirando al techo, cansada y un poco susceptible.

—Sucede a menudo: la gente tiene cuentas de correo, sitios web y nuevas IP que usa para hacer contactos.

—Cierto —replicó Kell—. Pero todavía necesitamos conseguir esa SIM.

Kleckner estuvo una hora más en el Eclipse y se marchó con Zena cuando cerró el bar. Lucy había dejado que los hombres de negocios de Dubái la invitaran y había salido en su compañía media hora antes, con lo cual si Kleckner se había fijado en ella supondría que había ido para encontrarse con esos hombres y no constituía una amenaza de vigilancia. Eso sí, en cuanto salió del bar, Lucy se sacudió a los hombres de encima y regresó a casa. Lucy ya estaba marcada como «rojo» para el resto de la visita de Kleckner; cabía la posibilidad de que él la reconociera como una cara repetida si volvía a seguirlo.

Entretanto, Aldrich había conseguido un taxi negro falso del Servicio de Seguridad y pudo seguir a Kleckner y Zena a una discoteca en el lado este de Kensington High Street. Con Lucy fuera de juego, Kell se dio cuenta de que se habían quedado con un equipo de sólo cinco. No podía arriesgarse a enviar otro agente para vigilar en la discoteca. Tenía la corazonada de que Kleckner emborracharía a la chica, la sacaría a la pista de baile y luego le propondría una copa en el Rembrandt. Ése era su modus operandi habitual en Estambul y a Kell le parecía altamente improbable que Kleckner se marchara en el momento culminante de una cita de una noche para reunirse con Minasian.

Así fue. Poco después de las tres de la madrugada, Kell tenía un mensaje de texto de la recepcionista confirmando que ABACUS estaba ya «de vuelta en su habitación con una mujer (aspecto árabe, veintitantos). Los dos borrachos, flirteando». Una vez frente a las pantallas de vigilancia, Kell y Harold vieron a Zena cepillándose frenéticamente los dientes en el cuarto de baño mientras un Kleckner sin camisa buscaba champán en el minibar. La colcha revuelta sugería que la pareja ya había estado besándose.

—Qué suerte tiene el cabrón —murmuró Harold—. Lo que daría por tener veintinueve otra vez.

—Estoy seguro de que un montón de mujeres sienten lo mismo —repuso Kell—. Mira a Zena. Si tuviera que escoger esta noche entre Ryan y tú, y tú estuvieras en el hotel, bueno...

—Bueno, no hay color, ¿no? Es humana.

Harold apagó el audio del cuarto de baño. Tenían encendido el televisor de la habitación, sintonizado en un canal de música. Sonaba una canción que Kell no reconoció.

—¿Deberíamos dejarlos a lo suyo? —sugirió, recordando la primera noche con Rachel en el Grand Hotel de Londres.

—Buena idea —repuso Harold, y pasaron a la puerta de al lado.

44

Zena se marchó antes de las siete. Kleckner, que había estado simulando dormir, se levantó de la cama en cuanto ella se hubo ido de la habitación y miró la hora en su reloj. Después de visitar el cuarto de baño, se tumbó en el suelo y completó cincuenta flexiones rápidas, una serie de abdominales y un ejercicio para fortalecer las piernas que hizo sentado contra la pared. Kell lo había visto todo antes en Estambul, pero fue la primera vez que Harold observaba la rutina de belleza de ABACUS.

—Sabía que había olvidado hacer algo al despertarme esta mañana —comentó.

Kell, que había conseguido dormir tres horas en un colchón de la oficina, dijo:

—Yo también. —Y se dio un golpecito en el abdomen al dirigirse a la cocina.

A las ocho en punto, Kleckner estaba tomando un desayuno saludable en el restaurante del hotel —muesli, fruta, yogur—, observado por Aldrich desde la primera planta. Había ocho agentes de vigilancia dispersos por el barrio: uno con Aldrich, dos más con Jez en el Renault de Addison Lee, tres a pie en Knightsbridge. Elsa tenía pinchado el wifi de la habitación de Kleckner, así como su teléfono móvil turco, pero todavía nada de la SIM de Heathrow. El tráfico de datos de ABACUS no había arrojado indicios sobre los planes que tenía para el día, y Kleckner tampoco había contactado con Chater en Estambul. Kell estaba convencido de que el estadounidense iba a tratar de deshacerse de la vigilancia.

Poco después de las nueve y cuarto, se informó de que Kleckner había salido del Rembrandt y se dirigía a pie hacia el este, directamente a Harrods. Llevaba una gorra de béisbol y tres capas de ropa, incluida una chaqueta negra que podía quitarse en cualquier momento para efectuar un cambio de apariencia radical. Kell, dirigiendo la operación desde la central de Redan Place, envió a Jez a Harrods y puso a sus dos agentes dentro de los grandes almacenes, uno en la esquina occidental, otro en la sección de Alimentación. Otros dos agentes se fueron en avanzadilla a Harvey Nichols.

La primera señal de que Kleckner tenía la intención de despistar una posible vigilancia se produjo cuando giró al sur en Beauchamp Place, a menos de cien metros de la entrada de Harrods. En Walton Street giró otra vez a la derecha, con lo cual dobló hacia la dirección del Rembrandt. Kell sacó a los agentes de Harrods y los devolvió al Renault con Jez. Aldrich, que había estado merodeando en el taxi negro en Thurloe Place, localizó a ABACUS en Draycott Avenue y logró seguirlo por Pelham Street. Carol, vestida con pantalones cortos de correr, zapatillas, una camiseta, y unos auriculares que le permitían oír la información de Kell desde la central, corrió hacia el oeste por South Terrace, manteniéndose en paralelo a la posición de Kleckner, y se hizo cargo del seguimiento cuando el estadounidense llegó a la estación de metro en South Kensington.

—Irá al metro —anunció Kell, y no se sorprendió cuando Aldrich informó de que Kleckner estaba haciendo una llamada telefónica en la zona peatonal justo al oeste de la estación.

—¿Podemos oírla? —preguntó a Elsa.

Elsa tenía una línea constante con la BlackBerry de Kleckner, pero negó con la cabeza. O bien el estadounidense estaba utilizando la nueva SIM, o —lo más probable— decía sandeces con el teléfono desconectado mientras se tomaba su tiempo para examinar visualmente el entorno desde todos los ángulos. ¿Alguna cara repetida? ¿Algo fuera de lugar? Ryan conocía todos los trucos. Javed Mohsin los había soportado durante seis semanas.

—Parece un tres sesenta lento —informó Aldrich, confirmando la sospecha de Kell: Kleckner estaba girando sobre sí mismo muy despacio para llevar a cabo una valoración completa de la zona—. Ahora va al metro.

Carol no podía seguirlo. No con ropa de correr. En su lugar, Aldrich y otros dos agentes siguieron a ABACUS al metro. Era la peor parte de una operación de vigilancia. Tiempo muerto. Sin comunicación subterránea, salvo por algún mensaje de texto afortunado, que consigue salir con una barra de señal o gracias al milagro de wifi gratuito de Virgin. Por lo demás, Kell se vio obligado a pasear y esperar, tratando de transmitir sensación de calma y profesionalidad a Elsa y Harold, aunque por dentro bullía de tensión. Cuando era joven le encantaba esa sensación, la inyección de adrenalina ante las situaciones en las que estaba mucho en juego y arriesgaban, pero Kleckner era demasiado importante —sus pecados demasiado graves— para que Kell disfrutara de otra sensación que no fuera un deseo intenso de llevarlo ante la justicia. Pensó en Rachel, y en su padre muerto, y en el placer que le daría presentarle la cabeza de Kleckner en una bandeja. Si la misión de Londres fallaba —y Kell era consciente de que cabía la posibilidad de que perdieran a ABACUS en los próximos cinco días y no lograran identificar a su controlador—, se vería obligado a volver a Estambul y a pasar semanas, posiblemente meses, esperando una segunda oportunidad. Su plan B, que había discutido al detalle con Amelia, consistía en cambiar la información secreta que ABACUS había dejado en el balón de fútbol de Büyükada por bazofia. Pero ese plan significaría dejar que Kleckner continuara operando, y casi con certeza requeriría la asistencia de la CIA, algo que provocaría que Chater pisoteara la operación del SSI y marcaría el final de su participación.

Una señal de Elsa. Una mano en el aire, tocándose la oreja con la otra.

—Mensaje de Nina. Línea de Piccadilly. Hyde Park Corner.

Nina era uno de los dos agentes que habían seguido a Kleckner al metro. Era baja y ligeramente bizca, con fundas en varios dientes delanteros, lo que producía una inquietante variedad de tonos en su boca. A Kell, que sólo la había visto una vez, le había desagradado desde el primer momento.

—¿Va a salir?

Elsa se encogió de hombros.

Pasaron veinte minutos antes de que Kell oyera algo más.

—¿Jefe?

Aldrich esta vez.

—Danny. ¿Cuál es la situación?

—Está haciendo circuitos. Lo pillé en Green Park. Baja, sube. Una parada más en Piccadilly. Luego al norte, a Oxford Circus.

—¿Lo tienes ahora?

—Sí, lo tengo. Lo estoy viendo. Pero estoy solo.

—¿Qué ha pasado con Nina?

—Quién coño lo sabe.

Kell maldijo entre dientes, pero estaba contento de tener a Aldrich como último par de ojos.

—¿Dónde estás?

—Hyde Park Hotel.

¿Era el tipo de sitio para reunirse con un controlador? Casi seguro no. Era demasiado obvio, demasiado cerca de las salidas del metro. Un agente con la experiencia de Kleckner se tomaría al menos dos horas de contravigilancia antes de asumir un riesgo así. El Hyde Park Hotel debía de ser otro punto intermedio en la ruta planeada.

—¿Visual?

—Imposible. Me calaría.

En ese momento, llegó un mensaje de texto de Jez que de forma milagrosa, algo que Kell nunca llegaría a comprender, había logrado entrar en el hotel por delante de Kleckner y seguirlo hasta el servicio de caballeros. Recibida esta información, Kell actuó en consecuencia y ordenó a los

otros miembros del equipo que volvieran a la zona de Knightsbridge y esperaran a recibir más instrucciones.

—Crees que irá a Harrods, ¿no?

Elsa estaba de pie al lado de Kell, junto a una de las
ventanas que daban a Whiteleys. Para su sorpresa, ella le
puso un brazo en los hombros, como si tratara de tranqui-
lizarlo.

—Sí —repuso Kell, volviéndose hacia ella con una sonrisa—. Está a menos de quinientos metros de distancia.
Siempre ha sido el antro favorito de los rusos. Deben de
haberle dicho que vaya allí, si no lo sabía ya. NKVD. KGB.
FSB. Todos han estado usando Harrods durante décadas.

—¿Antro? —dijo ella frunciendo el ceño—. ¿Qué significa eso, por favor?

—No importa. —Kell miró a través de los tejados del
skyline y las grúas de Londres.

ABACUS estaba a punto de ir de compras.

45

Jez vio a ABACUS saliendo del Hyde Park Hotel y se lo transfirió a Carol, que se había quitado la ropa de correr, recogido el pelo en un moño y puesto un traje chaqueta y zapatos de tacón. Mientras Kleckner caminaba hacia el oeste por Knightsbridge, para luego cruzar la calle en un semáforo y dirigirse a Harrods, Carol andaba tan cerca de él que casi podía tocarlo con la mano.

Todo el equipo, a excepción de Nina, se encontraba otra vez en la zona, pero Kell había puesto sólo un agente —un hombre de sesenta y dos años llamado Amos— en el interior de los grandes almacenes. No quería arriesgarse a apostar más alto y que luego Kleckner saliera del edificio en tres minutos y se metiera en el metro en Knightsbridge. En lugar de eso, Kell distribuyó al resto del equipo por las cuatro fachadas del edificio, cubriendo todas las salidas a la calle. No tenía sentido tratar de seguir a Kleckner por dentro de Harrods. Que hiciera lo que tuviera que hacer, que desplegara todos sus trucos. Para tratar de escabullirse, ABACUS podía pasar cinco horas deambulando por ocho departamentos diferentes, pero tarde o temprano tendría que salir del edificio.

—Está dentro —informó Carol.

Kleckner había usado la puerta de Hans Crescent en la esquina norte. Todavía llevaba la gorra de béisbol y la chaqueta negra de Carhartt. Jez fue detrás de él, sin dejar de hablar con Kell mientras Carol se quedaba en la entrada.

—En la sección de ropa de caballero. A quince metros...
—Jez hablaba con un marcado acento *cockney*—. ¿Cómo están mis salidas?

Kell y Elsa tenían más de media docena de teléfonos móviles delante, cada uno de los cuales proporcionaba información posicional de un miembro del equipo. Recibir sus mensajes y usarlos para crear y mantener un mapa mental de la zona exigía a Kell un nivel de concentración que no había tenido en años. Era estimulante.

—Todo cubierto —contestó, cuando Jez subió a la primera planta y cedió el testigo a Amos, que se ocuparía de Kleckner en el departamento de alimentación.

—Visto —dijo Amos, con un deje propio de Somerset.

Mientras que la mayoría de los miembros del equipo usaban auriculares y micrófonos ocultos, a Amos le habían dado un Nokia antediluviano, como los que preferían los abuelos y viudos solitarios. Kell había confiado en que el teléfono sería una tapadera creíble.

—Buscando algo de caviar, creo. En la zona de *delicatessen*. Sigue con la gorra puesta.

Los siguientes cincuenta minutos, trabajando en pareja, Jez y Amos pudieron moverse con Kleckner mientras éste tomaba medidas de contravigilancia. El estadounidense pasó entre las chicas guapas de Perfumes y Cosméticos, subió dos plantas hasta la sección de textiles para el hogar y luego bajó por la escalera mecánica de temática egipcia, pasando por delante del memorial con velas encendidas dedicado a Diana y Dodi al-Fayed. Cuando Kleckner doblaba rápido a la derecha o izquierda y lo perdían de vista, Harold usaba un enlace con las cámaras de seguridad de circuito cerrado para volver a localizarlo. Eso funcionó sólo dos veces —un parpadeo repentino de la imagen de una figura con chaqueta oscura y gorra de béisbol—, pero en ambas ocasiones Kell pudo establecer la posición aproximada de Kleckner e informar de nuevo al equipo. Al mismo tiempo, Nina había reaparecido después de haber viajado al este por la línea de Piccadilly durante casi media hora; se había equivocado al creer que Kleckner iba sentado en el vagón de al lado.

—Me he confundido de objetivo —explicó avergonzada—. Puta gorra de béisbol. La misma chaqueta.

—No importa —le dijo Kell, y la puso en Belleza y Moda, cubriendo las puertas 6 y 7 en el ángulo derecho del rincón sudeste. Entretanto, Aldrich, Carol y otros tres agentes estaban fuera bajo cobertura natural, usando paraguas para protegerse de un chaparrón repentino.

Justo antes de mediodía, Amos informó a Kell de que ABACUS había entrado en la sección de juguetes de la tercera planta desde la gran librería del centro de la segunda donde había comprado un número de la revista *Wired*. En ese momento estaba jugando a un videojuego en un televisor de pantalla grande en el extremo norte. Kell aprovechó la oportunidad para cambiar a Jez y Amos, y situarlos en el exterior de dos salidas de la planta baja, mientras Carol y Lucy continuaban la vigilancia visual en plantas separadas. Durante los lentos minutos que siguieron, llenos de mensajes de texto, imágenes de circuito cerrado, estallidos de charla seguidos de silencios prolongados y exasperantes, Kell sintió que pese a todo tenía la operación controlada, que pulsaba los botones correctos y tomaba las decisiones adecuadas. Al final, Kleckner saldría del edificio sin darse cuenta de que Danny o Carol o Nina lo habían localizado y conduciría al SSI a su controlador del SVR.

Sin embargo, en un abrir y cerrar de ojos todo estuvo perdido.

Lucy confirmó el avistamiento de ABACUS en Juguetería, un segundo después Carol lo vio moverse por Ropa Infantil en la cuarta planta. Luego ya no estaba. Ni en el circuito cerrado. Ni en las salidas de la planta baja. Los móviles de Redan Place dejaron de vibrar, las pantallas de portátil se silenciaron. Los ocho experimentados agentes de vigilancia habían dejado de hablar con Thomas Kell, sumido en una avalancha de frustración al comprender que había perdido a Ryan Kleckner. Durante las dos horas siguientes, Kell mantuvo al equipo vigilando las diez puertas de salida a la calle mientras Aldrich y Nina barrían Harrods tratando de encontrar al estadounidense. Pero no había rastro de él. Poco antes de las tres, Kell canceló la operación y llamó a Amelia.

—Lo he perdido.

—No me sorprende.

Sonaba alegre, más que molesta.

—Eh, gracias —respondió Kell, como si Amelia nunca hubiera confiado en él.

—No quería decir eso.

—Harrods —dijo él—. Maldito Harrods.

—No te preocupes por eso.

Kell la había llamado al Cross. Podía oír otro teléfono sonando en el despacho de Amelia.

—Sabemos que ABACUS tiene agentes fuera de Turquía. Existe la posibilidad de que esté visitando a uno de ellos y no a su controlador. Volverá al hotel en algún momento, y podremos empezar de nuevo.

Kell le dio las gracias y colgó. Tomó el ascensor a la planta baja y fue a comer a un *fish and chips* de Porchester Road. Envió un mensaje de texto a Rachel, pero no recibió respuesta. Cuando regresó a la central, Elsa salía para ir a ver una película en Whiteleys y Harold volvía de un masaje tailandés en Queensway.

—¿Hueles esto, jefe? —dijo—. Bálsamo de tigre.

Kell se obligó a sonreír.

—No te preocupes —dijo Harold, plantando una mano en el codo de Kell—. Estas cosas pasan. Tenemos otros planes, otras bazas.

—¿Ah, sí? —contestó Kell, sonando y sintiéndose escéptico.

Harold pestañeó. Kell no sabía si hablaba en serio, o si simplemente trataba de animarlo.

—¿Alguien ha encontrado la gorra? —preguntó Harold—. ¿La chaqueta?

Kell negó con la cabeza. Tal vez Kleckner había efectuado un cambio de apariencia completo —robando un uniforme en Harrods, comprando un traje en la sección de Caballeros—, o quizá había conseguido escabullirse por una de las salidas justo en el momento en que Jez o Carol o

Nina o Danny habían mirado hacia otro lado. Los ojos se cansaban. La concentración decaía. Era inevitable. En todo caso, ABACUS se había convertido en un fantasma.

Durante las siguientes horas, Kell movió sus piezas de ajedrez por el tablero —Aldrich volvió a la planta baja del Rembrandt, Carol a correr por Grosvenor Square, por si se daba la remota posibilidad de que Kleckner apareciera en una visita a la embajada—, pero era una partida contra un oponente que iba a dejar ver su juego. Elsa regresó del cine («Una peli sobre la Tierra, con Will Smith y el hijo de Will Smith. No es muy buena») y se puso a trabajar en la cuenta de Facebook de Kleckner, buscando un intercambio de mensajes con alguna de sus muchas amigas en Londres. Amelia había denegado la petición de Kell de pinchar dos de los pisos pertenecientes a anteriores relaciones de una noche de Kleckner con el argumento de que sería una pérdida de tiempo hacerlo, y había dejado a Kell sin más margen de movimiento. Kleckner se encontraba en algún lugar de Londres, en algún lugar de Inglaterra; podrían pasar días antes de que volviera a salir a la superficie. Lo único que pudo hacer Kell fue sentarse y matar el tiempo supervisando el cambio de turno en el equipo de vigilancia. Carol, Jez y el resto de los agentes se fueron a sus casas y los sustituyeron ocho observadores del MI5 que nunca habían visto a Ryan Kleckner en carne y hueso. Kell se sentía frustrado de no poder salir a ver en directo la acción sobre el terreno. Estaba acostumbrado a participar de forma activa en las operaciones, no a sentarse de brazos cruzados en una oficina tratando de adivinar las intenciones del oponente. Espiar era esperar, sí, pero Kell quería estar en el Rembrandt, en el taxi de Egerton Gardens, en las calles de Knightsbridge, no cociéndose en Redan Place, frente a un panel de pantallas de vigilancia, junto a un Harold que apestaba a bálsamo de tigre y a una Elsa perdida en su mundo de códigos, bits y algoritmos.

A las diez salió a cenar. Paseando por Westbourne Grove, llegó hasta un restaurante persa donde pidió un *kebab* de cordero y un té de menta, mientras pensaba en los caballos y carros de Büyükada y en el gemido de los barcos en el Bósforo. Harold se había ido unas horas a casa, pero tenía que volver a medianoche. Elsa se había quedado dormida en el colchón del despacho de Kell. Danny Aldrich se ocupaba del fuerte, y había prometido avisar a Kell en cuanto hubiera alguna noticia de ABACUS.

Justo después de las once sonó el teléfono de Kell.

—¿Jefe?

Era Danny. Kell estaba fumando un cigarrillo de pie en la acera, junto a un quiosco. Al otro lado de la calle, dos chicas borrachas subían a un taxi. Una de ellas parecía a punto de vomitar.

—¿Sí?

—Ha vuelto.

—¿Al Rembrandt?

—No. Pat lo ha localizado caminando al norte de la salida de metro de South Kensington. Pero parece que van hacia allí.

Kell se dirigía ya a Redan Place. Dejó caer su cigarrillo a medio fumar en un charco, lo oyó chisporrotear.

—¿Van? —dijo él.

—Está con una chica.

—¿La misma de anoche? ¿Zena?

—Negativo. Otra. Podría ser una de Facebook. Tendremos contacto visual en un par de minutos.

Kell entró corriendo en Redan Place mientras sacaba la llave del bolsillo, siguió corriendo por el vestíbulo hacia los ascensores. Tuvo que esperar más de un minuto antes de que las puertas se abrieran. Olía a curri en la cabina. Alguien había vuelto con comida para llevar.

—¡Estamos aquí! —gritó Danny, llamando a Kell desde la sala de vigilancia.

Harold y Elsa estaban sentados delante de las pantallas del Rembrandt. Ninguno de los dos levantó la cabeza, pero Elsa murmuró un *ciao*.

—¿Están en el hotel? —preguntó Kell.

—Sí. Acaban de bajar del ascensor. —Harold hablaba inclinado hacia delante—. Tienes que ver a su amiguita. Es increíble. Este tío es un máquina.

El audio de la habitación de Kleckner estaba encendido. Kell veía una imagen de Kleckner y la mujer a lo lejos, en el pasillo. Cuando la puerta se abrió, Kell oyó primero la voz de la mujer, con acento estadounidense, recitando un verso de Pink Floyd.

—*Oh my God! What a fabulous room! Are all these your guitars?*

Kleckner rió, Harold sonrió, y todos ellos vieron a la mujer entrando en la habitación. Sólo entonces Kell se dio cuenta de quién era.

Rachel.

46

Kell se dio la vuelta y salió trastabillando hacia la puerta, los ascensores. Oyó a alguien a su espalda gritando «¡¿Tom?!» mientras él andaba por el corto pasillo hacia el lavabo de hombres. Empujó la puerta. Pensaba en Rachel acariciando a Kleckner, en las manos y la boca de ella recorriendo su cuerpo, tocando su piel. Se dobló sobre sí mismo, sacudido por el impacto de la imagen. Se lanzó contra la pared del lavabo, sentía que le faltaba aire en los pulmones.

Buscó un cigarrillo. Caminó hasta la hilera de lavamanos, se apoyó en uno de ellos y encendió el pitillo. Abrió la ventana. Sostenía el cigarrillo hacia el exterior, fuera del marco, consciente todavía de la existencia de aspersores, alarmas de humo y reglas. Con su primera calada, Kell experimentó una oleada de rabia y violencia tan intensa que estuvo a punto de dar un puñetazo a la pared. Pensó en la mandíbula rota de Kleckner, en su rostro ensangrentado y en cómo y dónde y de qué manera llevar a cabo su venganza. Mataría a Kleckner. Eso seguro. Estaba convencido de que el estadounidense había llevado a Rachel al hotel para humillarlo. ABACUS sabía que los antiguos colegas de Wallinger estaban mirando.

Alguien llamó a la puerta.

—¿Tom?

Era Elsa. Kell se dio cuenta de que agradecía oír su voz. Lanzó el cigarrillo por la ventana, se volvió hacia los lavamanos y abrió un grifo.

—¿Sí?

—¿Estás bien?

Kell miró su imagen en el espejo, el cuello raído de su camisa, el tufo a comino del sudor de todo el día mezclado con el aliento a tabaco.

—Estoy bien.

Pensó en Rachel, en su boca en la polla de Kleckner, tragándosela, luego esa polla dentro de ella, las piernas rodeando su espalda. Estaba ocurriendo, en ese preciso momento. Kell metió la cabeza debajo del grifo y se mojó la cara.

Elsa había entrado en el cuarto de baño.

—Tom, ¿qué ha pasado?

—Algo me ha sentado mal —contestó Kell, con la mentira saltando a sus labios—. Algo que he comido. Perdón por el cigarrillo.

—¡No te disculpes!

La voz cantarina de Elsa, su alegría, fue un bálsamo para él, a pesar de que no podía quitarse de la cabeza la habitación de hotel. El gemido del orgasmo de Rachel lo atravesaba como una daga. Kell llevaba su teléfono en el bolsillo. Podía llamarla en ese mismo instante, poner fin a esa historia.

—Necesito otro cigarrillo —dijo.

—No. —Elsa le había pasado un brazo por la espalda—. Lo que necesitas es ir a casa. Necesitas descansar. ¿Hace falta que te pongas enfermo?

Kell sabía que Elsa había intuido lo ocurrido. Kell negó con la cabeza. Si se quedaba, estaría obligado a mirar las pantallas, a actuar como si no conociera a la chica, como si no le importara lo que estaba ocurriendo. Se sentaría en silencio mientras Harold comentaba las proezas de ABACUS como amante y soltaba bromas libidinosas sobre el cuerpo de Rachel, burlándose de esa otra chica que había caído presa de los encantos de Ryan Kleckner.

—Puede que sea buena idea —dijo Kell.

—¿Ir a casa?

—Sí.

47

Quince minutos más tarde, Elsa estaba sentada al lado de Kell en el asiento trasero de un taxi negro a las puertas de su casa en Holland Park. Elsa pagó al taxista. Kell entró delante de ella en el edificio, giró la llave en la cerradura. Imaginó a Rachel dormida sobre el pecho de Kleckner, riendo y haciendo bromas sobre el servicio de habitaciones en la cama, duchándose juntos. Debería haber sido más cuidadoso. No debería haber bajado la guardia. La gente siempre te traiciona al final. Él mismo lo había hecho muchas veces.

—Deja que te ayude. —Elsa empujó la puerta de la calle y preguntó a Kell el número de su apartamento.

—El cinco —repuso él, y subieron.

Kell se preguntaba por qué Elsa lo había acompañado a casa. ¿Qué querría?

—No hace falta que entres —le dijo—. Estoy bien.

—Voy a entrar.

En cuanto estuvo en la cocina, Kell se sirvió un coñac y se lo bebió de un trago. Preguntó a Elsa si quería tomar algo, pero ella ya estaba mirando el piso. La encontró de pie en el rincón del salón curioseando un estante de libros de Kell.

—Graham Greene —dijo—. ¿Te gusta?

Kell asintió. Había leído un ensayo de Hitchens en enero que había despojado a Green de su reputación. Costaba volver atrás después de eso. Rachel le había regalado a Kleckner *Hitch-22* en su fiesta de cumpleaños.

—¡Y un libro italiano! Di Lampedusa. *Il Gattopardo*. ¿Lo has leído?

Kell negó con la cabeza.

—No, todavía no.

Tal vez la mitad de los libros de su piso los había comprado en un impulso o por una recomendación y ni siquiera los había abierto. Agradecía la distracción momentánea que le proporcionaba conversar con Elsa. Sacó un paquete de cigarrillos.

—¿Te importa que fume?

—Tom, estás en tu casa. Puedes hacer lo que quieras.

Kell encendió un cigarrillo y llevó dos copas y una botella de vino tinto de la cocina. Se sentaron uno al lado del otro en el sofá, de cara al televisor. Había varios DVD apilados a ambos lados. Cajas con varios DVD. Películas alquiladas en Love Film. La colección de Buster Keaton. Elsa todavía tenía tres pendientes en su lóbulo derecho y una sola tachuela en el izquierdo.

—¿Estás bien, Tom?

—Estoy bien.

—Bueno —repuso ella, poniéndole la mano en la rodilla. Kell miró la alianza en su dedo—. Sé quién era la mujer. La mujer del hotel.

Kell la miró y sintió un estremecimiento de rabia, arraigado en la vergüenza. Elsa le sostuvo la mirada; quería que él confiara en ella.

—Quieres a esa mujer, ¿verdad? ¿Te has enamorado de Rachel Wallinger?

—Sí.

Kell tomó un trago de vino, dio una calada al cigarrillo. Para su sorpresa, Elsa le quitó el cigarrillo y le dio dos caladas, inclinando hacia atrás la cabeza y expulsando humo hacia el techo. La italiana tenía la mandíbula tensa, los ojos fijos, como si estuviera recordando todas las aventuras, todos los desengaños, todos los momentos de pasión que había vivido.

—¿Qué edad tiene? ¿Veintiocho? ¿Veintinueve?

—Treinta y uno —repuso Kell.

Elsa le devolvió el cigarrillo. Por un instante, Kell pensó absurda e ilógicamente que Elsa iba a preguntarle por qué no se había enamorado de ella. En cambio, le dijo algo que lo pilló completamente por sorpresa.

—La vi.

Kell miró a Elsa.

—En Estambul. Con la señorita Levene. Con Amelia. Comprendo por qué te sientes así. Es muy especial. No sólo guapa. Es una persona fuera de lo común. Más que simpática.

—Sí —repuso Kell, reacio a hacer algún cumplido a Rachel, o a reconocer que había sido incapaz de conservar su amor—. Es muy especial.

—Pero te sientes como un tonto por haberte enamorado de ella.

Kell sonrió y recordó lo mucho que valoraba la amistad de Elsa, su costumbre de ser siempre sincera.

—Sí —dijo él—. Es una forma de decirlo.

—No te sientas así. —La réplica de Elsa fue enfática—. ¿Por qué estamos aquí si no? Sentir amor es sentirte vivo. Entregar tu corazón a la persona que amas es lo más hermoso del mundo. —Elsa probablemente vio algún cambio en la expresión de Kell, porque se calló de golpe y dijo—: Crees que soy sólo una romántica italiana. El estereotipo.

—No —respondió él, y le tocó el brazo, ofreciéndole el cigarrillo.

Elsa negó con la cabeza.

—No. No, gracias. Con probarlo ya ha estado bien.

Se levantó y caminó hacia el extremo de la habitación, mirando otro anaquel de libros en las estanterías repletas de Kell. Seamus Heaney. Pablo Neruda. Auden. T.S. Eliot.

—Guardas toda la poesía junta.

Era una observación más que el inicio de un tema nuevo de conversación. Kell apagó el cigarrillo. Recordó lo cerca que había estado de cruzar la línea con Elsa dos años antes, en una noche íntima parecida a ésa, en la que habían hablado de Yassin Gharani. Elsa había cocinado para él. Lo había escuchado. Se preguntó otra vez por qué lo había

306

acompañado al piso. No le habría extrañado que lo hubiera hecho siguiendo instrucciones de Amelia.

—¿Tom?

—¿Sí?

—Ha sido una noche muy mala para ti.

—Sí.

—Lo siento mucho. No puedo ni imaginarme cómo debes de sentirte. Pero sientes. Eso es bueno.

Kell se daba cuenta de que Elsa intentaba decirle algo más que palabras de consuelo. Algo más profundo, algo sobre él. La italiana sacó uno de los libros como si se diera tiempo para encontrar las palabras adecuadas. Era *Jane Eyre*. Kell la miró y, por una razón que no fue capaz de comprender, se impuso encontrar a Elsa atractiva, pero no lo consiguió.

—Cuando te conocí, sentí que estabas cerrado.

—Cerrado —repitió él.

Con una sonrisa en la cara, Elsa dejó el libro en una mesa en el centro de la sala y se agachó delante de él, poniendo las manos sobre sus rodillas para mantener el equilibrio. Tom no sabía si Elsa iba a intentar calmarlo con un beso, o si simplemente estaba siendo amable y considerada con él.

—Cuando empezamos a hablar en Niza, y después en Túnez y en Inglaterra, sentí que había una gran tristeza en ti. Más que frustración. Más que soledad. Era como si tu corazón llevara años muerto.

Kell apartó la mirada hacia la ventana. Recordó a Rachel diciéndole algo casi idéntico en Estambul, cuando caminaron de la mano hasta el restaurante de Ortaköy.

—Has estado como hibernando.

Lo había asombrado que ella hubiera intuido algo así, pero había sentido la verdad esencial del comentario como algo próximo a una revelación. Rachel lo había devuelto a la vida. Tom sabía que había sido infeliz con Claire, del mismo modo que conocía su capacidad para la venganza.

Elsa se sentó a su lado en el sofá. Pasó el brazo derecho por la espalda de Kell, como alguien que consuela a un familiar en un entierro.

—Esta vez —dijo ella—, cuando te vi en Estambul y aquí en Londres, eras una persona diferente. Esta chica te ha sacado de la tristeza. Como si lo que sientes por ella te hubiera permitido quitarte por fin un peso de encima.

—Lo que sentía por ella. Sí. Pero ya no lo siento.

Elsa dudó, como si su optimismo natural la hubiera atrapado y ahora le provocara cierta torpeza.

—Por supuesto —repuso ella con suavidad—. Esto es un infierno para ti. A veces los amantes nos dejan. Nos traicionan. Y tenemos que imaginarlos con otras parejas. Pero verlo con tus propios ojos, enfrentarse a ello directamente, debe de ser horrible. Insoportable.

—Lo superaré —contestó Kell, y de pronto deseó que Elsa se marchara.

—Aunque, por supuesto, no sabes si lo que has visto era la verdad.

No era propio de Elsa ofrecer consuelo fácil sin un fundamento. Kell no entendía por qué había dicho eso.

—Todos hemos visto lo mismo. Puede que tú hayas visto más que yo.

Elsa se levantó de repente, cogió el paquete de cigarrillos que había en la mesa, frente a él, y empezó a andar por la habitación, fumando, como si reflexionara, como si diera forma a una idea íntima, a una teoría, y valorase las consecuencias.

—Cuando conocí a Rachel, me pareció que se llevaba muy bien con Amelia.

Kell levantó la cabeza.

—Es la hija de Paul. Amelia era muy amiga de Paul. Probablemente se preocupa por ella.

—Estoy segura de que sí. De que se preocupa por ella. Olvídalo. Olvida lo que he dicho.

—No has dicho nada —repuso Kell, al notar que Elsa se estaba poniendo nerviosa.

—¡Es verdad! —dijo ella, forzando una risa. Parecía inquieta, descolocada. Se inclinó sobre el cenicero al lado de Kell y apagó el cigarrillo a medio fumar—. No sé lo que estoy diciendo.

—Yo tampoco lo sé. ¿Amelia te pidió que hicieras algo para ella relacionado con Rachel?

—No.

Kell se dio cuenta de que Elsa le estaba mintiendo. Era como si supiera algo que podría sacarlo de su dolor, pero que no podía decir porque era secreto oficial. Por una promesa o un compromiso con Amelia.

—Tienes que contármelo, Elsa.

—¿Contarte qué?

Kell la miró. Fuera lo que fuese, cualquier atisbo de verdad en lo que había murmurado se había desvanecido. En un abrir y cerrar de ojos, Elsa se convirtió de nuevo en su amiga, tratando de consolarlo por la pérdida.

—Deberías dormir y volver por la mañana —dijo ella—. ¿Lo harás? Creo que necesitas descansar esta noche.

—Sí, enfermera —contestó, y añadió—: ¿Quieres quedarte aquí? —Kell vio un destello de ofensa en la cara de Elsa—. Hay una habitación libre —añadió con rapidez—. Me refiero a la habitación libre.

—No, te dejaré —respondió ella con calma—. ¿Estás seguro de que estarás bien?

—Estaré bien. Soy un niño grande. He vivido cosas peores.

—Entonces, tienes que haber vivido cosas muy malas... —dijo ella.

48

Kell durmió hasta las diez del día siguiente. Se duchó, caminó hasta el Carluccio's de Westbourne Grove para desayunar huevos con beicon y zumo de naranja, y apareció en Redan Place poco antes de mediodía.

—¿Alguna novedad?

Harold estaba leyendo el *Daily Mail* en el sofá. Cuando Kell entró, levantó la cabeza y esbozó una sonrisa inusualmente forzada. Danny Aldrich se encontraba en la sala de vigilancia, revisando las grabaciones del Rembrandt. No había rastro de Elsa.

—ABACUS sigue dormido —anunció Aldrich.

Kell entró en el cubículo y se obligó a mirar los monitores. De camino a la oficina había parado en un pub y se había tomado un chupito doble de Smirnoff para calmar los nervios. Iba a ver a Rachel rodeada por los brazos de Kleckner. Se había preparado para eso.

—Sigue dormido —repitió Kell, y se puso de pie detrás de Aldrich.

Para su sorpresa vio que Kleckner estaba solo en la cama. No había nadie más en la habitación, ningún movimiento en el monitor del cuarto de baño. Ni rastro de Rachel por ninguna parte.

—¿Dónde está la chica? —dijo.

—Se fue hace siglos.

«Paseo de la vergüenza.» Unas horas de placer y sexo para luego coger el metro para volver a casa, en Bethnal Green.

—¿A qué hora se fue?

—No se quedó mucho en realidad.

La voz de Aldrich sonaba plana, natural. Si conocía la relación entre Kell y Rachel, estaba haciendo un trabajo magistral al disimularlo.

—¿Por qué? ¿Discutieron?

Aldrich se volvió en su asiento y miró a Kell. Tom se apartó y se apoyó en la pared, poniendo distancia entre ellos.

—No tengo ni idea de lo que pasó. Me fui a acostar. Harold se quedó al frente. ¿Cómo te encuentras, por cierto? Elsa dice que te sentó mal un *kebab*.

—Estoy bien, perfectamente. —Kell sonrió ante la excusa inventada por Elsa y miró otra vez el monitor. El estadounidense se estaba levantando. Había bajado las sábanas y las había apartado a un lado. Iba en camiseta y calzoncillos. Fue un consuelo raro para Kell que Kleckner no estuviera desnudo—. ¿Dónde está el resto del equipo? —preguntó.

—En sus posiciones habituales. Carol y Nina han vuelto hoy. Jez también. Theo está con una mujer mayor... —Aldrich miró una lista impresa de nombres—. Penny, que hace el papel de esposa. Una pareja de ancianos. Siempre es una buena tapadera.

—Sí —murmuró Kell, sin apenas escuchar. Estaba observando a Kleckner. Algo ocurría en la habitación—. Allá vamos.

Aldrich se dio la vuelta y miró el monitor. Kleckner había levantado el teléfono fijo de al lado de la cama. Con un movimiento rápido y ejecutado muchas veces, Aldrich accionó tres interruptores, agarró dos pares de auriculares, pasó uno a Kell y se colocó el otro en la cabeza.

—Podemos escuchar. Probablemente preguntará cuándo pueden ir a hacer la habitación.

Pero no tenía nada que ver con la limpieza. Cuando se puso los cascos y se agachó delante del monitor, Kell oyó la voz de Rachel en su cabeza; era una agonía percibir su ternura, la misma entonación y picardía que había creído estúpidamente que sólo él merecía.

—Buenos días, dormilón.

—¿Rachel?

—Sí, claro, Rachel. ¿A quién esperabas? —Había diversión en su voz—. ¿Acabas de despertarte? Dijiste que me llamarías.

—¿Qué hora es?

—Mediodía. Doce y media. Tengo resaca.

—Yo también. ¿Qué pasó?

Kell vio que Kleckner se sentaba en la cama y se frotaba los ojos como un mal actor que trata de expresar desorientación.

—Bueno, básicamente te quedaste dormido. Alrededor de las dos. ¿Dos y media? Tenía que irme a casa y cambiarme para ir a trabajar, así que he decidido dejarte solo.

—No lo recuerdo. No recuerdo gran cosa, en realidad.

—Vaya, gracias. —Más risas, más malicia. Kell se obligó a seguir escuchando, a seguir vigilando a Kleckner—. ¿No recuerdas nada? —dijo Rachel.

El estadounidense se cambió el teléfono de mano y buscó a tientas una botella de agua.

—No, claro —dijo él, mientras seguía buscando con la mano—. Recuerdo que volvimos al hotel. Recuerdo que fue fantástico estar contigo. Recuerdo todo eso. Sólo siento que no pudiéramos acabar bien la noche.

Rachel hizo una pausa, tal vez intentando dar un golpe de efecto, tal vez para pasar de puntillas sobre lo que había sonado como pura vanidad e inseguridad de Kleckner.

—Tal vez fuera por los tres martinis vodka, las dos botellas de tinto y los mojitos que tomamos en Boujis. Estábamos hechos polvo.

—¿Me quedé frito? Eso no me pasa nunca.

—Te quedaste frito. Los dos.

—Joder.

Hubo un silencio prolongado. Kell llamó la atención de Aldrich, pero no había nada que leer en su expresión. Se volvió hacia el monitor. Kleckner se metió la mano en los pantalones y se rascó las pelotas.

—Entonces ¿qué vas a hacer hoy? —le preguntó Rachel—. ¿Qué estás haciendo ahora? —Sonó como si quisiera unirse a él. Segundo acto.

—¿Hoy? —Kleckner miró la habitación del hotel, en dirección al televisor—. Tengo un montón de cosas que hacer hoy. Mierda, no tenía ni idea de que fuera tan tarde.

Se oyó la crepitación de la estática en la grabación de audio, que provocó que Aldrich se estremeciera e hiciera un ajuste en sus auriculares.

—Necesito paracetamol. Tengo una cena esta noche. La reunión de la que te hablé, de compañeros de universidad.

—Ah, sí, en el Galvin.

—Sí. ¿Baker Street dijiste?

—Hay dos. —Era muy propio de Rachel saber una cosa así. Los mejores restaurantes. Los mejores sitios adonde ir—. Hay un Galvin en Shoreditch y otro en Baker Street. Deberías mirar cuál es.

—¿Y qué harás tú después?

Kleckner tuvo que levantarse. Su cerebro empezaba a ponerse en marcha. La pregunta tenía un tono seductor.

—¿Esta noche? —dijo Rachel—. ¿Te refieres a después de tu cena?

—Sí, claro. ¿Estás ocupada?

Kell deseó que Rachel lo rechazara.

—No puedo, Ryan. Esta noche no. Luego tengo que volver a Estambul.

Kell se quedó de piedra. Rachel no había mencionado nada de ir a Turquía. Notaba tensión y calor en la zona de los hombros y el pecho.

—Entonces ¿ese viaje tuyo sigue adelante? —preguntó Kleckner.

—Sí. Mi madre necesita que termine unas cosas en la casa. Pero volverás el fin de semana, ¿verdad?

—Claro. Ése es mi plan. Mañana estoy ocupado, pero supongo que podré pillar un vuelo a última hora.

—Vale. Pues cenemos en Estambul. El sábado por la noche. Me encanta decir eso. Suena muy romántico e internacional.

—Suena fantástico. Quiero estar contigo, Rachel. Quiero verte.

Kell cerró los ojos.

—Bueno, eso está bien. Porque vas a estar conmigo. Vas a ir a verme. Y me alegro de lo de anoche.

—¿Qué quieres decir?

Kell quiso arrancarse los auriculares.

—De que nos tomemos las cosas con calma. Me alegro.

—Ah, vale. —El estadounidense sonó reacio a la idea, como si no estuviera acostumbrado a que una mujer le diera largas—. Yo también —añadió de manera poco convincente.

—Entonces te veré en Estambul. Podrías llevarme a tus sitios favoritos. Deberíamos volver al Bar Bleu.

—Claro. ¿Estás trabajando ahora?

—Sí —contestó Rachel—. Y debería dejar de hablar contigo y colgar el teléfono o me meteré en un lío. Adiós, pibón.

—Tú sí que eres un pibón. Adiós. Te veo en un par de días. Tranquila.

Kell vio que Kleckner colgaba el teléfono, entraba en el cuarto de baño, buscaba en su neceser y sacaba un blíster de pastillas. El estadounidense abrió un grifo y se tragó lo que parecían dos analgésicos, luego abrió el grifo de la ducha. Volvió a la habitación y se puso a hurgar en la papelera. Al regresar al cuarto de baño, hizo lo mismo.

—¿Qué es eso? —preguntó Aldrich—. ¿Qué está haciendo?

—Ni idea —respondió Kell, y hasta que se quitó los cascos y salió al pasillo no se le ocurrió una respuesta: Kleckner buscaba un condón usado. ¿Iba tan borracho, tan colocado que no se acordaba de si había follado con Rachel?

—¿Todo bien, jefe?

Harold seguía sentado en el sofá leyendo el *Daily Mail*. Kell se dirigía a la terraza a fumar un cigarrillo, pero se sentó de golpe al percatarse de que Rachel sin darse cuenta había retrasado la agenda de Kleckner. «Tengo un montón de cosas que hacer hoy. Mañana estoy ocupado, pero supongo que podré pillar un vuelo a última hora.» Rachel lo estaba ayudando. El equipo podría usar esa información. Rachel había delimitado las ocasiones en las que ABACUS podía reunirse con su controlador, y había recortado su viaje en veinticuatro horas.

—¿Es interesante el artículo? —le preguntó a Harold, leyendo un titular que relacionaba el cáncer y la dieta.

Harold bajó una esquina del periódico y sonrió.

—Mucho —dijo—. Nos vamos a morir todos a menos que nos pongamos a comer pizza. Ese Kleckner debería dejarse de abdominales y flexiones y empezar a disfrutar.

Kell trató de sonreír. Tenía que sobreponerse a lo que había visto y oído. Tenía que continuar con el trabajo. Todavía había un topo que atrapar. Era de importancia capital seguir a ABACUS hasta su controlador. Sin embargo, no pudo evitar plantear la pregunta:

—¿Qué pasó anoche? ¿Después de que me fuera?

Kell sintió que aguantaba la respiración mientras esperaba la respuesta de Harold. ¿No era obvio lo que había pasado? Dos jóvenes se habían encontrado atractivos el uno al otro. Se habían acostado. Incluso si Rachel se había ido antes del amanecer, pronto estaría en brazos de Kleckner otra vez, pues había quedado para follar con él en el *yali* el sábado. El hecho de que quisiera esperar, hacer las cosas con calma, sólo confirmaba que se lo estaba tomando en serio.

—Fue raro, de hecho —respondió Harold, dejando el periódico en el sofá, a su lado—. Por una vez nuestro chico no pudo rematar la faena. Tal vez lo tumbó comosellame.

—Tal vez —repuso Kell con voz apagada, inseguro de cómo sentirse. Estaba a punto de levantarse y marcharse cuando Harold frunció el ceño y le preguntó:

—¿Quién era ella, jefe? ¿Reconociste a la chica?

—No. —La mentira salió de la boca de Kell antes de plantearse siquiera la posibilidad de decir la verdad a Harold. Quería que su vida privada continuara siendo privada.

—Es raro.

315

—¿Por qué?

—Me han pedido que borre las cintas.

—¿Te han pedido qué?

—Que las destruya. Esta mañana. Que las elimine.

—¿Por qué?

—Yo qué sé.

Y cuando Kell hizo la pregunta obvia, se dio cuenta de la respuesta obvia.

—¿Quién te ha pedido que hagas eso? ¿Quién te ha pedido que las destruyas?

—La jefa. Amelia.

49

Kell fue a los ascensores, salió con rapidez de Redan Place y llamó al número privado de Amelia.

—¿Dónde estás?

—¿Tom?

—Tengo que hablar contigo. Lo antes posible.

—Pareces nervioso. ¿Pasa algo?

Sus modales bruscos, formales —al borde de la condescendencia, incluso del desprecio—, lo enervaban.

—Estoy bien. Pero tenemos que vernos.

—¿Por qué?

—¿Por qué? —Kell se quedó paralizado y separó unos segundos el teléfono de su oreja, maldiciendo entre dientes—. ¿Tú qué crees? —dijo—. Por trabajo. Por ABACUS.

—¿Y es urgente? —Amelia consiguió hacer que sonara como si tuviera un centenar de cosas mejores que hacer.

—Sí, es urgente. ¿Dónde estás?

—¿No deberías estar en la oficina? —preguntó ella, como si Kell se estuviera insubordinando—. ¿Dónde está ABACUS ahora?

—Con Danny. Él está al frente. Esto es más importante.

Se hizo un silencio eterno. Finalmente, Amelia se dignó a responder.

—Tendrá que esperar —dijo ella—. Tengo un almuerzo que no puedo cancelar. ¿Puedes reunirte conmigo en mi casa a las tres y media?

—Hecho —respondió Tom—. A las tres y media.

• • •

Kell llegó antes de la hora. Esta vez había un vigilante de seguridad en la puerta que hizo esperar a Kell en el patio interior.

Era otra tarde de lluvia incesante. Cuando Amelia le envió un mensaje para decirle que se había quedado atrapada en un atasco y que llegaría tarde, Kell fue a dar un paseo por Kings Road. Bajo el paraguas, andaba a paso ligero, arriba y abajo por Bywater Street, luego a Markham Square, más allá de la esquina noreste donde estaba la casa que había pertenecido a Kim Philby. Compró un paquete de cigarrillos en un Sainsbury's. Mientras fumaba uno delante de casa de Amelia, ésta llegó por fin en su coche oficial y le hizo una señal con la cabeza para que se dirigiera a la puerta principal.

Un instante después, Kell caminaba de un lado a otro del salón de la casa de Chelsea, esperando a que Amelia reapareciera. Ella se había excusado cinco minutos para quitarse el traje chaqueta y ponerse «algo más cómodo». En compañía de Amelia, él siempre se sentía sin la suficiente preparación, miembro de una generación más joven. Lo achacaba a una mezcla de temor profesional y deferencia natural.

—Mírate, dando saltitos —dijo Amelia, al entrar en la sala todavía abrochándose el cinturón de los vaqueros. Kell atisbó un abdomen moreno y tonificado en el gimnasio por debajo de la blusa blanca—. Siento que has venido a pedir mi mano.

Se había rociado perfume. Calèche, de Hermès.

—No he venido a eso —respondió él.

Ella le lanzó una mirada inquisitiva; le había quedado claro que su visitante no iba a dejarse seducir por su encanto femenino. Kell estaba enfadado y Amelia sabía muy bien por qué.

—¿Una copa? —preguntó ella.

—Lo de siempre.

Kell lamentó su respuesta, porque había sonado amistosa e indulgente. Lo último que deseaba era crear un clima de complicidad.

Amelia se acercó al mueble bar y sacó una botella de whisky de malta.

—No hay hielo —dijo.

Se encaminaba ya hacia la cocina cuando Kell la detuvo.

—No necesito hielo —dijo—. Olvídalo. Sólo un poco de agua.

—Te veo muy tenso, Tom.

Él no respondió. Amelia continuó sirviéndole el whisky, el glu, glu, glu de tres dedos, luego le pasó el vaso por encima de un sofá. Kell no se movió de su sitio cuando Amelia se sentó en su sillón favorito, con el sofá formando una barrera entre ellos, como una red que separase a los oponentes.

—Bueno.

Al otro lado de la ventana dos niños pasaron haciendo sonar los timbres de sus bicicletas. Por el tono de voz de Amelia, junto con la impaciencia que transmitía su lenguaje corporal, daba la impresión de ser una mujer que tenía cinco minutos libres, a lo sumo diez, antes de que la llamaran para un cometido más importante.

—¿Por qué destruiste las cintas? —preguntó Kell.

Para su sorpresa, Amelia sonrió.

—¿No fue así como David Frost empezó su entrevista con Richard Nixon? ¿O fue al revés? ¿Por qué no las destruiste?

—Rachel —dijo Kell.

Amelia no lo miró.

—¿Qué pasa con ella?

—¿Por qué estaba en el hotel? ¿Sabías eso? ¿Sabes por qué estaba con Kleckner? ¿Fuiste tú quien alentó esa relación?

—Estás enfadado conmigo cuando tal vez deberías estar enfadado con Rachel.

Kell casi se le echó encima, pero logró responder el saque con un buen resto.

—No te preocupes. Veré a Rachel a su debido tiempo. Ahora mismo estoy profundamente enfadado contigo.

Amelia miró a un lado de la sala como si sopesara varias opciones. Podía tirar de rango y decir a Kell que volviera a trabajar a Redan Palace, que por eso le pagaba. Podía amonestarlo por haber cometido el pecado de liarse con Rachel Wallinger. Podía atribuir a Kell suficiente inteligencia y fortaleza de carácter para oír la verdad de lo que había ocurrido en el Rembrandt. O simplemente podía callarse, protegerse en el silencio y el secretismo.

—Mentiría si te dijera que desconocía lo que sentíais el uno por el otro.

Esas dos palabras, «uno» y «otro», dieron a Kell una inyección de esperanza. Implicaba que Rachel se había confesado con Amelia. Implicaba que se preocupaba por él. Dio un sorbo al whisky.

—¿Cómo sabías que estábamos liados? —preguntó él.

—Lo supuse.

—¿Cómo?

—¿Es importante?

—Me gustaría saberlo.

En realidad Kell no necesitaba oír la respuesta de Amelia, pero le cabreaba que lo hubieran pillado, estaba enfadado porque había dejado pistas para que ella las siguiera. Tal vez Rachel se lo había confesado todo.

—Te lo contaré en otro momento —replicó Amelia—. Siéntate, Tom. Me estás poniendo nerviosa.

Hizo un gesto a Kell para que se sentara en un sillón. Tom rodeó el sofá y se quedó de pie delante del sillón, sin sentarse. Amelia entrelazó las manos, como recelosa de lo que estaba a punto de decir.

—Lo vuestro va en serio, ¿no?

—Tú me dirás —respondió Kell.

—Quiero oír tu versión. Lo único que sé es lo que Rachel me ha contado.

—Perdona, pero me pregunto si esto es asunto tuyo.

—Al venir aquí hoy lo has convertido en asunto mío. Pareces muy molesto.

—Estoy muy molesto. Quiero respuestas. Quiero saber qué coño está pasando y quiero saber qué más me has ocultado.

El rostro por lo general impasible de Amelia se había ruborizado y mostraba algo parecido al arrepentimiento.

—Es importante para ti saber que Rachel sólo puso una condición.

—¿Una condición para qué?

—Una condición para garantizar su cooperación.

Kell recordó lo que había dicho Elsa la tarde anterior. «Cuando conocí a Rachel, me pareció que se llevaba muy bien con Amelia.» Todo estaba claro ahora para él. Todo encajaba en su lugar.

—Accedió a ayudarme. Accedió a cooperar, siempre y cuando tú no fueras informado. Era consciente de que podía ocurrir algo con Ryan que afectaría a su relación contigo. Le importas mucho. Le gustas. Pero ABACUS era más importante.

Kell se descubrió repitiendo la frase «ABACUS era más importante» mientras miraba por la ventana a la calle gris y empapada de lluvia. Su orgullo y su autoestima profesional y personal se tambaleaban al borde del precipicio.

Amelia se revolvió en la silla y buscó un vaso que no tenía. Kell estaba bebiendo solo.

—Sería ingenuo por mi parte decir que el acuerdo al que llegué con Rachel no convenía al Servicio —dijo ella, y después de una pausa breve añadió—: Y mucho.

—¿Qué clase de acuerdo?

Pero Kell ya conocía la respuesta, del mismo modo que cuando Harold lo informó de las cintas supo que la orden de destruirlas provenía de Amelia.

—Acordamos que tendría localizado a Kleckner. Que sabríamos dónde estaba, qué hacía, a quién iba a ver, qué decía en todo momento.

Kell sintió un escalofrío de repugnancia al oír que Rachel había entrado en ese mundo sórdido.

—Querías a Rachel como novia de Kleckner —dijo.

—Algo así. —En su defensa, Amelia logró parecer avergonzada.

—Estás diciendo que deliberada y conscientemente me marginaste en una operación sobre la cual se supone que tengo el control táctico. ¿Y usaste a mi novia para hacer eso? ¿Es eso lo que me estás contando?

No hacía falta que Amelia respondiera. Los dos conocían la respuesta. En cambio, ella dijo:

—Me preocupaba que pudiéramos tardar meses, años, en obtener pruebas para detener a Kleckner. Ni siquiera estaba segura de que ABACUS fuera el topo. Quería un plan de respaldo por si acaso. Por razones muy obvias no podía pedirte permiso. Y tu intuición sobre el salón de té, el descubrimiento del buzón... Tus aciertos, Tom, han conseguido que podamos poner en marcha el plan.

Mientras terminaba su whisky, Kell reflexionaba sobre la obcecación de Amelia, quien, como Blair, tenía esa habilidad de convertir el desastre en triunfo; de hacer que sus oponentes sintieran que la habían juzgado mal; de proyectar una imagen hermética de inocencia y virtud, incluso ante las consecuencias de una negligencia burda y cínica.

—Así que mi triunfo se ha convertido en mi desgracia —concluyó Kell—. Eso es lo que me estás contando. ¿Así es como te explicas esto?

Amelia asintió. Kell se levantó, fue al mueble bar, se sirvió otros tres dedos de whisky sin ofrecer a Amelia un vaso de su propia botella, se sentó otra vez y suspiró de resignación.

—Entonces, mejor cuéntame la historia completa —dijo, y encendió un cigarrillo en el salón, incumpliendo de forma flagrante las normas sobre fumar en su casa. Ella no le pidió que lo apagara—. Empieza por el principio —añadió, acomodándose en el sillón y cruzando las piernas mientras el whisky bajaba por su garganta—. Trata de no dejarte nada.

Así que ella se lo contó. Todo.

En el transcurso de los siguientes tres cuartos de hora, Amelia Levene le explicó cómo había llegado a ese acuerdo privado con Rachel Wallinger que ayudaría a llevar a Kleckner ante la justicia. Después de conocer a Rachel en Estambul y de confirmar que Kleckner la encontraba atractiva, Amelia le había dicho que existía un topo en el servicio de inteligencia occidental, un topo que amenazaba las operaciones del SSI en Oriente Próximo y más allá, y que todos los indicios apuntaban a Ryan Kleckner. Luego le había contado que Kleckner podría estar implicado en la muerte de su padre.

—No podías saberlo entonces —intervino Kell—. De hecho, todavía no tenemos pruebas de eso.

Amelia pareció admitir esa objeción. Simplemente había sido un arma útil dentro del arsenal utilizado para su reclutamiento. Decirle que Kleckner había desempeñado un papel decisivo en el asesinato de su padre aseguraba su cooperación. Kell conocía los trucos, el cinismo del espionaje. Dejó que Amelia continuara hablando.

En el caso de que se demostrara la culpabilidad de Kleckner, explicó Amelia, Rachel trataría de acercarse a él organizando un encuentro en Estambul. Pero la suerte quiso que, mientras Kell descubría el buzón, Kleckner decidiera volar a Londres. Y he aquí, ¿a quién buscó Kleckner en su agendita negra? A Rachel Wallinger, la única chica que se le había escapado. La hermosa hija del espía británico muerto con la que había coqueteado durante el funeral. Fue un golpe de suerte del que Amelia receló al principio, pero la oportunidad era demasiado buena para dejarla pasar. Rachel estaba lista para vengar a Paul, aunque eso significara correr el riesgo de perder a Kell.

La invitación de Kleckner era todo lo que necesitaban. Él iba a Londres, ¿Rachel estaba libre? «Me encantaría llevarte a cenar. Me encantaría verte en tu ciudad.» No hacía falta más. Todo fue sobre ruedas después de eso; todo recibía luz verde. Lo más importante era que Rachel fuera lista, que mantuviera la calma y controlara los nervios; no era un reto difícil para una mujer de su calibre. Al fin y al cabo, era la hija de un gran espía. El ADN, la inteligencia y el temple se habían transmitido a la siguiente generación.

—¿Sabes que intentamos reclutarla en Oxford?

Kell se quedó pasmado.

—¿Qué?

—Después de la graduación, ella se presentó a la vía rápida. Llegó al curso de formación y luego lo dejó. No le gustó.

Kell tenía la mirada perdida. «Detesto a los espías», le había dicho Rachel. No había mencionado nada acerca de la vía rápida para acceder al SSI, nada sobre el curso para nuevos agentes. Sólo había manifestado su desprecio por el oficio de su padre, por el oficio de Kell. Recordó las palabras de Rachel sobre su padre. «Una parte de él se secó por dentro. Empecé a pensar que le faltaba un trozo en el corazón. Llámalo decencia. Llámalo ternura. Honestidad.»

—Honestidad.

—¿Qué? —preguntó Amelia.

Kell le hizo un gesto para que continuara.

—Le di dos objetivos —siguió Amelia, como si Rachel fuera una agente más en una operación cualquiera—. Necesitábamos acceder a la BlackBerry de Kleckner. A ser posible, también a su mochila. Los técnicos de operaciones tienen unas baterías de repuesto para BlackBerries, que pueden utilizarse para sustituir la batería existente, y además de actuar como fuente de energía proporcionan audio y datos de posicionamiento.

—Entonces ¿eso es lo que estaba haciendo anoche Rachel en el hotel? ¿Estaba aprovechando su oportunidad? ¿Por eso fue a la habitación de Kleckner?

Amelia asintió.

—¿Y lo consiguió?

La jefa del Servicio Secreto de Inteligencia sonrió; una leona complacida con la primera presa de su cachorro.

—Oh, sí. Lo hizo de forma brillante.

—¿Y tuvo que follárselo antes? —Kell escupió la pregunta.

—Tom, por el amor de Dios.

—¿La obligaste a hacer eso? ¿Así somos ahora? No somos mejores que los rusos ni mejores que el Mosad.

Amelia llevaba casi una hora sentada. Se levantó, se acercó a la ventana y corrió las cortinas. Pasó un rato antes de que se dignara a responder a Kell, como si él la hubiera ofendido no sólo como profesional sino también como mujer.

—Desde el principio —dijo—, Rachel fue muy clara sobre lo que estaba dispuesta a hacer y lo que no. Creo que el señor Kleckner le parece físicamente atractivo. Como a muchas mujeres.

A Kell le dio la impresión de que intentaba ofenderlo con ese comentario.

—En otras palabras, coquetear con el señor Kleckner, seducirlo, si tú quieres, no sería algo conflictivo para una mujer del temperamento de Rachel. ¿Tiene eso sentido para ti, Tom?

—Tiene sentido para mí, Amelia. —Kell respondió con énfasis, y pudo sentir su afecto por ella, la lealtad a su amiga y a su profesión podrida, que se desintegraba como un trapo raído—. Lo que no tiene sentido...

—Déjame terminar. —Amelia se estaba sirviendo una copa de vino y estuvo a punto de gritar por la interrupción, como si Kell fuera a ofenderla otra vez con más moralina barata—. Rachel se había mentalizado para besar a Ryan, incluso para acostarse con él, si hacía falta. Todo eso son decisiones que ella tomó libremente...

—Oh, vamos.

—Libremente —repitió Amelia, de manera muy clara y firme—. Pero nunca creí que ella fuera a acostarse con él, a tener sexo con él, que se permitiera intimar físicamente con él del modo en que estás insinuando. Nunca he pensado que estuviera alentándola a convertirse en una prostituta o una puta, ni que eso que ella había compartido contigo significara tan poco para ella que estuviera dispuesta a cambiarte por un hombre al que desprecia.

Kell se quedó en silencio. Sus celos lo avergonzaban, se sentía débil y humillado. Pero Amelia todavía no había terminado.

—¡Descubre tú si follaron! —Lo dijo casi riendo, como si algo tan absurdo como un polvo rápido entre dos personas borrachas pudiera tener la menor importancia para alguien—. No lo hicieron, si es eso lo que te preocupa, Tom. Los putos hombres y sus putos egos. ¿Por qué crees que lo emborrachó de esa manera en la cena, en la discoteca? ¿Por qué le prometió una noche apasionada en el Rembrandt y acabó viéndolo quedarse dormido en la cama justo cuando las cosas empezaban a calentarse?

—Lo drogó.

—Premio. Me alegro de que hayas podido unirte a nosotros. Bienvenido a la operación.

—¿Cómo lo hizo?

Por su experiencia, Kell sabía que usar un sedante, aunque fuera suave, era muy arriesgado y podía resultar catastrófico. Recordó a Kleckner hablando por teléfono en el hotel. «¿Me quedé frito? Eso nunca me pasa.» ¿Y si sospechaba que Rachel le había echado algo en la bebida o en la comida? ¿Y si examinaba a fondo su BlackBerry y se daba cuenta de que Rachel había manipulado la batería?

—Un sedante —confirmó Amelia—. Creo que se llama Lorazepam.

—¿Es muy fuerte?

—Lo suficiente. El nuestro era de liberación retardada.

Kell negó con la cabeza. Su rabia contra Amelia se despertaba de nuevo.

—Lo bastante fuerte para que un hombre borracho y exhausto se sintiera aún más borracho y más exhausto antes de quedarse fuera de combate —continuó Amelia—. Y eso es exactamente lo que ocurrió.

—Por eso Kleckner se ha despertado a mediodía.

—Por eso —repuso Amelia, aparentemente ya de un humor más tolerante.

—¿Y cómo le administró Rachel el Lorazepam? No me lo digas. ¿Un vial de polvo blanco volcado en el mojito de Ryan?

Amelia tomó un sorbo de su vino.

—Casi —respondió ella, esquivando el tono irónico de Kell con una sonrisa divertida—. Rachel lo tenía en chicle, de hecho. Y en líquido como plan B, por si Kleckner no mordía el anzuelo. Pero estuvo encantado de refrescarse el aliento después del Boujis. Aceptó el chicle de menta, lo masticó diez minutos, la besó y se quedó dormido al cabo de una hora. El alcohol hizo el resto.

—¿Y Rachel?

—¿Qué pasa?

—¿Y si Kleckner se da cuenta de que lo drogaron? ¿Y si sospecha algo y descubre la nueva batería? ¿Y si ya sabe que vamos a por él y que el viaje de Rachel a Estambul mañana es sólo un ardid para atraerlo? Podría hacer que la maten.

—Estás exagerando un poco, ¿no? No creo que el SVR esté dispuesto a empezar la tercera guerra mundial matando agentes del MI6.

—Mataron a Cecilia Sándor y trabajaba para ellos.

—Exacto. —Amelia parecía complacida de haber ganado la discusión con tanta facilidad—. En los momentos de decepción, los rusos tienden a matar a los suyos. No matarán a los nuestros. —Kell dio un respingo, sorprendido, cuando Amelia le tocó el hombro al pasar por su lado—. Además, puede que Rachel ni siquiera tenga que ver a Kleckner en Estambul.

—¿Por qué no?

—Porque ya ha hecho su trabajo. Cambió la batería. —Amelia se permitió esbozar una sonrisa—. El teléfono está funcionando. Podemos ver a Kleckner. Podemos oír a Kleckner. Si ABACUS lleva el teléfono a la reunión, lo apaga y lo deja, aunque sea a quince metros de su conversación, podremos registrar todas las palabras.

50

Ocurrió exactamente lo que Amelia había pronosticado, exactamente como ella lo había planeado. ABACUS fue a su cena de Georgetown, ABACUS se marchó a casa a dormir. ABACUS se levantó el viernes por la mañana y luego ABACUS fue a ver a Alexander Minasian.

Kell y el equipo de vigilancia se quedaron con él, por la sencilla razón de que la batería podía fallar y hacer que la maniobra de Rachel resultara completamente inútil por culpa de la tecnología. Lo vieron visitar la embajada el jueves por la tarde y después lo localizaron en un cine en Westfield. Por la noche ABACUS fue a la cena de ocho hombres en el Galvin, luego volvió al Rembrandt en un taxi del MI5 que justo pasaba por allí cuando el grupo de Georgetown salió en tropel a Baker Street a la una de la madrugada. Al día siguiente, Kleckner, que tenía reservado un vuelo de British Airways a Estambul a las 18.40 horas y había puesto la alarma a las siete de la mañana, se embarcó en una rutina de contravigilancia tan prolongada, compleja y exhaustiva que, para cuando Kleckner desapareció en los suburbios de Clerkenwell a las doce y seis minutos, para no volver a ser visto, Kell sólo pudo sentarse y admirar su trabajo inmaculado.

Pero no importaba que el equipo hubiera perdido a ABACUS una segunda vez. Kell se vio obligado a simular decepción y a lamentarse, a tranquilizar a Jez, Theo, Carol y a la inútil de Nina diciendo que se habían enfrentado con un reputado agente de la CIA y que no tenían que avergonzarse por haber fracasado en el seguimiento. No importaba, porque la BlackBerry seguía emitiendo. El micrófono los trasladó hasta un modesto *bed and breakfast* de una casa adosada en Snaresbrook, donde Minasian lo estaba esperando en el salón.

—¿Dónde está el propietario? —preguntó Kleckner, agotado después de más de cuatro horas de contravigilancia, pero complacido al ver que Minasian también había despistado a sus posibles perseguidores para que la reunión se celebrara.

—Nosotros somos los propietarios —lo tranquilizó el ruso, y se abrazaron como hermanos que llevasen separados mucho tiempo.

Kleckner se había quitado la cazadora de deporte en la puerta del *bed and breakfast*. Había guardado la batería en el bolsillo interior, colgado la chaqueta de una percha del salón y se había llevado el teléfono a la reunión.

La conversación entre los dos hombres se pudo transcribir de inmediato. Luego se estimó que el dispositivo de Rachel había captado el ochenta por ciento de sus palabras.

Kleckner [K]: ¿Dónde está el propietario?

Minasian [M]: Nosotros [énfasis] somos los propietarios.

[Amortiguado]

M: Tienes buen aspecto, Ryan.

K: Lo mismo digo.

M: ¿Lo has pasado bien en Londres? ¿Has visto a alguna chica?

K: Una chica. Puede que dos.

M: [risa] ¡Qué pocas!

Al principio siempre charlaba un poco. Kleckner ya estaba acostumbrado. Todos simulaban ser amigos, que todo iba bien, pero todos tenían el corazón en un puño, conscientes de que cuanto antes dejaran de hacer el idiota,

antes podrían sacarse de encima la paranoia de la captura
y volver a lo que llamaban «sus vidas».

```
M: El material es espectacular. ¿Estoy usan-
   do la palabra correcta?
K: Supongo. Claro. Lo expresas de un modo que
   lo entiendo, sí, «espectacular». Entiendo lo
   que quieres decir.
```

También se adulaban mutuamente, siempre, un teatrillo
para alimentar la confianza. Kleckner sabía muy bien de qué
iba; demonios, lo usaba con sus propios agentes. «Eres el
mejor. No podríamos hacer esto sin ti. No dudes de lo mucho que nos estás ayudando. Un día todo esto terminará.»
Y entonces fueron al grano. «¿Estás contento con los lugares de entrega? ¿Quieres moverte de Büyükada? ¿Hay algún
problema en Estambul, o indicios de que Langley sospeche
de un topo?» Siempre era igual con Minasian.

A todas sus preguntas, Kleckner daba respuestas tran-
quilizadoras. Sí, los sitios de entrega estaban bien, las señales de entrada y salida funcionaban bien. Ningún problema en Estambul, no había sospechas de un topo. Minasian
quería hablar del nuevo flujo de informes de la alcaldía.
Muy bien. Kleckner le contó lo poco que sabía. Y sobre el
alijo de armas de la CIA en dirección a la frontera en Jarabulus. «Claro, si crees que podemos detenerlos y así hacer
un favor a Assad, por eso te lo conté.»

Pero Kleckner realmente sólo quería hablar de Paul Wallinger. Ésa era la razón de que se hubiera arriesgado en Harrods y el Rembrandt. Todo lo que quería saber era por qué
habían matado a Sándor. Necesitaba respuestas. Mejor dicho,
exigía respuestas. Y si recibía las respuestas equivocadas, la
explicación equivocada, bueno, «a la mierda tú y a la mierda
el SVR. Nuestro pequeño acuerdo ha terminado».

```
M: Como sabes, uno de los propósitos de poner
   a Cecilia con una figura destacada del SSI era
   desviar la atención de tu trabajo.
```

K: Soy consciente de eso. Por supuesto que soy consciente de eso.

M: Si hubiera algún indicio de dificultades, si alguien se preocupaba por HITCHCOCK, por EINSTEIN, por el resto, el SSI y la CIA [SIC] investigarían la relación entre Wallinger y Cecilia y se pasarían muchos meses, muchos años, sospechando que él era la fuente de las filtraciones.

K: Claro. Entonces ¿por qué matarla?

M: [INCOMPRENSIBLE]

K: [INCOMPRENSIBLE] ¿... creerlo?

M: Ryan, estamos investigando, usando fuentes.

K: Mentira.

M: [INCOMPRENSIBLE]

K: Vale, entonces si [INCOMPRENSIBLE]

M: El accidente de avión también fue un incidente desafortunado.

K: ¿Incidente o accidente?

M: ¿Perdón? [CONFUSIÓN] ¿Incidente? Te repito que no tenemos nada que ver con eso. Nuestras investigaciones, tus investigaciones, la investigación británica, todo concluyó en fallo mecánico. Cabe una pequeña posibilidad de que Paul Wallinger se quitara la vida. Tengo que reconocer que me preocupa ese tema.

K: Está bien.

M: He insistido demasiado. Traté de manipular a Wallinger.

K: ¿Que hiciste qué? [ÉNFASIS]

M: [INCOMPRENSIBLE] que era lo que quería Cecilia.

K: ¿Y tú lo aceptaste?

M: Ella quería terminar la relación. Quería volver con su novio, el restaurante. Sentí que debía tomar una decisión. O bien perdíamos todo el acceso a Ankara-1, o lo confron-

tábamos a él con la realidad de que había
estado implicado en una relación con una
agente del SVR; se le habían infiltrado, estaba comprometido, y luego ya veríamos lo
que... [INCOMPRENSIBLE]
[RETRASO - 56 SEGUNDOS]

La reunión entre Minasian y Kleckner confirmaba,
pues, que Paul Wallinger nunca había trabajado para Moscú. La transcripción también revelaba que el SVR estaba
mintiendo a Kleckner. La información obtenida por el SSI
había confirmado que Cecilia Sándor había sido asesinada
por un sicario francés llamado Sébastien Gachon. Como
Kell había predicho, el novio de Sándor, Luka, también
había desaparecido unos días después de la muerte de Sándor. Moscú se había ocupado de atar los cabos sueltos en
torno a ABACUS: el cadáver de Luka difícilmente aparecería
algún día.

Lo que iba a continuación en la transcripción, sin embargo, supuso para Kell y Amelia un motivo nuevo de preocupación.

[RETRASO: 56 SEGUNDOS]
M: [INCOMPRENSIBLE]... ¿ésta es la chica que
mencionaste?
K: Sí.
M: Está bien, Ryan. ¿Es una buena idea?
K: ¿Qué quieres decir?
M: ¿Quién se acercó primero de los dos? ¿Te
entró ella?
K: ¿Qué? ¿Crees que soy estúpido? La conocí
en el funeral de Paul, conectamos, la invité
a una fiesta en Estambul. [PAUSA, 3 SEGUNDOS.]
Mira, esto no tiene relación con esta mierda
y no es asunto vuestro. Tengo que conservar
algo de intimidad.
M: Eso lo entiendo. Lo entendemos. Entonces
¿confías en ella? ¿Confías del todo?

332

K: Claro que sí. Al cien por cien. Joder, ¿crees que los británicos pondrían a la afligida hija de Paul Wallinger a follar con Tom Kell sólo para atraerme?

M: ¿Tom Kell?

K: Retirado del SSI. El tipo que enviaron a Ankara cuando Paul murió. Estuvieron liados un tiempo. Investígalo.

M: [INCOMPRENSIBLE]

K: [INCOMPRENSIBLE]... paranoide. Me gusta esa chica, tío. [Risas.] Es inteligente, es guapa. No hay riesgo.

M: OK. Pórtate bien. Queda con ella en Estambul. Pero trata de no encariñarte. Éste es mi consejo, aunque en estas situaciones nunca tiene sentido, ¿no es cierto?

K: Es jodida y absolutamente cierto.

51

—Lo primero que hará Minasian será investigarte. Tratará de descubrir todo lo que pueda de tu relación con Rachel. Luego le dará la vuelta. Revisará todo lo que ella haya escrito, todos los mensajes de texto que haya enviado, y descubrirá si ella sabe que estás investigando a Ryan.

—Ya lo sé, Amelia.

Caminaban por Notting Hill. Hacía días que la lluvia era un recuerdo y Londres se esforzaba al máximo en parecer una ciudad cálida y europea. Rachel ya estaba en Estambul; Kleckner, en el avión. Minasian no se había dejado ver en la embajada rusa y se suponía que había regresado a Kíev.

—¿Qué sabemos de él? —preguntó Kell.

—Muy poco. —La sinceridad de Amelia al admitirlo lo cogió por sorpresa—. Es joven. Más joven que tú, por lo menos. Postsoviético, en el sentido de que no tiene en la sangre un vínculo ideológico con los viejos tiempos. Iba en pañales durante el golpe de Gorbachov. Obviamente, Ucrania tiene una gran importancia estratégica para el Kremlin, pero sospecho que a Minasian lo destinaron a Kíev únicamente al servicio de Kleckner, no para trabajar las relaciones con la Unión Europea. Casado. Hijos. Hombre de familia. Peters tiene muy buen concepto de él. —Peters era el agente del SSI de más graduación en la Estación de Kíev—. Minasian es concienzudo, elegante, ambicioso. Una estrella ascendente. Creemos que la orden de matar a Sándor salió de

Moscú, no de él, y que Minasian podría haber argumentado en contra. Podría ser el clásico psicópata del SVR, o quizá no. En todo caso, sigue estando lo bastante abajo en la cadena de mando para hacer lo que Moscú le diga, aunque no esté de acuerdo.

Amelia hablaba sin mirar a Kell; caminaba rápido, impaciente. Al pasar junto a un policía en la esquina de Lansdowne Walk, volvió a insistirle sobre su relación con Rachel.

—¿En algún momento, en vuestros mensajes, hablasteis sobre la caza del topo?

Kell se encaró a Amelia y le lanzó una mirada fulminante, que sin embargo no causó el efecto deseado.

—Aunque no mencionaras las filtraciones —insistió Amelia—. ¿Le contaste por qué estabas en Turquía?

—Por supuesto que hablamos de eso. Rachel sabía que estaba investigando el accidente de su padre. Sabía que me habían elegido para sustituirlo.

Amelia chascó la lengua; esa revelación constituía en sí misma una violación de la Ley de Secretos. Kell quería ser absolutamente sincero.

—Rachel odiaba que no pudiera contarle lo que estaba pasando. Tratamos de evitar al máximo el tema de mi trabajo. Claro, ahora me doy cuenta de por qué era tan reacia a hablar del Servicio. Porque todo este tiempo ha estado trabajando para ti.

—No todo...

—Temía que yo descubriera vuestro pequeño y sucio secreto.

—Un sucio secreto con el que se ha obtenido la información que pondrá a Kleckner entre rejas. Pero gracias por tu apoyo y comprensión.

Ya hacía tiempo que Kell tenía claro que su amistad con Amelia podía haberse deteriorado hasta un punto de no retorno. Había demasiada mala sangre entre ellos. Demasiadas mentiras.

—¿Hablaste con Rachel de Cecilia Sándor? —preguntó él.

—¿Y tú? —La mirada rápida e impaciente de Amelia hizo evidente su enorme frustración.

Kell le contó lo que ella necesitaba saber.

—Por supuesto que hablamos de ella —dijo—. Era la amante de su padre. Lo sabía todo de ella. Y también Josephine. Rachel leyó sus malditas cartas de amor.

—¿Y le contaste que Sándor era del servicio secreto húngaro?

Habría sido más fácil mentir, reaccionar con indignación ante la acusación, pero Kell sabía que estaba acorralado. No tenía otra opción que contar la verdad.

—Sí. Lo sabe.

—Fantástico —dijo Amelia, negando con la cabeza—. ¿Fue durante una conversación o por correo electrónico?

—Nunca habría puesto algo así por escrito.

La respuesta de Kell sonó brusca, pero en privado reconoció que no podía recordar con precisión dónde o cuándo o cómo había hablado con Rachel sobre los vínculos de Sándor con el espionaje. Tampoco confesó otro de sus pecados: que Rachel sabía que Sándor había sido asesinada. Amelia ya tenía mucho con lo que trabajar.

—¿Has tenido noticias suyas? —preguntó Amelia.

—Amelia, no he tenido noticias de ella desde que discutimos en el restaurante. Es lo que querías, ¿verdad? Es la tapadera. Soy el amante abandonado, ella no responde mis llamadas.

—Bien. Al menos eso es positivo. En cuanto se ponga en contacto, te lo haré saber.

52

Alexander Minasian había salido de un *bed and breakfast* de Snaresbrook para coger un tren de la Central Line a Londres. Había concertado una reunión con el jefe de Estación del SVR en un restaurante de Shepherd Market, y le había hablado de la relación de KODAK con Rachel Wallinger.

—Kell —dijo Minasian—. Tom Kell. ¿Qué sabes de él?

—El nombre me resulta familiar. Puedo buscarlo. Tendremos archivos.

—Lo enviaron a investigar el accidente de Wallinger. Se reunió con Jim Chater en la embajada estadounidense en Ankara. Según KODAK, fue con esa mujer a una fiesta que dio él en un bar de Estambul.

—¿Kell conoce a Chater? ¿Son amigos?

Minasian le dijo que no conocía la respuesta. Sólo sabía que KODAK sentía un odio visceral por Jim Chater. Que actuaba como un subordinado y un títere de Chater, como un colega más joven que lo admiraba, que aprendía de su maestro, pero que en realidad despreciaba los métodos de trabajo y la falta de ética de los estadounidenses. De hecho, había habido ocasiones en las que Minasian había tenido la sensación de que el trabajo de Ryan Kleckner para el SVR estaba motivado, en parte, por su animosidad contra Chater.

—¿Tienes la fecha de esa fiesta?

Mientras hablaban, el jefe de Estación comía paté de hígado de pollo de uno de los platos de la mesa. Minasian no estaba de humor para unirse a él.

—El cumpleaños de KODAK —contestó Minasian—. Según la chica, ella y Kell se habían conocido esa noche. Necesitamos confirmarlo. Empezaron una relación que continuó hasta que Rachel regresó a Londres. Cenaron aquí el martes por la noche, cuando ella rompió con él. Para entonces KODAK ya había contactado con ella. Rachel le dijo que estaba más interesada en verlo a él.

—¿Según quién?

—Según KODAK. Esto es lo que ella le contó la noche que fue al Rembrandt. Dice que Kell es demasiado viejo. Cuarenta y tres o cuarenta y cuatro. Ella sólo tiene treinta, no quiere estar atrapada en una relación con un hombre que no tiene intenciones de casarse. Ahora está en Estambul, quiere cenar con KODAK. Él piensa que le gusta.

—¿A quién crees?

—La cuestión no es a quién creo —repuso Minasian, pidiendo la cuenta—. La cuestión es qué nos dice la información.

53

En cuanto el vuelo de British Airways aterrizó en Estambul, Ryan Kleckner encendió su BlackBerry. En treinta segundos había recibido un mensaje de texto de su madre, descargado varios mensajes de correo relacionados con el trabajo en tres cuentas separadas y enviado un mensaje a Rachel para decirle lo mucho que deseaba cenar con ella al día siguiente. Era pasada medianoche, así que no le sorprendió que Rachel no respondiera.

Kleckner estaba sentado junto a una ventanilla del lado estribor del aparato, justo encima del ala. En cuanto se detuvieron los motores, se produjeron las prisas habituales para sacar el equipaje. Kleckner se vio obligado a permanecer en su asiento varios minutos mientras a su lado los pasajeros se levantaban, recuperaban sus bolsas y se quedaban de pie en el pasillo. Un asistente de vuelo hizo un anuncio, en inglés y en turco, informando a los pasajeros de que tardarían un poco más de lo habitual en abrir las puertas de cabina.

Al cabo de un rato, Kleckner por fin pudo salir al pasillo, encontró un espacio suficiente en el que ponerse de pie y cogió su maleta negra con ruedas de uno de los compartimentos superiores en el lado opuesto del avión. Cuando colocó la maleta en un asiento libre, miró la cabina, a la masa de pasajeros cansados e impacientes que aguardaban a salir del avión.

Siempre había odiado las multitudes. Caras cansadas, miradas perdidas; mujeres que se habían descuidado y se habían engordado y vuelto ceñudas; niños que gritaban pidiendo comida y juguetes. A Kleckner le habría gustado empujarlos a todos para abrirse paso. Estaba convencido desde muy joven de su superioridad, de que sus ventajas intelectuales y físicas lo colocaban por encima de cualquier reproche. Para él todos sus posibles defectos —vanidad, arrogancia, ausencia de compasión—, eran virtudes, fortalezas. Que, por otro lado, podía disimular fácilmente. Para Kleckner era fácil ganarse la confianza de los desconocidos; lo hacía incluso antes de ser formado para ese propósito. Disimular, pero también ver a través del corazón frío de las personas, intuir y entender los motivos de colegas y amigos eran dones que parecían innatos en él. Había días en los que Kleckner deseaba ser descubierto; que apareciera alguien con el talento y la inteligencia suficientes para desenmascararlo. Pero hasta el momento eso no había sucedido.

Se volvió y miró la cabina. El hedor de un vuelo de tres horas. Demasiada gente. Todo el mundo lo atosigaba.

Kleckner miró otra vez. Una cara le resultaba familiar. Una mujer de pelo negro, de veintitantos años, sentada a no más de tres metros de distancia. Viajaba sola, evitando a toda costa su mirada, ocupándose de sus asuntos.

La había visto antes. Había visto esos ojos. Esa mirada un poco bizca, desconcentrada. Y los dientes. Con fundas, tal vez por culpa de un accidente en la infancia. ¿Dónde la había visto? ¿En el Bar Bleu? ¿En una reunión en Estambul? ¿En una fiesta?

Mientras caminaba por el pasillo hacia la salida, daba las gracias al piloto con una inclinación de cabeza y sonreía a los asistentes de vuelo, Kleckner recordó exactamente dónde había visto a la mujer. Darse cuenta de ello lo impactó tanto como un mareo repentino.

Sección de perfumería. Luego, una hora después, la cara se había repetido en la salida del rincón sudeste del edificio. Kleckner, a pesar de haberla registrado, la había descartado rápidamente al considerar ese segundo avistamiento como una mera coincidencia. Luego había salido para reunirse con su agente.

Harrods.

54

Al menos dieciocho asistentes operativos del SVR, en Londres, Kíev y Moscú, habían sido asignados al caso. Diez de ellos habían examinado el vaporoso rastro digital de Rachel Wallinger, ocho de ellos el de Kell. Trabajando toda la noche del viernes, el SVR fue capaz de recuperar y traducir 362 mensajes de correo y 764 mensajes de texto entre las dos partes. Las pruebas confirmaron todo lo que KODAK había contado a Minasian. Las palabras «Amelia», «Levene», «accidente», «Quíos», «Cecilia», «Sándor», «muerte», «asesinato», «accidente», «topo», «MI6», «SVR», «SSI», «Ryan», «Kleckner» estaban marcadas y fueron cotejadas en las comunicaciones. Cada vez que aparecía alguna de estas palabras, el mensaje era inmediatamente reenviado a Minasian, que había tomado un vuelo de regreso a Kíev, vía Fráncfort, el viernes por la tarde. En ningún momento los analistas tuvieron la impresión de que el MI6 estuviera investigando a Kleckner. La relación de Kell con Rachel parecía auténtica, igual que su trabajo en una editorial de Londres, los mensajes de correo que ella intercambió con varias amigas sobre sus sentimientos contradictorios hacia Kell, su atracción creciente por Kleckner.

Pero Minasian no estaba satisfecho. Estaba convencido de que a los analistas se les había escapado algo. A las cinco de la madrugada del sábado pidió que enviaran todo el archivo por mensajería a su apartamento en Kíev, donde se puso a leer por sí mismo cada texto, cada correo electrónico, cada mensaje, incluso los que no concernían específicamente a la relación sexual entre Kell y Wallinger. A Minasian le gustaba mucho leer y era capaz de absorber grandes cantidades de material escrito a gran velocidad. Aunque no había dormido en casi veinticuatro horas, se mantuvo lo suficientemente despierto y alerta para fijarse en una palabra que confirmó sus peores sospechas sobre el verdadero propósito de Kell en Turquía: «Büyükada.»

Según el informe del SVR, el mensaje de texto había sido enviado desde la cuenta O2 de Kell a Rachel Wallinger (sin respuesta) el 29 de abril a las 17.34 horas. La misma tarde que Minasian en persona había visitado Büyükada para vaciar el buzón.

Hola. No sé si me lo estoy imaginando, pero ¿mencionaste que tu padre tenía un amigo periodista en Büyükada? Si no estoy loco, ¿puedes recordarme el nombre? ¿Richards? Si me he vuelto loco, no hagas caso de este mensaje. Estar separado de ti me hace delirar. T x

55

Alrededor de las ocho de la mañana del sábado, una analista de vigilancia que observaba en directo la grabación del apartamento de Ryan Kleckner en Tarabya informó de que el estadounidense había empezado a comportarse de un modo extraño. A las dos, ABACUS había llegado a casa desde el aeropuerto, pero no se había ido a la cama. Había pasado una significativa cantidad de tiempo con su portátil, se había bebido una botella entera de vino tinto y había hablado más de una hora por Skype con su madre en Estados Unidos. El tono de la conversación fue después calificado de «melancólico y afectuoso», una descripción que tenía sentido a la luz de lo que siguió.

Justo después de las ocho, se observó a Kleckner leyendo lo que se suponía que era un mensaje de texto en su BlackBerry. El estadounidense pareció «quedarse de piedra» (según la analista) y permaneció inmóvil un buen rato. Kleckner no respondió al mensaje, sino que fue a la cocina y recuperó un pasaporte (nacionalidad desconocida), una cantidad significativa de dinero (moneda desconocida), así como un iPhone nuevo y un cargador, todo guardado en un tupperware «escondido detrás de las cañerías y productos de debajo del lavabo». Alertada por el cambio en la conducta de Kleckner, la analista había seguido el protocolo y telefoneado a Tom Kell a su casa de Londres. Kell había doblado de inmediato el equipo de cuatro hombres que vigilaba el exterior del edificio de apartamentos del estadounidense.

Kleckner pasó los siguientes quince minutos preparando «una maleta negra grande con ruedas». Cuando sacó el disco duro de su portátil y lo colocó en la caja, la analista —que luego sería felicitada por actuar deprisa y con iniciativa— contactó de nuevo con Kell. Al darse cuenta de que Kleckner mostraba todos los signos de un agente desenmascarado, ordenó de inmediato poner equipos de vigilancia de dos personas en la estación de ferrocarril de Sirkeci, los aeropuertos Atatürk y Sabiha Gökçen, las terminales de autobús de Harem y Topkapi, así como la terminal de ferris del mar Negro en Karaköy, para lo que tuvo que recurrir por primera vez al personal del consulado para compensar la falta de agentes.

Después de guardar el disco duro, Kleckner fue visto metiendo en la maleta dos fotografías enmarcadas, dos botellas de solución de lentes de contacto, «una cantidad significativa de ropa» y un segundo par de zapatos. Quitó la tarjeta SIM de la BlackBerry y lanzó el teléfono a una papelera al salir del edificio de apartamentos. Se suponía que ABACUS había dejado su pasaporte diplomático y su carnet de conducir en la caja fuerte de su dormitorio, aunque la analista no pudo confirmarlo.

A una manzana de su apartamento, el estadounidense fue visto haciendo una llamada desde un teléfono público, no muy lejos del Starbucks donde lo esperaban Javed Mohsin y Priya. Kell supuso que la conversación, que «no duró más de diez segundos», era una señal acordada con Minasian para indicar que ABACUS iniciaba la fuga.

Todavía no eran las seis de la mañana en Londres. Mirando un mapa de la zona en su piso, Kell concluyó que lo más probable era que, para llegar a Moscú, Kleckner atravesara el país en autobús o en un coche de alquiler hasta el este de Anatolia, donde podría intentar cruzar la frontera a Georgia. Un equipo de exfiltración del SVR también podría intentar recogerlo en Samsun, o en algún otro de los puertos del mar Negro, y llevar a Kleckner a Odesa o Sebastopol en barco. Una ruta septentrional por Bulgaria también era una opción, aunque seguro que ABACUS sabía que esa frontera

era más fácil de controlar para los estadounidenses. Si confiaba en su alias, podía arriesgarse a un vuelo comercial, pero debía de imaginarse que todos los vuelos directos a Moscú, Kíev, Taskent, Bakú y Sofía —de hecho, a cualquiera de los antiguos estados satélites soviéticos— estarían controlados.

Kell confiaba por completo en el equipo de vigilancia. Si perdían a ABACUS, probablemente la siguiente vez que alguien del SSI viera la cara de Kleckner sería en la primera página del *Guardian*. Si localizaban el punto de exfiltración acordado, habría una mínima posibilidad de atrapar a ABACUS antes de que lo interceptara el equipo del SVR. Kell telefoneó a Amelia a su casa de Chelsea para ponerla al día de las novedades. Ambos eran conscientes de que seguramente la relación de Kell con Rachel era el desencadenante de la huida de Kleckner: Minasian, tras hacer un barrido de todos los datos, habría concluido que a ABACUS lo habían desenmascarado. Amelia y Kell quedaron en encontrarse en Vauxhall Cross, pero antes ella lo había tranquilizado asegurándole que iban a sacar a Rachel de Estambul de inmediato. Kell no confiaba en que pudiera verla antes de que tuviera que marcharse de Londres.

Su intuición acertó. El equipo de vigilancia siguió con éxito a ABACUS a la terminal de ferris de Karaköy, donde el objetivo fue observado haciendo averiguaciones para subirse a uno de los dos cruceros amarrados en el lado norte del Cuerno de Oro. Javed Mohsin situó al estadounidense en un barco italiano —*Serenissima*—, consiguió una copia del horario y se quedó en el edificio de la terminal hasta que el buque zarpó, dos horas más tarde, para asegurarse de que Kleckner no volvía a tierra firme. Por suerte, se lo fotografió caminando por la cubierta del barco, que navegaba rumbo norte hacia el mar Negro. Un agente de vigilancia con iniciativa había alquilado un taxi acuático y seguido al *Serenissima* hasta el puente del Bósforo.

—Kleckner se dirige a Ucrania —dijo Kell a Amelia en cuanto oyó la noticia—. A menos que el barco sea interceptado y consiga salir, estará en Odesa en cuarenta y ocho horas.

—Es mejor que llamemos a los estadounidenses —contestó ella.

Kell estaba desconcertado.

—Pero ¿por qué? ABACUS es nuestra captura. Nuestro triunfo.

—Sabes por qué, Tom.

Se habían metido en una pequeña sala de conferencias de la primera planta. Puerta cerrada, persianas bajadas.

—Si dejas que Chater interfiera en mis planes, perderemos a ABACUS. Sin duda.

—No puedes suponer eso.

—Los Primos estarán por todas partes en Odesa —le dijo Kell—. Inundarán el puerto. Minasian sabrá que han llegado veinticuatro horas antes de que el barco amarre. Jim no hace esto tan bien como nosotros.

Amelia asintió, en el fondo estaba de acuerdo con él, pero Kell se daba cuenta de que a ella todavía le pesaban las razones políticas. Si se excluía a Langley, el SSI lo pagaría muy caro. Si Kell no conseguía atrapar a Kleckner, armaría una buena.

—Deja que lo solucione yo —dijo Kell—. Un equipo pequeño, baja visibilidad. Minasian no querrá hacer un gran despliegue. Han desenmascarado a su agente más preciado. Si pide refuerzos a Moscú, quedará mal. Va a pisotearlo un agente de más rango, un equipo más experimentado. —Kell intentó poner acento ruso—: *No puedes ocuparrte, Alexander. Nos ocuparremos nosotros...*

Amelia estuvo a punto de sonreír.

—Minasian querrá hacerlo con discreción —insistió Kell—. Sin filtraciones de la Estación de Kíev, sin informar a Londres o a Langley de que ABACUS se dirige a Odesa. Sólo quiere sacar a su hombre del barco, meterlo en un coche, llevarlo al aeropuerto y ponerlo en las noticias de las seis. De ese modo, él sigue siendo un héroe. De ese modo, lo hace todo según las normas y Kleckner es quien la ha cagado. Es lo que haría yo. Y es lo que harías tú también, ¿no?

Amelia asintió con la cabeza, pero no respondió de forma inmediata. Kell sintió cómo Amelia estaba haciendo sus cálculos.

Finalmente, ella se volvió hacia él.

—No puedes fallar, Tom. No podemos perder a Ryan Kleckner.

—No fallaré —respondió, ya saliendo—. Sólo dame lo que necesito.

56

Kell preparó un equipo en dos horas. Javed Mohsin y Nina volaron directamente desde Estambul hasta Odesa y se hospedaron en sendas habitaciones de un hotel de cuatro estrellas en Arkadia, una zona hotelera situada al sur de la ciudad. Para evitar que aparecieran un montón de registros de última hora en la lista de pasajeros de una sola aerolínea, los otros siete agentes que salieron de Londres a Odesa tomaron vuelos distintos desde Gatwick, Stansted y Heathrow. Harold voló con British Airways a Kíev; Danny y Carol con Ukrainian Airlines. Kell lo hizo pasando por Viena; Elsa y Jez, vía Varsovia. Por la misma razón, el equipo se distribuyó en varios hoteles de Odesa, con alias de turistas estándar. En el improbable caso de que fueran cuestionados por agentes de inmigración, los miembros más jóvenes del equipo debían mostrar interés por la vida nocturna de la ciudad. Harold y Danny debían manifestar su pasión impenitente por *El acorazado Potemkin* y las películas de Serguéi Eisenstein.

—¿Y tú, jefe? —había preguntado Harold a Kell.

—Hay unas catacumbas en la ciudad —respondió—. Les diré que soy aficionado a las excavaciones.

Kell viajó con el alias de Hardwick. Durante el vuelo al este desde Viena, además de memorizar su biografía, Kell intentó pensar en todas las eventualidades, en los trucos que ayudarían a su equipo, reunido apresuradamente, a capturar a ABACUS delante de las narices del SVR.

348

Estudió con atención un plano de Odesa y aprendió todo lo que pudo sobre procedimientos de desembarque de pasajeros en el puerto. Antes de salir, Kell había dejado instrucciones en la carpeta de borradores de una cuenta de Gmail —los diez agentes tenían la contraseña—, aparte de añadir fotos de Kleckner y Minasian, y había organizado una reunión en un restaurante en el centro de Odesa para las ocho en punto del domingo por la noche. Por lo demás, los miembros del equipo limitarían al máximo el contacto entre ellos, y sólo se llamarían con móviles limpios de Reino Unido una vez que hubieran pasado la inmigración ucraniana.

Amelia había sugerido usar a gente de la embajada en Kíev, tanto por su conocimiento del país como por aumentar el contingente, pero Kell había insistido en mantener la Estación a cierta distancia. Si la gente de Minasian estaba vigilando al personal del SSI, eso podía conducir al SVR al corazón de la operación de Odesa y dinamitarla.

El vuelo de Kell se retrasó en Londres y luego en Viena. Llegó tres horas tarde a Odesa. El SSI había reservado un coche de alquiler para Chris Hardwick, pero hubo otro retraso de cuarenta y cinco minutos en el aeropuerto mientras el agente de la compañía de alquiler trataba de localizarlo.

—No hay coches —le dijo, en un inglés brusco, lacónico—. Se los han llevado.

Era más de medianoche cuando Kell salió por fin a la carretera. Con la ayuda del GPS, condujo por una cuadrícula de bulevares del siglo XIX hasta el corazón del casco antiguo. Llevaba casi dos días sin dormir, pero había logrado descansar varias horas en su habitación, después de recibir la confirmación por correo electrónico, seguro de que Rachel estaba sana y salva en Estambul. Amelia había insistido en que Rachel debía seguir con la tapadera; hacerla volar de vuelta a Londres delataría su pánico y sólo serviría para confirmar al SVR que había colaborado con ellos para desenmascarar a ABACUS. Lo mejor que podía hacer Rachel era quedarse en Turquía y no cejar en el empeño de contactar con Kleckner. Con ese propósito, Rachel había enviado dos mensajes de texto y un correo electrónico al estadounidense preguntándole por qué no respondía a sus llamadas. Amelia le había dado instrucciones para que rompiera la relación el domingo por la mañana («No puedo creer que me hayas engañado de esta manera»). De ese modo, Rachel podría regresar tranquilamente el lunes a Londres sin levantar sospechas.

Kell se despertó al amanecer con el rumor de la unidad de aire acondicionado en su habitación. El señor Hardwick se había alojado en el Londonskaya, una reliquia presoviética que evocaba el romántico pasado de Odesa; con pasillos anchos, techos altos y una escalera sinuosa que descendía a un vestíbulo *fin de siècle* profusamente ornamentado. Kell pensaba pasar la mañana caminando por el puerto y luego reunirse con Danny para elaborar un plan perfecto para capturar a Kleckner.

Era una mañana húmeda en Odesa, el aire olía a aceite de motor y brisa marina. Al salir del Londonskaya, Kell caminó al este por un paseo arbolado hasta una bonita plaza de ambiente italiano en lo alto de la escalera Potemkin. Continuó al sur a pie, familiarizándose con la cuadrícula de calles que rodeaba Deribasovskaya, la principal avenida peatonal del centro de la ciudad. Ladas de la época soviética traqueteaban por las calles adoquinadas bajo un sol intenso. Las mujeres ucranianas, famosas por su belleza, se paseaban a las ocho de la mañana ataviadas como si fueran a una boda, con vestidos ceñidos y contoneándose sobre sus tacones altos. Kell se paró a tomar un café en un restaurante que anunciaba *sushi* y *shisha*, y luego volvió a la plaza.

Un adolescente con el torso descubierto estaba de pie en lo alto de la escalera Potemkin y tenía un águila gigantesca en el hombro. Los turistas sacaban fotos del ave y una niña alemana miraba boquiabierta el tamaño del pico y las garras. Kell dio un billete de diez grivna al chico y también se puso a hacer fotos, disparando varias ráfagas de la zona, incluida la parada del funicular que circulaba paralelo a los escalones. Un grupo de unos veinte turistas se había detenido bajo la estatua de un hombre que Kell identificó por el cartel en cirílico como el duque de Richelieu, un aristócrata francés del siglo XIX sin duda relacionado con algún aspecto del fabuloso pasado de la ciudad. Llevaba el atuendo de un senador romano y en ese momento había una paloma posada en su brazo extendido. Kell se sentó en la base del monumento y miró al sur, hacia el mar Negro. Un edificio alto sobresalía en el centro del complejo portuario, a menos de un kilómetro de distancia. Las letras mayúsculas grandes del tejado lo identificaban como el hotel Odesa. Kell se sintió decepcionado. Si los investigadores de Vauxhall Cross hubieran sabido que el hotel se encontraba tan cerca de la zona donde amarraría el barco de Kleckner, podrían haber reservado una habitación para Danny. Con unos prismáticos decentes, Aldrich habría seguido la llegada del *Serenissima* desde varias millas de distancia mientras observaba de forma discreta cualquier posible movimiento del SVR en el puerto. El vestíbulo del hotel también habría sido un punto de encuentro muy oportuno para el equipo en caso de emergencia. Las típicas oportunidades perdidas y complicaciones de una operación organizada en el último momento. Kell intentaría conseguir una habitación en cuanto estuviera en el puerto.

Se encaminó a la escalera Potemkin. A ambos lados, bajo la luz moteada por las copas de los árboles, los vendedores ambulantes ofrecían muñecas rusas. El calor era cada vez más intenso; un anciano hizo una pausa a mitad de la escalinata para recuperar el aliento, agotado por el esfuerzo, pero todavía se las arregló para sonreír cuando Kell pasó a su lado. Éste le ofreció un trago de una botella de agua, pero el hombre lo rechazó, apoyando una mano en el brazo de Kell y murmurando: «*Spasiba.*»

Al pie de la escalera el tráfico fluía en ambas direcciones por una concurrida carretera de dos carriles. Kell utilizó un paso subterráneo para llegar a la entrada peatonal al puerto, al otro lado de la avenida. En cuestión de minutos se encontraba en medio de una gran plaza delante del edificio principal de la terminal. Desde allí, su perspectiva del puerto quedaba enmarcada por grúas oxidadas y barcos cargueros en la lejanía. Kell caminó por el lado este de la terminal hasta la entrada del hotel Odesa. Para su sorpresa, el edificio estaba tapiado desde hacía tiempo: incluso habían crecido malas hierbas a los pies de varias puertas automáticas cerradas. Al mirar hacia el interior abandonado, Kell pudo ver relojes con distintas zonas horarias en la pared de detrás del mostrador de la recepción y lonas extendidas sobre las alfombras. Recordó la oficina de Nicolas Delfas y también a Marianna Dimitriadis. A esa hora había gente paseando por delante del hotel: familias con hijos, parejas en actitud romántica.

Kell siguió rodeando el muelle occidental hasta haber recorrido el perímetro completo de la terminal. Tomó fotografías —de escaleras, salidas, pasillos y puntos de orientación— que mostraría al equipo en la reunión de la tarde. En un momento dado incluso había pasado a unos cinco o seis metros de Javed Mohsin; le gustó comprobar que éste era lo bastante profesional para evitar el contacto visual.

Kell entró en el edificio de la terminal siguiendo las señales que dirigían a los pasajeros a la zona de aduanas. Lo sorprendió la facilidad con la que pudo moverse a través de los diversos niveles del edificio sin que lo parara ni lo cuestionara nadie. Sería diferente por la mañana, cuando habría numerosos policías y agentes de inmigración. No obstante, a esa hora el entorno estaba despejado y poco concurrido, como era de esperar.

Pasó el resto de la tarde con Danny, preparando las comunicaciones y los vehículos. Se habían enviado auriculares y micrófonos por valija diplomática a la embajada británica en Chisináu, y después un agente del SSI los había pasado a través de la frontera con Moldavia. Aldrich y Mohsin habían alquilado dos Audi, y por la mañana se apostarían junto al edificio de la terminal para controlar la ruta de acceso sobre las vías del ferrocarril, que discurrían en paralelo a la carretera. Si el equipo conseguía atrapar a Kleckner al bajar del barco y meterlo en el asiento trasero de uno de los vehículos, mucho mejor, pero ni Kell ni Aldrich creían que sería tan fácil. Como mínimo, habría que eliminar a Minasian de la ecuación. En el peor de los escenarios posibles, un batallón de oficiales armados del SVR se acercaría a ABACUS en el muelle y se lo llevarían en cuestión de minutos. Si ocurría eso, Kell y su equipo volverían a casa con las manos vacías.

57

Ryan Kleckner no podía aceptar la rapidez con que su trabajo había terminado. Al volver a su apartamento durante las primeras horas de la mañana del sábado, había tratado de convencerse de que la mujer del avión no era la misma de Harrods. Era una coincidencia, una confusión. Seguramente no lo estaban siguiendo. ¿Qué pistas había dado? ¿Qué errores había cometido? Ninguno. Estaba convencido de que si había un fallo en la operación, había tenido que producirse en el lado ruso.

Luego el mensaje de texto de Minasian. «BESIKTAS.» Una sola palabra que ponía fin a todo. «KODAK desenmascarado. Sal de Estambul. Sigue el procedimiento acordado.»

Kleckner se había sentado y quedado mirando la pantalla de su BlackBerry, a pesar de ser consciente de que su apartamento debía de estar vigilado y de que cada uno de sus movimientos era observado desde una sala llena de analistas en Langley e Istinye. Se sentía humillado, avergonzado. No recordaba haber experimentado nunca una desesperación tan repentina y profunda. No tenía otra opción que hacer las maletas, dejando atrás casi todas sus pertenencias —fotos, libros, discos, prendas de ropa—, cosas que nunca volvería a ver. Aunque dudaba de que pudiera llegar más allá de la puerta de su apartamento. Probablemente, lo esperaban fuera.

Sin embargo, para su sorpresa, Kleckner pudo abandonar el edificio sin problemas. En una cabina telefónica, marcó el número que le había dado Minasian. Cuando oyó que la mujer contestaba en ruso, dio la respuesta acordada: BESIKTAS TRES. Hubo una pausa, luego la mujer repitió el código y colgó. Kleckner no supo si el mensaje había sido transmitido a Minasian hasta que robó el teléfono móvil en el barco. Uno de los pasajeros se había dejado su teléfono en una mesa del salón recreativo; Kleckner se lo guardó. No hubo señal durante varias horas. Primero en su camarote, y por la noche en cubierta, miraba las barras en la pantalla como un médico que espera sentir pulso. Al final, tal vez porque el barco se había acercado a la costa rumana, pudo enviar un mensaje a Minasian.

Serenissima. Lunedi.

Era suficientemente simple. El nombre del barco, cuyo rumbo el SVR podía seguir por internet, y el día que Kleckner esperaba ser recogido. En cuestión de minutos, el ruso había respondido, confirmando la recepción del mensaje con la palabra acordada. Kleckner habría querido hablar con él, descubrir qué había ido mal, pero sabía que no era seguro. Estaba convencido de que la situación de Minasian era comprometida. Kleckner no se permitió creer, en ninguno de los escenarios que repasó mentalmente, que Rachel lo hubiera engañado o trabajado a la par con Thomas Kell. Ryan Kleckner no cometía errores. Los británicos no usaban trampas de miel. La culpa era de Moscú.

355

58

Kell fue el último en llegar a la reunión de las ocho. Los otros miembros del equipo ya se encontraban sentados a una gran mesa exterior en el lado sur de Deribasovskaya, con los asientos parcialmente ocultos de la calle por una cerca de listones blancos con enredaderas de plástico y bombillitas de colores. Kell había elegido el restaurante por varias críticas en TripAdvisor que lo describían como «caótico» y «extremadamente ruidoso». Y en efecto, había varias fuentes de música en las inmediaciones, entre ellas dos altavoces a la entrada del restaurante que atronaban con canciones de pop ruso y una banda de folk que tocaba al otro lado de la calle con un amplificador pequeño que no dejaba de acoplarse.

—Bonito y apacible —murmuró Kell al tomar asiento en el centro de la mesa. Estrechó las manos de Harold y Danny, besó en la mejilla a Elsa y Carol. Saludó al resto (Nina, Jez, Javed y Alicia, una analista del SSI que hablaba ruso que habían llevado como traductora) con la cabeza y les sonrió—. ¿Qué tal os van las vacaciones?

—Estoy disfrutando mucho —contestó Elsa. Jez se hizo eco del mismo sentimiento y contó que había pasado la tarde en Arkadia con Carol.

—¿Y a ti? —preguntó Kell a Harold.

—He estado educando a las masas sobre la historia de esta elegante ciudad —repuso, blandiendo un libro en rústica del que empezó a leer.

A Kell le gustó que Harold rompiera el hielo. Era bueno para la moral.

—¿Sabías que Catalina la Grande tenía un marido secreto tuerto?

—Un marido secreto tuerto —repitió Kell, pidiendo una cerveza al camarero—. Eso no lo sabía.

—En esa época Odesa era el puerto más con más tráfico de todo el Imperio ruso —continuó Harold, mientras pasaba las páginas del libro.

Elsa parecía confundida. El sentido del humor de Harold siempre la había desconcertado.

—Todo pasaba por este lugar en los viejos tiempos. Vinos de Francia, aceite de oliva de Italia, avellanas de Turquía, frutos secos del Levante mediterráneo...

—¿El qué? —preguntó Nina.

—El Levante —contestó Harold sin desdén—. También conocido como Oriente Próximo.

Kell cogió el menú plastificado, donde todos los platos aparecían ilustrados con una fotografía.

—Luego todo terminó —remató Harold.

—¿Por qué? —preguntó Danny, desde un extremo de la mesa—. ¿La Unión Soviética?

—Suez —contestó Kell—. El canal.

Harold colocó el libro sobre la mesa: *Odessa* de Charles King. Kell miró la fotografía de color sepia de la escalera Potemkin en la cubierta y dijo:

—¿Qué estáis comiendo?

Era un ritual que había vivido muchas veces en su carrera. Como de costumbre se habló muy poco de la operación hasta que llegó la comida. Kell sabía por experiencia que lo mejor era dejar que el equipo se relajara antes de abordar el trabajo. Ese rato también le permitía valorar a cada uno de sus miembros. ¿Alguien parecía nervioso o cansado? ¿Había tensiones entre ellos, o lazos de amistad especialmente fuertes? Aunque a Carol se la veía callada y un poco fuera de lugar, a Kell no le pareció que hubiera ningún problema serio. En ese momento empezó con una revisión de la agenda planeada para la mañana siguiente.

—El barco tiene que llegar a puerto a las once en punto. Yo estaré atento. Elsa ha seguido su avance por el mar Negro. Es posible que el barco llegue una hora antes o una hora después, así que todo el mundo tiene que estar preparado a las ocho, los teléfonos conectados desde esta medianoche. No hace falta deciros que los mantengáis cargados.

—El restaurante era ahora tan ruidoso, y la actividad en Deribasovskaya tan incesante, que Kell sabía que era imposible que alguien oyera sus comentarios—. Todos habéis visto fotografías de ABACUS —dijo—. Tenemos una idea bastante ajustada de la ropa que guardó en la maleta y de lo que podría llevar mañana. ¿Supongo que todos habéis visto las notas en el Gmail?

Kell recibió varios asentimientos y murmullos afirmativos.

—Danny, Carol, Nina, Javed y yo estaremos en la terminal del puerto con dos coches. Es vital que identifiquemos a ABACUS lo antes posible. Al mismo tiempo, tenemos que estar atentos al grupo de bienvenida. Si es considerable, si por ejemplo un equipo se nos avanza, accede al *Serenissima* y saca el paquete, se acabó. Nos vamos a casa.

Danny miró su plato a medio comer. Él había hecho mucha presión para imponer una solución militar: permitir a Kleckner salir de Odesa en un vehículo del SVR y luego inmovilizarlo con la colaboración de las Fuerzas Especiales. Consciente de las posibles consecuencias diplomáticas de ese plan, sin contar con los problemas de coordinación, Kell lo había rechazado sin siquiera planteárselo a Amelia.

—Si, por otra parte, nuestros amigos de Moscú están tratando de ser discretos, si sólo hemos de enfrentarnos a un coche de matones y a Minasian, tenemos una oportunidad. Seguid hablando entre vosotros, dadme posiciones, mantenedme informado. Confiad unos en otros y en vuestra experiencia.

La música folk al otro lado de la calle cesó de golpe. Kell hizo una pausa y se acabó la cerveza.

—¿Puedes contarnos dónde va a estar cada uno? —preguntó Carol.

Kell sacó su cámara y, mientras se la pasaban alrededor de la mesa, mostró a cada uno de ellos cuál sería su puesto de partida por la mañana. Harold estaría esperando con Kell y Danny al lado del muelle, listo para tropezarse con Kleckner y ponerle un localizador en la ropa. Carol, posicionada dentro del edificio de la terminal, aguardaría a que Kleckner pasara por Aduanas. Javed y Nina se pasearían por el puerto para buscar a Minasian, Kleckner o cualquier señal del personal del SVR. Elsa y Alicia tenían que esperar en dos taxis aparcados cerca de la salida principal del complejo de la terminal. El puerto sólo tenía una entrada y una salida. Si Minasian salía con Kleckner, ellas tendrían que seguirlos hasta que Kell, Aldrich y Jez pudieran unirse a la persecución. Jez estaría en la plaza de estilo italiano construida en lo alto de la escalera Potemkin; se haría pasar por un taxista ucraniano. Kell les explicó que confiaba en obligar a Kleckner a salir a pie de la terminal. Si no pasaban taxis por la carretera de dos carriles, la única opción del estadounidense sería subir la escalera Potemkin. Pero si Kleckner no mordía el anzuelo de Jez y llegaba al centro de Odesa, ya podían prepararse para jugar al gato y el ratón con un experto en contravigilancia. De ahí la necesidad de comunicaciones funcionales, de contar con varios vehículos y de que Harold, Elsa y Alicia le sacaran información con éter.

—¿Y cómo metemos a Ryan en uno de los vehículos? —preguntó Nina—. ¿Y si cuando tengo la oportunidad, estamos solos él y yo?

—No ocurrirá —la tranquilizó Kell—. Los únicos que vamos a interactuar físicamente con Minasian y Kleckner somos Danny, Jez y yo. Nadie más tiene que correr riesgos. ¿Entendido?

—Entendido —murmuró Carol.

—¿Y cómo piensas hacerlo exactamente? —preguntó Nina.

A Kell no le gustó mucho su tono.

—¿Cómo vas a interactuar físicamente con él?

—Déjanoslo a nosotros —dijo Danny.

59

Kell durmió sólo unas horas y de forma intermitente, soñó con Rachel y a las dos se despertó con el cuerpo empapado en sudor; luego otra vez a las cuatro y media. Había apagado el ruidoso aire acondicionado de su habitación y el calor era sofocante. Se levantó de la cama y abrió las dos ventanas que daban al paseo arbolado. Fuera estaba oscuro, no se oía cantar a ningún pájaro. Kell se duchó y pidió el desayuno al servicio de habitaciones. Antes de las seis ya estaba listo para salir. Bajando la escalera se cruzó con una chica de minifalda casi inexistente, piernas increíblemente largas y cadera estrecha que subía del brazo de un hombre de mediana edad, bajo y con la cabeza afeitada. El tipo lanzó a Kell una sonrisa triunfal llena de lujuria y orgullo por la conquista. Kell tuvo que contenerse para no murmurar «si pagas, lo tienes», y continuó su camino hacia el vestíbulo en silencio.

Salió del Londonskaya a la amplia calzada del bulevar Primorski. Una pareja de adolescentes se besaba sentada en un banco de madera bajo los plátanos. Una mujer con delantal azul marino barría la calle. Kell se volvió hacia el este, hacia la escalera Potemkin. Un caballo y un carro, recién pintado de blanco, aguardaban al borde de la plaza. El animal comía de una bolsa de forraje mientras el cochero dormía tapado con una manta. En la parada de la intersección con Ekaterininskaya había estacionado un solo taxi, y a su lado un Humvee y una limusina. Kell miró su teléfono.

Tenía cuatro mensajes. Danny, Javed y Nina estaban despiertos. Según Elsa, el *Serenissima* se retrasaba una hora. Alicia había traducido un mensaje enviado por la Autoridad Portuaria de Odesa que daba permiso al buque para amarrar en el muelle occidental. Ni Elsa ni Harold habían captado ni una sílaba entre miembros del SVR.

Kell pasó de largo la escalera Potemkin. En el extremo más alejado de la plaza se encontró un grupo de perros callejeros durmiendo en el suelo delante de un edificio amarillo pálido. En algún lugar, a cierta distancia, se oía un generador en marcha: tal vez la red eléctrica de Odesa estaba sufriendo uno de sus frecuentes cortes de luz. Kell encendió un cigarrillo y caminó hasta un puente peatonal metálico con vistas al puerto. Divisaba grúas hasta donde le alcanzaba la vista, pero no veía ningún barco amarrado en la terminal. En la barandilla había cientos de candados: muestras de amor oxidadas por la lluvia y el agua de mar. Un anciano de nariz arrugada se detuvo cerca de él, se remetió el faldón suelto de la camisa en los pantalones y lo saludó con la cabeza cuando Kell pasó a su lado. Entonces, como por ensalmo, una voz familiar a su espalda.

—¿Esperando un barco?

Kell se volvió y vio que Harold y Danny caminaban hacia él.

—Caballeros —dijo.

Se quedaron uno a cada lado de Kell. Ambos iban vestidos con vaqueros y un polo. Harold llevaba una chaqueta de nailon gris colgada de un brazo.

—Bueno —dijo Harold—. ¿Llega a tiempo?

—Con un ligero retraso —repuso Kell—. Una hora máximo.

—Habrán chocado con un iceberg.

Kell apagó el cigarrillo y preguntó:

—En la mitología griega, ¿quién espera un barco?

—Egeo —replicó Danny al instante.

A Kell le vino a la cabeza una imagen de Aldrich en su casa en Guildford, estudiando libros y enciclopedias durante horas. Un cerebrito para una noche de trivial.

—Teseo, su hijo, partió para matar al minotauro. Le dijo que si lo conseguía cambiaría las velas negras de su barco por velas blancas...

—Pero se olvidó —dijo Kell.

—Exactamente. —Danny miró al mar Negro—. Egeo vio el barco y vio las velas negras. Creyó que había perdido a su hijo. Y se suicidó.

—La gente se olvida de las cosas —dijo Harold—. No había teléfonos móviles entonces, así que Teseo no pudo avisarlo.

Riendo, Kell puso la mano en el hombro de Harold.

—Tenemos un rato libre —dijo—. ¿Café?

60

El *Serenissima* atracó a las doce y siete minutos. Javed y Nina tenían sus prismáticos enfocados al muelle, pero no habían visto ni rastro de Kleckner. Era una tarde luminosa, en la terminal había mucho más ajetreo que el día anterior. Los vendedores ambulantes hacían su agosto ofreciendo aperitivos y periódicos, y una hilera de taxistas esperaba el desembarco del crucero para trasladar a los pasajeros más curiosos al corazón de la vieja Odesa. Danny y Harold llevaban más de una hora en el muelle; aparte de a Alexander Minasian, buscaban cualquier señal de amenaza o patrulla de vigilancia en los vehículos aparcados a ambos lados de la terminal. Danny había informado de «al menos tres hombres» en un Mercedes aparcado en paralelo a cinco vehículos vacíos justo al salir de la zona de Aduanas. Sólo se sabría si eran del SVR cuando los pasajeros empezaran a desembarcar.

Como Minasian y Kleckner conocían el aspecto de Kell, éste había permanecido en su coche alquilado hasta que un miembro de la tripulación del *Serenissima* había lanzado una cuerda desde la proa. Ésa era su señal. Kell ya podía entrar y moverse por el puerto aun a riesgo de ser visto. Lástima. Ahora ya sólo se trataba de una carrera para llegar a ABACUS; si Kleckner lo localizaba, podría incluso asustarse y caer en sus manos. Los pasajeros bajaban a pie del barco por una rampa que los dejaba en el muelle. Kell y Danny necesitaban acercarse lo máximo posible a la rampa para llevarse el premio.

—¿Ves algo? —preguntó Kell, mientras caminaba entre una aglomeración de adolescentes locales que se habían reunido en el muelle. Hablaba con Danny a través de un pequeño dispositivo para comunicarse.

—Nada —respondió Danny.

Entonces, una llamada. El teléfono de Kell vibró en su bolsillo trasero. Era Javed.

—Mi comunicador no tiene señal —advirtió Javed—. Posible Minasian. Solo. A cincuenta metros de ti, once en punto.

Kell miró adelante. Siempre había imprevistos en una operación. Perder la comunicación por radio con Javed era un contratiempo, pero tenían que seguir adelante.

—Describe —dijo.

—Pelo oscuro, muy corto. Estoy seguro de que es él. Mujer rubia a su derecha. A tu izquierda.

—La veo. —Kell divisó al hombre con el cabello corto y oscuro. No era Minasian—. Negativo —dijo—. Sigue observando.

Danny se había acercado desde el lado del mar; ya estaba en la rampa. Era la única salida del barco. Sin coches. Sólo peatones. Un grupo numeroso de gente de edad avanzada, con dos personas en silla de ruedas, se abría camino por la rampa ayudado por miembros de la tripulación vestidos con uniforme azul marino que sonreían y reían sin cesar contra un fondo de graznidos de gaviotas.

—Posible ABACUS. —Nina esta vez. Kell sentía un arañazo de irritación cada vez que oía su voz—. A la izquierda de la rampa. En el barco. Ya no se ve. Estoy segura de que era él.

Kell levantó la vista y miró el lado estribor de la gran mole blanca del barco, que doblaba la altura del Londonskaya. Sobre la masa de gente agolpada en la salida caía un manto de sol y sombras que hacía casi imposible tener una visión nítida de las caras. Kell no llevaba prismáticos. Su teléfono sonaba otra vez. Javed.

—Jefe. Ese coche. El Mercedes. El chófer acaba de salir. Parece muy serio. Traje negro, musculoso.

—¿Minasian?

—Negativo.

—Danny se encargará de los neumáticos si es necesario —le dijo Kell, que transmitió el mensaje a Aldrich por radio—. Podría ser un político. Podría ser un empresario. Podría ser el crimen organizado. Podría ser el puto Simon Cowell.

—Recibido —confirmó Danny.

—¿Jefe? —Carol, ahora por radio, desde su posición en el interior del edificio de la terminal.

—Adelante.

—Minasian confirmado. Parece solo. Vaqueros azules. Camisa de cuello blanco. Jersey negro. De pie en el lado izquierdo del mostrador de información. Gafas de montura negra.

—¿Parece solo?

—Afirmativo.

No tenía sentido. Era demasiado fácil. Tenía que haber otros. ¿Por qué Minasian correría el riesgo de que pillaran a Kleckner en la rampa? ¿Por qué permitirle alcanzar la zona de Aduanas para entregarlo al control de los ucranianos?

—No lo pierdas de vista.

—Por supuesto —repuso Carol.

Kell localizó a Danny al pie de la rampa, a distancia de contacto de una pareja de ancianos que estaba caminando con lentitud exasperante hacia la zona de inmigración. Kell todavía estaba junto a una aglomeración de gente, a diez metros de la base de la rampa. Era como estar en una nube de periodistas esperando las declaraciones de un famoso.

—¿Nina? —dijo en la radio, esperando que ella hubiera hecho un segundo avistamiento.

—Nada —respondió ella de inmediato.

Kell ya podía ver la cima de la rampa y una parte del barco. Danny le hizo una señal. Seguía sin haber rastro de Kleckner. ¿Lo habían perdido? Los pasajeros llevaban desembarcando más de cinco minutos pero todavía había muchísimas personas haciendo cola dentro del barco.

—¿Carol?

—Sí.

—¿Minasian?

—Sigue ahí. Te informaré si algo cambia. —Sonó como si ella hubiera cambiado de posición, posiblemente para situarse detrás de Minasian. Su voz ya no se oía tan nítida.

—¿Auricular? ¿Está hablando con alguien? ¿Usa un teléfono?

—Negativo. Nada. Frío como un pepino ruso.

La sirena del barco ululó y el eco resonó a lo largo del puerto. No hubo reacción de los pasajeros ni entre la gente reunida en el muelle. Kell encendió un cigarrillo y miró a su alrededor describiendo un ángulo de trescientos sesenta grados; examinó el muelle, las cubiertas del barco, la pasarela de pasajeros de encima de su cabeza, donde Javed era claramente visible, de pie al lado de la escultura de una madre y su hijo, con unos prismáticos enfocados a la rampa.

Un segundo bocinazo de la sirena del barco. Risas en el grupo delante de Kell, voces estadounidenses expresando alegría por estar en tierra firme otra vez. Kell percibió el olor de chocolate fundido y almendras garrapiñadas procedente de uno de los carros a barlovento. Justo en ese momento, en su oreja, la voz de Danny sonó tan repentina y excitada que Kell dio un respingo:

—¡Rampa!

Kell alzó la mirada hacia el barco. Ryan Kleckner era claramente visible, a no más de veinte metros de distancia, bajando la rampa muy despacio. Arrastraba la maleta Karrimor y de vez en cuando levantaba la mirada hacia la terminal del puerto, como un niño en su primer día de internado.

Kell se volvió de inmediato —no quería arriesgarse a que Kleckner le viera la cara— y dio la orden.

—ABACUS en juego —dijo—. Coged a Minasian.

61

Sébastien Gachon, con pasaporte francocanadiense bajo el nombre de Eric Cauques, había tomado un vuelo París-Estambul programado a primera hora del domingo 5 de mayo. Había volado toda la noche desde Kampala, donde había pasado unos días con una novia. Gachon no había visitado antes Estambul ni hablaba turco. Esperó en la cola de taxis y pasó al conductor un trozo de papel en el que había escrito la dirección de una tienda de ropa de Yeniköy. Una hora más tarde, Gachon estaba en el exterior del *yali* de Wallinger. Arrastrando su maleta con ruedas por la calle, hizo un examen preliminar de la propiedad. Una sola puerta. Sin entradas laterales. Acceso desde el mar.

El objetivo se encontraba en casa. Gachon vio que se movía de una planta a otra; una mujer que encajaba con la descripción cablegrafiada desde Kíev. Sin servicio de seguridad aparente, sin terceros en el edificio. Podría haber actuado en ese mismo momento. Dejar la maleta en la calle, llamar al timbre, disparar y alejarse. Pero seguía órdenes.

Gachon continuó por la calle hasta la avenida de la costa, donde pidió un segundo taxi. Buscó en su teléfono el nombre del hotel en Gálata y mostró la pantalla al conductor. Éste miró el móvil. Gachon no sabía si el hombre era analfabeto o simplemente perezoso. Esperó. Después de un lapso de varios segundos, el conductor asintió, puso la primera y avanzó hacia el sur, hacia Beyoglu.

Gachon tenía calor. Se quitó la chaqueta, cogió una botella de agua de su maleta y bebió varios tragos. Luego escribió un mensaje en su teléfono, en inglés, que envió al número indicado:

Hemos llegado. Tu hermana está en casa.

Alexander Minasian contestó al cabo de un minuto:

Gracias. Por favor, espéranos. Todavía estamos mirando los álbumes. Nos alegramos de que hayas llegado bien.

62

Harold se plantó al lado de Kell en treinta segundos, al borde de la rampa en diez segundos más. Kell se volvió y vio a Danny, que se alejaba de la aglomeración y se dirigía hacia una escalera exterior que lo llevaría a la zona de llegadas. Carol confirmó que Minasian todavía deambulaba cerca del mostrador de información. Kell contaba con que ella no se hubiera equivocado. Si el hombre que ella sospechaba que era Alexander Minasian resultaba ser un odesano normal y corriente que paseaba por el puerto, tendrían un problema. Si el auténtico Alexander Minasian se encontraba en ese momento saliendo de un Mercedes Benz negro, flanqueado por agentes del SVR que sacarían a ABACUS de Aduanas para llevarlo al aeropuerto, estaban acabados.

—Lo he perdido.

Era Harold. Kleckner había pasado demasiado lejos para simular un tropiezo con él. El estadounidense caminaba cabizbajo por el pasillo acordonado hacia una puerta en la planta baja. Ni rastro de un comité de bienvenida. Ni de que alguien tratara de sacar a Kleckner de la cola. Era demasiado fácil.

Kell llamó a Javed.

—Cuéntame qué está pasando con el coche.

—El conductor ha vuelto a entrar. ¿Danny se ha ocupado de los neumáticos?

—Todavía no. Va con Minasian. Estamos esperando confirmación.

Danny comunicó por radio que estaba dentro de la terminal y que había perdido de vista a Kleckner, que se hallaba en la zona de aduanas, dos plantas por debajo. Un lugar donde nadie del equipo podía llegar a él. Sólo el SVR.

—Confirmación sobre Minasian —señaló Danny con calma, y Kell sintió una oleada de alivio. Carol había acertado.

—¿Va acompañado?

—No, que yo vea.

—Estaré ahí en quince segundos.

Kell subió corriendo el tramo de escalera hasta la zona de llegadas. Se había quedado sin aliento. El día anterior, la terminal estaba casi desierta; en ese momento al menos había doscientas personas en lo alto de la escalera mecánica. Ruido, bullicio, calor. Era imposible moverse con rapidez.

Los primeros turistas estadounidenses ya habían pasado por Inmigración y se abrían paso hacia las tiendas de recuerdos del extremo sur de la terminal. Kell miró a través del vestíbulo al mostrador de información y vio que Danny se acercaba a Minasian. Carol estaba entre ellos, volviéndose, observando, buscando agentes de incógnito. Y mientras tanto Kleckner abajo, fácil de atrapar, con sólo Javed y Nina fuera, asegurándose de que el objetivo no daba media vuelta.

Sonó el teléfono de Kell. Javed.

—Motor del Mercedes en marcha —dijo—. Humo de escape. Puertas traseras abiertas. Ha salido otro hombre. Sin traje. Sólo vaqueros y camiseta. Tatuajes. ¿Neumáticos?

—Adelante.

Kell respondió al instante. Estaba convencido de que Minasian sólo había acudido a la terminal para despistar. El ruso se había enterado de la llegada de Kell y se había colocado en el edificio para dar la impresión de que era el único contacto de Kleckner, mientras que un segundo equipo del SVR sacaría a Kleckner de la cola de Aduanas y lo metería en el Mercedes.

—Puedo hacerlo —repuso Javed. Tenía un cuchillo, aunque ninguna convicción en la voz.

En ese momento, Kell vio que Alexander Minasian estaba forcejeando mientras Danny lo sujetaba con fuerza rodeándolo con los brazos. Como si Minasian fuera un viejo amigo al que recibía con un gran abrazo y no con la inyección de ketamina que acababa de enchufarle en el bíceps. Kell oyó a Minasian gritando en ruso; un hombre al borde de perder el control, intentando avisar a alguien, tratando de pedir ayuda. Pero Danny era mucho más fuerte y contaba con el factor sorpresa y la acción rápida del sedante. Kell vio a Danny riendo, bajando a Minasian al suelo. Carol examinó una vez más la terminal en busca de policías o agentes de paisano e hizo una señal a Kell con los ojos para indicarle que estaba despejado.

Javed seguía al teléfono.

—Dime —lo instó Kell, mientras se abría un espacio en torno a Minasian; la gente daba un paso atrás, como si el ruso estuviera borracho. Danny y Carol ya se habían largado—. ¿Se está moviendo alguien cerca del coche?

—Negativo. El motor sigue en marcha. El conductor parece muy relajado. No creo que sean ellos. Creo que nos hemos equivocado.

—Pincha las putas ruedas —ordenó Kell, y se volvió hacia la escalera mecánica.

En ese momento, la cabeza de Ryan Kleckner, su cuello, sus hombros, su pecho, aparecieron a la vista de todos. Lo precedía una mujer rubia de la edad de Rachel; detrás de él iban dos ancianos, también pasajeros del crucero. Antes de que a Kell le diera tiempo de darse la vuelta, Kleckner miró directamente hacia él. Mudó la expresión de su rostro. El estadounidense apartó la mirada, pero Kell llegó a ver sus pupilas ensanchándose a causa del pánico. Un segundo después, Kleckner abandonaba su maleta dejándola caer al llegar a lo alto de la escalera mecánica. Parecía haber comprendido que la conmoción del suelo, el alboroto alrededor de Minasian, formaba parte de un plan para atraparlo. Kell llamó a Danny por radio, porque ya no podía verlo.

—Estoy fuera. Yendo a por los neumáticos —repuso Danny.

Kell respondió gritando:

—¡Deja los neumáticos. Se encarga Javed. ABACUS en movimiento!

63

Kleckner salió corriendo por una puerta del otro lado del edificio de la terminal. Nina y Javed seguían aún en el muelle occidental, observando el barco, observando el Mercedes. Danny estaba intentando reunirse con Kell. Todos se encontraban fuera de la acción. Kell y Carol eran los únicos miembros del equipo con línea de visión sobre Kleckner.

—Se dirige a la plaza principal del puerto. Hacia el ferrocarril. Corriendo.

La voz de Kell alertó a Elsa y Alicia, que confirmaron su posición: en dos taxis distintos, motores en marcha, en la entrada. Harold había vuelto al coche alquilado de Kell, y Danny corría hacia el Audi. Sus voces sonaron como una cacofonía en el auricular de Kell mientras él corría por la pasarela este, hacia la plaza situada al norte de la terminal. Carol estaba en algún lugar detrás de él. Oyó sirenas a lo lejos. No tenía idea de qué había ocurrido con Nina y Javed; sólo le cabía rezar para que hubieran rajado los neumáticos y estuvieran huyendo por la parte oriental del edificio. Kell era un hombre de cuarenta y cuatro años que fumaba treinta cigarrillos al día y estaba persiguiendo a un estadounidense de veintinueve años en plena forma y alimentado por el pánico: perdería de vista a Kleckner en cuestión de segundos.

—Puedo verlo. —Era Harold, aparcado al borde de la rampa de acceso que unía el puerto con la carretera—. Podría haberlo atropellado. Ha pasado justo por delante de mí. Joder.

Kell consiguió divisar a Kleckner. Más allá de la hilera de taxis, sólo podía estar saliendo del puerto, hacia la carretera, hacia la escalera Potemkin.

—Lo tengo. —La voz de Elsa esta vez. En el taxi. Eso significaba que Kleckner ya estaba en las puertas de entrada.

—¿Qué está haciendo?

Kell se detuvo. Jadeaba de tal modo que Elsa tuvo que pedirle que repitiera la pregunta.

—Busca un taxi —dijo Elsa—. Me ha visto, ha visto que estaba en el coche. Si no, creo que lo habría pillado. Lo siento.

—No te preocupes. —Kell echó a correr otra vez, hacia la posición de Elsa.

Estaba unos cien metros por detrás de ella. Le pareció ver a Kleckner caminando de izquierda a derecha por la entrada. Elsa lo confirmó.

—Está cruzando la carretera —dijo ella—. Lo tengo muy cerca. *Minchia*. —Alguien estaba intentando hablar por la radio, pero Kell le ordenó que callara. —Espera, por favor —dijo entonces—. Va al tren.

—¿Cómo que va al tren? Hay vías de ferrocarril bajo la carretera, pero están dentro del puerto. No hay ningún acceso a ellas desde la carretera. A menos que Kleckner esté dando la vuelta.

—Lo siento. Me refiero a ese tren pequeño que sube hasta lo alto de la escalera Potemkin. No recuerdo cómo me dijiste que se decía en inglés. En italiano lo llamamos *funicolare*.

—Funicular, igual —respondió Kell.

Había alcanzado la carretera, miró al otro lado. Estaba agotado, pero había llegado justo a tiempo de ver a Kleckner en el andén del funicular entrando en la pequeña cabina que lo llevaría a lo alto de la escalera. El estadounidense parecía ser el último pasajero en subir. Se cerraron las puertas.

—¿Quieres que lo sigamos? —preguntó Elsa.

—No. Quédate ahí. Te necesitaré si da media vuelta.

Kell no tenía alternativa. Pasó por encima de una barrera y cruzó la carretera, cinco metros por delante de un Lada. El conductor hizo sonar el claxon, pero Kell alcanzó el otro lado. Alzó la cabeza y estableció contacto visual con Kleckner en la cabina, justo cuando el funicular iniciaba su largo ascenso por la colina.

—¡Danny! —gritó Kell en la radio—. ¡Harold! Arriba de la escalera. A la puta plaza, reuníos con Jez en el bulevar Primorski.

Si hubo una respuesta, Kell no la oyó. El auricular, empapado en sudor, se le soltó del lóbulo de la oreja y le cayó en la espalda. A pleno sol de mediodía Kell echó a correr para subir los diez tramos de peldaños de la escalera Potemkin. Se le entumecieron las piernas con el esfuerzo, sus pulmones doloridos sólo le permitían inspiraciones cortas mientras trataba de mantenerse al nivel de Kleckner. El avance del funicular quedó oculto por una hilera de árboles. Kell sabía que iba retrasado. Kleckner saldría a la plaza en un minuto y ya sólo quedaría una oportunidad de atraparlo.

Kell se obligó a seguir, tres tramos más, subía los peldaños de dos en dos, atrayendo todas las miradas. En lo alto de la escalera estaba de pie el chico sin camisa del día anterior con la misma águila inmensa en el hombro. Detrás del chico, la silueta imperial del duque de Richelieu, pero hacía mucho que la paloma había volado de su mano extendida. Kell estaba empapado en sudor, un dolor agudo le atravesaba los pulmones. Un tramo más. ABACUS seguramente ya había salido de la cabina y se había perdido en la plaza.

Kell vio a Kleckner diez segundos después. Se alejaba corriendo de la escalera, se alejaba del duque de Richelieu hacia la fila de taxis aparcados en el lado norte de Ekaterininskaya. Kleckner se dio la vuelta y estableció contacto visual con Kell. El cazador y la presa. El hombre que había intentado arrebatarle a Rachel, el hombre que casi había arruinado la carrera de Amelia. Kell corrió veloz hacia él, reduciendo la distancia de tal manera que no quedaron más de cinco o seis metros entre ellos. Kleckner no tuvo otra opción que darse la vuelta y seguir corriendo.

Tres hombres, todos fumando, estaban apoyados en el mismo vehículo en la fila de taxis. Ninguno de ellos parecía haberse lavado en días. Kell rogó a Dios que los otros dos estuvieran sobornados.

—*Taksi* —preguntó Jez en su mejor ruso con tono perezoso, dando un paso hacia el estadounidense.

Kleckner no dudó.

—*Da* —dijo, subiendo al asiento de atrás—. Vamos.

64

Kleckner cerró de un golpe la portezuela trasera e instó a Jez —en un ruso fluido— a dirigirse «al aeropuerto lo más deprisa posible»; luego se retorció en el asiento de atrás para ver a un Tom Kell sin aliento gesticulando a uno de los taxistas de la fila. Cuando el Audi aceleró por Ekaterininskaya, Kleckner bajó la ventanilla y trató de recomponer sus pensamientos. Si Kell había ido hasta allí a por él, lo habría hecho con un equipo. El SSI y la CIA debían de tener controlados el aeropuerto, la estación de tren y las carreteras principales de salida de Odesa. En cuestión de segundos, el propio Kell estaría persiguiéndolo en un taxi. ¿Cómo demonios había podido ocurrir todo eso?

—¿Puede ir más deprisa, por favor? —dijo al taxista, que exhibía un desdén exagerado por los turistas—. Me están siguiendo. Le pagaré. Vaya lo más rápido posible, salga de la avenida. Vuelva a las calles.

—*Da, da.*

—Joder —murmuró Kleckner en inglés. Normalmente su ruso hablado impresionaba a la gente, rompía el hielo en una conversación. Esta vez no. No con ese taxista. En un semáforo el hombre se había pasado de largo una calle lateral y había continuado al oeste por la avenida, contraviniendo claramente las instrucciones de Kleckner.

—Eh. Creía que había dicho fuera de la avenida. —Se preguntó si el taxista era de otro país. Tal vez no hablaba ruso—. ¿Quiere dejarme conducir?

—*Da, da.*

Kleckner maldijo otra vez, ahora más furioso. Sin embargo, sus palabras continuaron sin tener efecto. El conductor era inmune a cualquier sentido de urgencia o amenaza. Kleckner miró por la ventanilla de atrás y vio uno de los taxis de la fila a menos de trescientos metros. Kell iba tras él. Por fin el conductor hizo un giro lento por una calle más tranquila.

—A buenas horas, tío —murmuró Kleckner en inglés, sólo para ser propulsado adelante cuando el taxista pisó a fondo el freno.

Jez se volvió. Había detenido el Audi a un lado de la calle. No había peatones a la vista. Tenía una Taser oculta en un hueco, junto a su mano izquierda. La cogió.

—Mira, tío —dijo, y vio que las pupilas de Kleckner se dilataban por la alarma al notar su acento británico—. ¿Por qué no cierras la boca un rato?

Y dicho esto, Jez se estiró, apoyó la Taser en el pecho de Kleckner y disparó.

65

Kell vio el Audi parado a un lado de la calle. Dio instrucciones al taxista para que lo dejara en la esquina. Mientras le daba el billete de diez grivna, Kell miró adelante y vio que el cuerpo de Kleckner se doblaba y se derrumbaba en el asiento trasero del Audi. Luego vio que Jez abría la puerta del conductor y salía. Estaba hecho.

Kell sacó su teléfono y llamó a Danny.

—Estamos en Sadikovskaya —dijo, leyendo el cartel de una calle en cirílico—. ¿Tú?

—En medio del tráfico. Harold también. ¿Qué está pasando? Lo siento, estamos intentando llegar. Lo más deprisa posible.

—Todo en orden —le contó Kell, ocupando el asiento de conductor del Audi.

Jez había abierto la portezuela trasera, había agarrado la pierna de Kleckner y le había clavado una inyección de ketamina en el muslo.

—Lo tenemos —dijo Kell. Sentía los pulmones como lavados en ácido—. Nos vemos en la pista.

La pista era un aeródromo militar abandonado, setenta y cinco kilómetros al oeste de Odesa, donde Amelia había preparado un Gulfstream que los esperaba con el motor encendido para hacer desaparecer a ABACUS de Ucrania.

Kell no podía arriesgarse a seguir el largo trayecto al norte hasta Kíev, porque Minasian se despertaría en menos de una hora y movilizaría a todos los agentes del SVR desde Odesa hasta Arcángel para que persiguieran el trofeo perdido. Jez había cacheado a Kleckner. Encontró una SIM en el bolsillo de sus vaqueros y le quitó el reloj de pulsera. A Kell le preocupaba que el reloj pudiera revelar la posición de Kleckner y lo había tirado por la ventanilla.

—Ese trasto valía tres mil —exclamó Jez mirando atrás, hacia el campo de trigo donde Kell había lanzado el reloj.

—Quizá lo encuentre un agricultor —repuso Kell—. Se comprará un tractor nuevo.

Conducían por carreteras rurales, evitando las autopistas, limitando las posibilidades de que un policía ucraniano corrupto parara al Audi para hacer un favor a Moscú. Kleckner seguía sin conocimiento; se había derrumbado en el asiento de atrás después de treinta segundos de agitación alucinogénica en el centro de Odesa cuando la ketamina había empezado a hacerle efecto. Kell calculaba que el estadounidense estaría despierto en el momento en que el avión despegara. Despierto y listo para empezar a responder preguntas.

Llegaron a un bosque en la linde de una planicie inmensa de campos. Un sendero conducía al aeródromo. El ambiente era sofocante.

No había nadie en el aeródromo, salvo dos pilotos británicos que fumaban distraídamente a la sombra de una torre de control en estado ruinoso. Uno de los pilotos se llamaba Bob, el otro, Phil. Los dos eran lo bastante listos para no preguntar por la carga que llevaban. El plan de vuelo estaba cerrado: se habían llenado las manos necesarias con las sumas necesarias. Se sacaría a ABACUS del espacio aéreo de Ucrania, el Gulfstream rozaría el extremo meridional de Moldavia y se dirigiría al oeste sobre Rumanía, luego repostaría en Hungría antes de continuar al norte por Austria y Alemania. Bob esperaba aterrizar en la base de la RAF en Northolt hacia las nueve, hora de Londres. Kell llevaría a Kleckner a un piso franco en Ruislip, donde un equipo del SSI trataría de determinar hasta qué punto ABACUS había corrompido fuentes y operaciones en la región. Luego lo entregarían a los estadounidenses.

Danny y Harold llegaron cinco minutos después que Kell. No hubo sonrisas ni apretones de manos de felicitación. Se acercaron al Audi y vieron el cuerpo drogado de Kleckner derrumbado en el asiento trasero. Todos eran muy conscientes de que todavía quedaba trabajo por hacer. Danny confirmó que el resto del equipo estaba saliendo de Odesa —algunos por carretera, otros en tren, otros en avión desde Kíev—, agarró a Kleckner por los pies y lo sacó a rastras del coche. Kell cogió de los hombros al estadounidense. Al cargarlo hacia el Gulfstream, notó el volumen de los músculos de Kleckner, el cuerpo que Rachel había besado. No experimentó sensación de euforia ni alegría por la captura de Kleckner. De hecho, cuando metieron al espía en la cabina y Jez ayudó a tumbarlo en dos asientos en la parte delantera del avión, Kell sólo pensó en Estambul y rogó con una oración silenciosa a ese Dios en el que en ocasiones creía que Rachel Wallinger estuviera a salvo.

66

Ella sabía cómo mantener la tapadera. Había enviado un mensaje de texto a Kleckner, lo había llamado al móvil, le había escrito un mensaje de correo en tono de enfado. Incluso después de que Amelia hubiera conseguido enviarle un mensaje diciendo que ABACUS había volado a Odesa, ella había seguido con la pantomima, llamando a una amiga de Londres y quejándose de que Ryan —«ese norteamericano del que te hablé»— la había plantado, no había cumplido la promesa de llevarla a cenar en Estambul.

—Pobrecita —le había dicho la amiga, ajena a la mascarada, ajena al hecho de que el SVR estaba escuchando las llamadas de Rachel Wallinger—. Sé que te gustaba de verdad. Tal vez sólo se le complicó algo, o ha perdido su teléfono.

—La excusa de siempre —repuso Rachel—. Que le den. Me hace echar de menos a Tom.

Sabía que era importante comportarse con naturalidad, sabía que la gente de Minasian la estaba vigilando casi con toda seguridad. Había una amenaza potencial del SVR contra ella, pero sólo si se enteraban de que había estado trabajando contra ABACUS por cuenta del SSI.

Así que había intentado divertirse. O al menos vivir su vida con normalidad, como lo habría hecho, regalándose unos pocos días de ocio en Estambul. Había estado en el palacio Topkapi, dado una vuelta por la Mezquita Azul, navegado por el Bósforo. Y había pensado en Tom Kell; se preguntaba si alguna vez la perdonaría por haberse liado con Ryan Kleckner.

Rachel cometió el error de beber sola el domingo por la noche. Volvió a casa cuando ya había oscurecido desde un restaurante de Yeniköy con demasiado alcohol en el estómago vacío. La tristeza, los nervios y Laura Marling en su iPhone intensificaban la sensación de soledad. Al acercarse a casa, había subido el volumen de la música, y lo subió de nuevo al llegar su canción favorita: *Goodbye England* y su lamento quejumbroso.

Rachel enfiló la escalera hasta la puerta principal del *yali* mientras buscaba las llaves. La música de los auriculares envolvía todos los sonidos de la ciudad. Giró la llave en la cerradura.

No miró atrás. No pudo oír lo que ocurría a su alrededor. Cerró la puerta y entró en la casa.

67

El Gulfstream despegó al ponerse el sol. Jez y Harold condujeron los dos Audi de vuelta a Odesa. Cuando Kell miró el aeródromo, la torre de control quedaba tan remota que podría haberla tomado por una iglesia abandonada. También vio a un niño de pie al borde del bosque saludando con pena al avión que partía, como si llevara un cargamento de cadáveres.

Ryan Kleckner se despertó por encima de Rumanía. Grogui, con los músculos flácidos, y en el acto notó las ataduras de plástico en las muñecas, el cinturón apretado en torno a la cintura. Se convulsionó brevemente, como en el inicio de un ataque epiléptico, luego se relajó en su asiento, consciente de su situación de impotencia.

El primer hombre que vio fue Thomas Kell.

—Joder.

—Estás volando a Londres —le explicó Kell, sentado en una silla plegable de cara al estadounidense—. Estás bajo custodia del SSI.

—¿Qué cojones de custodia? ¿Puedes desatarme, por favor? ¿Qué coño ha pasado aquí?

Era extraño oír la voz de Kleckner. Kell la había escuchado demasiadas veces, en cintas y grabaciones en directo de una u otra clase. Sólo una vez —en la fiesta del Bar Bleu— había estado en presencia del estadounidense. Esperó a que la rabia y la vergüenza de Kleckner remitieran; sería sólo cuestión de tiempo que la personalidad y la formación se impusieran. Un hombre tan inmune a las consecuencias morales como Ryan Kleckner creería que podía salvarse hablando. Tenía una confianza en sí mismo a prueba de balas.

—¿Quieres explicarme qué está pasando? ¿Tienes a gente de la CIA a bordo? —preguntó.

—Lamentablemente no han podido unirse a nosotros —repuso Kell.

—Entonces ¿así es como actúa ahora el MI6? ¿Podemos atrapar a uno de los vuestros, drogarlo y atarlo? ¿Estás de acuerdo con eso, Tom? ¿Podemos usar prisiones secretas unos con otros?

Kell sabía que Kleckner era listo y trataba de hurgar en su punto débil. La decisión de Jim Chater de trasladar a Yassin Gharani a una prisión secreta en El Cairo —y el fracaso de Kell, que no pudo detenerlo— le había costado efectivamente su trabajo y su reputación.

—No nos pongamos nerviosos, Ryan. ¿Quieres una copa?

—¿Qué tienes? ¿Caipiriñas? ¿No es tu favorito?

—Tienes buena memoria.

—Rachel me lo contó.

Una sonrisa curvó la comisura de los labios de Kleckner cuando vio la reacción de Kell. Tom estuvo a punto de contarle que Rachel se la había jugado, que su afecto por él había sido un espejismo, que cada beso que había plantado en su cuerpo, cada momento de deseo e intimidad que habían compartido había sido un engaño. Rachel no se había interesado por Ryan Kleckner más que una prostituta por un cliente.

—¿Cómo va eso? —preguntó.

—¿Qué? ¿Mi rollo con tu novia?

—Sí. ¿Tenéis algún viaje a París planeado? ¿Vas a llevarla a conocer a tu madre?

Kleckner se abalanzó hacia delante, hasta donde se lo permitió el cinturón. Había una nota de triunfo y soberbia en su voz mientras miraba a Kell.

—Cuando aterricemos y tenga la oportunidad de hablar con la gente que de verdad sabe lo que estaba pasando, que de verdad sabe por qué tenía una relación con el SVR, y cuando esa gente descubra que el SSI ha secuestrado a un agente de la CIA sin el permiso ni el procedimiento correctos, me parece que tu carrera, las carreras de tus superiores, de hecho la relación entre mi Agencia y tu Servicio de mierda estarán jodidas para todo el próximo siglo.

Kell sintió un escalofrío antes de relajarse diciéndose que sólo se trataba de un farol de Kleckner.

—No te preocupes, Ryan —dijo—, tendrás la oportunidad de explicarte.

Kell se levantó y recorrió la cabina. Danny dormitaba junto a una ventanilla en la parte de atrás de la nave. Kell miró su reloj. Eran poco más de las cinco hora de Ucrania, las tres en Londres. Estaba preocupado por Rachel. Se preguntaba por qué Amelia no había contactado con el avión para intentar hablar con él. Tal vez que no hubiera noticias era una buena noticia: Rachel probablemente ya se encontraba en Londres.

Media hora después Kell se estaba sirviendo un vaso de agua en la cocina cuando notó que el avión descendía. Al principio, no hizo caso. Pero al rato miró por la ventanilla y vio luces de ciudad a menos de dos mil pies por debajo. Entonces se dio cuenta de que el Gulfstream estaba aterrizando. Dejó el vaso a un lado y cruzó el avión, pasando junto a Danny y Kleckner. La puerta de la cabina de mando estaba abierta. La cerró tras él y habló con los pilotos.

—¿Dónde estamos? ¿Por qué vamos tan bajo? ¿Repostaje?

El sol ya no era visible por delante de ellos. El avión había cambiado de rumbo.

—Nuevo plan de vuelo, señor —repuso Phil.

—¿Quién lo dice?

—Nos han dicho que aterricemos en Kíev.

68

—¿Que nos han dicho qué? ¿Quién ha dado esa orden?

—Me temo que no puedo decírselo, señor.

Kell se agarró al estrecho interior de la cabina de mando cuando el Gulfstream entró en una zona de turbulencias. Se preguntó si el SVR había contactado con los pilotos, si a Phil le habían ofrecido suficiente dinero para que aterrizara el avión en Kíev, a saber.

—Voy a preguntártelo otra vez —dijo Kell—. ¿Quién ha dado esa orden?

Podía ver ya el brillo de un aeropuerto, una columna de luces de aterrizaje brillando en la distancia. El avión tomaría tierra en menos de cinco minutos, un equipo del SVR rodearía el Gulfstream en diez.

Phil se bajó los auriculares al cuello.

—Lo mejor que puedo hacer es pedirle que se siente, señor.

La solicitud contenía un tinte de amenaza condescendiente: el capitán usando su rango con un pasajero. Kell nunca había soportado la arrogancia burocrática y la del capitán lo sacudió como había hecho antes la turbulencia.

—¿En qué aeropuerto estamos? —dijo.

—Borýspil. Kíev.

—¿Internacional?

—El mismo —repuso Bob.

Phil susurraba a un micrófono, presumiblemente a la torre de control. Kell miró los paneles de luces y los interruptores sobre las cabezas de los pilotos, tan misteriosas para él como las placas de circuitos. No tenía más opción que volver a su asiento. Estaban a punto de aterrizar. Cuando abrió la puerta de la cabina, Kell vio que Kleckner lo miraba fijamente.

—¿Problemas, Tom? —dijo, con una sonrisa de gato salvaje.

—¿Qué te hace pensar eso? —repuso Kell, y se abrochó el cinturón para el aterrizaje.

69

El Gulfstream descendió en la noche negra, tocó suavemente la pista y rodó hasta un rincón aislado del aeropuerto. Una vez que el avión se detuvo, Phil salió de la cabina de mando, caminó hasta la mitad del pasillo y anunció que un vehículo estaba acercándose al avión y que «se pedía a todos los pasajeros que permanecieran a bordo».

—¿Eso me incluye? —preguntó Kleckner.

Había en su rostro una expresión de triunfo y cansancio, como si creyera que ahora su pasaje a Moscú estaba asegurado.

—Sí —le dijo Kell—. Eso te incluye.

Kell se desabrochó el cinturón y se acercó al estadounidense. Se sacó un cuchillo del bolsillo trasero y lo colocó delante de la cara de Kleckner.

—Un momento... —dijo Phil.

Kell se inclinó por detrás de la espalda de Kleckner y le cortó las bridas de plástico de las muñecas. Danny sonreía. En cuanto tuvo las manos libres, Kleckner se desabrochó el cinturón y se levantó. Estaba tieso y dolorido. Se llevó una mano a la zona del muslo donde Jez le había inyectado la ketamina.

—¿Qué me habéis chutado? —preguntó.

Kell no le hizo caso.

Phil regresó a la cabina de mando justo cuando los motores del Gulfstream se detenían. Luces naranja parpadeaban más allá del fuselaje; la noche envolvía la aeronave.

Cuando el ruido de los propulsores disminuyó, Kell miró por la ventanilla del lado derecho y vio un segundo avión aparcado al lado. La marca de registro empezaba con la letra N. Un aparato de Estados Unidos. Kell presintió el eco negro de una «rendición extraordinaria». Kleckner había empezado a caminar por el avión; estiraba las piernas, se frotaba las muñecas. Recuperó la fortaleza, el ingenio. Kell lo observó un rato, intentando distinguir al traidor que había dentro, comprender el motivo que había impulsado a Kleckner al engaño. Pero el estadounidense había recuperado el aspecto de aquella primera noche en el Bar Bleu: bronceado, en forma, atractivo. Si alguien tiraba una piedra en una playa de California, encontraría cincuenta hombres como él. Seguramente había sido una mera cuestión de dinero y de un cierto placer maligno en el engaño: ninguna convicción ideológica, simplemente había cometido traición en beneficio propio.

—Pareces cansado, Tom —dijo Kleckner, volviéndose hacia Kell.

Kell tampoco respondió esta vez. Cruzó al lado opuesto de la cabina. Un vehículo avanzaba por la pista. Los faros amarillos se movían con velocidad. Bob salió de la cabina de mando y abrió la puerta principal del avión. El viento y el ruido de aeronaves de Borýspil llenaron la cabina. Kleckner reaccionó tapándose los oídos. Danny hizo una mueca y se sentó. Kell caminó hacia la puerta y miró por encima del aeropuerto.

—¡¿Quién va en el coche?! —gritó.

—¡Tú sabrás! —gritó Bob como respuesta.

Iban tres. Kell, de pie junto a la puerta abierta, vio que un Mercedes Benz negro se detenía a unos metros del Gulfstream. En el área de estacionamiento del aeropuerto soplaba un viento intenso; dos aviones de pasajeros rodaban por la pista trescientos metros al sur. El conductor apagó los faros, paró el motor y abrió la portezuela trasera izquierda.

Amelia Levene bajó del coche. Kell miró al lado opuesto del vehículo, donde la portezuela del pasajero se había entreabierto. Un avión pasaba por encima en ese instante y el faro barrió la pista justo cuando la figura baja y fornida de Jim Chater salía de debajo del ala de estribor. Vestía traje. Se volvió y miró el Gulfstream. Con una inclinación de cabeza casi imperceptible, saludó a Kell. Éste no se movió. Chater se inclinó hacia el coche, recuperó lo que parecía un teléfono móvil y cerró la puerta.

Kell se volvió hacia Danny y los dos pilotos, que se habían reunido en la parte delantera del avión.

—Será mejor que nos deis un poco de tiempo —dijo—. Esperad en el coche.

—Claro —repuso Danny, y siguió a Bob y Phil por la escalerilla.

Se detuvieron en la pista y estrecharon la mano de Amelia, como si fueran dignatarios de visita. Chater no les prestó atención. Kell se volvió hacia el avión y llamó a Kleckner.

—¡Ryan! Tus amigos han venido a verte.

Kell vio un destello de esperanza en los ojos de Kleckner, de alegría ante la perspectiva de que Moscú acudiera en su ayuda. Y su expresión apenas cambió cuando vio a Jim Chater en lo alto de la escalerilla. Kell había esperado ver a Kleckner atónito, sin esa expresión de triunfo en la cara. Sin embargo, parecía aliviado.

Chater pasó al lado de Kell y miró a Kleckner. Contacto visual. Kleckner se volvió y miró por la ventanilla de babor. A Kell le entró de pronto auténtico terror de que hubieran engañado al SSI: ABACUS un agente triple, utilizado contra Minasian por un propósito tan oscuro, tan brillante, que Langley había aceptado renunciar a HITCHCOCK y EINSTEIN sólo para mantener el engaño.

Amelia apareció en lo alto de la escalerilla. Entró en la cabina e hizo una seña con la cabeza a Kell. Estaba jugando una mano de cartas que él desconocía. Chater cerró la puerta del Gulfstream. De pronto, reinaba el silencio.

—Ya estamos todos aquí —dijo Amelia.

Kell sintió que su corazón se aceleraba. Sabía que si Kleckner hablaba a continuación, si se levantaba y caminaba hacia Chater, el juego habría terminado. Un apretón de manos entre colegas, una operación destruida y dos británicos de alto rango a los que culpar. Kell no podía interpretar la expresión de Amelia. Chater simplemente parecía enfadado y cansado. Kell tuvo que recordarse vehementemente que pensar en la inocencia de Kleckner era una idea absurda.

—Ryan —dijo Amelia, entornando los ojos como si le costara enfocar a Kleckner. A Kell le pareció sumamente significativo que Amelia hablara antes que Chater—. Jim ha sido muy amable al aceptar que a Tom y a mí se nos concedan unos minutos contigo antes de que quedes bajo custodia estadounidense.

Kell sintió una inyección de alivio al asimilar lo que Amelia estaba diciendo. Al SSI se le daba la oportunidad de interrogar a Kleckner, de calibrar el alcance de su traición. ABACUS era su presa, el triunfo del SSI, pero Langley se lo llevaba a casa.

—¿Ryan? —repitió Amelia—. ¿Me oyes?

—Te oigo —murmuró Kleckner.

El estadounidense iba a jugar una partida larga. Actuaría con frialdad, conservaría la calma. Kleckner había sido arrinconado, pero no concedería a sus captores la satisfacción de verlo doblegarse.

—Mi Servicio tiene algunas preguntas en relación con una fuente en...

—No me cabe duda...

—No interrumpas, Ryan. —Eran las primeras palabras que pronunciaba Chater.

A Kell le pareció conmovedor que usara el nombre de pila de Kleckner. ¿En cuántas ocasiones se habría sentado Chater con Kleckner en reuniones, salas antiescuchas, en restaurantes y bares, valorándolo, enseñándolo, confiando en él?

—Gracias, Jim —repuso Amelia, con una precisión majestuosa.

Kleckner se levantó. Empezó a avanzar hacia ellos, sólo para provocar la rabia de Chater.

—¡Siéntate, coño!

El estallido los pilló a todos por sorpresa. Kell vio el odio en el rostro de Chater. Pensó en Kabul, en la celda minúscula, en el sudor y el miedo durante el interrogatorio de Gharani. Chater, salvaje y rabioso, escupiendo veneno. Pensó en el calor. Le había cambiado el humor en un instante.

Kleckner se sentó. Parecía consciente de su desgracia, pero mantenía una expresión de orgullo forzado, como si hubiera decidido caer luchando. Kell oyó el rugido asfixiado de un jet aterrizando al fondo del aeropuerto.

—Bueno —dijo Amelia, mirando su reloj al ocupar el asiento de enfrente de Kleckner—, como estaba diciendo, tenemos una pregunta sobre una fuente en el Kurdistán iraquí. Alguien que Paul Wallinger estaba vigilando.

Tenían poco tiempo, era cierto, pero a Kell su instinto le decía que Amelia estaba corriendo demasiado en el interrogatorio. No le sorprendió que Kleckner esquivara la pregunta.

—Conoces bien a Tom, ¿no?

Amelia se volvió y sonrió a Kell.

—Desde hace muchos años, sí.

—¿Así que sabes lo de ellos dos? —Kleckner señaló a Chater—. ¿Conoces su historia?

Amelia soltó un largo suspiro de cansancio. No tenía ninguna intención de dejarse manipular de un modo tan burdo.

—Tiene que ser como en los viejos tiempos, ¿eh? —dijo Kleckner.

—Igual.

—¿Sí? ¿Quieres pegarme un puñetazo, Tom? ¿Quieres ponerme un saco en la cabeza? Seguro que estas uñas te resultan tentadoras. —Kleckner levantó las manos, con las palmas hacia la cara de Kell—. Estoy seguro de que Jim puede encontrar unas tenazas. ¿Por qué no os ponéis cómodos? Esto es lo que mejor se os da.

Kell no se inmutó; tenía la conciencia tranquila. Amelia también permaneció impasible. Los dos tenían demasiada experiencia para reaccionar a una táctica tan simple.

—¿Para ti se trataba de eso? —preguntó Chater.

A Kell le decepcionó que mordiera el anzuelo.

—¿Es que tenías algún problema con nuestros métodos, Ryan? —Chater dio un paso hacia él. Kell vio entonces que Kleckner sentía un miedo físico ante Chater. Hubo un instante de cobardía en sus ojos—. ¿Tienes ganas de sincerarte?

—Desde luego que sí, me gustaría hacer una declaración —contestó Kleckner.

—Déjalo hablar —dijo Amelia.

Kleckner se recostó en su asiento.

—Sé lo que hicisteis, Jim —dijo después de una pausa larga. Su voz parecía transmitir una decepción moral; como si esos hombres y mujeres en los que había creído fervientemente le hubieran robado la inocencia.

—¿Sí? ¿Y qué hicimos? —repuso Chater.

—Sé que os lleváis prisioneros con correas. Sé que aprobáis los submarinos. Sé que pediste a la OMS una revisión médica de Yassin Gharani para asegurarte de que estaba lo bastante sano para poder continuar torturándolo.

La OMS era una unidad médica de la CIA: Amelia cruzó los brazos y soltó otro suspiro silencioso. Kell estaba esperando, aguardando su momento. No quería malgastar palabras con Kleckner.

—¿Qué sientes al trabajar en una Agencia que cada día mata mujeres y niños inocentes? —No quedó del todo claro a quién había dirigido la pregunta Kleckner.

—¿Vamos a discutir de drones? —repuso Chater con cansancio—. ¿Es lo que quieres? ¿De verdad?

Kleckner se volvió hacia Kell.

—¿Y tú, Tom?

Kell sabía que la conversación era puro teatro.

—Estamos en guerra, Ryan —contestó, y trató de expresar, tanto en sus maneras como en su tono de voz, que la moral de Kleckner y las cavilaciones filosóficas eran para él tan inconsecuentes como ingenuas.

—¿De verdad? ¿Guerra? ¿Así lo llamas? ¿Miles de personas inocentes que viven en poblaciones que son objetivos militares, con miedo a salir de sus casas, aterrorizadas no sólo por la violencia de los ataques con drones, sino por el ruido mismo de un ataque con drones? Tortura psicológica. ¿Crees que forma parte de la guerra?

Kleckner se estaba alimentando con retórica. Amelia se levantó y paseó por el avión, como alguien en un bar que espera a que un borracho se ponga sobrio.

—Esas comunidades —continuó Kleckner— ahora sufren trastornos psiquiátricos, los niños tienen miedo de ir a la escuela y no pueden acceder a la educación que necesitan para mantenerse alejados del islam extremista...

Chater resopló con desdén.

—... y mientras tanto sembramos y expandimos por el mundo la idea de que mi país, los Estados Unidos de América, cree que está bien participar en ejecuciones extrajudiciales, en asesinatos selectivos. Estamos promoviendo el terrorismo. Estamos creando amenazas.

—¿Y creías que la forma de parar eso era acostándote con el SVR?

Amelia lanzó la pregunta desde la parte de atrás del Gulfstream. Nadie era mejor que ella mostrando un desdén implacable.

—¿Pensaste que la forma de parar eso era dando los nombres de fuentes del SSI y la CIA dentro del programa nuclear iraní? —intervino Chater—. ¿Pensaste que la forma de pararlo era que Bashar al-Ásad destruyera un camión lleno de voluntarios de la Cruz Roja? Dime, Ryan, ¿por qué eliminar a un general iraní de alto rango, un tipo que pretendía cooperar con Occidente con la voluntad de resolver el conflicto entre Estados Unidos e Irán...?

Kleckner lo interrumpió.

—No tenía ni idea de que matarían a Shakhouri —dijo, mirando a Kell como si sólo él hubiera interpretado mal su implicación en el desastre HITCHCOCK.

Kell estaba fascinado por la intensidad con la que se autoengañaba Kleckner. Un sociópata presentando la traición como una cuestión de posicionamiento moral.

—¿No pensaste que Moscú pasaría esa información a Teherán? —preguntó Amelia, caminando por el avión—. Por cierto, ¿sabías que Alexander Minasian te mintió en el piso franco? Cecilia Sándor fue asesinada por órdenes del SVR. Luka Zigic ha desaparecido. ¿Lo sabías?

Kleckner no respondió. Chater murmuró algo entre dientes y miró al hombre que lo había traicionado. Tenía un asiento plegable detrás y se sentó mientras se alisaba con irritación el traje, como si no le quedara bien, como si lo hubiera alquilado para la reunión. Amelia miró por la ventanilla de estribor. Kell permaneció de pie. Los motivos de Kleckner para la traición eran tan prosaicos como predecibles. Argumentos infantiles argüidos por una mente privilegiada. Casi toda la gente dentro de la comunidad de inteligencia con la que Kell había discutido sobre drones había expresado dudas sobre las consecuencias a largo plazo en la batalla por ganarse las mentes y los corazones. Pero nadie —desde Amelia Levene hasta Jim Chater o él mismo— dudaba de su conveniencia política y eficacia militar. Kleckner estaba hablando como un activista, pero no era más que una pose. La traición era traición. Kleckner podía vestirlo como quisiera, pero no le importaba más un aldeano de Waziristán de lo que le importaba Rachel Wallinger. El único motivo había sido su ego. A ese tipo de hombres no le basta influir en los hechos colectivamente; el narcisista tiene que situarse en el centro del escenario. Era fácil encontrar argumentos morales y filosóficos que respaldaran la conducta de Kleckner; era sólo cuestión de autoconvencerse.

—¿Cuánto te pagaron? —preguntó Chater.

Antes de que Kleckner tuviera tiempo de reaccionar, el teléfono de Kell empezó a sonar. Tom miró la pantalla, vio que era un número de Ucrania. Harold, tal vez, o alguien del equipo desde Odesa. No hizo caso de la llamada, pero sonó otra vez. Quien fuera necesitaba decirle algo urgentemente.

—Dadme un par de minutos —les pidió, de camino a la cabina de mando.

Amelia y Chater asintieron. Kell cerró la puerta, se sentó en el asiento de la derecha.

—¿Hola?

—¿Señor Thomas Kell?

—Al aparato.

—Soy Alexander Minasian.

70

No hubo fórmulas de cortesía. Minasian dijo que hablaba desde el consulado de Rusia en Odesa. Sabía que Ryan Kleckner se encontraba «en manos del Gobierno de Estados Unidos». Dijo que quería proponer un trato.

—Un trato —dijo Kell.

—Tenemos a una mujer. En Estambul. Rachel Wallinger. Creo que la conoce.

Kell sintió un vacío en su interior, un miedo a la pérdida tan grande que apenas pudo responder.

—La conozco —contestó.

Minasian esperó. Tal vez habría esperado que Kell se sintiera más impactado.

—Está retenida en una dirección en Estambul. Si ustedes trasladan al señor Kleckner a mi embajada en Kíev en las próximas seis horas y lo entregan al personal diplomático ruso, nosotros entregaremos a Rachel en su consulado en Estambul. Puede localizarme en este número si desea informarme de su decisión. Tiene seis horas.

La llamada se cortó.

Kell colocó el teléfono en el asiento, a su lado, y miró la noche negra. Ya quedaban pocas luces en la zona de estacionamiento, la pista estaba en silencio. Cogió el teléfono y marcó el número de Rachel. La línea no se conectó. Ni siquiera el buzón de voz. Ni siquiera una oportunidad de oír su voz.

—¿Tom?

Era Amelia. Había entrado en la cabina de mando y cerrado la puerta. Cuando Kell se dio la vuelta, ella vio la expresión de su cara.

—¿Qué pasa?

—Te dije que Rachel necesitaba protección. Te dije que no estaba a salvo.

—¿Qué ha pasado?

Kell señaló el teléfono.

—Era Minasian. La tienen. Quieren cambiarla por Ryan Kleckner.

Amelia pareció perder la seguridad.

—Oh, Dios. Lo siento mucho.

Fue como si Amelia hubiera perdido toda la experiencia y fortaleza al escuchar las palabras de Kell. Él trató de imaginar el escenario en el que Rachel estaba retenida. Su terror, su aislamiento. Sintió contra Minasian la misma rabia que había sentido contra Kleckner al ver a Rachel en la habitación de hotel. Sin embargo, Kell no sabía si Amelia aceptaría la propuesta de intercambiar a Kleckner por la joven.

—¿Dónde la pillaron?

—No lo sé —respondió él.

—¿La Estación ha estado en contacto?

—Tú sabrás.

Amelia sacó un teléfono y empezó a buscar un número.

—¿Cuándo fue la última vez que tuviste noticias de Rachel? —le preguntó Kell.

Amelia parecía no haber oído la pregunta.

—¿Qué?

—¿Cuándo fue la última vez que tuviste confirmación de que Rachel estaba a salvo?

—El domingo —respondió con inseguridad—. El domingo, creo.

Habían pasado más de treinta y seis horas desde entonces. Amelia Levene había estado más preocupada por apaciguar a Jim Chater que por proteger a la hija de Paul.

—Estoy llamando a Estambul —dijo—. Descubriré qué ha ocurrido.

Kell miró al exterior. Vio al conductor del Mercedes fumando bajo el Gulfstream. Sin ninguna preocupación en el mundo. Sabía que sólo era cuestión de tiempo que Amelia se lo dijera a los estadounidenses. Después de eso, la vida de Rachel estaría en manos de Chater.

—Déjame ocuparme de esto —dijo Amelia, moviendo los ojos en dirección a la cabina de pasajeros—. Sigue hablando con Kleckner. Descubre lo que puedas sobre otras operaciones.

A Kell le molestó que Amelia no estuviera centrada únicamente en la seguridad de Rachel, pese a reconocer que ahora la oportunidad que tenía el Servicio de interrogar a Kleckner había quedado aún más severamente recortada.

—Dame cinco minutos —dijo Amelia.

Kell se guardó el teléfono en el bolsillo, abrió la puerta de la cabina y entró. Chater salía del cuarto de baño del otro extremo del avión ajustándose el cuello de la camisa. Kleckner levantó la cabeza y alzó las cejas.

—¿Problemas? —dijo.

Kell sintió la furia impotente de un hombre sin opciones. El destino de Rachel ya no estaba en sus manos. Todos los esfuerzos que había hecho —para recuperarse de la traición de Rachel, para localizar y capturar a Kleckner— habían perdido su sentido con la jugada de Minasian.

—Háblame de Ebru Eldem —dijo.

Quería silenciar a Kleckner, borrar de su rostro la expresión burlona, sin arrepentimientos, ensartarlo con su propia hipocresía. Chater captó su mirada al volver a la parte delantera del avión.

—¿Qué pasa con ella? —preguntó Kleckner.

Kell dio un paso hacia él.

—Sólo quiero saber de ella. Qué significaba para ti.

—¿Qué significaba para mí?

—¿No es cierto que compartía algunas de las opiniones políticas que has expresado? ¿Sobre el uso de drones? ¿También sobre Abu Ghraib e Irak? ¿No es verdad que teníais mucho en común?

Chater se sentó y se inclinó hacia delante, mirando a Kell, preguntándose adónde quería llegar. Kell se dio cuenta de que Kleckner se olía una trampa. Parecía decidido a no responder.

—Según he podido deducir, después de leer sus artículos para prensa, su blog y su diario personal, la señorita Eldem estaba furiosa por la condena de Bradley Manning, el asesinato selectivo de Bin Laden, la invasión de Irak. —Kell estaba mirando a Kleckner, pero pensaba en Rachel. Se tomó un momento, tratando de controlar su ansiedad, y añadió—: ¿Cuál es tu postura frente a esas cuestiones?

—No hablamos de esas cosas —repuso Kleckner.

Era mentira. Chater también se había dado cuenta de eso. Kleckner estaba replegándose en su propia hipocresía.

—Bueno, eso no es cierto, ¿eh, Ryan?

Kell caminó hasta un extremo del avión mientras le daba vueltas a cómo lidiar con Chater cuando llegara el momento. ¿Langley aceptaría el cambio? ¿Chater trataría de ganar tiempo? A Kell le habría gustado estar en otro avión, despegando rumbo a Estambul, colaborando en la búsqueda de Rachel. Kleckner y su falso idealismo ya sólo eran una piedra en el zapato, algo para distraerlo mientras Amelia hacía sus llamadas.

—Intercambiaste con ella mensajes de correo sobre Bin Laden en el aniversario de su muerte. —Kell notó la facilidad con la que iba a doblegarse Kleckner—. Coincidiste con ella en que debería haber sido capturado y llevado a juicio. ¿Creías eso o era sólo una tapadera?

—Sí, creía eso.

Chater negó con la cabeza y murmuró un improperio justo cuando Amelia salía de la cabina. Kell se volvió con rapidez, a la espera de noticias, tratando de disimular su desesperación. Ella le pasó una nota en la que había escrito: «No está claro dónde ni cuándo se llevaron a R. Londres investiga. Estambul va al *yali*.»

Chater parecía molesto por no haber podido ver el mensaje. Frunció el ceño y miró a Amelia. Kell, convencido de que Rachel había sido raptada en Estambul, permaneció impasible. No quería que Kleckner supiera que tenía una oportunidad de salvarse. En cambio, se volvió hacia él y dijo:

—Ebru no sabía que trabajabas para el Gobierno de Washington.

—¿Eso es una afirmación o una pregunta? —inquirió Kleckner.

—Es un hecho.

Kleckner parecía asombrado por la respuesta de Kell. Como si supiera que estaba acorralado. Empezó a responder, pero se tragó sus palabras.

—¿Disculpa? —dijo Kell, instándolo a hablar—. No te he oído.

—He dicho que creía que trabajaba en una farmacéutica. Todas lo creían.

—Te refieres a las mujeres con las que te acostabas. ¿Tus novias? ¿Rachel pensaba eso?

—Sí —respondió Kleckner, complacido de que Kell hubiera mencionado su nombre.

—Y aun así traicionaste a Ebru —dijo Kell.

Deseó con toda su alma que Rachel no estuviera aterrorizada. Que no le hubieran hecho daño. Que Londres ya estuviera negociando con Moscú su liberación, sana y salva. Quería a Kleckner fuera del avión y en el coche.

—Entregaste a Ebru. Permitiste que el Gobierno turco supiera que era una fuente. ¿Por qué hiciste eso, Ryan? ¿Por qué alguien como tú, que cree lo que dices creer, envía a alguien con quien comparte posición política, alguien cuyas opiniones respeta y admira, a un encarcelamiento seguro?

—No la entregué. Es mentira.

—Tenemos la prueba —dijo Amelia en voz baja—. Hemos hablado con las autoridades turcas.

Kell se sintió agradecido por la interrupción, pero no sorprendido de que Amelia se hubiera sumado con tanta rapidez a lo que él estaba tratando de hacer. Su respuesta despejó el último resto de hipocresía de Kleckner.

—Estaba aburrido de ella, ¿vale? —dijo, y la implacabilidad en el centro de la personalidad de Kleckner fue finalmente visible—. Era muy dependiente. No dejaba de decirme que estaba enamorada. Siempre se ofendía por los detalles más pequeños, me cabreaba. Y ella estaba trabajando para ti. —Una mirada a Chater. Kleckner sonó como un niño malcriado—. Ésa era la posición en la que yo estaba. Tenía una relación con Moscú. La mayor responsabilidad consistía en mantener el equilibrio de poder.

—Mentira podrida —dijo Chater y se levantó, negando con la cabeza.

Amelia sabía lo mismo que Kell: que un joven extraordinariamente brillante había sido corrompido no por un sistema, no por los hechos, sino por sí mismo. Percibiendo la atmósfera creada, Kleckner trató de insistir, como si todavía tuviera una mínima posibilidad de ganar la discusión.

—Creía que estaba haciendo un trabajo importante, que todavía podía...

Kell ya había oído suficiente. Quería empezar a hablar sobre Rachel cara a cara con Chater. El interrogatorio seguramente podía esperar.

—Déjalo estar, Ryan —dijo—. Estás hablando con gente que te ha calado. Era una cuestión de placer. El placer de la manipulación. El regocijo de burlarte del Estado. El sadismo de controlar a los que consideras mortales inferiores. Degradas el sufrimiento y la complejidad de las cuestiones que dices que te importan y las usas para justificar tu traición. Te acostaste con Ebru Eldem y enviaste a Ebru Eldem a prisión. Eso es todo lo que hay que saber de Ryan Kleckner.

—Metedlo en el coche —dijo Amelia, indicando a ambos hombres que el SSI no tenía más interés en continuar con el interrogatorio.

Chater parecía asombrado. Kell sintió un estallido de gratitud hacia ella. Abrió la puerta del avión, bajó hasta la mitad de la escalerilla e hizo una seña a Danny. Luego regresó a la cabina.

—Danny puede ocuparse —le dijo a Chater.

El estadounidense, que estaba poniéndose la chaqueta del traje, había notado que algo andaba mal. En silencio asintió con la cabeza para dar su permiso. La expresión petrificada de Kleckner apenas cambió. El viento soplaba en la cabina, pero el aeropuerto se encontraba casi en completo silencio. Danny llegó a lo alto de la escalerilla con un par de bridas de plástico.

—Yo lo haré —dijo Chater. Cogió las bridas y se volvió hacia Kleckner—. De pie.

Kleckner se levantó, juntó las manos por delante. Chater le ató las bridas y las apretó con fuerza, con un rápido tirón vertical del brazo. Cuando Kleckner hizo una mueca de dolor, Kell sintió náuseas ante la idea de perder a Rachel. Se preguntó cuánto tiempo tardaría la Estación de Estambul en llegar al *yali*. ¿Diez minutos? ¿Quince?

—Mantenlo en el coche —dijo Chater.

Mientras hablaba, el teléfono de Amelia comenzó a sonar. Ella asintió con la cabeza hacia Kell, entregándole la responsabilidad de la negociación principal con Chater. Momentos después, Danny había sacado a Kleckner del avión y Kell había cerrado la puerta. Podía oír a Amelia en la cabina, pero no entendía lo que estaba diciendo.

—Entonces ¿qué está pasando? —preguntó Chater—. Dime.

Se sentó en el asiento de Kleckner y se cruzó de brazos, sonriendo de una manera que a Kell le recordó la reunión en Ankara. Fue el primer atisbo de la arrogancia natural, congénita, de Chater.

—La gente de Minasian ha secuestrado a una de nuestras agentes en Estambul. Quieren cambiarla por Kleckner.

Chater ladeó la cabeza con incredulidad.

—¿Cómo coño ha pasado eso? —dijo Chater, mirando al techo—. ¿Qué agente?

—¿Importa? —respondió Kell.

—¿Quién es, Tom?

Era reacio a delatar el nombre de Rachel. Todavía no confiaba en Chater para mantenerla con vida.

—La hija de Paul Wallinger. Rachel.

La reacción del estadounidense lo sorprendió. Chater miró a Kell y sonrió con admiración.

—Joder. ¿La tienes trabajando para ti? ¿Tenéis a Rachel en nómina? —Se mostró más impresionado por esa jugada maestra que por la captura de Rachel—. ¿Cómo lo conseguisteis?

—Es una larga historia —respondió Kell, y sintió una punzada de la rabia que reprimía desde hacía rato.

La llamada de Minasian lo había dejado en estado de *shock*. Encendió un cigarrillo y, sin ofrecerle uno a Chater, se guardó el paquete en el bolsillo. Kell aún podía oír a Amelia hablando en la cabina de mando. No le gustó que Chater pareciera tan relajado.

—¿Sabes adónde la han llevado? —preguntó Chater.

Kell negó con la cabeza.

—¿Cómo sabes que Minasian no está mintiendo?

—No lo sabemos —respondió Kell.

—Así que, hace unas horas, Minasian estaba sin sentido en Odesa. ¿Y ahora de algún modo ha organizado el secuestro de una agente del SSI a ochocientos kilómetros de distancia?

—Es lo que parece. —Kell no podía darse el lujo de correr el riesgo de que Minasian estuviera mintiendo. El reloj estaba corriendo—. Por lo visto a Rachel la han raptado en las últimas treinta y seis horas. Como una póliza de seguro. Por si Ryan no conseguía ponerse a salvo.

—Por lo visto —contestó Chater, como si Kell estuviera siendo deliberadamente ingenuo—. ¿Tienes una prueba de vida?

La pregunta tenía una simplicidad espantosa y el tono de voz de Chater sugería que no le importaba la respuesta de Kell.

—Amelia está haciendo averiguaciones.

Prueba de vida. ¿Chater sabía más de lo que estaba dejando entrever? Kell dio una calada al cigarrillo y aspiró el humo hasta el interior de los pulmones. No sentía lealtad hacia el Servicio, no le preocupaba que Langley pudiera perder a ABACUS ante el SVR. Lo único que le importaba era la seguridad de Rachel. El resto era sólo un juego entre espías.

—Tenemos menos de seis horas —dijo—. Si hacemos el intercambio, tenemos que llevar a Kleckner a la embajada rusa en Kíev y ellos llevarán a Rachel al consulado bri...

Chater no lo dejó terminar.

—Si hacemos el intercambio —dijo intencionadamente.

Una oleada de ira afloró en Kell. Sabía que era de suma importancia no acorralar a Chater, no hacerle sentir que le estaban arrebatando la decisión, pero tampoco quería darle a la CIA la sensación de que había otras alternativas en cuanto al futuro de Rachel.

—Una vez que tengamos la confirmación de que Rachel está viva —dijo Kell—, sugiero que preparéis un comunicado de prensa sobre Ryan, para contrarrestar las afirmaciones de Moscú acerca de la naturaleza de su trabajo para el SVR, tenéis que tomar la iniciativa en la batalla de relaciones públicas antes...

Chater lo interrumpió de nuevo, negando con la cabeza y murmurando:

—Tom, Tom, Tom... —dijo, como si Kell fuera un ingenuo—. No nos anticipemos. No me gusta la idea de hacer nada hasta que tengamos toda la información relativa a tu chica.

Había sido un error decirle que Minasian había creado una ventana de seis horas. Chater iba a tratar de apurar el plazo. No le importaba Rachel. No le importaba la vida de una agente británica. Lo único que le importaba era asegurarse de que Kleckner fuera interrogado y que luego pasara el resto de sus días encarcelado. Chater sabía que muy probablemente Langley no sobreviviría a otro escándalo de espías. Moscú había estado anotándose demasiados puntos en los últimos tiempos.

—Toda la información —dijo Kell, cargando el comentario con el máximo desprecio al que podía arriesgarse—. Aquí está toda la información, Jim. Rachel trabaja para nosotros. Su vida está en peligro. Si no les entregamos a Kleckner, Minasian ordenará el asesinato de Rachel. Es así de simple.

Para su perplejidad absoluta, Chater respondió:

—Entiendo.

Al principio, Kell no estaba seguro de haberlo oído correctamente, pero el estadounidense alzó la vista y asintió con la cabeza, transmitiendo con un simple gesto de reconciliación que él no consideraba la idea de arriesgar la vida de Rachel. Kell se quedó sin palabras unos segundos. Durante mucho tiempo había pensado en Jim Chater como en poco más que un matón, representante de cierto tipo de temeridad estadounidense, que iba de país en país para cumplir misiones que saciaran su sed venganza y dominación. Pero debajo de la ira y la bravuconería había una mente aguda, un hombre con conocimiento, incluso razonable. Incapaz de sacudirse el recuerdo de Kabul, y convencido de que Chater pondría la vida de Rachel en peligro, Kell se había permitido olvidar eso.

—¿Qué quieres decir? —preguntó.

—Quiero decir que evidentemente no tenemos otra opción. Tenemos que recuperar a tu chica, ¿verdad? Pero no quiero que me presionen. No quiero que hagamos ningún movimiento sin saber exactamente lo que está haciendo Minasian. Él dice que tenemos seis horas. A la mierda. Sabe que, si algo le sucede a Rachel, llevo a Ryan a Virginia y Minasian pierde su carrera.

A Kell lo invadió una enorme sensación de alivio, incluso cuando reparó en que ya no oía la voz de Amelia en la cabina. Sería necesario involucrar a Amelia en la conversación lo antes posible, organizar una estrategia acordada y luego ponerse en contacto con Minasian, tanto si estaba en Odesa como de camino a Kíev.

Como si leyera sus pensamientos, Chater dijo:

—Necesitamos poner a C en esto.

Kell asintió con la cabeza y tiró el cigarrillo en una botella de agua vacía.

En ese momento, se abrió la puerta de la cabina. Amelia salió cabizbaja, pero cuando levantó la mirada, Kell se dio cuenta de que algo iba terriblemente mal. Tenía lágrimas en los ojos.

—¿Qué pasa?

Kell sabía la respuesta. La temía. Amelia lo miraba con profunda consternación.

—Tom.

Kell quiso impedir que dijera lo que iba a decir. Habría dado la vida por no escuchar sus palabras.

—Lo siento mucho.

Amelia le imploraba perdón con la mirada. Caminó hacia Kell y le cogió las muñecas, apretándoselas con fuerza, igual que había hecho en el funeral de Paul.

—Era un farol. Minasian iba de farol. No la tenían. La Estación ha llamado a su casa. La policía está allí. Nunca habrá un intercambio. Han matado a Rachel.

71

Un niño que nadaba en las aguas poco profundas del Bósforo había visto sangre en las ventanas de la planta baja del *yali*. El cuerpo de Rachel Wallinger fue encontrado en la cocina con una sola herida de bala en la cabeza. Minasian, atrapado en Odesa y sabiendo que Kleckner estaría fuera del país en menos de seis horas, había jugado una última carta, a la desesperada, sin saber que sus superiores en Moscú habían ordenado matar a Rachel.

Kell y Danny volaron de inmediato a Estambul. Amelia regresó a Londres en el Gulfstream y fue directamente a Gloucester Road para darle la noticia a Josephine. Lleno de rabia y desesperación por lo ocurrido, Kell se había quedado helado al comprobar la siniestra facilidad con que el SSI había conspirado con las autoridades turcas para simular que el asesinato había sido un acto de violencia ciega. Los artículos de prensa describieron a Rachel como «la hija de un antiguo diplomático británico fallecido en un accidente de avión este mismo año». Aunque Kell se culpaba a sí mismo por la muerte de Rachel tanto como culpaba a Amelia, evitó encontrarse con ella, y se negó a verla cuando ésta le pidió que comieran juntos para hablar del caso.

—¿De qué tenemos que hablar? —respondió él—. Rachel está muerta.

Kell también dejó claro que no tenía interés en asumir el puesto de Ankara-1.

El día del funeral de Rachel, una llamada de Elsa Cassani despertó a Kell a las cinco de la madrugada. Le contó que se había enterado por los mensajes de cable de la muerte de un diplomático estadounidense de veintinueve años en Kíev. La historia, que luego apareció en las secciones de internacional de los cuatro grandes periódicos británicos, presentaba a Ryan Kleckner como un agregado sanitario del consulado estadounidense en Estambul.

Testigos presenciales han informado de que Kleckner, que estaba de vacaciones en Kíev, habría intervenido en una discusión acalorada a las puertas de una discoteca a primera hora del martes. Su cadáver ha aparecido en un suburbio al este de la ciudad.

—¿El SVR? —preguntó Elsa.

—No —respondió Kell—. Los rusos siempre se han enorgullecido de llevar a su gente a casa.

—¿Los norteamericanos entonces?

—Sí.

Seguramente Chater había dado la orden con la consigna de que pareciera un crimen violento. Unos rudos ucranianos se pelean con un yanqui engreído y le meten una bala en la cabeza. Los días siguientes salieron más «testigos» que aseguraban haber visto a Kleckner en un burdel o en un club de danza del vientre, borracho y desaseado. Lo que fuera para manchar su reputación y que no regresara a Misuri como un héroe. Lo que fuera para que su familia y sus amigos se avergonzaran al mirar el ataúd.

—Era ya un problema demasiado grande para Langley —dijo Kell—. No habrían sobrevivido al escándalo.

—¿Y tú? —preguntó Elsa.

—¿Qué pasa conmigo?

—¿Cómo estás, Tom?

Kell miró al otro lado de la habitación, al traje negro que colgaba cerca de la ventana. Fuera despuntaba el alba. En unas horas estaría conduciendo a Cartmel, luego se sentaría en una iglesia, rodeado de los amigos y la familia de

Rachel, sin que nadie supiera lo que había ocurrido entre ellos, lo que Rachel Wallinger había significado para él. No podría consolar a Josephine ni a Andrew. Sentía que los había traicionado a todos.

—Estaré bien —dijo—. ¿Vendrás hoy?

—Sí.

Ya se había desvelado del todo. Sentado en el borde de la cama, buscó un paquete de Winston y encendió un cigarrillo. Estaba decidido a vengar a Rachel, a hacer que Minasian pagara por lo que había hecho.

—Entonces ¿te veré luego? —preguntó Elsa.

Lo había llamado al fijo. Kell sabía que el SVR estaría escuchando la llamada, grabando cada palabra de la conversación. Habló con mucha claridad y firmeza al receptor del teléfono.

—Me verás luego.

AGRADECIMIENTOS

Quiero dar las gracias a mi editora en Harper Collins, Julia Wisdom, y al maravilloso equipo de la editorial: Kate Stephenson, Roger Cazalet, Lucy Dauman, Jaime Frost, Oliver Malcolm, Kate Elton, Liz Dawson, Anne O'Brien, Lucy Upton y Tanya Brennand-Roper.

A Keith Kahla, Hannah Braaten, Steve K, Sally Richardson, Bethany Reis y, en general, a todos los miembros de St Martin's Press en Nueva York (y más allá), por su paciencia, su apoyo y profesionalidad.

A mis agentes, Will Francis y Luke Janklow, y a todos en Janklow & Nesbit, a ambos lados del Atlántico, particularmente a Kirsty Gordon, Rebecca Folland, Jessie Botterill, Claire Dippel, Dmitri Chitov y Stefanie Lieberman.

Gracias a Marika y Malachi Smythos por orientarme sobre Quíos. A Owen Matthews, por su generosidad y amabilidad, sobre todo al presentarme a la maravillosa Ebru Taskin en Ankara. Owen ha escrito dos libros fantásticos que recomiendo encarecidamente: *Stalin's Children* y *Glorious Misadventures*. A Jonny Dymond, Cansu Çamlibel, Nick Lockley, Banu Buyurgan, Alex Varlick (en el Georges Hotel de Estambul), Omar, GG y Frank R., todos fueron excelentes fuentes de información en Turquía. Gracias a A. D. Miller y Simon Sebag Montefiore por los consejos sobre Odesa. Narges Bajoghli y Christopher de Bellaigue, autor de *Patriot of Persia* y *In the Rose Garden of the Martyrs*, me dieron una visión muy útil de la vida en Teherán.

También quiero dar las gracias a Harry de Quetteville, Adam le Bor y su esposa, Boglárka Várkonyi, Ben Macintyre, Ian Cumming, Mark Pilkington, Siobhan Vernon, Mark Meynell, Rowland White, Robin Durie, Alice Kahrmann, Rory Paget, Catherine Heaney, Bard Wilkinson, Anna Bilton, Hasmukh y Minesh Kakad, Boris Starling, Jessie Grimond, Pat Ford, Saveria Callagy, Meredith Hindley, Ros O'Shaughnessy, mi madre, Caroline Pilkington, y todo el personal de *The Week* en Londres.

Con Elizabeth Best y Sarah Gabriel (www.sarahgabriel. eu) tengo deudas impagables. No habría empezado *Complot en Estambul* sin una, ni la habría terminado sin la otra. Gracias.

C. C.
Londres, 2014